L'HOMME EN FEU

UN THRILLER POLICIER GLAÇANT AVEC UN REBONDISSEMENT CHOQUANT

THRILLER POLICIER DE L'INSPECTRICE STEPHANIE BROADBENT

TOME 3

JACK PROBYN

CLIFF EDGE PRESS

À PROPOS DU LIVRE

Lorsque les restes calcinés d'un corps sont découverts dans les pittoresques Surrey Hills, le traumatisme du passé de l'inspectrice Stephanie Broadbent se ravive.

La victime a été brûlée vive. Aucun indice. Aucun témoin. Bientôt, toutes les pistes se réduisent en cendres.

Lorsqu'un autre corps apparaît, Stephanie met au jour un lien qui menace d'embraser le monde — et d'autres corps.

Si elle veut arrêter le tueur, elle doit s'aventurer dans les flammes et affronter sa peur.

CHAPITRE
UN

Lorsque Nigel Hadlow a ouvert les yeux, une douleur fulgurante a détoné derrière son crâne, éclatant comme un orage et le laissant hébété et désorienté. Alors qu'il les rouvrait et que sa vision commençait à se faire plus nette, il a balayé les lieux du regard et a réalisé qu'il était enfermé entre quatre murs de bois qui semblaient se refermer sur lui.

L'air de la mi-novembre était froid et piquant, imprégné des odeurs de foin et de fumier en décomposition venant de l'extérieur, bientôt supplantées par une senteur chimique qui s'accrochait au fond de sa gorge comme des échardes et lui tordait les entrailles.

Il a essayé de bouger.

Rien ne s'est passé.

Il a réessayé, forçant sur ses bras et ses jambes, et c'est alors qu'il a compris que ses mains étaient étendues de chaque côté de lui, les poignets fermement liés par ce qui ressemblait à de la corde, ancrée à quelque chose dans le sol en béton. Il a tendu le cou pour regarder le long de son corps et, dans la faible lumière, a vu ses chevilles liées ensemble, elles aussi enserrées dans de la corde et fixées à quelque chose de froid et de dur.

Il était dans un film d'horreur.

La panique a explosé dans sa poitrine.

Il a tenté de crier, mais sa voix est sortie, faible et brisée, comme s'il hurlait depuis un moment sans s'en rendre compte.

Qu'est-ce qui se passait, bordel ? Comment avait-il atterri ici ?

Il a fermé les yeux et a essayé de se souvenir.

Il s'était rangé sur le bord de la route après avoir entendu un bruit étrange provenant des pneus. Il avait laissé le moteur tourner et était sorti, faisant le tour jusqu'à l'avant de la voiture pour les inspecter. Puis une autre voiture s'était arrêtée, maladroitement et en travers, ses pneus crissant comme si son conducteur était pressé. Une silhouette en était sortie et s'était avancée vers lui. Il faisait nuit — plus de dix-neuf heures — et la visibilité était donc faible, hormis les phares qui avaient brièvement illuminé les traits de la silhouette. Pourtant, ce visage avait eu quelque chose de familier, n'est-ce pas ?

Oui.

Sauf qu'il n'arrivait pas à le situer. Un visage perdu depuis longtemps. Perdu dans le temps, perdu jusqu'à devenir moins qu'un souvenir.

Et puis, le noir.

Il n'avait pas vu le Taser sortir de la poche de la silhouette. Son cerveau s'était complètement éteint. Et maintenant, il était là, au milieu d'un endroit froid et sombre, attaché au sol comme s'il était sur une croix.

Le son du Taser a de nouveau résonné à ses oreilles, furieux et électrique.

Il a vite été remplacé par un autre bruit. Quelque chose de proche. Plus répétitif. Plus strident.

Qui s'approchait. De plus en plus fort.

Il a entraperçu quelque chose du coin de l'œil. Un éclat orange, rouge, jaune. Petit au début, mais immanquable. Une flamme, qui pointait le bout de son nez sous le mur de bois.

Dès que l'information a atteint son esprit délirant, le corps de Nigel a tremblé contre les cordes. Il a tiré de toutes ses forces, mais les liens n'ont pas cédé. Plus il se débattait, plus les fibres s'enfonçaient dans sa peau, creusant des sillons dans ses poignets et ses chevilles. Le sang a coulé, chaud et inutile.

En quelques secondes, une ligne de feu a rampé au pied d'un des murs, consumant goulûment la paille et les débris de bois comme du papier sec, crachant des braises brûlantes dans l'air. Au-dessus, les poutres en bois ont gémi et craqué, leur charpente bour-souflée par la chaleur.

Nigel a hurlé.

Une terreur pure, bestiale.

Le feu a déferlé, rampant sur le sol dans sa direction. L'épaisse fumée s'est densifiée, s'enroulant autour de son visage et remplissant ses poumons. Il a toussé et s'est étouffé, sa gorge se crispant tandis que l'oxygène était arraché à son corps.

Sa poitrine se soulevait ; chaque inspiration était une agonie, comme si des éclats de verre lacéraient sa trachée.

— Au secours ! a-t-il râlé, sa voix le lâchant. C'était à peine plus fort qu'un murmure.

Les flammes continuaient leur approche, tel un prédateur traquant lentement sa proie. Il pouvait sentir la chaleur, cuisante, brûlante, roussissant les poils de son corps. Son dos s'est cambré instinctivement, essayant de se libérer de ses entraves, mais les cordes ont tenu bon.

Il s'est tordu de douleur. Sa peau a picoté. Puis a bouilli.

Le feu a d'abord embrassé ses bottes, faisant fondre les semelles. Des flammes ont jailli autour de ses chevilles, puis se sont enroulées au creux de ses genoux, avalant les cordes jusqu'à ce qu'elles se consument et se rompent. La douleur est venue rapidement. De grandes vagues de souffrance ont déferlé en lui. Peu après, sa chair s'est boursouflée, puis a éclaté. L'agonie était incandescente, remontant le long de ses jambes comme du plomb en fusion. Il a hurlé à nouveau, mais la fumée a volé le son de sa gorge, au moment même où elle s'apprêtait à lui voler la vie.

Son corps a été pris de convulsions.

Puis est venue la pire partie. La prise de conscience qu'il n'allait pas mourir sur le coup.

Que ce serait lent et délibéré, conçu pour le faire souffrir, pour lui faire sentir chaque seconde atroce.

Le feu a grimpé sur son ventre, s'évasant sur sa poitrine et s'enroulant sous ses bras. Sa chemise a pris — une flambée soudaine, comme une allumette sur des brindilles sèches. Sa peau a pelé. Ses yeux se sont exorbités. Ses lèvres se sont entrouvertes, mais il ne pouvait plus crier. Juste le son d'un étouffement. D'une suffocation dans la fumée.

Au-dessus de lui, la structure du bâtiment a gémi de nouveau.

Il a tourné la tête dans un dernier acte instinctif, se tendant vers la porte qui ne s'ouvrirait jamais. Vers l'air qu'il ne respirerait jamais. Vers la lumière qui ne viendrait jamais.

Et puis le noir, et la douleur s'est arrêtée.

CHAPITRE
DEUX

Soubresautant violemment dans l'eau frémissante, l'œuf rebondissait contre les parois de la nouvelle poêle Tefal qu'elle avait achetée le week-end dernier, comme pour tenter de s'échapper. Accoudée au plan de travail de la cuisine, les bras croisés, Stephanie regardait les bulles éclater et bondir comme à un concert. Elle s'est laissée hypnotiser, perdue dans les bulles, ses yeux peinant à suivre l'œuf qui ricochait et dansait. Se penchant en avant, elle a approché son visage de l'eau. La chaleur était intense, et elle a vite reculé quand des gouttelettes d'eau ont giclé sur son bras. Une douleur aiguë a éclaté sur sa peau nue, et elle l'a rincée sous le robinet. Quelques instants plus tard, la douleur s'est apaisée, remplacée par une sensation sourde et anesthésiante. Elle a fermé le robinet et a contemplé la minuscule zébrure rouge qui fleurissait sur son avant-bras. Une douleur comme une piqûre d'épingle.

Elle est restée là un moment, appuyée contre l'évier, à regarder dehors. Une légère bruine avait commencé à tomber ce matin-là, crépitant contre la vitre.

Puis l'eau de la casserole a commencé à déborder et à grésiller sur la plaque électrique, la tirant de sa rêverie. Elle est passée à l'action, retirant avec précaution la lourde casserole par l'anse, à deux mains. La vapeur s'est enroulée hors du récipient, s'élevant en doigts fantomatiques. Gardant une main sur l'anse, elle a éteint la plaque de l'autre. Au moment où elle commençait à vider l'eau dans la passoire qu'elle avait dénichée au fond de l'un de ses placards, son téléphone s'est mis à sonner, vibrant avec colère sur le plan de travail. Son regard a balayé l'écran, et dans cette brève seconde, elle a incliné la casserole trop vite, s'éclaboussant l'avant-bras.

— Merde !

Elle a laissé tomber la casserole dans l'évier avec un grand bruit métallique. Une vague de douleur a déferlé sur sa peau, et elle a juré à plusieurs reprises à voix basse tout en gardant les yeux fixés sur l'écran.

Elle a reconnu le numéro immédiatement.

Il appelait encore. La vingtième fois au cours des cinq dernières semaines. Ou peut-être plus ? Elle avait perdu le compte.

Sans parler de son intérêt, qu'elle avait aussi perdu.

Elle n'avait aucune envie de lui parler. Il était entré récemment dans sa vie, et déjà elle sentait qu'il essayait de s'imposer, avançant à son propre rythme alors que, dans son esprit, ça aurait dû être l'inverse. Bien sûr, c'était lui dont le père venait de mourir, et il venait aussi de découvrir qu'il avait deux demi-sœurs dont il ne savait rien. Bien sûr, c'était lui qui venait d'apprendre que son père était en fait son oncle et que son véritable père l'avait abandonné à la naissance. Et oui, il avait grandi en tant qu'enfant unique alors que Stephanie, elle, avait sa sœur, Kimberley. Mais et alors ? Où était la considération pour ce qu'*elle*, elle avait traversé ? Elle avait passé les trente dernières années à essayer de se libérer de l'emprise que son père avait sur elle. C'était elle qui avait été abusée et maltraitée par lui. Pas Kimberley. Et certainement pas Jordan. D'après tout ce qu'elle savait, il avait eu une enfance aimante qui ne s'était gâtée que ces dernières années. Mais tout de même, il n'y avait aucune considération pour elle.

Finalement, l'appel a pris fin. Sa mâchoire s'est crispée lorsque la notification d'appel manqué est apparue sur l'écran. Elle a continué à la fixer, attendant que la notification de message vocal s'affiche.

Un instant plus tard, ce fut le cas.

Encore un. Sans doute semblable aux autres.

« Salut Steph, c'est moi. Je voulais juste savoir si tu étais libre ce week-

end, pour un café peut-être ? Je sais que Kim a parlé d'un endroit qu'elle aime bien, et je crois qu'elle voulait venir aussi. Ce serait sympa de te voir et de discuter enfin. Bref, tu sais où me trouver... »

Alors que l'écran est devenu noir, le visage de Jordan est apparu dans le reflet. Elle a grimacé, un frisson glacial parcourant son corps. C'était effrayant à quel point Jordan lui ressemblait – à leur père. Le regard sombre et lubrique. Le visage anguleux et acéré. Même la façon dont ses cheveux commençaient à se dégarnir au niveau des tempes.

Elle ne parvenait pas à se défaire de la sensation sinistre qui lui parcourait l'échine.

Heureusement, son cerveau lui a rappelé qu'elle avait autre chose à faire : s'occuper de la douleur à son poignet qui semblait commencer à s'étendre au haut de son bras. Elle a de nouveau ouvert le robinet d'eau froide, laissant l'eau glaciale couler sur son avant-bras, lui offrant un certain soulagement tandis qu'elle cascadait sur sa peau. Pendant un instant, elle a fermé les yeux et s'est concentrée uniquement sur l'eau qui s'écoulait sur l'évier en acier inoxydable et sur le lointain crépitement de la pluie contre la vitre.

Une fois la douleur atténuée, elle a pris un torchon et a doucement séché la brûlure en tapotant. Distraitement, elle a écalé l'œuf, la coquille se craquelant comme de l'écorce sèche sous ses doigts, et l'a jeté sur une assiette avec une poignée de feuilles de salade flétries, un filet d'huile d'olive et une pincée de sel de mer de Maldon.

On était loin du petit-déjeuner de champion, mais ça suffirait pour lui permettre de tenir le coup pendant la litanie de réunions qu'elle avait ce matin-là.

Elle s'est assise à table, a tiré l'assiette vers elle et a piqué l'œuf avec une fourchette. Juste au moment où elle allait en prendre une bouchée, son téléphone s'est remis à sonner.

Pas Jordan cette fois.

Le central.

Elle a grogné et s'est essuyé la bouche du dos de la main, son pouce planant sur l'icône verte avant de balayer l'écran pour répondre.

— Broadbent.

La voix à l'autre bout du fil était professionnelle, calme.

— Inspectrice principale, désolé de vous déranger. Nous avons reçu un appel des pompiers de Guildford. Ils ont été informés ce matin d'une grange qui aurait été incendiée pendant la nuit.

— D'accord. Les pompiers sont dessus ?

— Oui, madame.

— Alors pourquoi appelez-vous la Section des Enquêtes Criminelles ?

— Parce qu'ils pensent avoir trouvé des restes humains dans les décombres, madame.

CHAPITRE
TROIS

Les restes carbonisés de la grange se trouvaient au milieu de terres agricoles à Chilworth, à une courte distance en voiture de Guildford, accessibles uniquement par une étroite route de campagne à voie unique. Stephanie a repéré la structure calcinée à près d'un kilomètre, une tache noire sur le patchwork de collines vertes et brunes qui l'entouraient. Elle a arrêté la voiture à quelques centaines de mètres, rejoignant l'arrière d'une longue file de voitures de police et de camions de pompiers, avant de se diriger le long du chemin vers la scène de crime.

Elle était certaine que c'était psychologique, mais elle sentait la température monter, la chaleur résiduelle du bâtiment lui réchauffant les joues et le front, comme si elle s'approchait d'un feu qui n'était plus là. Puis elle a inspiré ; l'odeur âcre de la combustion, du bois brûlé et du caoutchouc roussi lui a rempli les narines.

Alors qu'elle arrivait au bout du chemin et que les vestiges apparaissaient, elle a ralenti jusqu'à s'arrêter, protégeant ses yeux du soleil bas du début de l'automne.

Puis le monde a basculé.

L'odeur. La vue. Du plastique en feu, du bois carbonisé, et quelque chose de presque doux qui pourrissait en dessous. La même odeur amère avait flotté dans ses cheveux, sur sa peau et sur ses taies d'oreiller pendant des semaines durant son enfance.

Elle a retiré sa main de devant ses yeux, et bientôt le soleil s'est estompé. Elle n'était plus à Chilworth, plus debout devant une scène de crime avec des agents en uniforme et des pompiers. Elle avait de nouveau cinq ans, de retour dans cette maison mitoyenne, dehors dans le jardin avec le portique rouillé et les plantes en décomposition.

Et il était là.

Son père.

C'était le début du printemps, et Stephanie était assise dehors sur la terrasse, jouant avec sa poupée Barbie préférée, Jenny. Jenny avec les cheveux blonds bouclés et le sourire heureux. Jenny, qui ne se mettait jamais en colère et ne criait jamais. Jenny, à qui elle pouvait parler et avec qui elle riait toujours.

Un instant, elle la tenait. L'instant d'après, elle avait disparu, arrachée par son père.

— Regarde, a-t-il dit, la voix pâteuse à cause de l'alcool. Regarde ce qui arrive quand tu n'écoutes pas.

Elle se souvenait avoir dit non. L'avoir supplié. L'avoir imploré de ne pas le faire.

Mais il a souri — ce sourire insidieux aux dents jaunes — et a posé Jenny par terre avant d'allumer son briquet et de tenir la flamme sous la main de la poupée. La réaction a été lente au début : un doigt noirci, un léger gondolage du plastique. Puis, un *pouf* soudain. Le bras s'est embrasé d'un orange vif, se tordant et fondant comme de la cire. Les mèches de cheveux ont pris ensuite, roussissant et se ratatinant jusqu'à disparaître. Stephanie a crié et s'est jetée en avant, mais il l'a giflée du revers de la main sans regarder, assez fort pour la projeter contre le mur de la maison.

Puis il l'a attrapée, maintenant son visage près des flammes. La chaleur. La puanteur. C'était comme si la mort elle-même lui soufflait dessus. Elle a regardé le corps de Jenny fondre lentement, la tête lui tournant à cause des fumées. Elle se souvenait de la chaleur sur son visage, des pointes de ses cheveux qui roussissaient en même temps que ceux de Jenny alors qu'elle regardait la jambe de sa meilleure amie s'enrouler en une spirale noircie.

Le rire mauvais et insipide de son père a résonné dans son esprit alors que la scène s'évanouissait et que la grange redevenait nette.

Elle a cligné des yeux avec force, une fois, deux fois, pour se reconnecter au présent.

Le feu avait disparu, mais la brûlure était toujours là.

Elle a avancé de quelques pas, observant les environs. Ce qui avait été un entrepôt agricole de deux étages n'était plus qu'une carcasse effondrée et squelettique. Ses poutres étaient noircies en un charbon cassant, comme des côtes brisées. une masse de cendres, noircies et humides, collait au sol. Un cordon de ruban bleu et blanc claquait doucement au bord du champ. Deux agents en uniforme se tenaient à l'entrée. À l'intérieur du cordon, les gens se déplaçaient avec une urgence silencieuse. Des pompiers en vestes haute visibilité étaient regroupés près du mur sud de la grange, tandis que les techniciens de la police scientifique, déjà en combinaisons de papier blanches, photographiaient chaque centimètre noirci de l'intérieur.

Stephanie a signé le registre au cordon, a enfilé une combinaison à son tour, puis est passée sous le ruban. Elle était incapable d'avancer davantage ; ses jambes étaient devenues de plomb, et elle n'avait pas la force de se rapprocher de l'épave. Elle avait vécu quelque chose de similaire quelques mois auparavant, lorsqu'une étudiante avait été brûlée vive dans sa voiture. Stephanie était restée en retrait à ce moment-là aussi, se tenant à une distance de sécurité, incapable de s'approcher.

— Première scène de crime ? a demandé un homme en s'arrêtant à côté d'elle.

Stephanie a tourné la tête vers la voix et a dû y regarder à deux fois.

L'homme qui se tenait à ses côtés était grand et large d'épaules sous son haut de pompier rouge. En bas, il portait son pantalon ignifugé, dont les bandes haute visibilité scintillaient au soleil. Une tapisserie de cicatrices marquait sa peau, courant le long de ses bras musclés, ainsi que sur son cou et son visage, vestiges d'un incendie qui l'avait gravement brûlé. Il a remarqué que son regard s'attardait sur ses cicatrices mais n'a pas tressailli, n'a rien dit, et n'a pas tenté de les cacher. Au lieu de cela, il a accepté les regards comme s'il y était habitué.

— Ma… ma première scène de crime ? a-t-elle répété en marmonnant. Elle savait qu'il était impoli de dévisager les gens, mais il y avait quelque chose à la fois d'attirant et de remarquable dans ses blessures qui retenait son regard. J'en ai vu un certain nombre au cours de ma carrière.

Il lui a adressé un sourire chaleureux, avec un petit rire. — Moi aussi.

— C'est ma première scène d'incendie depuis un moment, cependant. Surtout une comme celle-ci.

— Vous n'aimez pas ça ?

Elle a secoué la tête. — C'est probablement ce que j'aime le moins.

— Peur du feu ?

Elle a haussé les épaules. — On peut dire ça.

— Ça a été mon cas pendant un moment… a-t-il commencé.

Elle a étudié ses bras et son cou, essayant de le faire sans attirer l'attention. — À cause de vos… ? Vos… ? Elle n'a pas pu finir la phrase.

L'homme a baissé les yeux sur ses blessures. — Ma voiture a pris feu quand j'étais gamin. Mon père conduisait ; on a percuté le terre-plein central sur l'autoroute, et puis le truc s'est embrasé. Tout ce dont je me souviens, c'est que quelqu'un m'a sorti de l'épave pendant qu'elle était en flammes.

— Bon sang. Vous aviez quel âge ?

— Treize ans. Les médecins ont dit que j'avais de la chance d'être en vie. Mais ils ont fait des merveilles sur moi au final.

— Et vous vous êtes dit, quelle meilleure carrière que celle qui a failli vous tuer ?

— J'aurais pu passer ma vie à en être amer, mais j'ai choisi de ne pas laisser ça me définir. La meilleure façon d'affronter sa peur, c'est de sauter dedans à pieds joints.

Stephanie a réfléchi à cela un moment, l'assimilant et y songeant.

— Je m'appelle Elias, au fait. Il lui a tendu la main. Elias Thorne. Je suis le chef de garde à la caserne de pompiers de Guildford.

— Inspectrice divisionnaire Stephanie Broadbent, a-t-elle répondu.

— J'imagine que vous avez besoin de savoir à quel genre de scène de crime nous avons affaire ici.

— Bon point de départ.

Il lui a souri, découvrant des dents blanches, et elle l'a trouvé étrangement charmant. — Ça va si on va jeter un œil ?

Elle a jeté un regard à la grange, a inspiré profondément, puis a expiré lentement.

— Quel est le pire qui puisse arriver ? a-t-il demandé, en désignant ses avant-bras.

— C'est le bon état d'esprit.

Alors qu'ils avançaient, Elias a parlé d'une voix basse, calme et mesurée. Elle avait utilisé le même ton factuel lorsqu'elle transmettait des informations. — Personne n'est venu ici depuis des années, je crois. L'appel est arrivé ce matin à huit heures, quand un VTTiste a repéré la fumée.

— Personne ne l'avait vu avant ?

— Non.

— Et les flammes ?

Il a secoué la tête. — Le feu a commencé au milieu de la nuit. Juste avant minuit.

— Comment le savez-vous ?

— On peut le dire par le degré de combustion du bois. Du moins, ça nous donne une estimation.

— C'est précis à quel point ?

— Aussi précis qu'une estimation peut l'être, a dit Elias avec un haussement d'épaules. Il faudra analyser la matière plus en détail, mais je suis assez confiant sur cette plage horaire.

— La personne du central a dit qu'il y avait un corps à l'intérieur.

Ils se sont arrêtés juste devant ce qui avait probablement été l'avant de la grange, mais qui était maintenant réduit à un tas de bois calciné. Elias a montré un point au centre de l'empreinte au sol de la grange.

— C'est là que le corps a été trouvé. D'après ce qui reste de la victime, nous supposons qu'il s'agit d'un homme. D'âge moyen, peut-être. Entre la trentaine et la soixantaine. Je sais que ça ne précise pas grand-chose, mais... il ne reste pas grand-chose de lui. Il est principalement carbonisé. Le feu a consumé la plupart des tissus mous. Elias parlait de manière clinique, respectueuse. Nous pensons qu'il était allongé lorsque le feu a atteint l'embrasement généralisé. D'après les traces de carbonisation, c'est probablement arrivé vite. En quelques minutes, peut-être moins.

Ils se sont déplacés parmi les débris, marchant prudemment jusqu'à ce qu'ils atteignent le corps. Elias s'est accroupi à côté de ce qui restait : une silhouette noircie, les membres recroquevillés vers l'intérieur, un bras formant un angle au-dessus du crâne comme une pose de danse grotesque. Stephanie se tenait à côté de lui, sa combinaison de papier déjà moite de sueur et lui collant aux bras.

— Le corps est dans ce qu'on appelle la posture pugilistique ; vous voyez comment les bras et les jambes sont fléchis comme ça ? Il a fait un geste de sa main gantée. C'est causé par la contraction des muscles lors de l'exposition à une chaleur intense. La chaleur déshydrate les muscles, les fait rétrécir, et tire les membres dans cette forme défensive. On l'appelle parfois la « position du boxeur ».

Stephanie s'est accroupie à côté de lui, en faisant attention à ne pas déranger les marques de pas laissées par l'équipe de la police scientifique. Son corps tremblait de peur, mais elle a réussi à garder son sang-froid.

— La peau a complètement disparu, a-t-elle dit à voix basse.

Elias a hoché la tête. — Oui. La plupart des couches de l'épiderme et du derme ont été entièrement incinérées. Ce que vous regardez maintenant, c'est du tissu carbonisé et de l'os. Dans certaines zones, la surface externe des os s'est même fendue à cause de la chaleur ; c'est ce qu'on appelle une fracture thermique. Il a doucement montré le torse, ou ce qu'il en restait. Les fibres des vêtements ont brûlé, mais les résidus ont fusionné avec la peau et les muscles, créant cette masse calcinée. Les matières synthétiques, en particulier le nylon et le polyester, ne se contentent pas de brûler ; elles fondent et elles collent. Presque comme du napalm.

Stephanie a dégluti pour combattre la nausée montante, mais cela n'a eu que peu d'effet.

Elias a continué. — S'il était vivant quand le feu a démarré, il serait passé par plusieurs stades de traumatisme. D'abord, l'inhalation de fumée : les poumons se remplissent de gaz surchauffés, provoquant un gonflement des voies respiratoires. La respiration devient impossible. La fumée elle-même entraîne une désorientation, de la confusion, et même une perte de conscience. Il a fait un geste vers la cage thoracique. Nous ne le saurons pas avec certitude avant l'autopsie, mais s'il y a de la suie dans la trachée ou les poumons, cela indiquera qu'il respirait encore quand c'est arrivé. S'il n'y a pas de suie, il était peut-être inconscient, ou mort, avant que ça ne s'enflamme.

Stephanie a fixé le crâne noirci. — Y a-t-il une quelconque indication qu'il ait été ligoté, attaché ou cloué au sol d'une manière ou d'une autre ?

Elias a secoué la tête, puis a marqué une pause pour regarder le corps avant de répondre. — Rien que nous puissions voir clairement pour l'instant. À part quelques clous fondus et quelques charnières, que vous pourriez trouver de toute façon dans un endroit comme celui-ci, il n'y a rien qui ressemble à des menottes ou des attaches. Ce qui est là pourrait avoir fait partie de la structure originale de la grange.

— Donc il est possible qu'il soit venu ici volontairement ? a demandé Stephanie. Un suicide ?

— Peut-être. Sa position ne suggère pas qu'il y ait eu une lutte, mais ça ne veut pas dire qu'il n'y en a pas eu. Nous ne le saurons pas avant d'avoir eu beaucoup de temps pour évaluer la scène.

Stephanie a fait une pause et a balayé du regard l'intérieur carbonisé de la grange, mesurant la dévastation qui l'entourait. Son regard est tombé sur le squelette de la victime, se concentrant sur les dents couvertes de suie dans sa mâchoire.

Les mots d'Elias ont résonné dans son esprit : La meilleure façon d'affronter ses peurs, c'est de sauter dedans à pieds joints.

Cet homme avait-il littéralement confronté ses peurs, ou les fuyait-il ? Quoi qu'il en soit, ses actions l'avaient conduit à la mort.

— Dans combien de temps pourrons-nous le sortir de là ?

— D'ici midi au plus tard.

Cela leur laissait un peu de temps pour essayer de découvrir qui il était, et pourquoi il se trouvait là.

CHAPITRE
QUATRE

C'était dans des moments comme celui-ci qu'il était reconnaissant de porter son masque, pour cette fine couche de tissu qui le protégeait de la plupart des toxines et de la puanteur qui menaçaient d'empoisonner ses poumons et de laisser un résidu noir dans ses narines.

Derry Oscar se frayait un chemin à travers la carcasse noircie de ce qui avait été une grange, longeant prudemment le mur est. Le sol était un sinistre tapis de cendres et de débris, parsemé de poutres calcinées, de métal tordu et de l'occasionnel amas non identifiable qui aurait pu être un équipement agricole ou quelque chose de plus inquiétant.

Derry a fouillé les décombres méthodiquement, ses gestes étaient précis et patients. Vingt-trois ans de métier lui avaient appris que les scènes de crime livraient leurs secrets lentement, à contrecœur. Il suffisait de les aguicher un peu, et elles finissaient par céder.

Dommage que cette philosophie n'ait jamais porté ses fruits dans sa vie personnelle.

Arrivé au bout du mur, il s'est dirigé vers l'angle où celui-ci en rejoignait un autre et a déplacé un morceau de bois carbonisé quand un reflet métallique a attiré son regard. Là, à moitié enfouie sous une poutre effondrée et couverte d'une épaisse couche de suie, se trouvait une petite boîte en fer rectangulaire. Le pouls de Derry s'est accéléré tandis qu'il balayait soigneusement les débris. Il avait toujours adoré découvrir des petites babioles, des fragments de la vie des victimes qui offraient des indices sur qui elles étaient et quel genre de personnes elles avaient été.

Il ne s'était pas attendu à trouver quoi que ce soit sur cette scène de crime.

Jusqu'à présent.

La boîte était ancienne, du genre de celles qu'on utilisait autrefois pour conserver le tabac ou des bonbons, et remarquablement intacte malgré le brasier qui avait tout consumé autour d'elle.

Il l'a soulevée à deux mains, surpris par son poids, et l'a ouverte avec précaution, forçant les charnières avec une extrême prudence. À l'intérieur, protégée des flammes par son enveloppe métallique, il a trouvé une photographie montrant le visage et les épaules d'un adolescent, d'à peine treize ou quatorze ans, qui esquissait un faible sourire empreint d'innocence juvénile. C'était l'instantané d'un moment heureux. Derry l'a sortie pour l'examiner de plus près. La photo semblait avoir été découpée à la hâte, suggérant qu'elle faisait partie d'une image plus grande et plus complète.

Un miracle qu'elle n'ait pas péri dans l'incendie.

En la retournant pour examiner le dos, Derry a remarqué une inscription au fond de la boîte, un message qui avait été gravé dans le métal avec quelque chose de pointu.

Il a essuyé une couche de poussière et de saleté, révélant un court message :

Le jour qui vient les embrasera, dit l'Éternel des armées. – Malachie 4:1

Derry a fixé le verset, son esprit tournant à plein régime. Il avait vu beaucoup de choses au cours de sa carrière – vraiment beaucoup de choses, en fait – mais cette affaire-là, plus que toute autre, dépassait de loin ses compétences.

CHAPITRE
CINQ

Une demi-heure plus tard, après s'être frayé un chemin dans les embouteillages matinaux du centre-ville de Guildford, Stephanie est arrivée devant le commissariat et s'est garée à sa place attitrée. Elle ne savait pas qui la lui avait attribuée, mais elle était sûre que c'était une mauvaise blague, car c'était la place la plus éloignée possible de l'entrée et la seule qui n'était ni à l'abri des arbres, ni à l'ombre du bâtiment. Elle n'avait aucune hâte de sentir la chaleur intense de l'été s'abattre sur son tableau de bord dans six mois.

Au moment où elle sortait de sa voiture, son téléphone s'est mis à sonner.

Kimberley.

Elle a répondu, coinçant le téléphone entre son oreille et son cou tout en traversant le parking.

— Salut, sœurette.

— Ah, donc ton téléphone *fonctionne* !

Stephanie a poussé un lourd soupir. — Je te l'ai dit, je ne suis pas prête.

— Ça ne veut pas dire que tu peux continuer à l'ignorer pour autant. C'est notre demi-frère, Stephanie.

— *Ton* demi-frère. Toi, tu as été bien contente de le laisser entrer dans ta famille. Mais moi, je n'en suis pas encore là.

— Pourquoi pas ?

Elle s'est arrêtée devant l'entrée, s'écartant des quelques marches qui menaient à la porte à double battant.

— Parce qu'il est une partie de Papa, a-t-elle répondu.

— Nous aussi.

— Mais nous, on a Maman en nous aussi. Et ça équilibre les choses. Lui, il a une mère qui ne voulait pas de lui et qui l'a abandonné, et un père qui ne voulait pas de lui non plus.

Kimberley a ricané, clairement vexée par la remarque. — On n'est pas toujours le produit de nos parents, a-t-elle dit. Il n'a pas laissé ça le définir. Il a eu une enfance difficile.

— Plus difficile que la nôtre ?

Kimberley a marmonné, incapable de répondre.

— C'est bien ce que je pensais. Elle s'est dirigée vers l'entrée et a posé la main sur la porte du bâtiment. — Il faut que j'y aille. Je suis au travail. Et tu peux lui dire d'arrêter de m'appeler ou de m'envoyer des messages. Je les ai vus, et je n'ai pas envie de répondre. Si ça change un jour, c'est *moi* qui le lui *ferai* savoir. J'ai son numéro de portable.

Stephanie a raccroché avant que sa sœur ait pu répondre, puis elle est entrée à Mount Browne, le quartier général de la police du Surrey, et a monté les escaliers jusqu'au bureau de la Section des Enquêtes Criminelles au premier étage. Elle a poussé la porte et a été accueillie par la lueur familière des néons, le cliquetis feutré des claviers et le doux murmure des conversations matinales. L'espace était grand mais exigu, bordé de bureaux en désordre et d'armoires à dossiers pleines à craquer qui n'avaient pas été vidées depuis des années. Sur la gauche, une rangée de bureaux se trouvait près des fenêtres qui donnaient sur le parking et sur la verdure au loin. À droite, il y avait leur salle de crise, un espace qui occupait la moitié du bureau. Aux murs étaient suspendus plusieurs tableaux blancs, détaillant chacun différentes enquêtes à des stades d'avancement variés. Elle a cherché un tableau blanc libre et en a trouvé un dans le coin le plus reculé de la pièce.

— Bonjour à tous, a-t-elle lancé, sa voix tranchant dans le bruit comme un coup de fouet. Réunion dans deux minutes, s'il vous plaît.

. . .

Quelques minutes plus tard, telle une version lambda des Avengers — sans les costumes chics, les abdos ciselés ou les super-pouvoirs —, l'équipe s'était rassemblée, traînant leurs chaises de bureau dans l'espace. Le premier arrivé était le sergent Noah Mackenzie, qui avait l'air d'un figurant égaré d'une convention de science-fiction des années 1970, vêtu d'un manteau de velours aubergine foncé, d'une chemise boutonnée rose clair, d'un gilet couleur rouille et d'un pantalon moutarde. Son expression hantée suggérait qu'il n'avait pas dormi depuis les années soixante-dix alors qu'il portait une tasse de café à sa bouche.

À côté de lui était assis le sergent Devon Lafferty, qui avait changé l'angle de ses cheveux sombres et épais pour qu'ils tombent maintenant sur la gauche. Juste en face d'elle se trouvait l'inspecteur Giles Swinger, qui finissait son croissant dont les miettes reposaient sagement sur son torse. À sa droite se trouvaient les autres femmes de l'équipe, les inspectrices Fiona Singleton et Olivia « Wellard » Willard, cette dernière, Stephanie l'a remarqué, était assise si loin au fond de la salle qu'elle l'avait presque manquée. Fiona était assise devant, tripotant son cordon — une parade pour s'empêcher de se ronger les ongles.

Stephanie s'est approchée du tableau blanc propre, a mis les mains dans ses poches et a regardé chacun d'eux dans les yeux. Elle a immédiatement remarqué qu'Olivia détournait le regard, fixant la moquette.

— Ce matin, un corps a été découvert dans une grange incendiée à Chilworth, a dit Stephanie. Un homme. Identité inconnue. Entre trente et soixante ans. Le corps a été trouvé au centre.

Noah a griffonné quelque chose sur son bloc-notes. Giles a émis un son semblable à un fredonnement.

Stephanie a poursuivi. — Pour l'instant, la cause est traitée comme indéterminée. Pas d'accélérant évident. Et les liens, s'il y en avait, ont été détruits dans l'incendie. Donc officiellement, il n'y a pas encore de preuve de l'implication d'un tiers.

— Incendie criminel ? a demandé Giles.

— Tu as suggéré ça pour chaque incendie qu'on a eu cette année, a rétorqué Fiona.

— Seulement parce qu'il est toujours à la recherche des types qui ont mis le feu devant son garage, a commenté Devon.

— Ça m'a coûté une fortune ! Ces salauds savaient très bien que c'était mon garage, en plus. Giles a croisé les bras sur sa poitrine et a laissé échapper un souffle puissant qui a fait tomber les miettes de croissant sur le sol.

— Peut-être qu'ils l'ont fait *parce qu*'ils savaient que c'était ton garage, a marmonné Fiona, juste assez fort pour que les autres entendent. Je sais que je l'aurais fait.

Noah n'a pas levé les yeux de son bloc-notes. — Est-ce qu'on sait depuis combien de temps le corps était là, cheffe ?

Stephanie a secoué la tête. — L'estimation préliminaire du chef de garde est que l'incendie a commencé vers minuit. Un VTTiste a repéré la fumée vers huit heures ce matin. Les pompiers sont arrivés peu après. Le corps et la grange auraient brûlé pendant au moins huit heures avant que quelqu'un le trouve.

— Une pièce d'identité, quoi que ce soit ? a demandé Devon, en se penchant en arrière sur sa chaise, une cheville croisée sur l'autre genou, donnant l'impression de regarder une série plutôt que de discuter d'un cadavre calciné.

— Pas encore, a répondu Stephanie. Mais on va chercher via les dossiers dentaires et l'ADN. La police scientifique espère obtenir quelque chose d'utilisable à partir des restes.

— Les vêtements ? a demandé Fiona. Des étiquettes de marque, des coutures, quelque chose comme ça ?

— Brûlés au point d'être méconnaissables, j'en ai peur. Ce qu'il reste du corps est… eh bien, il n'en reste plus grand-chose.

— Ça pourrait être un suicide ? a demandé Noah, levant enfin les yeux. Ou quelqu'un qui voudrait nous le faire croire ?

— Exactement, a dit Stephanie en le pointant du doigt. Nous devons garder l'esprit ouvert. Tant qu'on ne sait pas le contraire, ça pourrait aller dans un sens comme dans l'autre.

Elle s'est retournée et a griffonné *SUICIDE/MEURTRE ?* sur le tableau blanc avec un marqueur noir épais. Puis elle a ajouté *VICTIME ?* en dessous.

— Des caméras de surveillance ? a demandé Giles, enlevant les dernières miettes de croissant de sa poitrine, puis inspectant le bout de ses doigts à la recherche des derniers restes.

— Pas beaucoup de couverture par là-bas, a dit Stephanie. C'est une zone agricole. La maison la plus proche est à près de 800 mètres.

— Sait-on à qui appartient la grange ? a demandé Devon.

— Non. Vous devrez le découvrir. Vu l'état des lieux, elle est abandonnée depuis un certain temps. Tous les sentiers et le béton environnants étaient envahis par les mauvaises herbes. Il faudra que vous trouviez quelqu'un qui possède le terrain ou le connaît, peut-être un des voisins, d'anciens locataires, ou des gens du coin qui ont utilisé les chemins qui l'entourent.

— Ça pourrait être un bon endroit pour des toxicomanes ou des adolescents qui cherchent à boire à l'abri des regards, a ajouté Fiona. Ce genre d'endroit est souvent utilisé.

— On dirait que tu parles d'expérience, a plaisanté Giles.

Stephanie a ignoré le commentaire. — D'habitude, je serais d'accord avec vous. Mais je n'ai vu aucun signe d'activité récente. Pas de détritus. Pas de canettes de bière. Pas de seringues. On aurait dit que personne n'y était allé depuis un bon moment.

Ils sont tous restés silencieux un instant.

Sauf Olivia, qui n'avait pas dit un mot.

Les yeux de Stephanie se sont attardés sur elle. — Ça va, Wellard ?

L'inspectrice a cligné des yeux, surprise par l'attention. — Oui, cheffe. J'écoute, c'est tout.

— Vous avez été très silencieuse, a dit Noah doucement. C'est inhabituel pour vous.

Elle a offert un sourire crispé. — Désolée. Tout va bien. J'assimile, je reste à ma place.

Fiona lui a jeté un regard en coin mais n'a rien dit.

Stephanie a laissé le silence s'étirer, puis a poursuivi. — On va établir une chronologie. Noah, vous vous chargez de la propriété du terrain et vérifiez l'historique du bâtiment auprès de la mairie. Fiona, je veux que vous fassiez du porte-à-porte dans le secteur. Les propriétés les plus proches, découvrez si quelqu'un a vu ou entendu quelque chose la nuit dernière. Giles, trouvez les caméras de surveillance, et voyez si quelqu'un dans le coin a vu ou entendu quelque chose. Et, Devon, je veux que vous soyez en charge des réseaux sociaux et de la presse.

Noah a levé la main comme en classe. — Et vous, cheffe, que faites-vous ?

— J'attends que quelque chose d'intéressant atterrisse dans ma boîte mail. Le responsable de la scène de crime m'a appelée pour dire qu'un des techniciens a sorti un conteneur en métal des décombres. Il pourrait y avoir quelque chose dedans. Je n'en saurai pas plus avant de recevoir le registre des preuves. Tout le monde a compris ?

L'équipe a répondu par un grognement presque digne d'une équipe de foot, puis chacun est retourné à son bureau et s'est mis au travail. Au moment où Olivia commençait à se lever du sien, Stephanie l'a interpellée.

— Wellard, vous avez une minute ? Dans mon bureau ? Ou vous préférez qu'on aille marcher dehors ?

CHAPITRE
SIX

Olivia est entrée dans le bureau de Stephanie avec la réticence d'un enfant à qui on demande de mettre ses vêtements dans le panier à linge. Elle a refermé doucement la porte derrière elle, comme si le moindre bruit ou mouvement brusque risquait de faire s'effondrer la pièce. Les mains dans le dos, elle a balayé du regard l'espace qui, ces dernières semaines, avait délaissé sa neutralité pour devenir un lieu plus personnel, chaleureux et accueillant. Il y avait maintenant des plantes dans les coins, purifiant l'air pour Stephanie, ainsi que des photos de ses meilleurs souvenirs de ses années dans la police et quelques bibelots colorés qu'elle avait achetés au centre commercial en ville pour égayer un peu l'endroit.

Stephanie a tiré sa chaise de bureau et s'y est installée, faisant signe à Olivia de s'asseoir en face d'elle. L'agente s'est avancée à contrecœur. Olivia était comme la mère du bureau. Prévenante, attentionnée ; elle prenait toujours des nouvelles du reste de l'équipe et leur demandait s'ils avaient besoin de quoi que ce soit. Elle faisait toujours passer les besoins de l'équipe avant tout. Mais Stephanie se demandait combien de fois les autres en faisaient autant pour elle. S'ils se demandaient si elle allait bien, ou si quelque chose l'empêchait de dormir la nuit.

Stephanie a posé ses avant-bras sur le bureau et s'est légèrement penchée en avant.

— Alors, a-t-elle dit doucement, qu'est-ce qui se passe ?

— De quoi tu parles ? a demandé Olivia, se cachant derrière un petit sourire en coin sans aucune conviction. Elle a baissé les yeux sur ses mains.

— Quelque chose ne va pas. Je le sens. C'est mon boulot. Tu étais vraiment silencieuse tout à l'heure. D'habitude, tu lances des piques avant de suggérer de te remettre à ta place.

— Ah bon ?

— Allez, Wellard. Tout va bien ?

Olivia a haussé les épaules en guise de réponse. Puis, à voix basse, elle a répondu : — Je suis juste… juste dans un de ces jours.

Stephanie est restée silencieuse un instant, laissant le silence emplir la pièce d'une manière qui semblait sécurisante plutôt que gênante.

— Rien d'autre ? La maison ? Les enfants ?

Olivia a soupiré, ses joues se gonflant légèrement. — Ils me donnent du fil à retordre en ce moment. Ils sont à cet âge où ils répondent, se croient les rois du monde et me font des misères juste parce que j'essaie de veiller sur eux. Harry pense qu'il est trop cool pour tout, et Josh s'est mal comporté ces derniers temps. J'ai eu un appel de l'école hier parce qu'il a dit à son prof de maths d'… enfin bref, de l'envoyer se faire foutre, en gros.

Stephanie a grimacé. — Charmant.

— Et ils ne me parlent que quand ils veulent quelque chose, a dit Olivia avec un rire las. Les ados, c'est comme des colocs qui ne paient pas le loyer et qui te prennent pour un distributeur automatique. C'est juste… usant, parfois.

— Ça a l'air épuisant.

— Ça l'est. Et ici… J'adore ce boulot, vraiment. Mais dernièrement, j'ai l'impression de… passer un peu au second plan. Juste à enregistrer des dépositions et à mettre à jour HOLMES, jour après jour. C'est abrutissant. Je veux me sentir à nouveau utile. Je veux faire plus que de la saisie de données et corriger les fautes de frappe des autres.

Stephanie l'a observée. Ce n'était pas une plainte, c'était une confession, un appel à l'aide. Stephanie ne désirait rien de plus que de faire progresser toute son équipe. C'est ce que faisaient les leaders. Si une personne s'épanouissait, tout le monde en profitait.

Si une personne était à la traîne, tous se mobilisaient pour la soutenir.

— Tu as été impeccable depuis le jour où je suis arrivée, a dit Stephanie. Tu fais en sorte que les choses avancent, que nous ne devenions pas fous, et on serait dans un beau pétrin sans toi. Mais si tu veux plus, si tu veux *vraiment* plus, je te soutiendrai. Ça t'intéresse de jouer un rôle plus important sur cette affaire ?

Olivia a cligné des yeux. — Comme quoi ?

— Comme Giles l'a fait précédemment. Tu as vu le changement en lui ?

— Ça lui est monté à la tête. Il n'arrêtait pas d'en parler.

— Eh bien, maintenant, ça peut être ton tour. Qu'est-ce que tu en dis ?

— Je ne sais pas… Je ne sais pas ce que je fais.

Stephanie a eu un sourire en coin. — C'est ça qui est beau. Personne d'entre nous ne le sait. Mais on trouve un moyen pour que ça marche. Elle a jeté un œil à son écran. La première chose sur la liste serait l'autopsie. Fais la liaison avec l'équipe des pompiers et Leanna, découvre depuis combien de temps notre victime est morte, et essaie d'obtenir son identité.

Olivia a hésité, puis s'est légèrement redressée. — Tu veux que *j'y* aille ?

Stephanie a hoché la tête. — Je pense que tu en es plus que capable. Et si tu veux progresser, tu auras besoin d'être exposée à chaque étape du processus. T'es partante ?

— Ouais, a dit Olivia, un sentiment de détermination naissant et grandissant en elle. Ouais, je crois que oui.

— Bien. Et tu pourras toujours enregistrer des trucs dans HOLMES si ça te tranquillise l'esprit.

Olivia a eu un rire franc, la tension se relâchant de ses épaules. — Ce n'est vraiment pas le cas.

Stephanie a souri. — Alors, bienvenue au niveau supérieur.

— Quelle chance.

— Certains rêvent de passer une matinée dans les odeurs de formol.

— Ces gens-là ont besoin de vacances.

Stephanie s'est levée. — Bon. Je te transfère les infos et je préviens Leanna de ta présence. Et si l'école rappelle, passe-les-moi. Je serais plus que ravie de te soulager de ce fardeau.

Elles ont ri toutes les deux, le moment s'éternisant jusqu'à ce qu'Olivia se lève et attrape la poignée de la porte.

— Merci, chef.

— Quand tu veux, a répondu Stephanie. Et Olivia… ?

Elle s'est arrêtée, à moitié sortie.

— Ne doute plus de toi, s'il te plaît. Toi et moi n'aurions pas cette conversation si je ne pensais pas non seulement que tu en es capable, mais que tu le mérites. Tu travailles dur pour l'équipe, et je veux travailler dur pour toi en retour. Mais si tu prends la grosse tête comme Giles, ou pire encore, alors je devrai te remettre à ta place.

CHAPITRE
SEPT

À l'instant où Olivia a quitté le bureau de Stephanie, elle l'a senti. Un changement. Comme si quelque chose s'était réaligné en elle. Elle ne flottait pas, ni ne rayonnait, mais il y avait un subtil soulagement dans sa poitrine, une discrète montée d'énergie dans ses os. Sa démarche avait un entrain qu'elle n'avait pas eu depuis des semaines, des mois. Et le monde avait pris une teinte plus vive, plus chaude, alors qu'elle sortait du bâtiment. Pour la première fois depuis longtemps, elle a remarqué les couleurs des voitures, des arbres, des feuilles. Même le ciel est devenu un peu plus bleu, un peu plus engageant.

Et pour la première fois depuis encore plus longtemps, elle s'est sentie utile. Essentielle.

Dehors, elle a traversé le parking d'un pas léger, est arrivée à sa Peugeot 208 qui lui coûtait trop cher chaque mois, et a déverrouillé la portière avec son bip. En se glissant dans la voiture, l'odeur du désodorisant à la lavande qu'elle s'était acheté pour tenter de se calmer l'a frappée. L'arôme semblait plus intense que d'habitude, tourbillonnant dans sa tête.

Elle a placé son portable dans le support du tableau de bord et a démarré le moteur. Juste au moment où elle s'apprêtait à quitter sa place, son téléphone s'est mis à sonner. Une photo de Josh, faisant une grimace dans un restaurant pendant leurs vacances en famille à Minorque, est apparue sur l'écran. Elle a répondu à l'appel.

— Josh ? Tout va bien ?

— Il me faut de l'argent.

Brutal. Droit au but. Pas de bonjour. Pas de comment ça va ? Même pas un s'il te plaît. Quand avait-elle perdu le contrôle de ses enfants pour qu'ils deviennent les sales gosses qu'ils étaient ?

— De quoi tu parles ? a-t-elle demandé.

— J'ai besoin d'argent pour déjeuner aujourd'hui.

— Qu'est-ce que tu as fait de l'argent que je t'ai donné en début de semaine ?

Il y a eu une pause. — J'ai… j'ai dû acheter une nouvelle calculatrice au magasin.

— Pourquoi ? Qu'est-il arrivé à l'ancienne ?

— Elle s'est cassée.

— Comment ?

— Elle s'est cassée, c'est tout.

— Les calculatrices ne se cassent pas toutes seules, Josh.

— Je l'ai lancée à quelqu'un hier en maths et elle s'est cassée.

Elle a soupiré lourdement. Les couleurs du parking se sont légèrement assombries.

— Cet argent que je t'ai donné, c'était pour la nourriture. Tu m'avais promis qu'il te tiendrait la semaine.

— Je sais, mais…

— Non, Josh. Tu n'en auras pas plus. Je suis au travail et je ne peux pas continuer à t'envoyer de l'argent chaque fois que tu n'en as plus. Tu dois retrouver ce billet de dix euros ou t'en passer aujourd'hui. Ou voir si tu peux rendre la calculatrice. La prochaine fois, peut-être que tu réfléchiras à la façon dont tu prends soin de tes affaires et que tu te souviendras que l'argent ne tombe pas du ciel.

Il y a eu un silence à l'autre bout du fil. Elle pouvait presque entendre sa bouderie à travers le micro.

— C'est bon, a-t-il marmonné.

— Je t'aime, a-t-elle dit automatiquement.

Il a raccroché sans répondre.

Olivia a fixé l'écran une seconde, tandis que l'image de son visage était remplacée par une photo de famille sur son écran de verrouillage. Elle a soupiré. S'est dit de ne pas se laisser abattre.

Qu'il boude. Qu'il se débrouille tout seul. Elle y avait droit. À une victoire. À un moment. Quelque chose pour elle.

Et pour la première fois depuis longtemps, elle n'avait pas l'impression d'être juste une mère qui essayait de s'en sortir. Elle se sentait comme une détective.

CHAPITRE
HUIT

Olivia a levé les yeux vers l'entrée arrière de la morgue, un bâtiment en briques grises. Elle serrait sa carte de police dans une main et son téléphone dans l'autre. Elle a poussé la porte et a pénétré dans un couloir d'une froideur clinique. L'odeur de désinfectant était si forte qu'elle lui piquait les narines. Ses chaussures crissaient sur le lino tandis qu'elle avançait dans le couloir, cherchant des yeux la bonne salle. Elle s'est vite rendu compte qu'elle n'avait absolument aucune idée de ce qu'elle faisait ni où elle allait. Stephanie lui avait donné le numéro de la salle à chercher, mais Olivia était le genre de personne qui pouvait se perdre même dans une ligne droite et n'avait aucun sens de l'orientation. Elle a erré à travers les lieux, arpentant les couloirs, ouvrant prudemment des portes battantes jusqu'à ce que, finalement, une voix l'interpelle dans son dos.

— Tu es perdue ?

Olivia s'est retournée vers la voix et a vu une grande femme en tenue de chirurgien, adossée à une double porte au fond du couloir. C'était Leanna Moore, la légiste. Ses cheveux sombres étaient attachés en une queue de cheval haute, et elle portait des lunettes à monture noire perchées à mi-hauteur de son nez.

— Inspectrice Olivia Willard, a-t-elle dit en tendant sa carte. Je suis ici pour l'autopsie de la victime de la grange de Chilworth.

— Ah, oui. Le flambé. Viens, on est en plein grillage.

— En plein… quoi ?

Leanna a poussé les portes. — Tu verras, a-t-elle dit avant de disparaître de l'autre côté. Olivia a traversé le couloir en hâte et est entrée dans la pièce. À l'intérieur, la température a encore chuté. L'acier inoxydable dominait l'espace, avec deux brancards alignés au milieu ; l'un d'eux portait un corps recouvert d'un drap. De l'autre côté de la salle se trouvait un plan de travail équipé d'instruments, d'une balance et d'un moniteur numérique.

— Celui-ci est bien croustillant, a lancé Leanna d'un ton joyeux en retirant le drap avec théâtralité. Voici notre Monsieur X. Ou ce qu'il en reste.

Le corps était noirci et recroquevillé sur lui-même. Les bras pliés aux coudes, les poings serrés, et les genoux légèrement relevés. Olivia s'est figée à cette vue, vaguement consciente que sa bouche s'était ouverte.

— Ça va ? a demandé Leanna en penchant la tête. Tu ne vas pas me tomber dans les pommes, j'espère ? Un inspecteur s'est déjà évanoui ici. Il s'est cogné la tête contre mon frigo. J'ai dû le recoudre avant même de toucher au cadavre.

— Je vais bien, a répondu Olivia, se forçant à un sourire crispé en entrant dans l'espace stérile, laissant la porte se refermer derrière elle dans un léger sifflement.

Le corps était pire que ce qu'elle avait imaginé. Ce qui restait n'était guère plus qu'un ensemble de membres repliés en position fœtale, la peau carbonisée, craquelée et fragmentée, les traits du visage fondus au point d'être méconnaissables.

— Un homme, probablement entre quarante-cinq et soixante ans, a commencé Leanna en désignant diverses parties du corps de la victime. Corpulence moyenne, entre 1m75 et 1m85. On en saura plus une fois qu'on aura réhydraté les tissus et mesuré les os longs. On a plus de 95 % de la surface corporelle brûlée. Peau, tissus mous, muscles… tout a disparu. Ce que tu regardes là, eh bien, c'est un grand morceau de charbon humain.

Olivia a griffonné une note, essayant de garder les yeux sur son carnet plutôt que sur le corps calciné et craquelé.

— Quelque chose de notable à l'extérieur ? a-t-elle demandé.

Leanna a hoché la tête, décollant un lambeau fondu de ce qui avait pu être un vêtement. — Matière synthétique brûlée ici, sur les cuisses. Probablement un pantalon. Le reste est fusionné au corps. On n'a pas de peau intacte, pas de signes distinctifs, et certainement pas de tatouages. Cependant... Elle a désigné les poignets et les chevilles. — Tu vois ces zones ? Légèrement plus lisses. Moins de carbonisation. Ça suggère qu'il y avait peut-être quelque chose d'enroulé autour : des cordes, des menottes, peut-être des serre-câbles. Ça a protégé la peau du contact direct avec les flammes pendant un certain temps.

— Donc... il était entravé ?

— Possiblement. Ou possiblement pas. Ce n'est pas concluant, j'en ai peur. Si c'était de la corde, ça aurait flambé comme une allumette. Sans fibres résiduelles ou marques de ligature, on est sur le terrain de la supposition, et ce n'est pas un endroit où j'aime m'aventurer.

Olivia a écrit rapidement. — Des signes de traumatisme avant l'incendie ?

— Rien de visible. Aucune blessure par objet tranchant. Ni par objet contondant. Et écoute ça... Leanna a reculé et a pris un rapport imprimé sur le plateau à côté d'elle. — Ses poumons étaient pleins de suie. Trachée, bronches, même une légère congestion pulmonaire. Le taux de carboxyhémoglobine est à 62 %.

— Ce qui signifie ?

— Qu'il était vivant quand le feu a démarré. Il a inhalé la fumée comme un grand fumeur. Il s'est probablement évanoui en quelques minutes à cause de la chaleur et de l'exposition au dioxyde de carbone, puis il est mort peu après. Ça a été relativement rapide, mais pas indolore. Certainement, certainement pas indolore.

Le visage d'Olivia a pâli.

Leanna s'est légèrement adoucie. — Je sais. C'est horrible. Il n'y a pas de façon simple de décrire ce que le feu fait au corps, j'en ai peur. On l'imagine spectaculaire – boum, englouti. Mais c'est lent, ça consume. Tout ce qui est mou brûle en premier. Le corps se contracte. Les organes rétrécissent. Le cerveau cuit, pour ainsi dire. Et selon ce qu'il portait, le tissu a pu fondre sur sa peau et continuer à brûler bien après qu'il a perdu connaissance.

— Mon Dieu, a murmuré Olivia.

— Il y a aussi une délicieuse odeur de porc brûlé pendant le processus, au cas où tu te poserais la question.

— Ce n'était pas le cas, a répondu Olivia automatiquement. Et le contenu de son estomac ?

— Bien vu, a dit Leanna. Il avait mangé. Il y a de la nourriture partiellement digérée dans l'estomac, bien que ce soit particulièrement difficile de discerner quoi. J'estime qu'il a mangé plusieurs heures avant de mourir, mais ce n'était qu'un repas léger. Donc, peut-être à midi. Et… – elle a levé un doigt – il y a aussi du liquide dans l'estomac. On en saura plus quand les résultats de la toxicologie reviendront, mais ça pourrait être n'importe quoi, de la bière au Fanta en passant par l'eau.

Olivia s'est mordu l'intérieur de la joue en observant ce qui avait été un visage. — Alors si on ne peut pas l'identifier visuellement… par où on commence ?

Leanna a retiré ses gants et s'est dirigée vers une petite paillasse en acier, sortant un presse-papiers avec plusieurs documents agrafés. — Il y a quelques options.

— Dis-moi tout, a dit Olivia, sans être tout à fait sûre de le penser.

Leanna a énuméré les points sur ses doigts. — Primo : les empreintes digitales, mais dans ce cas, c'est mort. Trop de dommages thermiques. Les crêtes papillaires ont disparu. Même si on essayait, il est peu probable qu'on obtienne une empreinte exploitable. Secundo : les dents. C'est notre meilleure chance. On a récupéré plusieurs dents. Certaines sont fracturées par la chaleur, mais quelques molaires ont survécu intactes. Je vais les nettoyer et faire faire des radiographies, mais elles ne servent pas à grand-chose si on ne trouve rien avec quoi les comparer. Si ce type a déjà vu un dentiste au Royaume-Uni et qu'il a un dossier, on pourrait avoir de la chance.

— Ça prend combien de temps ?

— Entre quelques jours et deux semaines. Ça dépend de la vitesse à laquelle on peut accéder aux dossiers et s'il y a même un dossier à comparer. Beaucoup de variables. S'il avait des soins dentaires privés ou s'il a changé de cabinet plusieurs fois, ça peut ralentir les choses.

Olivia a hoché la tête, griffonnant furieusement dans son carnet.

— On va aussi faire une analyse ADN, a continué Leanna. On peut extraire un échantillon du fémur ou des molaires. Là encore, le délai est long – ça pourrait prendre jusqu'à deux semaines, surtout s'il n'y a aucune correspondance à laquelle le comparer. Mais ça ira dans la base de données nationale. Le service des personnes disparues pourrait trouver quelque chose si quelqu'un a été récemment signalé.

Olivia a soupiré. — Donc en gros… on attend.

— C'est ça, la police scientifique. On joue sur le long terme par ici, ma petite. Mais comme je l'ai dit, si certaines informations arrivent avant, ça pourrait accélérer les choses. Je t'enverrai le rapport complet par e-mail dès qu'il sera terminé. Si tu as d'autres questions, tu sais où me trouver.

CHAPITRE
NEUF

Stephanie a frappé à la porte et est entrée sans attendre d'y être invitée. Le commissaire principal Clive McGowan était en train d'ôter ses lunettes quand elle a ouvert la porte.

— Je vous dérange, mon commandant ?

— Plus maintenant, apparemment. Entrez.

Le commissaire principal a verrouillé l'écran de son ordinateur et a poussé son clavier sur le côté, comme pour éliminer la tentation de se reconnecter et de consulter ses e-mails pendant qu'ils parlaient.

— Qu'est-ce qui vous tracasse, inspectrice ?

— Wellard, a-t-elle répondu en s'asseyant.

— Ah oui ?

— J'ai remarqué quelque chose de différent chez elle ce matin. Elle était plus silencieuse que d'habitude, elle n'avait pas grand-chose à dire. Elle gardait la tête baissée, on aurait dit qu'elle ne voulait pas être là. Je l'ai prise à part dans mon bureau, et elle m'a dit qu'elle se sentait un peu perdue et fatiguée de la routine.

— Entendu, a répondu Clive en hochant la tête d'un air songeur.

— Elle a aussi des problèmes à la maison avec ses enfants. Ils sont à cet âge, l'adolescence, où tout ce qu'ils font devient compliqué.

— Les hormones.

— Et pas que. Je pense qu'elle s'en sortira dans l'ensemble, mais je la fais travailler en étroite collaboration avec moi sur cette affaire d'incendie : l'opération Windbreaker. Ça pourrait lui redonner un but, peut-être lui remonter un peu le moral.

Nouveau hochement de tête pensif. — Bien vu. Quelqu'un y voit un inconvénient ?

Stephanie a pincé les lèvres et a secoué la tête. — Pas à ma connaissance. Mais si c'est le cas, je leur rappellerai que nous faisons tous partie de la même équipe.

— Bonne idée. Y a-t-il quoi que ce soit que je puisse faire ?

Nouveau secouement de tête. — Pas pour l'instant, mon commandant. Je voulais juste vous en informer au cas où vous remarqueriez quelque chose qui m'aurait échappé.

Et pour sa propre validation. Une petite tape dans le dos pour se rappeler qu'elle faisait du bon travail.

— J'aime votre façon de penser, a-t-il dit, comme s'il lisait dans ses pensées. C'est une bonne chose de donner à l'équipe plus de responsabilités en dehors de leurs rôles habituels.

— Ça tire tout le monde vers le haut, a-t-elle ajouté.

— Précisément. Le commissaire principal a replacé ses mains sur le clavier. — Autre chose ? Comment avance l'opération ?

— Nous venons à peine de commencer, mon commandant. Nous essayons toujours d'identifier la victime. Cependant, un des agents de la PTS a trouvé une petite boîte en fer-blanc contenant une photo et une inscription religieuse. L'équipe examine les deux en ce moment, mais nous ne pouvons pas faire grand-chose tant que nous n'aurons pas identifié la victime.

Avant que McGowan puisse répondre, on a frappé à la porte. Ils se sont tous les deux tournés dans sa direction.

— Entrez, a invité Clive de sa voix grave.

Un instant plus tard, une Fiona hésitante a passé la tête dans le bureau, l'air aussi mal à l'aise que si elle venait d'interrompre une dispute entre ses parents.

— Désolée de vous interrompre. Je… C'est à propos de l'opération Windbreaker, madame l'inspectrice.

— Continuez, a dit Stephanie.

— En fait, ça vient du service des personnes disparues. Ils ont reçu un signalement ce matin, d'une femme de Bracknell. Apparemment, son mari devait rentrer hier soir d'un séminaire professionnel, mais il n'est jamais arrivé.

Stephanie s'est redressée instantanément. — Il a disparu depuis combien de temps ?

— Environ dix-huit heures, je dirais.

Elle se levait déjà de sa chaise. — Et sa description ?

— Elle correspond vaguement à celle de notre victime. À peu près le même âge, à peu près la même taille, même si je sais que ce n'est pas grand-chose pour commencer.

— Excellent travail. Donnez-moi l'adresse de la femme, j'y vais tout de suite. Où est Olivia ? Je veux qu'elle vienne avec moi.

CHAPITRE
DIX

Jennifer Hadlow les a conduites dans le salon avec un air de calme maîtrisé, les lèvres pincées en un sourire poli mais crispé. Stephanie est entrée la première, suivie de près par Olivia, et la chaleur de la maison les a instantanément enveloppées. La pièce était immaculée, agencée avec la précision de quelqu'un qui accordait une grande importance aux apparences, comme si elle recevait des invités presque quotidiennement. Un canapé bleu marine et deux fauteuils assortis formaient un fer à cheval net autour d'une table basse en verre sur laquelle reposaient une pile de magazines *Country Living* et une plante soigneusement taillée. Sur le manteau de la cheminée électrique se trouvaient des photographies encadrées : un jeune couple le jour de son mariage, deux petits garçons en uniforme scolaire et un chien disparu depuis longtemps. Chaque chose dans la pièce était à sa place ; c'était le genre de foyer où les chaussures ne dépassaient jamais la porte d'entrée et où les tasses vides n'avaient pas le droit de traîner dans l'évier.

Jennifer s'est assise sur le bord du canapé, les mains sagement posées sur ses genoux, le dos parfaitement droit. Ses cheveux, teints d'un blond doux, encadraient son visage avec une élégance discrète. Stephanie a estimé qu'elle devait avoir entre cinquante-cinq et soixante ans, et elle se tenait avec une énergie qui démentait son âge.

Stephanie et Olivia se sont assises dans les fauteuils assortis, leurs carnets en équilibre sur leurs cuisses. Les doigts de Jennifer se sont entortillés tandis qu'elle regardait tour à tour les deux inspectrices, la posture raide, les épaules hautes.

— Je vous remercie de nous recevoir chez vous, a commencé Stephanie, d'une voix douce et posée. Nous comprenons que c'est un moment très éprouvant pour vous. Ma collègue et moi faisons partie de la section des enquêtes majeures.

— Des enquêtes majeures ? J'ai eu affaire au service des personnes disparues au téléphone… Il y avait un sanglot dans la voix de Jennifer, accompagné d'une pointe d'accusation.

— C'est parce que nous enquêtons sur un autre incident qui a eu lieu la nuit dernière.

— Quel incident ?

— Il y a eu un incendie à Chilworth. Des restes humains ont été retrouvés. Bien sûr, je ne veux pas brûler les étapes et supposer que votre mari était impliqué ; cependant, nous avons du mal à identifier le corps pour le moment. Nous devons donc évaluer la probabilité de l'implication de votre mari.

Jennifer a porté la main à sa bouche. — Un incendie ? Vous pensez que Nigel a été impliqué dans un incendie ?

— Nous espérons que non, a répondu Olivia. Son ton était plus doux, plus délicat que celui de Stephanie. De mère à mère. En fin de compte, nous espérons l'écarter de notre enquête et qu'il réapparaîtra sain et sauf. Mais nous devons vous poser quelques questions…

Sans un mot, Jennifer a bondi du canapé, a disparu dans la cuisine et est revenue un instant plus tard avec une boîte de mouchoirs, tapotant doucement le coin de son œil avec l'un d'eux. Elle s'est affalée sur le canapé, son calme et sa contenance s'effritant rapidement.

— Que pouvez-vous nous dire sur les déplacements de votre mari hier ?

Jennifer a jeté un coup d'œil à l'horloge sur le manteau de la cheminée, puis a de nouveau regardé Stephanie. — Il était censé être à une conférence toute la journée, a-t-elle dit, la voix plus claire maintenant. À Farnborough. Une sorte de grand salon pour promoteurs immobiliers auquel il se rend chaque année. Il m'a envoyé un texto à six heures moins dix pour me dire qu'il était en route.

— A-t-il pris la voiture ou le train ?

— La voiture. Il ne supporte pas les transports en commun.

Stephanie a pris une note. — Quand l'attendiez-vous à la maison ?

— Environ une heure après. À cette heure-là, la circulation aurait été dense.

— Et quand avez-vous commencé à soupçonner que quelque chose n'allait pas ?

— Il était environ neuf heures et je n'avais aucune nouvelle de lui. J'ai essayé de lui envoyer des messages et de l'appeler, mais il n'a pas répondu. D'habitude, il utilise son téléphone pour me prévenir quand il est dans les embouteillages. Mais rien. Alors j'ai pensé qu'il avait eu un accident. J'ai consulté les infos et les sites sur le trafic, mais je n'ai rien trouvé. Jennifer a commencé à jouer avec le mouchoir entre ses doigts. J'ai continué à appeler des amis qui habitent à proximité, juste au cas où il serait tombé en panne et serait allé leur demander de l'aide, mais ils n'avaient rien vu ni entendu. Ils m'ont tous dit de ne pas m'inquiéter, qu'il était probablement coincé ou perdu quelque part, et qu'il finirait bien par rentrer. Je n'ai pas dormi de la nuit. J'étais trop inquiète pour lui. Et comme il n'y avait toujours aucun signe de lui ce matin, c'est là que j'ai signalé sa disparition.

Stephanie a pris une autre note. Elle a brièvement regardé Olivia, puis de nouveau Jennifer. Elle s'est légèrement penchée en avant. — Madame Hadlow, puis-je vous demander : ces derniers jours ou semaines, avez-vous remarqué quelque chose d'inhabituel dans le comportement de votre mari ? Vous a-t-il semblé différent ?

Jennifer a expiré lentement, puis a hoché la tête. — Il a été stressé, oui. Sec, parfois. Dans son propre monde. Mais il a un projet énorme en attente d'approbation en ce moment — ils attendent toujours les contrats pour un nouveau projet de développement dans une église abandonnée — et il a dû gérer les investisseurs, le conseil municipal, tout le monde. J'ai vu des trucs disant que c'était en attente ou retardé. Je pense que ça a commencé à lui peser un peu, mais il… il fait juste avec.

— A-t-il dit que quelque chose en particulier le tracassait ou l'empêchait de dormir la nuit ?

— Non. Jamais. Elle a eu un petit rire amer, comme si elle se souvenait d'une conversation qu'ils avaient eue. C'est un homme typique, pour ça. Il garde tout pour lui, ne parle jamais de ce qui se passe vraiment dans sa tête. Je lui posais la question, mais il balayait toujours ça d'un revers de main. Rien n'a changé en vingt-cinq ans de vie commune.

— A-t-il fait quelque chose récemment qui sortait de sa routine ? a demandé Olivia. Des changements dans son emploi du temps ? Des réunions où il n'allait pas d'habitude, peut-être ?

Jennifer s'est frotté les tempes. — Je ne sais pas. Je suppose qu'il a eu quelques soirées tardives, mais il est resté vague. C'était un homme vague, en fait. Il ne me disait les choses que lorsque je les lui arrachais.

Stephanie a noté la tristesse tranquille dans son ton, a fait un léger signe de tête, puis a jeté un œil à ses notes avant de conti- nuer. — Votre mari était-il religieux, madame Hadlow ?

Jennifer a levé les yeux en fronçant les sourcils. — Nigel ? Non. Pas du tout. Il n'est jamais allé à l'église pour autant que je sache, sauf pour un mariage ou un enterrement. Elle a secoué la tête avec certitude. Pourquoi ?

Stephanie a hésité un instant, puis a sorti de son dossier une pochette en plastique transparent. À l'intérieur se trouvait une copie de la photographie qui avait été trouvée dans la boîte sur la scène de crime.

— Nous avons trouvé ceci, a dit Stephanie avec précaution, sur les lieux de l'incendie. Elle l'a tendue à Jennifer. Reconnaissez-vous le garçon sur cette photo ? Pensez-vous que ce pourrait être votre mari ?

Jennifer a pris la pochette avec des mains tremblantes et a étudié l'image de près. Elle a plissé les yeux, puis l'a approchée de son visage. — Je... je ne suis pas sûre, a-t-elle admis après une longue pause. Je ne pense pas que ce soit Nigel. Le nez a l'air diffé- rent. Et les cheveux. Mais je n'ai jamais vraiment vu de photos de lui enfant. Vous avez dit que cela a été trouvé sur les lieux de l'incendie ?

Stephanie a hoché la tête.

Quelque chose a changé dans l'expression de Jennifer, alors que la tristesse cédait la place à une lueur d'espoir. — Alors peut-être que ce n'était pas lui ! Peut-être qu'il n'était pas là. Je veux dire… ça ne lui ressemble pas. Pas à mes yeux. Et pourquoi aurait-il eu quelque chose comme ça ?

Stephanie n'a pas répondu immédiatement. Elle voulait faire attention à ne pas offrir de faux réconfort, mais en même temps, elle reconnaissait la bouée de sauvetage émotionnelle à laquelle Jennifer venait de se raccrocher.

— Nous explorons toutes les possibilités, a-t-elle dit doucement. En attendant, serait-il possible de recueillir quelques objets personnels qui pourraient nous aider à l'identifier ? Une brosse à dents, peut-être, ou un rasoir ?

Jennifer a immédiatement hoché la tête, en se levant. — Oui, oui bien sûr. Il y en a un dans la salle de bain à l'étage.

— Et si vous pouviez nous fournir le nom de son dentiste aussi, a ajouté Olivia, cela nous aiderait à obtenir son dossier dentaire pour le comparer avec les restes. Juste par précaution.

Jennifer s'est arrêtée au bas de l'escalier, jetant un regard en arrière. — Juste des vérifications de routine, n'est-ce pas ?

— Oui, a répondu Stephanie, en remarquant l'espoir grandissant dans la voix de Jennifer. Juste des vérifications de routine.

CHAPITRE
ONZE

Dès que les portières de la voiture se sont refermées dans un bruit sourd, Stephanie a appuyé sa tête contre l'appuie-tête et a expiré. L'habitacle était froid, malgré le soleil de l'après-midi qui inondait le tableau de bord. Olivia a bouclé sa ceinture de sécurité.

— Eh bien, a-t-elle murmuré, ça aurait pu être pire.

— Elle mise tout sur le fait que cette photo est celle de quelqu'un d'autre, a répondu Stephanie en démarrant le moteur.

— Et *toi*, tu penses que c'est lui ?

— C'est possible. Mais nous devons le confirmer avant de pouvoir faire quoi que ce soit.

— Très diplomate, a commenté Olivia.

— J'aurais peut-être dû faire de la politique.

— Non. Ils sont doués pour mentir. Pas toi.

Olivia a adressé un sourire entendu à Stephanie, qui a sorti son téléphone et a fait défiler son répertoire. Elle a trouvé le numéro de Leanna, l'a appelée et a demandé au médecin légiste le nom et les coordonnées d'un odontologiste médico-légal. Après avoir reçu les informations, Stephanie a posé le téléphone sur le tableau de bord et a composé le numéro.

Le téléphone a sonné deux fois avant qu'une voix vive ne réponde. — Service d'odontologie médico-légale, Dr Sam Heaney à l'appareil.

— Dr Heaney, inspecteur principal Stephanie Broadbent de la Section des enquêtes criminelles du Surrey. Nous avons une suspicion d'identité concernant les restes de Chilworth et nous avons besoin d'une comparaison dentaire en urgence.

Il y a eu une courte pause, suivie de : — Compris. Avez-vous déjà le dossier dentaire ?

— Nous l'aurons d'ici la fin de la journée. Sa femme vient de nous donner le nom de son dentiste : le cabinet dentaire Winnaker à Bracknell. Nous allons demander le dossier directement.

— Et le corps ?

— Il est déjà sur la liste de votre service. Vous devriez avoir reçu un appel du médecin légiste, Leanna Moore, cet après-midi.

— C'est exact, a confirmé Heaney. Une expertise dentaire post-mortem a été réalisée, mais aucune demande d'identification n'avait été faite jusqu'à présent.

— Eh bien, considérez que c'est officiel. Le sujet s'appelle Nigel Hadlow. Nous enverrons le dossier dentaire dès que nous l'aurons. Pouvez-vous traiter ça en priorité ?

Une pause. — Je *peux*, mais il me faudra une autorisation écrite.

— J'enverrai un e-mail dès que j'arriverai au bureau, d'ici une heure environ.

— Dans ce cas, je m'assurerai que la comparaison soit faite d'ici demain matin au plus tard. Peut-être même avant, s'il y a une forte correspondance.

— Merci, Dr Heaney.

La communication a été coupée. Stephanie a tapoté l'écran pour raccrocher. Olivia a rajusté les dossiers sur ses genoux, laissant apparaître la photo du garçon sur le dessus.

— Tu penses que c'est lui ?

Stephanie n'a pas répondu tout de suite. Elle a regardé la photo un moment. — Ce qui m'inquiète le plus, ce n'est pas de savoir *qui* c'est, mais *pourquoi* elle est là.

CHAPITRE
DOUZE

Il y avait peu à faire pour le reste de la journée à part attendre ; le pire aspect du métier, celui que Stephanie détestait le plus. Comme promis, Olivia et elle avaient envoyé le dossier dentaire de Nigel Hadlow à l'odontologiste médico-légal à leur retour au poste, et le Dr Heaney avait une nouvelle fois confirmé qu'ils auraient les résultats dès que possible.

Maintenant, ce n'était plus qu'un jeu de patience. Alors, pour s'épargner la tentation d'appeler le numéro professionnel de Heaney toutes les heures, Stephanie a dit au revoir à ses collègues, est montée dans sa voiture et a pris le chemin de la maison.

Il faisait nuit noire quand elle est arrivée. Début novembre. L'un des mois qu'elle aimait le moins. En fait, toute la fin de l'automne et l'hiver faisaient partie de ses saisons les moins appréciées. Le printemps, c'était là qu'elle se sentait heureuse, la saison du renouveau, de la renaissance et de la régénération. Une période où il ne faisait ni trop chaud ni trop froid ; pour elle, c'était juste parfait. La saison de Boucle d'or.

Une pluie fine tombait du ciel, mouchetant doucement son imperméable alors qu'elle sortait de la voiture et ouvrait la portière arrière pour attraper une pile de dossiers et sa sacoche d'ordinateur.

Alors qu'elle la passait par-dessus son épaule, la porte d'entrée de son voisin s'est ouverte. Un mince rai de lumière a coupé leur allée commune en deux, et Jimmy en est sorti, vêtu d'une chemise élégante et d'un jean Levi's. Il tenait un sac-poubelle noir à la main. Il s'est figé en posant les yeux sur Stephanie.

— Bonsoir, lieutenant, a-t-il dit en déposant le sac dans la poubelle devant sa maison.

Stephanie a eu un sourire en coin en claquant la portière de sa voiture. — On va devoir arrêter de se croiser comme ça. Les gens vont commencer à jaser.

Jimmy a gloussé dans l'obscurité. — J'ai arrêté de me soucier de ce que les gens pensent de moi dans les années quatre-vingt, ma chère. Il y a des choses plus importantes dans la vie.

N'était-ce pas la vérité, a pensé Stephanie. Même si elle savait, par expérience, que c'était beaucoup plus facile à dire qu'à faire. Elle n'avait encore jamais rencontré quelqu'un capable d'éteindre ses pensées comme on appuie sur un interrupteur.

— Journée chargée au bureau ? a demandé Jimmy, poursuivant avant qu'elle puisse répondre. J'ai vu sur les réseaux sociaux pour l'incendie qui a eu lieu.

— Les réseaux sociaux ? Stephanie a haussé un sourcil. Je ne pensais pas que vous les utilisiez.

— Je suis aussi surpris que vous, mais j'arrive à peu près à maîtriser les bases. C'est terrible ce qui s'est passé, cela dit. Je visitais cette grange et certaines des autres, à proximité, quand j'étais enfant. Avec quelques amis, on allait faire du vélo dans ce coin-là et on jetait des pierres à travers le champ pour voir qui pouvait lancer le plus loin. Son visage s'est illuminé à ce souvenir. Enfin, comme beaucoup d'endroits maintenant, j'imagine qu'elle a juste été abandonnée et négligée. Vous savez si c'était un incendie criminel ?

Steph a un peu détendu ses épaules ; il était au courant pour l'incendie, mais pas pour le corps qui y avait été trouvé. L'équipe et elle n'avaient pas encore communiqué cette information au public.

— Nous n'en sommes pas encore sûrs, a-t-elle répondu.

— Horrible, tout ça est horrible. Pourquoi les gens ressentent-ils le besoin de faire ça ?

Elle a haussé les épaules. — J'en sais autant que vous.

— J'espère que le responsable aura ce qu'il mérite.

— Si j'ai mon mot à dire, ce sera le cas. Elle a fait une pause. Vous n'auriez pas vu des hommes suspects rôder près de ma porte ou traîner dans la rue, par hasard ? a-t-elle demandé. On dirait qu'à chaque fois que je vous vois, il se passe quelque chose de suspect dehors.

Jimmy a levé un doigt en l'air. — Maintenant que vous en parlez…

Son expression s'est assombrie, son corps s'est tendu.

— Maintenant que vous en parlez, je n'ai absolument rien vu, a-t-il dit en plaisantant.

Stephanie a laissé échapper un souffle court et sec qui a relâché la tension dans son corps. Sa première pensée avait été pour Jordan, son demi-frère, qui traînait devant chez elle, essayant par tous les moyens de s'immiscer dans sa vie.

— La prochaine fois, peut-être, a-t-elle plaisanté. Et si c'est le cas, assurez-vous de prendre une photo. Ça me facilite grandement la vie quand j'essaie de les retrouver.

Elle s'est dirigée vers sa porte d'entrée, a cherché ses clés dans son sac, puis lui a dit au revoir. Elle a attendu que Jimmy soit rentré chez lui avant d'entrer dans sa maison. Tandis que la porte glissait sur le paillasson, elle a poussé une petite pile de courrier sur le côté. Jonglant avec ses dossiers et sa sacoche d'ordinateur, elle s'est accroupie pour le ramasser, parcourant distraitement une offre de carte de crédit, un prospectus de plats à emporter, et une lettre de l'agence immobilière locale lui demandant si elle avait envisagé de vendre sa propriété. Et puis…

Ses doigts se sont arrêtés sur la dernière enveloppe. Une lettre qui lui était adressée. Écrite à la main. Timbre au tarif lent. Son estomac s'est noué. Elle a laissé tomber la sacoche de son épaule, a fermé la porte d'un coup de pied, et a emporté le courrier dans la cuisine. La pluie tambourinait doucement contre les fenêtres. La maison était silencieuse, à l'exception du ronronnement du réfrigérateur et du faible tic-tac qu'il produisait par intermittence.

Elle a déchiré l'enveloppe. À l'intérieur se trouvait une seule feuille de papier ligné pliée, au bord dentelé, comme arrachée d'un bloc-notes.

Steph,

J'espère que tu ne m'en veux pas pour cette intrusion, mais j'ai main-

tenant épuisé tous les moyens possibles pour te contacter, à part, je suppose, une lettre dans une bouteille que tu pourrais trouver en vacances un jour, ou t'envoyer quelque chose en morse.

Je voulais juste prendre contact. Si jamais tu as envie de discuter ou d'apprendre à me connaître, tu sais comment me joindre. Je suis généralement disponible à tout moment, donc ne t'inquiète pas de me déranger.

Je suis tout aussi choqué que toi par toute cette histoire. J'ai parlé à Kim, et d'après ce qu'elle dit, nos liens familiaux ne sont pas des plus heureux — je suis désolé pour ce que Colin t'a fait subir — mais je veux juste te dire que je ne lui ressemble en rien, et que je ne lui ressemblerai jamais.

Je sais que c'est difficile pour toi. Mais ça l'est pour moi aussi. Peut-être qu'on pourrait y faire face ensemble ?

J'espère avoir de tes nouvelles.

Jord x

Stephanie a lu le mot deux fois, puis une troisième. Un mélange écrasant d'inquiétude et de frustration a grandi en elle, teinté d'une once de culpabilité. C'était très déroutant. D'un côté, il avait pris le temps de s'asseoir, d'écrire et de poster la lettre à son adresse — une action qui exigeait de la réflexion, du temps et des efforts. Mais de l'autre, c'était bizarre et déplacé. Pour faire court, elle n'avait pas envie de le revoir, pas envie d'apprendre à le connaître. Il n'avait pas fait partie de sa vie pendant les quarante dernières années, alors pourquoi pensait-il pouvoir faire partie des quarante prochaines ?

Puis elle s'est souvenue du message vocal qu'il avait laissé ce matin ; il avait raison, il avait vraiment utilisé tous les moyens disponibles pour la contacter. Arriverait-il un point où ce serait trop ? L'avaient-ils déjà dépassé ?

Finirait-elle par craquer et le laisser entrer, ou son inquiétude continuerait-elle de grandir ?

À cet instant, une seule chose lui occupait l'esprit.

— Bon sang, comment a-t-il eu mon adresse ? a-t-elle demandé à voix haute.

Elle a sorti son portable et a fait défiler ses favoris. Son pouce a hésité. Puis elle a appuyé sur le nom de Kimberley.

Le téléphone a sonné deux fois avant qu'une voix épuisée ne réponde : — Steph ?

— Salut. Désolée de te déranger, a dit Stephanie, en essayant de garder une voix stable. Je viens de rentrer et j'ai trouvé une lettre sur mon paillasson.

— Une lettre ?

— Ouais. De *lui*.

Une pause. Stephanie pouvait entendre des bruits de fond : le lavage rythmé du lave-vaisselle, le grondement étouffé de la télé, un cliquetis de couverts.

— Oh… d'accord, a dit Kimberley, l'air déjà coupable.

Stephanie a froncé les sourcils. — Il avait mon adresse, Kim. Comment penses-tu que c'est arrivé ?

Kimberley n'a pas répondu tout de suite. Puis un soupir est venu. — Il me l'a demandée. Je pensais que… Je ne sais pas. Je pensais que ça aiderait.

— Aider à quoi ? L'aider à s'imposer dans ma vie ?

— C'est notre frère, Steph.

— C'est un étranger, a sèchement répliqué Stephanie. C'est un étranger qui a notre sang, c'est tout. Ça ne lui donne pas le droit de savoir où je vis. C'est une limite que tu n'as pas le droit de franchir pour moi.

— Je ne pensais pas que ce serait si grave…

— C'est ça le problème, Kim. Tu n'as pas pensé.

La voix de Kimberley s'est brisée, lasse et tendue. — J'essayais de bien faire.

Stephanie a arpenté la cuisine, passant une main dans ses cheveux. — Eh bien, ce n'était pas le cas. Je ne veux pas qu'il m'écrive, ni qu'il m'envoie des textos ou m'appelle. Et je ne veux pas de lui sur le pas de ma porte.

— Il n'est pas une menace…

— Il n'est pas le bienvenu. Ça devrait suffire. Stephanie a repris son souffle, essayant de contenir la colère qui lui serrait la gorge. Je te demande, en tant que ma sœur, de ne plus communiquer mes informations personnelles. À personne.

Kimberley est restée silencieuse, puis a finalement dit, douce-ment : — D'accord. Je suis désolée.

Stephanie a raccroché avant que sa voix ne puisse la trahir.

Elle est restée dans la cuisine, le regard fixé sur la lettre posée sur le comptoir, la pluie continuant de tapoter doucement les fenêtres. L'espace d'un instant, le silence de la maison lui a paru étouffant. Puis, d'un geste décidé, elle a plié la lettre en deux, l'a fourrée dans le tiroir à côté du réfrigérateur, et l'a refermé.

CHAPITRE
TREIZE

L'odeur du café, épaisse, flottait dans l'air, enveloppant Stephanie comme une chaude couverture de laine. Coffee Culture, niché dans la ruelle pittoresque et pavée qui reliait la rue principale de Guildford à la plus fréquentée North Street, était l'un de ces endroits parfaits : des luminaires vintage descendaient bas au-dessus des tables en bois, des murs en briques apparentes donnaient du caractère à la pièce, et une série de carreaux à motifs, tous plus uniques les uns que les autres, ornaient le sol. Une musique indie d'ambiance murmurait en fond sonore, parfois couverte par le sifflement de la vapeur de la machine du barista, le crissement des couverts sur la céramique et le brouhaha feutré des conversations.

C'était la clientèle du milieu de matinée. Un groupe de femmes d'une soixantaine d'années occupait la table près de la vitrine, sirotant leur cappuccino. Leurs sacs à main étaient soigneusement posés sur les chaises libres, tandis que leurs manteaux étaient gracieusement pliés sur leurs genoux. L'une d'elles a ponctué son récit d'un éclat de rire sonore qui a fait se retourner quelques têtes. Près du fond, deux jeunes mères avec des poussettes discutaient tranquillement, buvant des flat whites pendant que leurs bambins mâchouillaient des morceaux de banane. Deux étudiants, vêtus de sweats à capuche trop grands et écouteurs aux oreilles, étaient assis devant leurs ordinateurs portables, concentrés sur leurs cours. Au comptoir, un homme en Lycra gardait un œil sur son vélo garé à l'extérieur en attendant un matcha latte à emporter.

Stephanie était assise seule à une table d'angle, le dos au mur, avec une vue dégagée sur la salle. L'assiette rustique marron en face d'elle présentait une composition artistique d'avocat écrasé, un œuf poché et une pincée de flocons de piment sur du pain au levain grillé. Le plat avait l'air délicieux, pourtant elle n'y avait pas touché, à part pour couper l'œuf en deux et regarder le jaune couler.

Elle a joué avec une fourchetée d'avocat, la faisant tourner distraitement avant de la reposer. Son estomac gargouillait, mais son esprit lui disait non. Elle n'était pas d'humeur à livrer bataille, mais celle-ci avait lieu malgré elle. Elle a appuyé fort son genou contre le dessous de la table pour tenter de se distraire, mais ses pensées ne la laissaient pas en paix.

La lettre était toujours pliée dans le tiroir, à la maison. Son demi-frère, un homme dont elle venait tout juste d'apprendre l'existence, avait envahi sa vie comme une lente infiltration d'eau dans un plafond. Elle ne pouvait s'empêcher d'y penser. De penser à lui. À ce qu'il voulait. À ce qu'elle voulait. Parfois, elle souhaitait ne pas avoir de famille ; ainsi, tout le stress et la douleur de sa vie disparaîtraient. Mais elle se souvenait alors qu'elle n'aurait non plus rien de la beauté, de la chaleur, du bonheur, des souvenirs qu'elle partageait avec sa sœur.

Sauf que Kimberley avait donné son adresse, l'avait trahie comme ça. L'avait laissée tomber.

Stephanie a expiré brusquement par le nez et a finalement pris une bouchée, mâchant lentement, comme pour tester la réaction de son corps. Jusqu'ici, tout allait bien.

Puis son téléphone a sonné, vibrant bruyamment sur la table. Surprise, elle a attrapé l'appareil et a répondu.

C'était Olivia.

— Tu as une minute ?

— Je suis en pause déjeuner. Qu'est-ce qu'il y a ?

— On a une correspondance pour les restes de l'incendie. L'odontologiste l'a confirmé il y a dix minutes. C'est lui. C'est Nigel Hadlow.

Stephanie s'est pincé l'arête du nez. Le nom résonnait dans son esprit. Le mari disparu. L'homme dont la femme pensait qu'il était juste coincé dans les embouteillages.

— Tu es sûre ?

— Certaine.

Steph s'est adossée à sa chaise, son appétit se dissolvant comme du sucre dans du thé chaud. Elles avaient une victime. Un nom à mettre sur leur inconnu. Bien plus vite que prévu.

— Qu'est-ce qu'on fait maintenant, chef ?

Stephanie a baissé les yeux. — Attends, a-t-elle dit en se levant de table. Je reviens au poste.

Elle a attrapé son manteau et s'est dirigée vers la sortie, laissant l'assiette de nourriture presque intacte.

CHAPITRE
QUATORZE

Dès que Stephanie a franchi les portes de la salle de crise, l'atmosphère a changé. Les conversations se sont tues, les têtes se sont tournées, et quelques chaises ont grincé tandis que les membres de l'équipe se sont redressés.

L'heure était à l'action.

Stephanie est allée d'un pas décidé jusqu'à son bureau, a retiré son manteau d'un geste sec et a balancé son sac sous le bureau avant de retourner dans la salle de crise.

— Bon, a-t-elle dit en tapant une fois dans ses mains pour attirer l'attention de tout le monde. On a eu la confirmation que le corps retrouvé dans l'incendie de Chilworth a bien été identifié comme étant celui de Nigel Hadlow. Ça ne veut pas dire qu'on sait déjà ce qui s'est passé, donc je veux que toutes les pistes soient explorées. Elle a désigné Giles et Noah. Vous deux, Hadlow est allé à la conférence en voiture ce jour-là, alors on va commencer par là. Trouvez sa voiture. Retracez son itinéraire depuis le centre de conférences jusqu'à la grange. Vidéosurveillance, caméras de circulation, stations-service ; je veux toutes les séquences vidéo, du moment où il est parti jusqu'au moment où il a disparu des radars. Découvrez s'il a rencontré quelqu'un, s'il s'est arrêté sur le bord de la route pour pisser un coup, ou pour faire monter quelqu'un. On veut connaître chaque centimètre de son parcours. Compris ?

Noah a griffonné furieusement dans son carnet. — À vos ordres, mon commandant.

De la part de Giles : — Ça promet d'être passionnant, mon commandant.

— Bien. Elle s'est tournée vers Fiona. Je veux que vous parliez à nouveau à sa femme. Annoncez-lui la nouvelle. Soyez honnête, mais ne la submergez pas d'informations. Il nous faut une chronologie claire des déplacements de Nigel, tout ce qui sort de l'ordinaire, toute personne qu'il aurait mentionnée, absolument tout ce qui pourrait expliquer pourquoi il a fini dans cette grange.

Fiona a hoché la tête d'un air crispé et a porté le bout de son auriculaire à sa bouche. — Compris.

— Et voyez ce que vous pouvez découvrir sur d'éventuels problèmes dans leur mariage. Liaisons, soucis financiers… ce genre de choses. S'il y a une faille sous la surface, il faut qu'on la trouve.

Elle a balayé la pièce du regard, ses yeux passant d'un membre de l'équipe à l'autre, pour s'arrêter sur Devon.

— Épluchez son portable et ses relevés financiers. Voyez s'il y a quoi que ce soit qui pourrait indiquer que quelqu'un s'en est pris à lui ou si les choses allaient si mal qu'il s'est fait ça tout seul.

— Vous pensez toujours que ça pourrait être un suicide, mon commandant ? a demandé doucement Devon, la voix manquant d'assurance.

— Tant qu'on n'a pas le rapport d'incendie complet et des preuves du contraire, je veux qu'on garde l'esprit ouvert.

— Ce rapport ne devrait pas tarder, a dit Giles en levant la main. Aux dernières nouvelles, Elias et son équipe le préparaient ce matin.

Stephanie a hoché la tête et a vérifié sa montre. Elle sentait l'adrénaline commencer à se contracter dans ses muscles. Il ne lui restait plus qu'à la canaliser. — Relancez-le, a-t-elle dit. Voyez s'ils peuvent nous le faire parvenir avant qu'Olivia et moi ne soyons de retour.

— De retour ? a demandé Olivia.

— Toi et moi, on va parler à la dernière personne à l'avoir vu vivant : son employeur.

— Que voulez-vous qu'on fasse pour la presse, mon commandant ?

La question venait de Devon. Elle s'est tournée vers lui, l'a observé un instant, puis a répondu : — Je vous laisse vous en charger. Mais attendez que sa famille ait été prévenue. Tenez-vous-en aux faits. Rien de plus.

— Mon commandant, a répondu Devon en hochant la tête.

— Très bien. Au travail. Découvrons ce qui est arrivé à ce pauvre Nigel Hadlow.

La circulation s'est densifiée alors qu'elles entraient dans le cœur de Guildford et Stephanie a ralenti pour se retrouver au pas derrière un bus. La pluie faisait scintiller le bitume comme des paillettes. Devant elles, un échafaudage grimpait le long du squelette d'un immeuble à moitié construit, et une grue imposante surplombait la ville, tel un oiseau de proie à l'affût.

— Avant, c'était un parking, a marmonné Olivia, les bras croisés sur sa poitrine. Un parking populaire et pratique, en plus. Personne ne s'en plaignait, mais un type quelque part a eu la brillante idée de tout défoncer pour construire un autre bloc d'appartements hors de prix par-dessus. Du génie.

Stephanie a émis un petit grognement neutre, son attention focalisée sur un cycliste qui zigzagait trop près de son rétroviseur.

Elles sont passées ensuite devant l'ancien site de Debenhams, ou ce qu'il en restait. L'ancien grand magasin avait été remplacé par des panneaux de verre lisses et une bannière géante promettant des appartements de luxe à partir de 500 000 £. Un demi-million de livres pour vivre à côté d'une route très fréquentée dans une ville étudiante animée. Stephanie voyait de meilleures façons de dépenser son argent, à supposer qu'elle ait un demi-million en trop qui traîne quelque part, ce qui n'était pas le cas.

— Et en voilà *encore un*, a grommelé Olivia, la voix chargée de dégoût.

Stephanie a reniflé. Comme elle ne vivait pas dans la région depuis longtemps et se sentait encore un peu comme une étrangère, elle n'avait aucune raison d'être aussi indignée qu'Olivia. — On dirait que t'as cent ans.

— C'est l'impression que j'ai. C'est juste dommage, tu sais. Ils filent les clés à ces promoteurs qui n'en ont rien à foutre de personne d'autre qu'eux-mêmes et ils leur disent : « Faites-en ce que vous voulez, on s'en fiche ».

Au loin, deux nouvelles tours résidentielles s'élevaient derrière la gare. Propres, nettes, modernes.

— Et ça s'étend, a ajouté Olivia en pointant le pare-brise d'un coup de pouce. Tu as vu Woking récemment ?

Stephanie a esquissé un sourire. — Difficile de le rater. Je le vois depuis Chantries Ridge. On dirait que quelqu'un a laissé tomber une pile de cartons IKEA au milieu du Surrey. Mais les gens ont besoin de logements, Liv.

— Ouais, ouais. Mais tu sais comment ils les obtiennent ? J'ai vu l'autre jour sur les réseaux sociaux que beaucoup de ces vieux bâtiments qui sont dans le viseur des promoteurs, eh bien… comme par hasard, ils prennent feu et partent en fumée.

— Une théorie du complot, tu veux dire ?

Olivia a haussé les épaules. — Tout ce que je dis, c'est que ça fait réfléchir, non ?

Tout ce que ça faisait, c'était amener Stephanie à se demander si la grange où Nigel Hadlow était mort n'avait pas été ciblée pour un potentiel projet immobilier, mais elle s'est rendu compte que c'était hautement improbable étant donné l'isolement du lieu. Elle n'imaginait personne vouloir vivre dans un immeuble d'appartements à plusieurs kilomètres des commodités locales.

— Donne-lui encore dix ans, a dit Olivia avec un soupir. Je parie qu'on vivra tous dans des endroits avec des QR codes en guise de portes.

— Et des robots comme voisins.

— Ça ne peut pas être pire que ceux que j'ai maintenant.

Stephanie a rigolé et a tourné dans une rue latérale étroite en sortant de Guildford en direction de Basingstoke. Il était temps d'arrêter de se plaindre de l'horizon et de commencer à creuser dans la vie d'un homme qui s'était peut-être, ou peut-être pas, immolé par le feu.

CHAPITRE
QUINZE

Une seule pensée l'obsédait : Stephanie. Malgré la douleur physique qu'elle ressentait dans le ventre et le reste de son corps, elle ne pouvait penser qu'à la seule chose qui lui causait cette douleur morale, cette souffrance émotionnelle. Sa relation avec sa sœur aînée n'était plus la même depuis la révélation qui avait fait voler en éclats sa vision du monde. Elle ne pouvait plus faire confiance à Stephanie, ne pouvait plus croire un seul mot qui sortait de sa bouche. Stephanie lui avait menti toute sa vie, et elle sentait qu'on lui cachait encore des choses — un pressentiment, une intuition de sœur.

Elles avaient été inséparables comme les deux doigts de la main, liées par leur histoire commune, mais ce lien s'était construit sur des mensonges. Pendant trente-trois ans, Kimberley avait cru qu'elles seraient toujours ensemble, sœurs pour la vie. Elle s'était imaginé que Stephanie serait la première personne qu'elle appellerait en cas d'urgence, peut-être même avant son mari, Jason. Pourtant, au moment où elle avait eu le plus besoin d'eux, aucun des deux n'avait décroché. Tous les deux étaient probablement trop occupés par leur travail pour se soucier d'elle, pour tout laisser tomber et la soutenir.

Ironique, son mari et sa sœur, les personnes à qui elle avait autrefois confié sa vie, étaient aux abonnés absents. Ils l'avaient abandonnée, révélant ainsi leur vrai visage.

Une vague de nausée l'a submergée lorsqu'une silhouette a traversé la salle d'attente, la tirant de ses pensées. Elle a bougé, mal à l'aise sur sa chaise à dossier rigide, a rajusté son manteau plié sur ses genoux et a serré son sac à main contre son ventre arrondi comme si c'était un gilet de sauvetage. De l'autre côté de la pièce, un jeune enfant a poussé un cri strident, tirant sur la manche de sa mère pendant qu'elle lui chuchotait quelque chose de sévère, les dents serrées. Une autre femme enceinte feuilletait un dépliant sur la grossesse sans en lire un mot, le regard vide et distrait.

Kim a fixé le mur bleu pâle en face d'elle, sur lequel étaient exposées des brochures sur les différentes étapes de la grossesse et les produits d'entretien sans danger. Pourtant, elle ne voyait rien de tout cela. Son esprit est retourné à la trace de sang qu'elle avait vue ce matin. Légère, certes. Mais indubitable. La douleur sourde dans son bas-ventre n'avait pas non plus disparu. Pas vraiment une douleur, mais une tension qui l'inquiétait.

La silhouette à côté d'elle a bougé sur son siège. Elle s'est tournée vers lui.

Jordan. La personne qui avait répondu à son appel immédiatement. Celui qui avait tout laissé tomber pour l'accompagner.

Jordan était assis calmement, les jambes écartées d'une manière qui suggérait qu'il était en terrain conquis, les coudes posés nonchalamment sur les accoudoirs de la chaise. Il portait un sweat à capuche noir sous une veste en jean, les manches retroussées à mi-hauteur pour révéler des poignets fins et une peau pâle constellée de taches de rousseur. Ses cheveux blonds foncés étaient coiffés en arrière avec négligence, comme s'il y avait passé les doigts toute la matinée. Il y avait une douceur sur son visage qui le rendait presque juvénile, et pourtant, sa mâchoire et la forme de sa bouche rappelaient le seul homme dont ni l'un ni l'autre ne voulait parler.

Leur père.

Kim détestait à quel point Jordan lui ressemblait, tout comme sa sœur. Mais alors que leur père avait toujours paru cruel, Jordan semblait… normal. Fatigué. Comme un adulte approchant de la quarantaine, essayant de donner un sens à sa vie.

Elle avait ressenti de l'espoir, de l'excitation à la découverte de ce nouveau frère. Pas seulement parce qu'elle avait quelqu'un de nouveau dans sa vie, mais parce que Jordan lui donnait l'impression d'une seconde chance. D'un nouveau départ. Quelqu'un qui pourrait comprendre les complexités de leur enfance sans la juger sur la façon dont elle l'avait gérée, ou plutôt, sur son incapacité à la gérer dernièrement. Ils avaient déjà fait le test ADN, l'avaient envoyé par la poste, et avaient reçu les résultats quelques jours plus tôt seulement : une correspondance de 99,97 %. Demi-frère et sœur. Il y avait quelque chose d'étrangement émouvant là-dedans. Une preuve scientifique que l'inconnu à côté d'elle était de sa chair et de son sang, qu'il lui appartenait et elle à lui, d'une manière étrange et tortueuse.

Alors, au moment où elle en avait eu besoin, elle l'avait appelé. Et il avait répondu.

L'absence de Stephanie lui faisait mal à la poitrine, comme un bleu sur lequel elle n'arrêtait pas d'appuyer.

— Tu vas bien ? a demandé Jordan, brisant le silence en posant une main sur le haut de son bras.

Elle a esquissé un sourire confiant. — Je suis nerveuse.

— Je suis sûr que tout ira bien.

Elle s'est forcée à sourire de nouveau. — Merci d'être venu, au fait.

— C'est normal. C'est ce que font les familles. Il a fait un signe de tête vers son ventre. — Je n'ai jamais pensé que j'aurais un frère ou une sœur. Et je n'ai jamais pensé que je deviendrais oncle. Maintenant, je vais pouvoir traiter le petit comme le frère ou la sœur que je n'ai jamais eu en grandissant.

Elle a eu un petit rire, puis s'est massé le ventre qui s'est contracté légèrement. Elle a hoché la tête mais n'a rien dit, craignant que sa voix ne se brise si elle essayait.

Une sage-femme en blouse bleu marine est sortie d'une porte latérale et a appelé son nom : — Kimberley Taylor ?

Avec hésitation, elle s'est levée, serrant son manteau et son sac dans une main, l'autre couvrant instinctivement son ventre. Elle a hésité un long moment.

Puis elle s'est tournée vers Jordan.

— Tu peux venir avec moi ?

— Bien sûr.

Ensemble, ils ont suivi l'infirmière à travers les portes battantes et sont entrés dans le service de maternité.

CHAPITRE
SEIZE

Les bureaux de Hadlow & Templeton se trouvaient au premier étage d'une petite tour à Basingstoke. Le bâtiment était exactement comme Stephanie l'avait imaginé : moderne, spacieux et baignant dans le blanc. Comme si on l'avait arraché à Londres pour le déposer au milieu du Hampshire. Au cours des vingt dernières années, l'entreprise avait bâti sa réputation en transformant des terrains inexploités en lotissements rentables dans tout le sud de l'Angleterre, avec Nigel et son associé, Vinnie, aux commandes.

Une réceptionniste coiffée d'un micro-casque les a guidées le long d'un couloir aux parois de verre jusqu'à une longue salle de réunion au plafond élevé. La table était surdimensionnée, flanquée de chaises anguleuses plus design que confortables. Un mur, entièrement vitré, offrait une vue panoramique sur Basingstoke et les nouveaux lotissements au-delà, donnant à la ville des airs de construction en Lego. Au fond de la pièce était assis Vinnie Templeton, qui s'est levé à leur entrée. Grand, la petite cinquantaine comme Nigel, les cheveux argentés impeccablement peignés, il arborait un bronzage prononcé qui suggérait une multipropriété en Espagne et de réguliers séjours de golf à l'étranger. Il portait un costume bleu marine de coupe italienne, assorti d'une chemise rose pâle ouverte au col. Tout en lui, de la Tag Heuer à son poignet à ses mocassins en cuir coûteux, dégageait une opulence prétentieuse.

Stephanie s'est présentée, ainsi qu'Olivia.

— Je crois savoir que vous avez parlé à ma collègue au téléphone, monsieur Templeton, a-t-elle dit.

Vinnie a hoché la tête. — Effectivement. C'est une terrible, terrible nouvelle. Je n'ai réussi à me concentrer sur rien depuis. Je vous en prie, asseyez-vous.

Stephanie et Olivia se sont exécutées, tirant leurs chaises à l'autre bout de la table.

— Puis-je vous offrir un café ? De l'eau ?

— Ça ira, merci, a dit Stephanie. Et nous vous sommes reconnaissantes de prendre le temps de nous recevoir.

— Mais bien sûr, ne dites pas de bêtises. Nous sommes à votre entière disposition pour tout ce dont vous pourriez avoir besoin. Il a passé ses doigts dans ses cheveux. — C'est juste que… je n'arrive pas à… Et vous êtes sûrs qu'il s'agit bien de Nigel ?

Stephanie a répondu par un hochement de tête subtil mais ferme. — Les analyses ADN l'ont prouvé hors de tout doute raisonnable.

Vinnie a poussé un long soupir et a reniflé plusieurs fois, comme pour retenir ses larmes, ou peut-être pour faire semblant. — Une partie de moi espérait que ce soit quelqu'un d'autre, vous savez. Que ce soit une mauvaise blague. Je sais que c'est une chose horrible à dire, mais… savez-vous déjà ce qui lui est arrivé ?

— C'est la raison de notre présence, a répondu Olivia en posant son carnet et son stylo sur la table. Nous essayons de reconstituer ses déplacements la nuit de sa mort.

— Bien sûr. Bien sûr.

Olivia a laissé passer un instant avant de reprendre la parole. — Quel était le rôle de Nigel dans l'entreprise ?

Vinnie s'est penché en arrière, les bras croisés. — Nigel supervisait le développement stratégique. C'est lui qui traitait avec les autorités locales, qui approchait les urbanistes municipaux, qui gérait l'acquisition des terrains, les négociations de planification et les obstacles juridiques… le genre de travail que la plupart des promoteurs essaient d'éviter. Il était bon là-dedans. Charmeur quand il le fallait, et beaucoup moins quand l'enjeu était de taille. Il a montré du doigt le paysage urbain derrière la vitre. — La moitié des lotissements que vous voyez d'ici n'existeraient pas sans lui.

— Donc, il avait des relations avec des représentants du gouvernement ?

— Des relations ? Templeton a eu un petit rire. — Il vivait pratiquement dans les bureaux municipaux. Il connaissait le nom de tous les urbanistes en chef au sud de la M25. Il était toujours au téléphone, à organiser des déjeuners, des visites de sites, des rendez-vous au café. Beaucoup de gens l'aimaient bien, et beaucoup d'autres non. Ça fait juste partie du processus. Mais il avait ce… ce calme, même quand les choses allaient de travers, vous voyez ?

Olivia a jeté un regard à Stephanie, puis de nouveau à Vinnie. — Est-ce que les choses allaient de travers, récemment ?

Il y a eu une pause. Vinnie s'est frotté le menton du pouce. — Pas de façon dramatique. Mais nous avons rencontré un os avec l'un de nos futurs sites, un projet près de Guildford. C'est la conversion d'une vieille église sur un terrain désaffecté juste à l'extérieur de la ville. Un endroit magnifique. Ça aurait fait le bonheur de beaucoup de jeunes. Mais le site est devenu un point de friction au sein de la communauté. Nigel s'en occupait. Il y a eu quelques difficultés de démarrage et des préoccupations soulevées en interne, mais chaque fois que je l'ai interrogé à ce sujet, il m'a dit que c'était réglé et que je ne devais pas m'inquiéter.

— Vous vous êtes inquiété ?

— À cent pour cent, a-t-il admis. C'est mon travail de m'inquiéter. Mais je lui faisais confiance. Aux dernières nouvelles, tout était au point mort.

— Aurait-il pu être sous pression ? a demandé Olivia.

Vinnie a levé les yeux en laissant échapper un petit rire. — Bien sûr qu'il l'était. Nous le sommes tous les deux. Nous avons des comptes à rendre aux actionnaires et aux investisseurs, en fin de compte. Mais ça ne l'a jamais affecté. Il savait gérer la pression. Vincent a marqué une pause, plongé dans ses pensées. — Mais… maintenant que vous le dites, il *s'était* remis à fumer. Je l'ai surpris dehors deux ou trois fois ces quinze derniers jours, à tirer sur sa cigarette comme s'il avait de nouveau vingt-cinq ans. Il avait arrêté depuis des années. Je lui ai posé la question, mais il a balayé ça d'un revers de main.

— C'était un comportement inhabituel pour lui ? a demandé Stephanie.

Vinnie a bougé sur son siège. — Oui. Et non. Nigel intériorisait le stress. C'était sa façon de faire.

— Que pouvez-vous nous dire sur la conférence, le soir de sa mort ?

— Le Forum sur les Infrastructures et la Régénération du Sud-Est ? C'est tout simplement l'événement le plus couru du moment. Nigel et moi y avons passé les deux jours, à discuter avec des représentants municipaux, d'autres promoteurs, des conseillers juridiques, quelques financiers pour voir ce qu'ils disaient de l'industrie et de la conjoncture.

— À quelle heure le salon s'est-il terminé ?

— Officiellement, à seize heures. Mais nous ne sommes finalement partis que vers dix-huit heures.

— Vous êtes partis chacun de votre côté ?

— Oui.

— Et comment vous a-t-il semblé quand vous l'avez quitté ?

Vinnie a fait la moue. — Parfaitement normal. Détendu, même. Certainement pas en détresse, en tout cas.

— A-t-il mentionné des projets pour après le salon ?

— Non. Vinnie a secoué lentement la tête. — Il a juste dit qu'il me verrait au bureau le lendemain.

Stephanie s'est légèrement penchée en arrière. — Diriez-vous que vous étiez proches, tous les deux ?

— Aussi proches qu'on peut l'être avec un partenaire en affaires après vingt ans.

— Vous a-t-il déjà parlé de quelque chose qui le troublait ? Des appels ? Des messages ?

Le sourire de Templeton s'est effacé. — Pas particulièrement. Nous avons eu des problèmes au fil des ans. Les résidents, les écologistes, la presse, des manifestants qui campent devant nos sites, ce genre de choses. Même quelques menaces de mort, tout ça est monnaie courante. Mais il ne m'avait parlé de rien récemment.

— Et au sein *de l'entreprise* ? a demandé Olivia. Des tensions ? Quelqu'un qui lui en voulait ?

— Pas à ma connaissance. Lui et moi avions des désaccords, naturellement. On ne bâtit pas une entreprise ensemble sans se prendre la tête de temps en temps. Mais il n'y avait rien qui sorte de l'ordinaire. Il a hésité. — Sinon, je suis certain qu'il m'en aurait parlé. Nous étions partenaires. Ce qui l'affectait m'affectait aussi.

Stephanie a hoché la tête. — Nous aimerions avoir accès à son agenda, son téléphone professionnel et ses e-mails.

— Je peux autoriser ça, a dit Vinnie. Je vais demander au service informatique de préparer tout ça. Pour certains éléments, il faudra peut-être une demande officielle, mais si ça peut vous aider à découvrir ce qui s'est passé…

Stephanie l'a remercié, lui a tendu une carte de visite, puis s'est apprêtée à partir. Alors qu'elles se dirigeaient vers la porte, Vinnie les a interpellées. — Vous pensez que c'est un meurtre ?

Stephanie s'est arrêtée, une main sur la poignée de la porte.

— Nous n'excluons aucune piste, a-t-elle répondu.

Puis elle est sortie, laissant Vinnie Templeton seul au bout de la table, le regard fixé sur le plateau de Monopoly grandeur nature que Nigel et lui avaient bâti.

CHAPITRE
DIX-SEPT

Alors que Stephanie s'installait au volant, elle claqua la portière pour se protéger du vent qui se levait et se laissa tomber sur son siège en soupirant. Le ciel au-dessus de Basingstoke s'était assombri, lourd de nuages de pluie, et la circulation de début de soirée commençait déjà à s'intensifier. À côté d'elle, Olivia boucla sa ceinture, tout en griffonnant quelque chose dans son carnet. Au moment où elle s'apprêtait à s'adresser à sa coéquipière, son téléphone vibra dans la poche de son manteau. Elle le sortit et vit le nom de Giles s'afficher à l'écran.

— Monsieur Swinger, dit-elle en posant le téléphone sur le tableau de bord.

Un soupir s'échappa du micro. — S'il te plaît, ne prononce pas mon nom comme ça.

— Mais c'est bien ton nom, non ?

— Oui, mais je le déteste. Tu n'imagines pas le nombre de moqueries que j'ai subies à l'école.

— Oh, je n'ai aucun mal à le croire. Je sais à quel point les enfants peuvent être méchants.

Elle se remémora une scène de son enfance : un après-midi froid de février dans la cour de récréation. Elle avait douze ans, vêtue de chaussures d'occasion et de son uniforme, debout près du portique d'escalade, serrant son livre de poche contre elle pour se réconforter, tandis qu'un groupe de filles tournait autour d'elle, la montrant du doigt et riant d'une remarque amusante qu'Ellie McFadden avait faite. Elle était restée figée, les joues en feu, les mains si crispées sur son livre que ses jointures avaient blanchi. Et puis...

— Chef ? La voix d'Olivia la ramena à la réalité.

Elle cligna des yeux, se rendant compte qu'elle serrait le volant plus fort que nécessaire, puis jeta un regard à l'inspectrice, qui affichait un air de sollicitude maternelle.

— Désolée. Qu'est-ce que tu disais, Giles ?

— Rien. Je croyais que tu m'avais raccroché au nez.

— J'étais dans la lune. Comment on peut t'aider ?

— Le rapport d'Elias. Il vient d'arriver.

— Et ?

Giles prit une légère inspiration, comme s'il se préparait à un grand discours. — Il a demandé de tes nouvelles, oui. De toi, spécifiquement.

— D'accord.

— Il a dit qu'il voulait te remettre le rapport en main propre. Il avait l'air plutôt triste quand je lui ai dit que tu n'étais pas là, d'ailleurs.

Elle perçut son intention et la désapprouva immédiatement.

— Il a traîné un moment après, juste au cas où tu te pointerais. Qu'est-ce que ça veut dire, chef ? Il se passe quelque chose ?

Elle sentit sa gorge se nouer. — Non. Et c'est la dernière fois que tu fais la moindre allusion à ce genre de choses. Ma vie amoureuse est *ma* vie amoureuse, et en ce moment, elle est aussi inexistante que nos pistes dans cette enquête, alors je préférerais que tu concentres tes efforts à en trouver avant même de penser à fourrer ton nez dans ma vie personnelle, qui restera toujours hors de ta portée.

Elle le devinait sourire à travers le téléphone. — Bon, qu'est-ce que tu veux que je fasse des documents qu'il a laissés pour toi, alors ?

— Des documents ?

— Ouais. Il m'a donné des dépliants et de la documentation sur comment surmonter la peur du feu.

Elle jeta un regard gêné à Olivia. — Laisse-les sur mon bureau. J'y jetterai un œil à notre retour. Bon, on peut en revenir au sujet ? Que disait son rapport ?

Giles s'éclaircit la gorge. — Alors, le point de départ de l'incendie est confirmé au sol, dans le coin avant droit de la grange. Elias dit que la source d'ignition correspond à une cigarette jetée ou un objet similaire.

— Une cigarette ?

Stephanie et Olivia échangèrent un regard.

— Ou similaire, confirma Giles. D'après le schéma des brûlures et la correspondance des résidus. Il est presque certain que c'était une cigarette allumée. Il a aussi mentionné que le feu s'est propagé incroyablement vite. La grange était pleine de paille sèche, de vieux pots de peinture et de bois de charpente. Une fois que ça a pris, l'endroit s'est embrasé comme une boîte d'allumettes. Il estime que de l'ignition à l'embrasement total, ça a pris moins de trois minutes.

Stephanie grimaça.

— Elias a aussi dit qu'ils avaient trouvé des traces d'accélérant sur le sol.

— Où ça ?

— Sur le sol, chef.

— Oui. Ça, je sais. Mais où *exactement* ? Partout ? Sur une petite zone ? Suivant un motif ? Sois précis.

Il y eut une pause, le temps que Giles consulte ses notes. — Ce n'est pas précisé.

— Tu peux te renseigner ?

— Quelle différence ça fait, chef ? La présence d'un accélérant ne suggère-t-elle pas que quelqu'un lui a fait ça ?

— Pas nécessairement, répondit-elle lentement. Si l'accélérant était répandu dans toute la grange, ça indiquerait pour moi qu'il s'y est rendu de lui-même, qu'il a aspergé l'endroit d'essence, puis qu'il s'est assis au milieu pour fumer une dernière cigarette. Si c'était seulement dans un coin de la grange, alors peut-être que quelqu'un l'a déplacé au centre et a mis le feu au coin, ce qui lui aurait laissé assez de temps pour s'enfuir. Enfin, si c'était disposé selon un certain motif — comme un cercle autour de son corps, peut-être — alors ça indiquerait aussi que quelqu'un d'autre était présent. Quoi qu'il en soit, rien n'est gravé dans le marbre. La présence d'un accélérant ne détermine *pas* s'il s'est suicidé ou s'il a été tué.

— Compris, dit Giles. Je vais demander une clarification.

Stephanie hocha la tête pour elle-même. — Bien. On doit être méticuleux sur ce coup-là.

— Miam. Je vous tiens au courant dès que j'ai des nouvelles.

La communication se coupa.

Pendant un instant, aucune des deux femmes ne parla. Dehors, la circulation avançait au pas. Les essuie-glaces s'animèrent dans un bruit sourd alors que les premières gouttes de pluie se mettaient à tomber.

— Alors, dit Olivia en jetant un regard de côté à Stephanie. Tu penses toujours que ça pourrait être un suicide ?

Stephanie expira par le nez. — Je ne sais pas. Peut-être. Peut-être pas. Mais quoi qu'il en soit, cet homme a été réduit au silence. Et je veux savoir pourquoi.

Alors qu'elle insérait la clé dans le contact et la tournait, Stephanie sentit le regard d'Olivia sur elle, accompagné d'un sourire malicieux. Son expression en disait long.

— Ne dis même rien. Il ne se passe rien. C'est juste Giles qui fait l'idiot.

— Allez, chef. Tu n'as pas besoin de me mentir. Je trouve que c'est un bel homme. Et c'est un pompier, ce qui le rend encore plus sexy.

— Vraiment ?

Le sourire d'Olivia s'élargit. — J'adore les hommes en uniforme, moi. Si ça ne t'intéresse pas, ça pourrait m'intéresser.

CHAPITRE
DIX-HUIT

Pendant leur absence, le tableau d'enquête de l'opération Windbreaker avait été rempli de photographies de la scène de crime, d'images du visage souriant de Nigel Hadlow tirées du site web de l'entreprise, de nombreuses notes et dépositions de témoins, ainsi que d'une carte indiquant les lieux clés : le centre de conférence de Farnborough, le lieu de l'incendie et l'adresse de Nigel.

L'équipe s'était déjà rassemblée dans la salle de crise à leur retour, prévenue par Stephanie. Elle s'est dirigée d'un pas vif vers l'avant de la pièce, laissant Olivia s'asseoir à côté de Fiona.

— Bon, a-t-elle commencé en claquant un dossier sur le bureau. Je viens de recevoir un appel de Giles ; le rapport d'Elias confirme que l'incendie a été provoqué par ce qui semble être une cigarette tombée sur une zone très inflammable du sol, mais ça n'indique pas forcément une intervention criminelle. Il y a aussi des traces d'accélérant, ce qui soulève de sérieuses questions sur la façon dont le feu a démarré et sur qui était présent à ce moment-là.

Devon s'est redressé. — Alors, on penche pour un incendie criminel ?

— On garde les deux possibilités à l'étude jusqu'à ce qu'on ait plus d'informations. Ça pourrait être un suicide, ou quelqu'un qui cherche à brouiller les pistes. Dans tous les cas, je veux que chaque piste soit explorée comme s'il s'agissait d'une enquête pour meurtre. Où en est-on pour les titres de propriété ?

— J'ai vérifié au cadastre et j'ai découvert que le terrain appartient aux propriétaires de la ferme où se trouve la grange, a répondu Devon.

— Tu leur as parlé ?

— Oui.

— Et ?

— Ils sont inquiets, mais ce ne sont pas des suspects.

— Pourquoi ?

— Parce qu'ils sont à l'étranger en ce moment.

Stephanie a hoché la tête, assimilant l'information. Puis elle s'est tournée vers Noah. — Quoi de neuf pour la voiture de Nigel ?

— Toujours pas réapparue, a-t-il répondu. On a toutefois eu un signal LAPI vers 18h20, en direction du nord sur l'A31, mais plus rien après ça. Soit les plaques ont été changées, soit elle a été abandonnée quelque part hors de portée des caméras.

— Lancez une recherche LAPI complète dans un rayon de 50 kilomètres autour du centre de conférence, a-t-elle ordonné. Et faites un recoupement avec la vidéosurveillance des stations-service. Quelqu'un a bien dû la voir. Quelle voiture il conduit ?

— Une Jaguar F-Pace.

— Je n'y connais rien en voitures. C'est assez moderne et sophistiqué ?

— Oui.

— Alors elle n'a pas une sorte de système de suivi ou de surveillance GPS ? Ils ne peuvent pas localiser où la voiture se trouve ou s'est trouvée ?

Noah a eu l'air de tomber des nues. — Je vais me renseigner.

— Merci. Et pour le téléphone de Nigel ? Ses messages, ses appels ? Des infos de géolocalisation dessus ?

Devon s'est penché en avant, une liasse d'imprimés à la main. — J'ai examiné ses textos, appels, e-mails et messages sur diverses plateformes au cours des dernières semaines. J'ai trouvé une série de messages provenant d'un numéro non répertorié qui a commencé il y a environ trois semaines. Ils sont devenus plus fréquents à l'approche de sa mort. Le dernier message est arrivé à 17h08 le soir où il a disparu.

Il a tendu les feuilles à Stephanie. Elle les a parcourues rapidement :

Tu crois que tu peux faire tout ce que tu veux, n'est-ce pas ?

Le public va vraiment vouloir savoir comment tu as réussi à faire passer ça, non ? De la corruption au plus haut niveau.

J'ai les e-mails, Nigel. Les virements bancaires. Les photos. Tu me dégoûtes.

Tu ne devrais pas avoir le droit de t'en tirer comme ça.

Soit ça s'arrête, soit je rends tout public. Tic-tac.

Stephanie a senti les poils de ses bras se hérisser. — Du chantage ?

— On dirait bien, a confirmé Devon. Mais il n'y a pas de nom, pas de coordonnées. Aucune indication sur ce à quoi ils font référence. Et les messages ont été envoyés depuis un téléphone prépayé. Pas de relevé d'appels depuis ce numéro non plus. Juste ces textos. J'ai fait une demande à l'opérateur pour voir ce qu'on peut récupérer sur ce numéro. Après avoir vu ça, j'ai demandé à la brigade financière d'enquêter sur les comptes personnels et professionnels de Nigel, et ils ont relevé deux paiements inhabituels vers un compte offshore privé. L'un est allé à une société de conseil privée qui ne semble pas exister, et l'autre… eh bien, on est encore en train de le tracer.

— On parle de combien ?

— Des dizaines de milliers d'euros. Les deux transactions ont eu lieu au cours des six derniers mois. Elles n'ont pas été déclarées en notes de frais par l'entreprise, et elles ne figurent pas non plus sur sa déclaration de revenus personnelle.

— De l'argent pour acheter le silence, a marmonné Stephanie. Quelqu'un connaît le statut actuel du projet de réaménagement de l'église ?

Fiona a jeté un œil à son écran. — Hadlow et Templeton ont demandé un permis pour réaménager St Clement's, une église désacralisée à Chertsey, l'automne dernier. Le projet a rencontré une résistance de la part des associations de défense du patrimoine, des riverains et du député local. Cependant, il a été approuvé de manière inhabituellement rapide, en six semaines. La raison officielle invoquée était « nécessité économique et préservation du patrimoine ».

Stephanie a haussé un sourcil avant de regarder Olivia. — La préserver en la démolissant ?

— Essentiellement, a répondu Fiona. Ils prévoyaient d'en convertir une partie en appartements de luxe et de démolir le reste.

— Étonnant qu'ils n'aient pas prévu de la réduire en cendres, a lancé Olivia à voix haute.

— Quoi ? a demandé Fiona, dont la confusion se lisait également sur les visages de ses collègues.

— Laisse tomber, a dit Olivia, balayant sa remarque d'un geste. Donc, ça veut dire qu'il était impliqué dans des magouilles avec des dessous-de-table, et que quelqu'un l'a découvert.

— Ou qu'ils en savaient assez pour envoyer des menaces, a suggéré Devon en tapotant la page. Et assez pour menacer de tout rendre public. Soit il a pensé que les payer réglerait le problème, soit…

— Soit il a paniqué, a terminé Stephanie. Elle a de nouveau regardé le tableau, le visage souriant de Nigel. Il était menacé. Il était dépassé par les événements. Mais s'il s'est suicidé, pourquoi le faire dans un endroit aussi isolé ?

Personne n'a répondu.

— Ça ne ressemble pas à un suicide, a-t-elle ajouté en secouant la tête. On dirait que quelqu'un envoie un message, rendant la mort aussi sordide que possible pour que son corps soit à peine reconnaissable.

— On doit découvrir si quelqu'un l'a suivi ou s'il a retrouvé quelqu'un là-bas, a dit Noah.

Stephanie s'est tournée vers Fiona. — Contacte la mairie. Je veux connaître toutes les personnes impliquées dans ce projet de l'église. Les noms, les coordonnées, tout.

— Entendu.

— Devon, suis la trace de ces virements bancaires. Je veux savoir qui a reçu les paiements, comment et quand. S'il y a une société écran, on la remontera aussi. Il faut qu'on détermine qui connaissait les secrets de Nigel et qui voulait le faire taire.

Elle est retournée au tableau d'enquête, épinglant les messages de menace écrits à l'encre rouge sous la photo de Nigel.

Elle s'est retournée vers Devon.

— Il nous faut un nom et un numéro liés à ces textos. Quoi que ce soit, qui que ce soit derrière tout ça, c'est probablement la raison pour laquelle Nigel s'est suicidé ou a été réduit au silence. Je veux savoir pourquoi on le faisait chanter et qui en était responsable.

CHAPITRE
DIX-NEUF

Stephanie a refermé doucement la porte du frigo et s'est dirigée nonchalamment vers le canapé, une pomme fraîche à la main. Elle s'est installée dans son coin, qui s'était creusé sous son poids, et a ramené ses genoux contre sa poitrine.

La télévision était allumée, sur la rediffusion d'un documentaire animalier de David Attenborough. Des images de savanes et d'incendies de forêt défilaient à l'écran, des flammes rouge orangé léchant les troncs d'arbres centenaires.

Elle a cligné des yeux. A dégluti.

A croqué dans sa pomme.

Elle en a à peine senti le goût. Le crépitement du feu lui a glacé le sang. Elle a senti son pouls s'affoler dans sa gorge. Elle s'est forcée à regarder l'écran. Les flammes, la cendre, la fumée.

C'était l'un des mécanismes de défense qu'Elias lui avait conseillés : la thérapie d'exposition. Sauf que ce n'était pas tout à fait pareil. Le feu était de l'autre côté de l'écran de télévision. Pourtant, elle a senti la pièce devenir plus chaude, moite, étouffante.

Elle a baissé sa pomme, l'a fixée un instant, puis l'a posée sur la table basse, sans la finir. Debout, elle s'est essuyé les mains sur son pantalon de jogging et a éteint la télévision.

Le silence, à l'exception des battements de son cœur qui martelaient ses tympans. Elle s'est éloignée de l'écran et a aperçu son reflet. Le visage de son père est apparu, un briquet près de la joue. Une petite flamme a jailli et a dansé devant ses yeux, illuminant ses traits.

Et puis, elle a senti la chaleur lui grimper dans le dos.

La plus légère odeur de brûlé.

Elle a reniflé bruyamment. L'odeur s'est intensifiée. Elle a balayé le salon du regard, mais n'a vu aucun signe de fumée, de flammes ou de chaleur. Tout était dans sa tête, le feu sortant de la télévision en rampant, comme dans une scène de *Poltergeist*. Tout était dans sa tête, mais son corps, lui, l'ignorait. Quelque chose empêchait le message d'atteindre son cerveau, et elle a agrippé le bas de son T-shirt pour l'enlever d'un seul coup. Ensuite, elle est sortie de son pantalon de jogging. La sensation sur sa peau était anormale, désagréable. Elle picotait, comme si elle était en feu, comme si quelqu'un la badigeonnait d'un pinceau enflammé. Cela l'étouffait, alors qu'elle était maintenant à moitié nue au milieu du salon.

Le visage de son père la dévisageait avec intensité, son regard implacable. Le feu à l'écran a redoublé de férocité.

Elle s'est précipitée à l'étage, vers la salle de bains.

La douche s'est mise à couler dans un crissement, et elle s'est glissée sous le jet avant qu'il ait eu le temps de se régler, laissant l'eau glacée la frapper de plein fouet. Elle a eu un hoquet de surprise mais n'a pas bougé. Elle est restée parfaitement immobile. A retenu son souffle tandis que l'eau ruisselait sur ses épaules et le long de son dos, plaquant ses cheveux sur son visage.

Ce n'est pas réel, s'est-elle répété. Ce n'est pas réel. Ce n'est pas réel.

Le feu n'était pas là, tout comme *son* visage à lui n'était pas vraiment là.

Au bout de quelques minutes, une sensation d'engourdissement a envahi son corps, et la panique a commencé à s'évacuer avec l'eau dans le siphon. Stephanie a tendu la main vers le robinet et a coupé l'eau. L'appartement est redevenu silencieux. En sortant, elle a attrapé une serviette et s'est séchée, comme dans un brouillard, avant de se rhabiller et de retourner au salon. Ses cheveux humides gouttaient sur ses épaules et dans son dos. Elle a enfilé son haut et son pantalon de jogging avant de regagner le canapé. La pomme était toujours sur la table basse. Puis elle a rassemblé ses forces pour jeter un œil à l'écran de télévision.

Heureusement, le visage de son père avait disparu, et elle ne voyait plus qu'un écran noir et son propre reflet flou, tandis que la scène changeait pour montrer un animal fuyant l'incendie.

CHAPITRE
VINGT

Olivia a juré entre ses dents en ouvrant brusquement son parapluie et a claqué la portière de sa voiture d'un coup de hanche. Un brouillard bas, chargé de pluie, était tombé sur le Surrey, et c'était tout ce qu'elle avait pour se protéger. Elle était partie si précipitamment de la maison ce matin-là qu'elle avait oublié son imperméable. Et les garçons avaient oublié les leurs aussi. Sans parler du fait que Josh avait oublié ses affaires de sport pour la troisième fois d'affilée. Il était clair que l'entretien de la veille au soir avec son professeur principal n'avait absolument rien changé à son attitude ou à sa volonté de s'améliorer. Olivia avait été forcée d'écouter M. Kapoor lui exposer ses inquiétudes au sujet du comportement de son fils alors que tout ce à quoi elle parvenait à penser, c'était la façon dont elle allait le punir.

La punition n'était pas encore tombée. Mais elle tomberait. Au moment où il s'y attendrait le moins.

Parapluie à la main, elle s'est approchée de la petite file de voitures de police qui s'étaient garées sur le bas-côté. La Jaguar de Nigel Hadlow avait été retrouvée plus tôt dans la matinée. Quelques signalements, ainsi que les informations du système de localisation du constructeur, indiquaient qu'elle avait été abandonnée sur le bas-côté d'une petite route de campagne tranquille, non loin de la grange.

En s'approchant, elle a compris que la voiture avait subi le même sort que Nigel. Ce qui avait été autrefois une Jaguar moderne et élégante n'était plus qu'une carcasse blanche, ravagée par un violent incendie. Le toit s'était légèrement affaissé vers l'intérieur sous l'effet de la chaleur, déformant le châssis. La peinture avait disparu, laissant le métal à nu. Les pneus avaient éclaté. Les vitres avaient explosé, laissant des éclats de verre éparpillés sur le bas-côté de la route et l'herbe humide. Le contour à peine visible de la plaque d'immatriculation a confirmé qu'il s'agissait bien de la voiture de Nigel.

Deux techniciens de la police scientifique photographiaient l'épave. Debout derrière eux se tenait Elias, les bras croisés, observant leurs moindres faits et gestes. La mauvaise humeur d'Olivia, qui avait commencé à s'apaiser à la vue de la Jaguar calcinée, s'est complètement dissipée quand elle l'a aperçu.

Il y avait un truc, avec les hommes en uniforme.

Quand il s'est tourné et l'a vue, quelque chose s'est noué dans son ventre. Il lui a adressé le plus petit des hochements de tête en guise de salut. Sans sourire. Ferme. Sûr de lui. Rassurant.

Elle a contourné les débris pour venir à ses côtés.

— Bonjour, a-t-elle dit en se présentant.

— Lieutenant. Il a fait un geste en direction de l'épave. Comme vous pouvez le voir, nous avons un nouveau bain de sang sur les bras.

Il parlait, mais elle n'y prêtait que peu d'attention. Son regard est descendu, accrochant les cicatrices sur son cou et sa main droite, qui disparaissait dans la manche de sa veste.

Il y avait un truc, avec les hommes en uniforme qui portaient les blessures qui allaient avec.

Elle a dégluti.

— On dirait qu'elle a bien cramé.

— Brûlée de l'intérieur vers l'extérieur, a expliqué Elias. Le feu a pris quelque part au niveau du plancher, côté passager avant. Ça pourrait être un accélérant ou un engin incendiaire improvisé, mais je n'en serai pas sûr tant qu'on n'aura pas eu l'occasion de l'examiner en détail.

Olivia a froncé les sourcils, scrutant la carcasse calcinée.

— Des traces pour la police scientifique… ?

— S'il y avait de l'ADN, des empreintes, du sang ou des fibres, tout est parti en cendres, maintenant. Pareil pour l'électronique. L'ordinateur de bord du véhicule a fondu au point d'être méconnaissable. Il est possible qu'elle ait brûlé pendant une demi-journée, peut-être plus.

Olivia s'est retournée lentement, inspectant les environs. La route n'était guère plus qu'un chemin à voie unique, abrité par un couvert d'arbres, sans aucune maison en vue.

— Une quelconque preuve qu'elle ait été déplacée après avoir fini de brûler ?

Elias a secoué la tête.

— Non. Elle a brûlé sur place. On peut voir là où les pneus ont fondu dans le goudron.

Olivia a sorti son carnet, l'ouvrant à une page vierge.

— La grange est à quelle distance d'ici ?

— Un peu moins de 400 mètres.

— Alors pourquoi l'abandonner ici ? a-t-elle murmuré.

Elias a eu un rire sec.

— C'est votre boulot de le découvrir. Moi, je me contente de vous exposer les faits.

CHAPITRE
VINGT-ET-UN

« **V**ous pensez toujours que ça pourrait être un suicide, Madame ? »

Ce n'était pas la question en elle-même qui l'agaçait, c'était l'intonation, le *ton* qui se cachait derrière. Comme si la réponse était évidente et qu'elle était stupide de suggérer qu'ils gardent l'esprit ouvert.

— Comme je l'ai répété maintes et maintes fois, nous gardons l'esprit ouvert tant que nous n'aurons pas de preuve concrète suggérant que Nigel a été tué, a-t-elle répondu en lançant un regard noir à Giles. Est-ce que je trouve étrange que la voiture de Nigel ait été retrouvée à environ quatre cents mètres de là où il est mort ? Oui. Est-ce que je trouve étrange que tous deux aient été détruits par le feu ? Oui. Mais rien n'indique qu'il n'a pas garé la voiture, y a mis le feu, puis n'est pas parti vers la grange pour s'infliger le même sort.

— Mais pourquoi aurait-il mis le feu à la voiture pour se supprimer juste après ?

Elle a haussé les épaules. — Malheureusement, la seule personne qui sait avec certitude ce qui s'est passé, c'est Nigel lui-même. Et comme son corps n'est plus qu'un tas de cendres, nous n'avons pas le luxe de pouvoir lui poser la question. Bien sûr, est-il possible que quelqu'un l'ait arrêté sur le bord de la route, ait interagi avec lui, ait brûlé la voiture, puis l'ait transporté jusqu'à la grange ? Évidemment, c'est une possibilité très réelle, mais tant que nous ne rassemblerons pas de preuves pour étayer l'une ou l'autre théorie, nous ne pourrons pas savoir ce qui s'est passé. C'est pourquoi je veux que nous explorions les deux pistes, pour que rien ne soit négligé.

L'atmosphère dans la pièce est tombée de plusieurs crans tandis que Stephanie croisait les bras sur sa poitrine. Giles s'est enfoncé dans son siège et a reporté son attention sur son écran.

— Sinon, j'ai du nouveau...

La voix venait de Devon. Il a pivoté sur sa chaise et a levé les yeux vers Stephanie, le visage rempli d'espoir et d'optimisme.

— Oui ?

— Vous voulez la bonne ou la bonne nouvelle ?

Elle lui a lancé un regard noir, peu impressionnée.

— Dis-moi tout, Devon, s'il te plaît. Qu'est-ce que c'est ?

— Je crois que j'ai trouvé la personne qui a envoyé les messages et les e-mails à Nigel avant sa mort.

Elle a légèrement desserré ses bras. — Continue.

Devon s'est tourné complètement sur sa chaise, les jambes écartées, les doigts frétillants tandis qu'il attrapait une feuille imprimée sur son bureau.

— Alors, j'ai lancé quelques recherches avancées sur les métadonnées des e-mails. Le compte qui envoyait les messages était chiffré et transitait par plusieurs serveurs internationaux. Au début, je n'ai rien trouvé. Et puis je me suis dit : et si cette personne n'était pas aussi maline qu'elle le pense ? J'ai donc examiné la configuration du compte de l'adresse e-mail elle-même, et en la comparant aux données de contact historiques du téléphone de Nigel, j'ai découvert un numéro prépayé qui correspondait à l'un de ses journaux d'appels supprimés. Ce numéro était associé à une carte SIM prépayée, achetée le mois dernier chez un buraliste de Woking.

Il a brandi l'imprimé comme un trophée.

— Et ? l'a pressée Stephanie.

Le sourire de Devon s'est élargi. — Et ce même numéro a été autrefois lié à un profil de réseau social temporaire qui a identifié une manifestation contre un projet immobilier l'automne dernier. J'ai fouillé dans les métadonnées de cette publication, avec un petit coup de main de Facebook, et je l'ai retracée jusqu'à une adresse IP.

Stephanie a haussé un sourcil. — Où ça ?

— Quelque part à Woking. Elle appartient à une certaine Mlle Tina Keel. Qui, curieusement, travaille pour la mairie de Woking, au service du logement et de l'urbanisme.

Stephanie a marqué une pause, prenant un instant pour considérer les implications. — Très bon travail, a-t-elle dit.

— Et pour rendre les choses encore plus intéressantes, son nom était sur la liste de la conférence à laquelle Nigel a assisté. J'ai appelé les organisateurs, et ils ont confirmé qu'elle s'était inscrite avec son adresse e-mail de la mairie.

— Beau boulot. Et tu as fait tout ça tout seul ?

Il a eu un petit rire, comme s'il retenait quelque chose. — Pas tout à fait. J'ai eu un peu d'aide des équipes de l'informatique légale. Mais j'ai aidé à faire les demandes et j'ai suivi le dossier.

— Que ferions-nous sans toi ? a-t-elle lâché avec un sourire en coin. Bon, je crois qu'il est temps d'aller rendre une petite visite à Mlle Keel.

— Du moment que vous rentrez à temps pour le pub après le boulot, a lancé Fiona.

— Le pub ?

— Cet endroit où l'on va pour oublier ses soucis et ses tracas. On est quelques-uns à avoir envie d'aller boire un verre.

Stephanie a baissé les yeux vers Devon, en face d'elle. Il lui a offert un hochement de tête rassurant. — J'y serai aussi, a-t-il dit. Pour mettre l'ambiance. — Puis il lui a jeté un regard qui voulait dire : *Ne t'inquiète pas pour moi, ça ira.*

CHAPITRE
VINGT-DEUX

Lorsqu'elle avait rencontré Devon pour la première fois, au début d'une enquête sur un tueur en série, elle l'avait trouvé odieux et un peu tyrannique. Cependant, maintenant qu'elle avait appris à le connaître et qu'elle avait vu une autre facette de sa personnalité – une facette douloureuse, tourmentée et vulnérable qui s'était récemment beaucoup reposée sur l'alcool –, elle avait commencé à éprouver de la sympathie pour lui. Elle le considérait comme un égal, comme un ami. Elle l'avait vu au fond d'un gouffre imbibé d'alcool, et c'était elle qui l'avait aidé à en sortir. C'est pourquoi elle se sentait la mieux placée pour exprimer ses inquiétudes.

Stephanie l'a regardé du coin de l'œil, sur le siège conducteur. — Tu es sûr pour le pub, ce soir ?

Devon n'a pas quitté la route des yeux. — On dirait ma psy.

— Je suis sérieuse, a-t-elle dit. Je ne pense juste pas que ce soit la meilleure idée. Surtout dans un endroit comme ça.

Il a hoché la tête lentement. — Je comprends. Et j'apprécie que tu t'inquiètes, vraiment. Mais je m'en suis bien sorti. Je n'ai pas touché une goutte depuis... — il a fait une pause, comme s'il consultait une horloge interne — trois semaines et demie.

— C'est bien, a-t-elle dit, et elle le pensait. Vraiment bien.

— Ça aide que je voie plus Finn, ces derniers temps, a-t-il ajouté, la voix plus douce. Le week-end, certains soirs. J'ai même réussi à l'accompagner à l'école jeudi dernier. Ça rend les choses un peu plus normales. Comme si j'avais de nouveau quelque chose à perdre.

Stephanie a eu un petit grognement. — Sois prudent, Devon. C'est tout ce que je dis.

— Toujours, madame.

Le GPS a sonné alors qu'ils entraient sur le parking du conseil municipal de Woking.

Vingt minutes plus tard, Tina Keel était enfin prête à les recevoir.

Une femme approchant la soixante-dizaine se tenait sur le pas de la porte et clignait des yeux vers eux à travers d'épaisses lunettes. Ses cheveux blonds platine clairsemés étaient coiffés en un chignon bas, et elle portait un gilet en laine sur un chemisier à fleurs qui la serrait légèrement au niveau de la taille.

Elle s'est tournée vers son assistante, confuse, comme si elle venait de sentir une mauvaise odeur.

— Janie, qu'est-ce que c'est ? Ce n'est pas mon rendez-vous de quinze heures.

Janie, la réceptionniste que Stephanie et Devon avaient importunée pendant les vingt dernières minutes, s'est retournée vers eux. Elle a ouvert la bouche pour parler, mais Stephanie l'a prise de vitesse.

— Nous sommes de la police du Surrey, madame Keel. Nous nous demandions si nous pouvions vous poser quelques questions.

— La police ? Mais pourquoi ?

— Pourrions-nous avoir cette conversation à l'intérieur ? a demandé Stephanie en désignant le bureau.

— Je... Oui.

Stephanie et Devon ont remercié Janie, puis ont suivi Tina dans son bureau. L'espace était modeste, avec tout le nécessaire. Sur la table se trouvait une tasse pleine de thé à la menthe poivrée, dont l'odeur flottait dans l'air. Une reproduction encadrée de la skyline de Woking était accrochée au-dessus de son bureau, bien que le verre fût fissuré dans un coin. Tina s'est affalée lentement sur une chaise de bureau qui grinçait et leur a proposé les sièges d'en face.

— Je ne m'attendais pas à voir la police, a-t-elle dit.

— C'est rarement le cas, a rétorqué Stephanie en tirant une chaise en face d'elle.

— De quoi s'agit-il ? D'un problème d'urbanisme ?

— Nous sommes ici au sujet de Nigel Hadlow.

L'expression de Tina s'est figée. — Oh. D'accord. Pourquoi ?

— Il est mort, a répondu Stephanie sans détour.

Le visage de Tina s'est écarquillé sous le choc tandis que le reste de son corps restait de marbre, même sa poitrine a cessé de se soulever. — Mort ?

— Malheureusement.

— Comment ?

— Son corps a été découvert après un incendie.

Elle a eu un hoquet de surprise audible. — Mais quoi… ? Pourquoi vous… ? — Elle a eu un petit rire gêné en s'animant soudainement et en s'agitant sur son siège, évitant leur regard. — Qu'est-ce que ça a à voir avec moi ? Je veux dire, pourquoi êtes-vous ici ?

Stephanie s'est penchée en arrière, laissant la parole à Devon. — Nous croyons savoir que vous avez eu quelques démêlés par le passé, est-ce exact ?

Tina a passé un doigt sur son oreille, repoussant des mèches de cheveux. — Je ne… Je ne vois pas de quoi vous parlez.

Stephanie a ouvert le dossier et en a sorti une liasse de messages imprimés et agrafés. Elle les a posés sur le bureau.

— Avez-vous envoyé ça ?

Tina a plissé les yeux pour les regarder. Ses joues ont viré au rose foncé. Elle s'est penchée plus près.

— Oui, a-t-elle dit après une pause. Oui, d'accord. Je l'ai fait. Mais ce n'est pas ce que vous croyez. Je ne le *menaçais* pas, pas vraiment. Je… je voulais juste qu'il arrête.

— Qu'il arrête quoi ? a demandé Devon.

— D'être si… *corrompu*. La moitié des bâtiments que vous voyez sur la skyline aujourd'hui viennent de son entreprise. Et tous ont fait l'objet de transactions douteuses, à coups de pots-de-vin et d'enveloppes brunes. Je suis au courant des conversations qu'il a eues avec certains chefs de service ici et ailleurs. Son nom circulait comme s'il était une sorte de Brad Pitt, et il pensait pouvoir s'en tirer comme ça. — Elle a secoué la tête avec dégoût. — Quand j'ai découvert ça pour le site de l'église, St Clement, j'ai essayé d'intervenir, mais à ce moment-là, il était trop tard.

— Ça ne vous a pas empêchée de le menacer à ce sujet.

Tina a ignoré l'insinuation. — J'ai essayé de soulever le problème en interne, mais personne n'a écouté. Ce qui n'est pas surprenant quand les gens à qui je rends des comptes sont ceux qui se font graisser la patte. Je ne pense tout simplement pas que ce que lui et son entreprise faisaient était juste. Et puis… et puis j'ai découvert qu'il y avait une autre église sur leur liste. St. Mary's à Shalford. Elle est là depuis des décennies, à prendre la poussière, alors je lui ai envoyé un message anonyme à ce sujet. J'ai pensé que si je lui faisais un peu peur, si je lui mettais la pression, il renoncerait peut-être au site de cette église. Peut-être qu'il avouerait. Ça a dû marcher parce que je n'ai vu aucune nouvelle ni aucun développement à ce sujet depuis.

Le problème qui avait causé des insomnies à Nigel Hadlow. Le problème qui l'avait fait replonger dans le tabac.

Stephanie a étudié Tina un instant de plus. — Vous n'êtes absolument pas impliquée dans ce qui lui est arrivé ?

Tina a levé les yeux, le regard brillant de chagrin et d'innocence. — Absolument pas. Je ne voulais pas sa mort. Je voulais qu'il rende des comptes. C'est différent.

— Nous croyons savoir que vous avez assisté à la conférence de Farnborough ? a poursuivi Devon.

— C'est exact. Dès que ça s'est terminé, je suis rentrée chez moi. J'ai dîné. J'ai regardé la télé avec mon mari et le chien. Je vous le jure, je n'ai rien à voir avec ce qui lui est arrivé.

Stephanie a échangé un regard avec Devon, puis a fait un petit signe de tête. — Très bien. Merci, madame Keel. Il nous faudra une liste de toutes les personnes à qui vous avez parlé de ça. Et il se peut que je doive vous rappeler.

— Bien sûr. Tout ce que je peux faire pour aider.

Alors qu'ils se levaient pour partir, Tina a ajouté : — C'était quelqu'un de mauvais. Mais il ne méritait pas ce qui lui est arrivé.

CHAPITRE
VINGT-TROIS

Le pub Weyside bourdonnait du brouhaha des conversations de milieu de semaine ; un refuge chaleureux et bruyant contre le crachin hivernal qui tombait au-dehors. Des effluves de viande rôtie et de sauce s'échappaient de la cuisine, se mêlant à l'odeur familière de la bière et de l'alcool. Stephanie était adossée sur la banquette près de la fenêtre, son manteau posé en tas à côté d'elle et une Guinness à moitié bue devant elle. Elle avait choisi une place avec une vue dégagée sur le pub, ses yeux se posant fréquemment sur Devon, assis quelques chaises plus loin, qui tenait entre ses mains une pinte remplie de Coca Light. Les glaçons ont tinté doucement quand il a bu une gorgée.

En face d'eux, Giles et Noah étaient en pleine forme, au beau milieu d'une histoire qu'ils avaient déjà racontée deux fois depuis qu'elle avait rejoint l'équipe.

— Non, non, écoutez, a dit Giles en gesticulant dans tous les sens. On vient de terminer une visite, d'accord ? Une maison pleine de chats. Mais quand je dis *pleine*… J'entre, et voilà qu'une petite menace rousse se jette sur ma tête depuis le haut du frigo. Comme un missile.

— Tu as crié, a dit Noah avec un grand sourire.

— J'ai hurlé. Ce n'est pas la même chose.

— Mec, tu as *piaillé* comme un gamin dans une aire de jeux.

Des éclats de rire ont fusé autour de la table.

Alors qu'ils se lançaient dans une nouvelle histoire, captivant rapidement le reste du groupe, Fiona a tapoté l'épaule de Stephanie.

Posant son verre de vin sur la table, elle a dit :

— Je voulais te le dire tout à l'heure, mais ça m'est sorti de la tête.

Stephanie a reporté son attention sur elle, se tournant à moitié sur son siège.

— Je t'écoute.

Fiona a baissé la voix.

— J'ai contacté la mère de Nigel Hadlow à propos de la photo trouvée sur la scène de crime, celle du jeune garçon.

L'estomac de Stephanie s'est noué.

— Et ?

— Elle n'a pas la moindre idée de qui c'est. Elle dit que ce n'est pas Nigel, ni personne de la famille. Pas de neveux, de cousins, ou de voisins. Elle a été très catégorique. Elle a dit qu'elle n'avait jamais vu ce garçon de sa vie.

Stephanie a reposé son verre dans un léger cliquetis et a fixé un point de l'autre côté de la pièce un instant, ses pensées s'emballant. La chaleur dans sa poitrine s'est dissipée, remplacée par un froid qui s'installait lentement en elle.

— Comment ça, elle ne sait pas qui c'est ?

Fiona a haussé les épaules.

— Elle dit qu'elle ne le reconnaît pas.

Le regard de Stephanie est tombé sur la table.

— Mais alors, bordel, c'est qui ?

CHAPITRE
VINGT-QUATRE

Une douleur, incommensurable et écrasante, a envahi sa tête. Des flashs blancs explosaient dans son champ de vision chaque fois qu'il bougeait les yeux, n'illuminant rien dans l'obscurité qui l'entourait. Putain, ce que sa tête lui faisait mal. Il n'avait jamais rien ressenti de tel. Il était contraint de garder les yeux fermés, livré à ses autres sens tandis que la nausée bringuebalait dans son crâne.

Il savait qu'il était sur une surface solide, un sol dur. Que son épaule, son coude, sa hanche et ses chevilles — les points de contact avec le sol — le lançaient d'une pulsation sourde et profonde, comme s'il était là depuis des jours. Il a essayé de bouger, mais a vite compris qu'il ne pouvait aller nulle part. La pulpe de ses doigts a raclé une surface en bois, lisse et poncée. Sa respiration s'est bloquée dans sa gorge. Il a tendu les doigts plus loin, cherchant dans toutes les directions. Une paroi. Et une autre. Et encore une autre. Au-dessus de sa tête. Derrière lui. Sur le côté. Il a allongé les jambes, mais s'est arrêté net avant d'atteindre leur pleine extension. Une autre paroi.

Son pouls s'est mis à s'emballer. Non… non, non, non.

La panique l'a submergé, rapide et violente. Il s'est tordu, ses genoux heurtant quelque chose de dur. Sa tête a cogné le couvercle, à quelques centimètres à peine au-dessus de son visage. Il a de nouveau tendu les bras, passant ses mains sur la partie supérieure. Du bois. Des bords. Des coins. Des clous.

Il était dans une boîte.

Piégé.

Il a ouvert les yeux dans le vain espoir de se réveiller de ce cauchemar, de ce rêve infernal, mais tout ce qu'il a vu était un noir profond et caverneux.

Il a martelé le toit de la boîte avec les paumes de ses mains. Des éclairs de douleur ont parcouru ses poignets jusqu'à ses coudes.

— Allô ! a-t-il crié d'une voix rauque, le son lui revenant comme un écho cruel, moqueur. — Allô ? Quelqu'un ! À l'aide ! Il y a quelqu'un ?

Il a retenu son souffle, tendant l'oreille. Aucune voix. Aucun bruit de pas. Aucune chance d'être secouru. Juste le son de sa propre panique qui montait, sa respiration lourde. Une goutte de sueur a perlé sur le côté de son visage, et il a serré la mâchoire. Au bout de quelques secondes, ses yeux ont commencé à s'habituer à la lumière. Quelque part dans le toit, il y avait une petite fente, un trou creusé dans le bois. Un trou pour respirer, rien de plus. Bientôt, il a distingué la vague silhouette de ses mains, de son T-shirt, et de son corps recroquevillé à l'intérieur de la boîte.

Puis il l'a entendu. Un son. Faible. Un pas ? Une toux ? Le son de la vie ! Peut-être que quelqu'un venait le sauver.

Mais un autre son s'est fait entendre, et il a réalisé à quel point il se trompait. Un faible crépitement. Comme du papier qu'on froisse lentement. Lointain, mais de plus en plus fort.

Et puis est venue l'odeur. Quelque chose d'épais, d'écœurant. De la fumée.

Elle n'a pas tardé à s'infiltrer dans la boîte. Il la respirait, suffoquait. Il toussait, convulsait. Son corps était secoué par chaque mouvement douloureux, son épaule et son front cognant contre les parois de la boîte.

La fumée continuait de s'infiltrer par le trou, épaisse et implacable.

Reprenant contenance, il a frappé le couvercle de ses paumes.

— S'il vous plaît ! À l'aide ! Faites-moi sortir !

Il a fixé le trou, espérant voir apparaître quelqu'un — un héros, un sauveur. Puis une ombre a bougé derrière, brève et vacillante.

Elle est passée rapidement devant le peu de lumière qu'il y avait, puis a disparu dans la pénombre.

— Attendez ! Revenez. Arrêtez ! Allô ? S'il vous plaît, ne me laissez pas ici !

Il a cogné le couvercle de toutes ses forces avec ses épaules. Il a donné des coups de talon contre les parois. La boîte n'a pas bougé d'un pouce. Quiconque l'avait construite l'avait faite pour durer.

Il s'est vite épuisé et s'est mis à haleter, faisant une pause pour reprendre son souffle. Ça ne changeait rien. La fumée entrait rapidement maintenant, plus lourde et plus dense. Et puis est venue la lueur. Dans le trou. Sur les bords. S'infiltrant à travers les interstices du bois.

Le feu.

Omniprésent, dévorant. Brûlant tout autour de lui. Le crépitement s'est amplifié, comme un caisson de basses en fond sonore. Lentement, il a commencé à sentir la chaleur. Le feu se rapprochait rapidement, la fumée l'étouffait. L'air à l'intérieur de la boîte était épais et sirupeux, et chaque respiration devenait plus difficile que la précédente. Ses poumons hurlaient pour de l'oxygène, mais ne trouvaient que du poison. Une fumée âcre s'est agrippée à sa gorge et a envahi sa poitrine, l'étouffant de l'intérieur.

Il s'est tordu violemment, griffant le couvercle, les parois, les coins. Ses ongles se sont accrochés au grain du bois et se sont arrachés, un par un, lustrant le bois de sang. Il a donné des coups de pied et a poussé de toutes ses forces restantes, mais il ne pouvait aller nulle part. Chaque surface le repoussait. Les parois semblaient plus proches. Plus étroites. Comme si la boîte elle-même se rétrécissait autour de lui.

— Pitié…, a-t-il râlé. — Ne faites pas ça.

Sa voix était brisée maintenant. Il pouvait à peine l'entendre par-dessus le rugissement des flammes.

Une soudaine vague de chaleur a déferlé à travers la base de la boîte. La plante de ses pieds s'est couverte de cloques. Il a hurlé, repliant ses jambes, comme si cela pouvait changer quelque chose. La boîte a craqué au-dessus de lui. Un bruit fort, menaçant. Le bois cédait, se déformant sous la contrainte.

Il pouvait l'entendre : le feu léchant les parois, affamé et impitoyable.

Un autre flash de lumière est passé au-dessus du trou d'aération. Il a vivement tourné les yeux dans sa direction. Une autre ombre. Plus proche cette fois. Elle est restée là. Observant.

— Pitié ! a-t-il sangloté. — Je ferai n'importe quoi, laissez-moi sortir !

Mais l'ombre a de nouveau disparu.

Et puis est venu un bruit auquel il ne s'attendait pas : des clous qui cèdent. Du bois qui craque. La boîte n'était plus seulement une prison. Elle devenait son bûcher. Il a poussé un cri strident alors qu'une ligne d'un orange incandescent se propageait sur une paroi. L'intérieur a commencé à rougeoyer. De minuscules langues de feu se sont faufilées à travers les fissures, cherchant à l'atteindre.

La chaleur était insupportable maintenant. La sueur coulait de son visage, grésillant sur le bois.

Il a de nouveau donné un coup de pied, un effort sauvage et désespéré, mais ses jambes ont rencontré une résistance. Rien ne cédait. Aucune issue.

Il allait mourir ici.

Brûlé.

Vif.

Il a ouvert la bouche pour crier à nouveau, mais il n'y avait plus d'air pour le faire.

Seulement de la fumée. Seulement du feu.

Et puis les ténèbres.

CHAPITRE
VINGT-CINQ

L'église de Tous-les-Saints, classée monument historique de Grade I, se situait à Ockham, un petit village à l'est de l'A3, qui reliait Guildford à Londres et à la M25. Elle était légèrement en retrait de la route, bordée par un muret et un portail en fer, tous deux désormais noircis par la chaleur, les gonds du portail tordus et cassants. Le bâtiment, trapu et anguleux à l'origine, avait maintenant un toit en ardoise qui s'affaissait près du centre, visiblement endommagé par le brasier qui avait fait rage la nuit précédente. Autour de l'église, les pierres tombales voisines étaient couvertes de cendres, leurs inscriptions masquées, et penchaient loin du bâtiment comme si elles tentaient d'échapper à l'incendie.

Datant à l'origine du treizième siècle, l'église avait connu plusieurs extensions au fil des ans, dont la chapelle King du côté nord. C'était un lieu chargé d'histoire, où des générations étaient autrefois venues prier et se recueillir. Mais aujourd'hui, par une autre matinée de novembre grise et maussade, il n'en restait qu'une carcasse noircie – silencieuse, en ruine, et imprégnée de l'odeur âcre de la fumée.

Stephanie s'est garée au niveau du périmètre de sécurité extérieur et est sortie de sa voiture. Le milieu de la route était occupé par deux camions de pompiers, dont les équipes rangeaient leur matériel après avoir éteint l'incendie. Stephanie a marqué une pause à la vue du bâtiment qui se dressait devant elle. Elle savait déjà ce qu'ils allaient trouver à l'intérieur : un autre corps. L'opérateur du central ne l'avait pas mentionné, mais dès qu'elle avait entendu la femme parler d'un incendie, elle avait compris la sinistre vérité. Ce n'était pas un incendie criminel banal. Ce n'était pas un accident. C'était prémédité. Et dans son esprit, s'il y avait un corps à l'intérieur, ce n'était pas un suicide.

Son corps a été pris d'un léger tremblement tandis que son regard se posait sur les décombres. Elle avait essayé de rassembler son courage pour affronter les ruines pendant le trajet, mais cela n'avait eu que peu d'effet. Tout ce qu'elle pouvait voir et tout ce à quoi elle pouvait penser, c'était son père et la brûlure sur son avant-bras qui la lançait sous son pull.

Son cœur s'est serré en pensant au bâtiment et à sa valeur historique. Un morceau d'histoire, comme Notre-Dame de Paris, réduit en cendres et abandonné aux éléments. Avant qu'elle ait pu bouger (non qu'elle en ait eu envie), elle a vu Elias s'approcher du camion de pompiers. Il l'a repérée et s'est approché, jetant un coup d'œil au petit dossier qu'elle avait pris sur le siège passager.

— Tu as reçu les documents que je t'ai donnés, alors ? a-t-il demandé en les montrant du doigt.

— Ça ? C'est autre chose. Mais oui, je les ai eus. C'est très gentil de ta part, merci. Elle a balayé les environs du regard, puis a baissé la voix. — Mais tu n'aurais vraiment pas dû.

— Tu les as déjà utilisés ?

Elle a hésité avant de répondre. — J'ai jeté un œil hier soir après avoir regardé un documentaire. Je sens déjà que j'appréhende cet endroit mieux que je ne l'aurais fait l'autre jour.

Il a haussé un sourcil, clairement sceptique face à sa déclaration. Même elle n'y croyait pas tout à fait.

— Ça fait combien de temps que tu es là ? a-t-il demandé.

— Je viens d'arriver.

— D'accord. Et tu arrives à mettre un pied devant l'autre ?

Elle a baissé les yeux vers ses pieds. — Ça viendra.

Il a soufflé. — Tu veux que je te raconte ce qui s'est passé, ou tu préfères voir par toi-même ?

Les images de leur dernière visite sur une scène de crime ont envahi son esprit : l'odeur, la fumée, les restes calcinés, le corps noirci et recroquevillé de Nigel Hadlow. Si elle pouvait l'éviter, elle le ferait.

— Je ne vois aucune raison de gaspiller un équipement de protection en parfait état, a-t-elle répondu avec franchise.

Elias a eu un petit rire sec avant de lui faire signe de le suivre un peu plus loin du périmètre de sécurité, à l'écart du bruit des camions de pompiers et de l'équipe présente.

— On nous a appelés juste avant cinq heures du matin, a-t-il commencé à voix basse. — Un résident du quartier a été réveillé par l'odeur de fumée et a vu la lueur depuis la fenêtre de sa chambre. Quand les équipes sont arrivées, l'endroit était déjà en proie aux flammes. D'après ce que nous avons pu évaluer, le feu a pris naissance dans la nef et s'est rapidement propagé à travers le toit jusqu'au chœur. Il a fallu plus d'une heure pour le maîtriser. Ce qu'il en reste… c'est surtout un tas de décombres et de gravats.

Stephanie a hoché la tête, les yeux fixés sur un arbre voisin. Elias a poursuivi.

— Heureusement, grâce à toute la pluie que nous avons eue, il ne s'est pas propagé aux arbres ou aux champs voisins, donc il a été contenu.

— Quelqu'un est entré ?

Elias a acquiescé. — Seulement pour une rapide vérification de sécurité.

— Et ?

Elias a expiré lourdement et s'est légèrement tourné, montrant du doigt à travers les fenêtres zébrées de suie. — Les premiers intervenants de mon équipe ont trouvé un corps.

Elle a marqué une pause, un moment de recueillement silencieux.

— Mais cette fois, ils l'ont trouvé dans une boîte.

— Une boîte ?

— Ce qu'il en reste qui n'a pas brûlé. On l'a trouvée devant l'autel, là où l'allée centrale rejoint le chœur, cachée sous les restes du lutrin. Les flammes l'avaient déjà consumée au moment où l'équipe a pu l'arroser.

Stephanie s'est tournée pour le regarder. — Un cercueil ?

— Pas exactement. Il s'est frotté la nuque, le regard trouble. — Je veux dire, c'était à peu près la même taille – assez grand pour un adulte – mais c'était juste six planches de bois assemblées, de fabrication artisanale et clouées de l'extérieur.

— Le corps est dans quel état ?

Elias a hésité, ce qui lui a dit tout ce qu'elle avait besoin de savoir. — Comme ta victime de l'autre jour : calciné au point d'être méconnaissable. Brûlures sur cent pour cent du corps. Il nous faudra les dossiers dentaires ou l'ADN pour l'identification. Il ne restait que très peu de choses… structurellement.

Stephanie a inspiré lentement par le nez.

— D'après ce que nous avons pu évaluer, il ne semble pas que le feu ait démarré dans la boîte. Il a été allumé autour et a brûlé vers l'intérieur.

— Un accélérant ?

— Potentiellement. Nous ne le saurons pas avant d'avoir fait les analyses. Nous avons trouvé un unique trou d'aération dans un coin du couvercle, ce qui suggère que la personne à l'intérieur était consciente, ou du moins respirait, quand le feu a démarré.

Stephanie a senti sa gorge se nouer. — Un indice sur son identité ?

Elias a secoué la tête. — Rien. Mais on va continuer à chercher.

Stephanie a fermé les yeux un instant. Un autre corps, brûlé vif. Enfermé dans une boîte. Ça semblait symbolique. Mais pourquoi ?

Avant qu'elle ait pu y réfléchir davantage, un membre de l'équipe de pompiers s'est approché en traînant les pieds. Un homme d'une petite trentaine d'années, en forme et actif comme le reste de son équipe, est resté en marge de la conversation, attendant une autorisation.

— Qu'est-ce qu'il y a ? a demandé Elias.

— Une voiture, a dit l'homme. — On a trouvé une voiture qui est dans le même état que l'église.

CHAPITRE
VINGT-SIX

— Où ça ? a demandé Elias en haussant un sourcil.

— À une centaine de mètres à l'est de l'église, dans le champ derrière cette rangée d'arbres. On dirait qu'elle a été abandonnée et incendiée au cours de la nuit. Elle était encore chaude quand nous sommes arrivés dessus à l'instant ; elle n'a pas été difficile à repérer une fois le soleil levé. On a dû la manquer avec toute cette agitation.

Stephanie a jeté un œil à Elias.

— Marque et modèle ?

Le pompier a hoché la tête.

— On dirait une Audi Q5.

— Les plaques ?

— Elle est salement calcinée, mais la plaque d'immatriculation est clairement visible.

C'était un soulagement. S'ils pouvaient relever la plaque, ils pourraient la passer dans la base de données et trouver le propriétaire plus vite qu'il n'en fallait pour demander des dossiers dentaires.

— Allons-y, a-t-elle dit, se mettant déjà en marche.

Elias lui a emboîté le pas, la guidant à travers une ouverture étroite dans la haie qui donnait sur un vaste champ à l'herbe aplatie et à la boue retournée. Le ciel de novembre pesait lourdement sur eux, gris et menaçant, et l'odeur l'a frappée avant même qu'elle n'aperçoive l'épave.

La voiture se trouvait dans un léger creux, inclinée de manière incongrue dans le champ. L'incendie l'avait complètement ravagée. Sa carcasse était noircie et boursouflée, la peinture autrefois luxueuse désintégrée pour laisser apparaître des panneaux déformés et un châssis roussi. Toutes les vitres avaient volé en éclats, laissant des dents acérées dans les encadrements. Les pneus n'étaient plus que des jantes fondues, et les jantes en alliage s'étaient déformées sous l'effet de la chaleur, s'affaissant sous leur propre poids. Stephanie a regardé à l'intérieur de ce qui avait été le côté conducteur. Les sièges en cuir avaient disparu, et le tableau de bord avait fondu en coulures.

— Pareil que le véhicule de Nigel Hadlow, a-t-elle murmuré. Sauf que cette fois, c'est plus près. On est à quelques minutes de marche de la scène de crime.

— À moins de quelques minutes, a approuvé Elias, jetant un regard vers la silhouette lointaine de l'église en ruine. Ce qui veut dire que, soit il a conduit la voiture ici lui-même et l'a incendiée, soit quelqu'un d'autre en est responsable.

Contemplant le véhicule, elle a dit avec un sourire en coin :

— Je croyais que tu ne présentais que les faits ? Je ne pense pas que ce soit autre chose qu'un meurtre. Pas s'il y avait des clous dans le cercueil. Quelqu'un a dû les mettre là, et a dû y placer son corps d'abord. Elle a inspecté le sol autour d'elle. Nous devons faire boucler cette zone et chercher des empreintes de pas dans la boue. Nous ne devrions pas être ici.

Elias s'est prudemment éloigné du véhicule, le regard fixé au sol.

— Tu penses que la victime a été traînée jusqu'ici ou qu'elle était consciente à son arrivée ?

— Mon instinct me dit qu'elle a été traînée. Je ne sais pas.

Ils ont lentement retraversé le champ, le vent qui se levait tirant sur le manteau de Stephanie. La pluie a recommencé à tomber, de fines gouttelettes glacées qui lui piquaient les joues. La température avait chuté pour s'accorder à l'environnement macabre.

Alors qu'ils émergeaient de derrière la haie pour entrer dans le cimetière, Stephanie a remarqué une poignée d'agents de la police scientifique et d'enquêteurs incendie disséminés autour du péri-mètre du bâtiment. Quelques-uns photographiaient des traces de brûlure le long du mur, tandis que d'autres marquaient des débris avec des cavaliers jaunes.

Elias a ralenti à côté d'elle, époussetant la boue de ses gants.

— Je suggère que nous fassions quelques prises de vue par drone sur le côté, pour voir s'il y a des traces de pneus dans le champ et déterminer d'où la voiture est venue.

— Bonne idée, a-t-elle répondu.

Elias s'apprêtait à répondre quand quelqu'un a crié au loin.

— Madame ! Elias ! Par ici !

Ils se sont retournés et ont vu l'un des experts en incendie leur faire de grands signes depuis le mur sud de l'église. Il était accroupi près d'un léger creux dans l'herbe, juste sous une arcade de fenêtre noircie, et gesticulait avec insistance.

Stephanie a accéléré le pas, ses pieds faisant « floc » dans le sol détrempé.

— Qu'est-ce que c'est ? a-t-elle demandé en arrivant.

— Vite. Je pense que vous voudrez voir ça…

CHAPITRE
VINGT-SEPT

Stephanie a parcouru en hâte la courte distance qui la séparait du bord du bâtiment. À mesure qu'elle approchait, l'odeur s'intensifiait, flottant autour de la bâtisse comme une bulle. Elle a chassé la vision des décombres de son esprit et s'est concentrée uniquement sur l'expert en incendie, qui était vêtu de son uniforme complet et tenait un objet entre ses mains.

Elle l'a reconnu immédiatement, mais ne voulait pas se faire de faux espoirs avant de le voir correctement… avant de poser les yeux sur ce qu'il contenait. L'expert en incendie était un homme grand, d'un peu plus d'un mètre quatre-vingts, et d'apparence robuste. Ses larges épaules remplissaient son manteau, et une profonde cicatrice marquait son menton. Il l'a regardée avec un air d'attente lorsqu'elle s'est arrêtée devant lui.

— Je n'étais pas là pour l'incident précédent, mais on m'en a parlé, a-t-il commencé en jetant un coup d'œil à l'objet.

Lentement, il a ouvert ses mains gantées pour révéler une petite boîte en métal, presque identique à celle qui avait été découverte sur la scène de crime de Nigel Hadlow. Stephanie a eu le souffle coupé en baissant les yeux. La boîte était de la même taille, brûlée sur les bords, le couvercle légèrement déformé par la chaleur, les charnières cassantes et noircies, avec des parcelles de suie encore collées à sa surface, comme des cendres sur la peau. L'expert en incendie la tenait délicatement, comme si le moindre faux mouvement risquait de la désintégrer.

Elias s'est rapproché derrière elle, silencieux.

— Je l'ai trouvée nichée juste sous un rebord, a continué l'expert. Elle était cachée, coincée dans un interstice entre deux pierres. Encore tiède.

Stephanie s'est accroupie pour mieux voir tandis qu'il ouvrait lentement le couvercle.

À l'intérieur se trouvait une photographie.

Exactement comme la fois précédente. Mais cette fois, elle la voyait pour de vrai, de ses propres yeux.

L'image était passée, ses bords gondolés, mais elle était presque intacte, protégée par la fermeture hermétique de la boîte. Elle montrait le visage d'un garçon d'environ treize ou quatorze ans, qui fixait l'objectif avec un mince sourire, comme s'il avait hâte que la photo soit prise le plus vite possible. L'arrière-plan était indistinct au premier coup d'œil, mais en se penchant, elle a remarqué une forme derrière l'épaule du garçon. Une ligne courbe. Une silhouette indistincte. Peut-être l'épaule ou le bras de quelqu'un d'autre, une partie de quelque chose de plus grand. Une photo plus grande, peut-être, comme si le cliché avait été recadré ou déchiré d'une photo de groupe. La pièce manquante d'un puzzle.

Elle a fermé les yeux, essayant de se remémorer la photographie trouvée sur la scène de crime de Nigel Hadlow. Étaient-elles identiques ? Similaires ? Issues de la même photo d'ensemble ?

Le souvenir lui est revenu en tête : le garçon de la photo précédente se tenait devant un arrière-plan ressemblant au bord d'un rideau de scène. Celle-ci avait le même éclairage et la même ombre sur la joue de l'enfant. Une photo de la même série, ou peut-être un enfant complètement différent, photographié à quelques instants d'intervalle ?

Stephanie a ouvert les yeux et a fait un geste à l'expert en incendie.

— Vous pouvez mettre ça sous scellé ? *Soigneusement.* Il nous faudra une comparaison avec la première dès que possible.

L'homme a hoché la tête, tendant l'objet à un agent de l'IJ à proximité.

— Il y a autre chose, a-t-il dit, tenant toujours la boîte. Il l'a légèrement tournée pour que Stephanie puisse voir l'intérieur du couvercle. Gravé dans le métal, d'une écriture soignée et précise, il y avait :

Car l'Éternel, ton Dieu, est un feu dévorant, un Dieu jaloux - Deutéronome 4:24

Stephanie a senti son estomac se nouer et sa bouche s'assécher. Encore un message religieux énigmatique.

Elle a jeté un regard à Elias. — Quelle est la probabilité de trouver deux boîtes contenant des photographies et un message religieux similaires sur deux scènes de crime similaires, sans qu'elles ne soient liées d'une manière ou d'une autre ?

La question était rhétorique, mais Elias a tout de même répondu.

— Si j'étais un parieur, je dirais que c'est très peu probable, madame.

Elle a hoché la tête d'un air songeur, incapable de détacher son regard des lettres dans la boîte. Les rouages de son esprit se sont mis en marche, analysant, élaborant les prochaines étapes. L'expert en incendie a refermé la boîte et l'a tendue à un autre agent de l'IJ, qui l'a glissée dans un sac à preuves stérile.

Une brise a agité ce qui restait du lierre près du bord du bâtiment, soulevant la suie dans les airs comme une chute de neige.

Elle devait découvrir qui étaient ces garçons. Avant qu'un autre corps n'apparaisse dans une boîte.

CHAPITRE
VINGT-HUIT

— Vous pensez toujours que c'est un suicide, madame ?

La question venait de nouveau de Giles, et une fois de plus, il y avait dans sa voix cette intonation suffisante, cet air de dire « *Je vous l'avais bien dit* », qui l'agaçait.

Elle a croisé les bras sur sa poitrine et a expiré bruyamment avant de se tourner à moitié vers le tableau d'enquête derrière elle. À présent, quelques clichés de la seconde scène de crime avaient été épinglés au tableau, y compris les photographies du garçon et de la boîte prises par la police scientifique.

— Non, absolument pas, a-t-elle commencé, en reportant son attention sur l'équipe, qui la regardait patiemment. Le modus operandi du meurtre de Nigel Hadlow et de ce dernier est presque identique. La même cause de décès. La même voiture calcinée. Les mêmes boîtes contenant des photographies similaires des garçons et les inscriptions religieuses. Nous avons maintenant assez de preuves pour supposer que ces deux affaires sont liées, bien qu'il reste encore beaucoup de travail à faire. Elle a montré la photographie du second garçon. Les experts vont analyser la scène dès qu'ils auront le feu vert des pompiers. Cependant, en attendant, nous devons confirmer l'identité de la victime. Heureusement, cette fois, nous avons une lecture possible de la plaque d'immatriculation. Je veux qu'on retrouve ce numéro et qu'on y associe un nom. C'est notre plus grande priorité. Surveillez aussi les signalements de personnes disparues qui arriveront cette nuit, au cas où l'on aurait une répétition de la disparition de Nigel Hadlow. Elle a attrapé le collier de sa mère et l'a fait glisser autour de son cou en pensant à elle. Bon, personne ne semble reconnaître le garçon sur la première image, donc à chaque fois que vous parlerez avec des amis, des membres de la famille ou des collègues — de l'une ou l'autre victime —, je veux que vous leur montriez les deux photographies. Ils doivent en reconnaître au moins une.

— On retourne voir les amis et la famille de Nigel Hadlow ? a demandé Devon.

— À cent pour cent, a-t-elle répondu sèchement. Vous n'avez pas besoin de leur dire ce qui s'est passé, juste que nous avons trouvé une autre photo dans notre enquête et que nous nous demandions s'ils pouvaient identifier l'enfant dessus. Elle a jeté un autre rapide coup d'œil aux deux photos, côte à côte. Quelque chose me dit qu'elles ont été tirées de la même image et que ça fait partie de quelque chose de plus grand. Elle s'est retournée vers l'équipe, en baissant la voix. Quelque chose me dit aussi que c'est le début de quelque chose de gros. Nous devons prendre de l'avance avant que quelqu'un d'autre ne soit retrouvé. En attendant la confirmation de l'identité de la victime, je veux que la vidéosurveillance du véhicule et des environs soit dénichée. Elias et son équipe suspectent que l'incendie a eu lieu au milieu de la nuit, possiblement après minuit. On l'a retrouvé peu avant cinq heures du matin. C'est notre créneau. Cinq heures pour tracer la voiture de la victime ainsi que celle du tueur potentiel.

— Au milieu des routes de campagne ? Ça devrait être une partie de plaisir, a rétorqué Fiona.

— Félicitations, a dit Stephanie, en lançant un regard dédaigneux à l'agente. Vous venez de vous porter volontaire pour vous charger de l'enquête de voisinage pour cette remarque. Bravo.

Une petite acclamation et une salve d'applaudissements de la part de Devon ont parcouru l'équipe. C'était la tâche la plus chronophage et la moins agréable, qui rapportait souvent très peu, mais c'était aussi l'une des plus nécessaires et importantes. Parce que, la seule fois sur dix où l'on obtenait une miette d'information, c'était une pépite qui pouvait aider à débloquer l'enquête.

— Merci, madame. Compris.

Stephanie a répondu avec un sourire narquois. Une fois que nous connaîtrons l'identité de la victime, je veux tout savoir sur sa vie. Où elle travaille, à quelle heure elle se couche, à quelle heure elle se réveille le matin, à quelle heure elle va aux toilettes — et où. Je veux aussi des liens… Elle s'est tournée vers le tableau blanc, a attrapé un marqueur rouge et, d'un trait épais, a gribouillé une ligne entre les deux photographies, repassant dessus plusieurs fois. Je veux savoir ce qui relie ces deux personnes. Il y a quelque chose ; je le sens au plus profond de moi. On doit juste trouver quoi. Des questions ?

Le silence est tombé sur l'équipe. Tous lui ont fait un signe de tête poli, absorbant les informations et réalisant à quoi leurs douze prochaines heures allaient ressembler.

— Fantastique, alors au travail.

Aussitôt, ils se sont levés et se sont hâtés vers leurs bureaux, se déplaçant avec un sentiment d'optimisme hésitant. Stephanie est restée en retrait un moment, observant leurs mouvements avant de se diriger vers son bureau. Alors qu'elle refermait la porte derrière elle, son portable s'est mis à sonner.

Numéro inconnu.

Elle s'est figée. Une angoisse a monté en elle, partant du creux de son estomac pour lui nouer rapidement la gorge. Sa première pensée a été que c'était son demi-frère, qui l'appelait à l'improviste depuis un numéro qu'elle ne reconnaissait pas.

Elle a fixé l'écran jusqu'à ce que l'appel bascule sur la messagerie. Si c'était important, on lui laisserait un message.

Un instant plus tard, un message est apparu. Son doigt a hésité sur le bouton un moment de plus que d'habitude. Elle a appuyé dessus, puis sur lecture.

« Salut, Steph. C'est moi. Appelle-moi quand tu auras ce message. »

CHAPITRE
VINGT-NEUF

Pourquoi les gens faisaient ça ? Appeler, puis ignorer l'appel en retour juste après ? Comme s'ils venaient de laisser leur message vocal et qu'ils éteignaient aussitôt leur téléphone. Avaient-ils peur que la personne les rappelle ?

— Ça n'a aucun sens, marmonna-t-elle pour elle-même en arpentant son bureau. S'arrêtant près de la fenêtre, elle regarda le champ au-delà. Sur la pelouse, une petite équipe de six maîtres-chiens se serraient les uns contre les autres et discutaient, pendant que leurs chiens gambadaient en toute liberté, reniflant çà et là et profitant de leur court répit.

Au moment où elle s'apprêtait à déverser une tirade dans son téléphone, son interlocuteur décrocha.

— Louis, dit-elle. Qu'est-ce que tu as fichu ? J'ai essayé de te rappeler, et tu m'as ignorée.

— Je... j'étais aux toilettes, répondit-il sur la défensive. C'est interdit dans ton bureau ? Ici, les gens peuvent aller aux toilettes autant qu'ils le veulent.

— Contente d'apprendre que *Surrey Live* continue d'innover en matière de droits des travailleurs, lança Stephanie avec un sourire en coin, en s'appuyant la hanche contre le bureau.

Louis eut un petit rire méprisant. — On est des pionniers, que veux-tu que je te dise ?

— Tu pourrais commencer par me dire pourquoi tu as appelé.

— Droit au but ? D'accord. On a entendu des rumeurs sur un autre incendie, à l'église d'Ockham, cette fois ?

Elle hésita. — Qu'est-ce que tu me demandes, au juste, Louis ?

— Si c'est vrai…

— Peut-être bien. Ça dépend de qui sont tes sources.

— Ne me fais pas supplier, Steph. Tu sais à quel point c'est humiliant pour un homme dans ma position ?

— Tu veux dire, planté dans les toilettes à faire semblant de ne pas éviter mes appels ?

Il gloussa. — Touché. Écoute, je n'essaie pas de te forcer la main. Je peux envoyer un de mes gars jeter un œil, mais l'essence n'est pas donnée ces temps-ci, et les billets de train encore moins.

— C'est donc une mesure de réduction des coûts ?

— Juste un serrage de ceinture. Les deux sont liés ? Qu'est-ce qui s'est passé ?

Stephanie poussa un lourd soupir et lui expliqua brièvement ce qu'ils avaient découvert ce matin-là.

— À qui appartient le deuxième corps ? demanda-t-il.

— On y travaille.

— Les deux affaires sont liées ? Ce n'est pas tous les jours qu'on met le feu à des gens, Steph. Sauf si c'est un incendie criminel qui a très, très mal tourné.

— Malheureusement, je ne pense pas que ce soit le cas.

— Alors je pense que tu devrais te préparer à ce que ça prenne une envergure nationale. Les gens vont se jeter sur cette affaire. L'engagement sera élevé et, avant que tu aies le temps de dire ouf, tu auras des hordes de journalistes devant les scènes de crime.

— Tu veux dire comme le font parfois tes gars ?

Il répondit à la question par un grognement. — Tout ce que je dis, c'est que j'aimerais prendre les devants et obtenir les faits de ta part avant que quelqu'un ne déforme une rumeur.

Un court silence s'ensuivit. Stephanie se souvint de l'accord qu'ils avaient passé lorsqu'elle avait rejoint la police du Surrey. Elle avait voulu que leur relation soit mutuellement bénéfique, une approche très « un service en vaut un autre ». Il avait été correct avec elle par le passé, surtout lors de l'affaire du Croque-mitaine quelques semaines plus tôt, où il avait refusé de publier des photos d'elle qui compromettaient son professionnalisme, prouvant ainsi qu'elle pouvait lui faire confiance.

— D'accord, dit-elle. Mais rien ne paraît avant qu'on ait fait l'identification. Si tu publies quoi que ce soit avant, tu vas bouffer de la suie pendant des semaines, compris ?

— Promis, juré, dit-il, bien qu'elle fût presque sûre qu'il n'avait jamais dépassé le stade de louveteau.

Elle lui donna les informations essentielles : deux victimes, un mode opératoire similaire, des corps réduits en cendres, et les boîtes identiques avec les inscriptions énigmatiques et les photographies. Il ne l'interrompit pas, même si elle entendait le crissement d'un stylo sur du papier.

— C'est énorme, dit-il enfin.

— Apprends-moi quelque chose.

— Personne n'a été enfermé dans une boîte en feu depuis le Moyen Âge. Et même à l'époque, c'était généralement réservé aux sorcières.

— Merci pour la leçon d'histoire, professeur.

— Je pense à ajouter une chronique à la plateforme : *Les Petites Conférences de Louis.* Qu'est-ce que tu en penses ?

Stephanie eut un sourire en coin. — Il te faudrait quelqu'un pour l'écrire à ta place. Ton orthographe est atroce.

— Ça, c'est de la diffamation.

— J'ai vu tes e-mails. Ils ressemblent à des énigmes de décryptage. La moitié du temps, je dois les transférer à l'équipe pour qu'ils les traduisent. C'est un miracle que le magazine marche si bien.

— Eh bien, peut-être que je vais arrêter de t'envoyer des messages, alors. On verra comment ça te plaît.

— Tentant, dit-elle, en faisant glisser un doigt le long de sa tasse de café. Son sourire s'effaça légèrement tandis qu'elle jetait un œil au tableau blanc couvert de notes sur l'affaire. — Quoi qu'il en soit, il y a encore beaucoup de choses qu'on ne sait pas, et je t'ai donné tout ce que je pouvais.

Louis laissa échapper une longue expiration. — Tu penses que c'est le même tueur ?

— Oui. Je pense que oui. Et je pense qu'il ne fait que commencer.

Un court silence suivit, et quand il reparla, sa voix s'était légèrement adoucie. — Bon, tu sais comment me joindre si tu veux en parler. Ou, tu sais, juste te plaindre à nouveau de mon orthographe.

Elle gloussa. — Je pourrais bien te prendre au mot.

— Tiens-moi au courant. Et, Steph ?

— Ouais ?

— Tâche de ne pas finir dans la troisième boîte.

— Je ferai de mon mieux, dit-elle.

CHAPITRE
TRENTE

Un peu plus de deux heures plus tard, ils avaient un nom.

L'épave de l'Audi Q5 appartenait à un homme du nom de Carlos Vazquez.

Carlos avait cinquante-trois ans, résidait depuis longtemps dans le Surrey et avait passé la majeure partie de sa vie d'adulte à travailler dans le bâtiment. D'après la vérification préliminaire de ses antécédents, il s'était spécialisé dans les projets résidentiels de luxe, supervisant les travaux de terrassement et la gestion de chantier pour une entreprise basée à Croydon. Il était marié à une femme nommée Ana, son épouse depuis vingt-deux ans, et ils avaient une fille adulte qui vivait à Manchester. Casier judiciaire vierge. Un homme qui payait ses impôts, ne faisait pas de vagues et, jusqu'à ce matin-là, n'avait jamais eu de démêlés avec la police. À tous points de vue, c'était un citoyen modèle.

Son nom était apparu peu après que l'équipe de la police scientifique a terminé d'analyser l'Audi calcinée. La plaque d'immatriculation, bien que partiellement fondue, avait conservé suffisamment de caractères pour que Noah et son équipe puissent la passer au fichier de la DVLA. C'est ainsi qu'ils étaient remontés jusqu'à Carlos.

Moins d'une demi-heure plus tard, Stephanie et Olivia se tenaient devant un bâtiment de briques à l'air vétuste en périphérie du centre-ville de Woking, les bras croisés pour se protéger du vent qui forçait. L'enseigne au-dessus de l'entrée indiquait : Cloverfield Dental Practice. Le lieu de travail d'Ana Vazquez. Des patients entraient et sortaient toutes les quelques minutes, des enfants se frottant la mâchoire endolorie, blottis dans les bras de leur mère, la tête baissée pour s'abriter de la bruine.

Stephanie détestait ce moment. La confusion polie avant l'effondrement dans le chagrin. Ça ne devenait jamais plus facile, mais il ne servait à rien de retarder l'inévitable.

— On y va.

Elles se sont dépêchées vers l'entrée. Une femme à la réception a levé les yeux avec un sourire professionnel qui s'est effacé dès qu'elles se sont présentées.

— Madame Vazquez est dans son bureau. Je vais la prévenir de votre présence.

Elles n'ont attendu qu'une minute dans la zone de réception avant qu'une femme d'une petite cinquantaine d'années n'apparaisse. Elle était menue, avec des cheveux noirs bouclés attachés en une queue de cheval soignée, et portait une tunique bleu marine sous une blouse blanche. Elle s'est figée dès qu'elle a aperçu Stephanie et Olivia, son expression confirmant dans son esprit la raison de leur présence. Elle a porté la main à sa bouche et a inspiré brusquement.

— Oh, mon Dieu, a-t-elle dit dans un murmure.

Stephanie s'est avancée. — Madame Vazquez ? Je suis l'inspectrice principale Broadbent, et voici le sergent Willard. Pouvons-nous vous parler en privé ?

Ana a cligné des yeux rapidement, secouant déjà la tête. — C'est pour Carlos ? a-t-elle demandé, la panique montant dans sa gorge. — Il va bien ?

Stephanie a adouci le ton. — Si nous pouvions juste nous asseoir un instant.

Les larmes ont immédiatement empli les yeux d'Ana, mais elle a hoché la tête et a pivoté sur place, guindée, les menant le long d'un couloir court et étroit, passant devant une rangée de salles de soins. Au bout se trouvait son petit bureau. Une photo encadrée d'une adolescente en toge de diplômée était posée sur le meuble. Ana a refermé la porte derrière elles, mais elle ne s'est pas assise. Elle est restée près de son bureau, les bras croisés sur sa poitrine comme pour tenter de se préparer à ce qui allait suivre.

— Que s'est-il passé ? a-t-elle demandé à nouveau, la voix plus fluette. — S'il vous plaît. Dites-le-moi, c'est tout.

— Ce matin, nous avons trouvé une voiture immatriculée au nom de votre mari près de l'église All Saints à Ockham.

Les yeux d'Ana se sont écarquillés, mais elle n'a rien dit.

— La voiture avait été incendiée et était cachée derrière l'église.

Elle a ramené sa main à sa bouche. Stephanie a dégluti difficilement.

— Votre mari n'était pas dans la voiture… cependant, il y a eu un incident *dans* l'église impliquant un autre incendie. Nous avons trouvé un corps. À ce stade, nous ne pouvons pas confirmer qu'il s'agissait de votre mari ; cependant, les preuves nous portent à le croire.

Pendant un instant, Ana n'a rien dit. Son visage s'est tordu comme si son cerveau peinait à traiter l'information, comme si on lui avait parlé dans une autre langue. Ses jambes ont flanché et elle s'est affaissée dans la chaise derrière son bureau.

— Non, non, non, a-t-elle marmonné, les mots s'échappant d'elle alors qu'elle fixait le sol. — C'est lui, n'est-ce pas ? C'est pour ça qu'il n'est pas rentré hier soir. Je suis devenue folle à essayer de le contacter, de le joindre. Je… Dans combien de temps saurez-vous que c'est lui ?

Olivia s'est approchée d'elle, s'est accroupie et a posé une main réconfortante sur l'épaule d'Ana.

— Le corps a été emmené pour une autopsie. Il faudra un certain temps pour l'identifier ; cependant, ce qui nous aiderait vraiment serait d'avoir accès à son dossier dentaire ainsi qu'à un peu d'ADN.

Ana a reniflé pour ravaler un sanglot. — Vous êtes au bon endroit pour ça. Elle a désigné un ordinateur de l'autre côté de la pièce. — Tous les dossiers de ma famille sont là-dedans.

Stephanie a jeté un œil à l'ordinateur, puis est revenue à Ana. Olivia l'a regardée à son tour, et Stephanie a croisé son regard, répondant par un bref hochement de tête.

— Merci pour ça, a poursuivi Olivia. — Nous allons emporter les preuves. En attendant, pour aider notre enquête… Elle a tendu la main derrière elle, fouillant dans sa poche arrière. — Nous espérions que vous pourriez nous dire ce que votre mari faisait hier soir ?

— Il travaillait, a répondu Ana, en reniflant à plusieurs reprises. — Il travaillait tard. Une partie de son équipe était sur le chantier, et lui était au bureau.

— À quelle heure devait-il rentrer ?

— Il n'avait pas d'heure fixe. Il envoie juste un message quand il part.

— Et vous a-t-il envoyé un message hier soir ?

Ana a secoué la tête. — C'est là que j'ai commencé à paniquer. Ça ne lui ressemblait pas. Ce n'est que vers neuf ou dix heures, quand je n'avais toujours pas de nouvelles, que j'ai essayé d'appeler son portable.

— Que s'est-il passé ?

— Je suis tombée directement sur sa messagerie vocale.

Il devait être éteint, a pensé Stephanie. Soit il l'avait éteint et s'était rendu à l'église de nuit, soit quelqu'un l'avait éteint pour lui.

Olivia a sorti un papier qui contenait les scans des deux photos trouvées sur les scènes de crime. Elle a tendu la feuille à Ana et l'a laissée regarder.

— Nous devons vous poser la question, a-t-elle dit. — Reconnaissez-vous l'un des garçons sur ces photos ? Prenez tout le temps qu'il vous faudra.

Mais Ana n'en a pas eu besoin. Immédiatement, elle a pointé l'image de gauche, celle trouvée sur la première scène de crime, sur le lieu de Nigel Hadlow.

— Qui est-ce ? a demandé Olivia.

— C'est Carlos, a-t-elle répondu. — C'est mon mari.

Stephanie s'est approchée avec appréhension. Elle a pris la feuille des mains d'Ana et l'a pincée entre ses doigts comme si elle était radioactive.

— Vous êtes sûre que c'est votre mari ?

— Bien sûr que je le suis. Il est exactement pareil aujourd'hui. Il n'a pas changé en plus de trente ans que je le connais.

Tandis qu'Ana attrapait un mouchoir sur le fauteuil du dentiste, Stephanie s'est arrêtée, plongée dans ses pensées. L'explication lui est apparue clairement. L'identité de la deuxième victime avait été trouvée sur la première scène de crime. Le tueur leur avait dit exactement qui serait le prochain. Ce qui signifiait…

Son regard est tombé sur la deuxième photo.

Ce qui signifiait qu'elle était en train de regarder la troisième victime.

CHAPITRE
TRENTE-ET-UN

Devon écoutait la sonnerie dans son oreille depuis si longtemps qu'il s'est surpris à la fredonner.

Hmm-hmm.

Hmm-hmm.

La communication s'est coupée. Toujours pas de réponse. Il a claqué le combiné du fixe sur son socle et a réessayé, appelant cette fois le portable d'Olivia.

Pendant qu'il attendait, il agitait la jambe de haut en bas avec impatience. Allez, allez. Allez, allez, pensa-t-il, au rythme de la sonnerie stridente. Qu'est-ce qui leur prenait tant de temps ?

Alors qu'il s'apprêtait à raccrocher, on a enfin répondu.

— Devon ?

— Il était temps ! Tu es vivante. J'ai cru qu'il t'était arrivé un truc grave.

Olivia a eu un petit rire. — Tu ne crois pas si bien dire. Steph a failli griller la priorité à quelqu'un à une intersection.

— Elle ne vaut pas mieux que les gens dont elle se plaint.

— C'est seulement parce qu'elle essayait de répondre à ton appel.

— Bien fait pour elle. Elle connaît le règlement. Depuis quand tu l'appelles Steph ? Comment tu as obtenu *ce* privilège ?

— Je l'ai toujours fait. C'est ce qu'on gagne à être gentil avec les gens.

Il s'est adossé à son fauteuil. — Ouais, ouais. Gentil, mon œil.

— Tu appelles juste pour me chercher, ou tu avais quelque chose de précis en tête ?

Comme s'il venait de se souvenir de la raison de son appel, Devon s'est penché en avant sur son fauteuil et a secoué le curseur, réactivant l'écran de son ordinateur.

— Même si j'adorerais rester là à écouter ta voix toute la journée, j'appelais juste pour te dire — enfin, pour dire à Steph, en fait — que j'ai un truc qui, à mon avis, vaut le coup d'œil.

— Malin. Bien joué. — Il y a eu une pause pendant qu'Olivia éloignait le téléphone de son oreille et passait l'appel en haut-parleur. Les bruits du moteur de la voiture et de la circulation ont filtré à travers le micro.

— Tu as failli me faire avoir un accident, Devon, a lancé la voix lointaine de Stephanie, comme si elle parlait d'une autre dimension. Ça a intérêt à être important.

— Qu'est-ce que tu dirais d'un lien entre Nigel Hadlow et Carlos Vazquez ?

— Là, tu as toute mon attention.

— J'ai fouillé les comptes de Carlos et Nigel sur les réseaux sociaux, et je les ai repérés tous les deux, l'air très potes, au club de golf de Pyrford.

— Excellent travail. Merci de nous avoir prévenues. On y va tout de suite.

— Ah non, sûrement pas, a-t-il rétorqué. J'ai déjà appelé. Ils m'attendent d'ici une heure.

C'était un mensonge, mais Stephanie n'avait pas besoin de le savoir.

— Oh, a-t-elle répondu.

— On ne peut pas vous laisser vous amuser toutes les deux sans nous, pas vrai ? Il faut bien garder les meilleurs morceaux pour les autres.

CHAPITRE
TRENTE-DEUX

Devon a quitté la route principale et suivi l'allée étroite et sinueuse qui menait au Pyrford Golf Club. La pluie tapotait régulièrement contre le pare-brise, tombant de la dalle grise et uniforme qui leur servait de ciel. Le terrain de golf avait l'air impeccable, avec des greens luxuriants et veloutés qui refusaient de se laisser abattre par le temps maussade — un peu comme les joueurs qui parcouraient le terrain à cet instant même. Il s'est garé sur l'une des places visiteurs et a coupé le moteur. Devon n'avait jamais été un grand fan de golf ; il trouvait ce sport prétentieux, suffisant et plein de connards. C'était une opinion qu'il s'était forgée il y a longtemps, quand il était tombé sur un suspect dans une enquête, un passionné de golf qui l'avait traité avec un tel mépris que Devon avait ressenti une forte envie de l'arrêter, malgré l'innocence évidente de l'homme. Depuis, il gardait une dent contre ce sport et ses pratiquants, à savoir des hommes blancs d'âge mûr qui avaient plus d'argent que de bon sens — une catégorie dans laquelle il était en passe de tomber, l'argent en moins, bien sûr.

Il s'est préparé au genre de crétin qu'il risquait de rencontrer, exhalant son mécontentement par les narines avant de pousser la portière. Le vent s'y est aussitôt engouffré, l'ouvrant à la volée. Il l'a rattrapée et l'a claquée, rentrant les épaules contre les rafales tandis qu'il traversait la courte distance jusqu'au clubhouse. À l'intérieur, un mur d'air chaud l'a enveloppé, accompagné du murmure feutré de conversations discrètes. Deux hommes d'une soixantaine d'années étaient assis à une table près de la fenêtre, faisant défiler l'écran de leur téléphone, des verres à moitié vides à côté d'eux, le visage empreint de mécontentement.

Devon s'est approché de la réception, où une jeune femme a levé les yeux de l'écran de son ordinateur.

— Bonjour, a-t-il dit en sortant sa carte de police. Je cherche à parler au propriétaire ou au manager de service. Ça ne devrait pas prendre longtemps.

Les yeux de la jeune femme se sont écarquillés, saisis d'une panique aveugle. Sa bouche s'est ouverte et refermée, incapable de former le moindre mot. On aurait dit qu'elle n'avait jamais vu un policier de sa vie.

— Ah. La police ? Euh… Elle a balayé la réception du regard, comme si elle était perdue. Oui. Hum, ce sera M. Walker. Je vais juste… Désolée. Je vais l'appeler. Ah non, en fait. Je sais où il est. Elle lui a tourné le dos, puis a pivoté vers lui, la main levée. Désolée, je perds tous mes moyens.

— Ce n'est rien, a-t-il répondu en lui adressant un sourire rassurant.

La réceptionniste a disparu derrière une porte. Pendant qu'il attendait, Devon a jeté un œil par la fenêtre au patchwork verdoyant au loin, observant le groupe d'hommes en tenue de sport bien décidés à ce que rien ne vienne perturber leur temps si chèrement gagné loin de leurs femmes et de leurs familles.

Son attention a été détournée de la fenêtre un instant plus tard, quand un homme qui semblait tout droit sorti d'un catalogue Ralph Lauren a émergé, vêtu d'un polo rentré dans un chino blanc.

— Vous devez être M. Walker, a dit Devon.

— Et vous, vous devez être perdu, a rétorqué M. Walker. Nous n'avons eu aucun problème récemment qui justifierait une visite de la police.

Voilà, pensa Devon. Encore un connard bien décidé à me chercher des noises.

Il a forcé un sourire. — Perdu ? Non. Mais si jamais vous me trouvez dans un endroit comme celui-ci pour une visite personnelle, alors oui, je serai très certainement perdu et je vous recommande d'appeler la police immédiatement.

M. Walker a cligné des yeux, impassible. — Charmant.

Devon a répondu sur le même ton. — Ça vous dérange si on parle dans un endroit plus privé ?

L'homme a reniflé, puis a fait un geste sec pour que Devon le suive. Il l'a conduit au-delà de la réception, dans un court couloir tapissé de photos encadrées du club montrant des joueurs brandissant des coupes et des trophées. Le couloir débouchait sur un petit bureau qui empestait le cirage pour cuir, avec un Chesterfield usé dans un coin et d'autres souvenirs de golf accrochés aux murs.

M. Walker a désigné une chaise. Devon est resté debout.

— Je voulais vous poser des questions sur deux de vos membres : Carlos Vazquez and Nigel Hadlow. Est-ce que ces noms vous disent quelque chose ?

Walker a plissé les yeux, songeur. — Ils ne me sont pas familiers.

Devon a sorti une feuille pliée de la poche de son manteau et l'a posée à plat sur le bureau. Elle montrait une photo tirée du profil de Carlos sur les réseaux sociaux, où on le voyait avec Nigel Hadlow sur le green, clubs à la main.

Walker s'est penché en avant pour mieux voir. Dès que son regard s'est posé sur la photo, une lueur de reconnaissance a traversé son visage.

— Ah. Eux. Oui, maintenant je vois de qui vous voulez parler. Ils viennent environ une fois par semaine, parfois plus en été. Habituellement pour des tee-offs en milieu de matinée, en semaine surtout.

— Ils viennent ensemble ?

— Toujours. Ce sont des partenaires de golf.

— Il y a quelqu'un d'autre avec eux d'habitude ? a demandé Devon.

M. Walker a hoché la tête. — Il y a bien quelqu'un d'autre à qui vous devriez probablement parler. Ils jouaient toujours à trois, occasionnellement à quatre s'ils amenaient un invité. Il s'est tourné vers le coin du bureau et a tapoté sur le clavier d'un ordinateur iMac dernier cri. Le flux des caméras de surveillance s'est affiché — un écran partagé montrant en direct les terrains, le parking et le bar.

Devon était sur le point de demander le nom du troisième joueur quand Walker a pointé l'écran. — Quand on parle du loup.

Un BMW X5 argenté s'est garé sur le parking, les pneus éclaboussant l'eau des flaques peu profondes. La portière conducteur s'est ouverte et un homme d'une petite soixantaine en est sorti, les cheveux soigneusement peignés, vêtu d'une tenue imperméable, chaussures de golf déjà aux pieds.

Devon a haussé les sourcils, puis a regardé sa montre. On était en plein milieu de la journée, en pleine semaine. Personne ne travaille dans ce foutu pays ? pensa-t-il.

— Comment s'appelle-t-il ? a-t-il demandé.

— Terry Houghton. Un de nos clients les plus fidèles. Il dirigeait sa propre agence de recrutement. Il l'a vendue il y a quelques années. A pris sa retraite anticipée, mais fait toujours semblant de travailler à temps partiel.

Devon a eu un sourire en coin. — Parfait. Je vais lui toucher deux mots.

CHAPITRE
TRENTE-TROIS

Terry Houghton était le genre d'homme qui remplissait une pièce avant même d'en avoir franchi le seuil. Grand, large et bâti comme un labrador suralimenté, il avait la présence imposante de quelqu'un qui avait autrefois été athlétique, mais qui avait depuis longtemps succombé aux douceurs de l'âge, de l'alcool et d'un réfrigérateur bien garni. Son ventre se pressait si fort contre la fermeture éclair de son manteau imperméable qu'on aurait dit qu'il allait en jaillir s'il riait trop fort, et un double menton proéminent reposait sous une peau tannée qui suggérait qu'il avait passé trop de temps dans les cabines à UV ou qu'il enchaînait les séjours en Méditerranée.

Il était en train de sortir son sac de golf de son coffre quand Devon s'est approché de lui. L'homme grogna de mécontentement, le dévisageant avec méfiance.

— Je peux vous aider ?

— Monsieur Houghton ?

— Oui…

Devon lui a brandi sa carte de police sous le nez. — Pourrais-je vous parler un instant ? De préférence à l'abri de la pluie.

L'expression de l'homme ne trahit rien, comme si ce n'était pas la première fois qu'il rencontrait quelqu'un dans la situation de Devon. Soit ça, soit c'était un excellent joueur de poker.

— La voiture est assez grande, a répondu Terry.

— Parfait. C'est vous qui conduisez ?

Terry lui a lancé un regard dédaigneux avant de remettre le sac de golf dans le coffre et de le claquer. Devon s'est dirigé vers le siège passager et il est monté, remarquant la montre chère et les bracelets qui pendaient au poignet de Terry. Quand Terry l'a finalement rejoint, la voiture s'est affaissée de quelques centimètres sous son poids.

— Je ne peux pas dire que j'aie déjà eu un entretien avec un policier de cette façon, a-t-il dit.

— Mais vous avez déjà eu affaire à nous ?

— Quelques fois, oui, a répondu Terry en retirant ses gants d'un geste brusque et en les jetant dans la console centrale. Rien d'extraordinaire.

Devon s'est adossé à son siège, nullement dérangé par l'ego du bonhomme. — Alors, faisons simple. Je fais des recherches sur deux hommes : Nigel Hadlow et Carlos Vazquez. Vous les connaissiez ?

Terry a ricané en attrapant une boîte à cigares dans l'accoudoir. — On peut dire ça. J'ai fait quelques parties avec eux de temps en temps. Une fois par semaine, plus ou moins, quand nos emplois du temps coïncidaient. Pas vraiment les meilleurs amis du monde, mais je les connaissais mieux que la plupart des types qui viennent ici. Il a ouvert la boîte puis il a marqué une pause. — Ça vous dérange si je fume ?

— Oui, a dit Devon sèchement. J'essaie d'arrêter, a-t-il menti.

Terry a grogné et il a refermé la boîte. — Je ne pensais pas que les flics pouvaient se permettre de faire les difficiles, de nos jours.

Devon a souri sans la moindre trace d'humour. — On garde ça pour les grandes occasions. Comme lorsque deux hommes sont brûlés vifs.

Ça a fait mouche. Une lueur de malaise a traversé le visage de Terry. — J'ai entendu quelque chose à ce sujet aux infos.

— C'étaient eux, les victimes.

Terry a expiré par le nez, ses yeux se perdant dans le crachin. — Bon sang.

— Comme vous vous en doutez, monsieur Houghton, nous avons fait quelques recherches sur la vie de Nigel et Carlos.

— C'est pour ça que vous êtes là.

— C'est pour ça que je suis là.

Terry s'est retourné lentement, plissant les yeux. — C'est donc ça, votre théorie ? Vous pensez que j'ai quelque chose à voir là-dedans ?

— Non, a répondu Devon, bref et sec. Sauf si vous me donnez une raison de le penser.

Terry a eu un rire sans joie. — J'ai mieux à faire.

— Parlez-moi d'eux. Une idée de la raison pour laquelle quelqu'un aurait voulu leur mort ? Vous avez remarqué quelque chose d'étrange récemment ? Est-ce que l'un d'eux a mentionné qu'il était suivi, ou qu'une nouvelle personne un peu trop collante était entrée dans sa vie ?

Terry n'a pas réfléchi longtemps. — Nigel était un grand anxieux, de nature inquiète. Surtout à cause de son travail. Il n'arrivait pas à déconnecter. Il vérifiait tout le temps son téléphone. Carlos, par contre, était calme, un peu terne, en fait. Mais on s'entendait tous bien. Et aucun des deux ne m'a parlé de quoi que ce soit. C'est du golf, inspecteur. Pas un club de lecture. On ne passe pas notre temps à parler de nos états d'âme. On vient ici pour déconnecter, s'évader un peu du quotidien et, plus important encore, améliorer notre jeu.

— Et pourtant, quelqu'un s'est donné beaucoup de mal pour s'assurer qu'ils souffrent, a dit Devon. Si vous deviez deviner... des dettes, des disputes, des affaires louches... quelque chose vous vient à l'esprit ?

Terry s'est gratté le coin de la mâchoire. — Nigel... il a mentionné un truc il y a quelques mois. Il a dit qu'il était à court.

— À court ?

— D'argent.

— À court pour quoi ?

— Il a dit qu'il avait besoin d'un peu d'argent pour l'aider à finaliser un projet sur lequel il travaillait.

Le marché avec la municipalité.

Devon a haussé un sourcil. — Et vous l'avez aidé ?

Terry s'est agité sur son siège. — Juste un peu de liquide. Cinquante mille. Sans intérêts. Je n'y voyais pas de mal. Il a dit qu'il me rembourserait avant Noël.

Devon l'a étudié. — Vous avez parlé de ce prêt à quelqu'un d'autre ?

— Je l'ai déclaré au fisc, si c'est ce que vous voulez dire. Quant à savoir si Nigel l'a fait ou non, ça le regarde.

Devon a hoché la tête, les rouages de son cerveau se sont mis en marche. — Et Carlos, il était au courant pour le prêt ?

— J'en doute. Comme je l'ai dit, on jouait au golf. C'est tout.

Devon a attrapé la poignée de la portière. — Je vous remercie pour votre temps, monsieur Houghton. Si autre chose vous revient, tenez-moi au courant.

Terry a grogné de nouveau.

Alors que Devon retournait sous la pluie, il a marmonné pour lui-même : — Plus personne ne semble bosser, de nos jours, mais ils ont tous cinquante mille balles à claquer.

CHAPITRE
TRENTE-QUATRE

Stephanie faisait rebondir sa jambe nerveusement, ressassant ses pensées.

La photographie du jeune garçon trouvée sur la première scène de crime était celle de la deuxième victime.

Elle n'arrivait pas à y croire. Le tueur se jouait d'eux. Il leur annonçait qui serait le prochain à brûler vif.

Elle a fixé l'écran d'ordinateur, l'image qui avait été découverte sur la deuxième scène de crime — le garçon non identifié sur la photo — jusqu'à ce que les pixels semblent se fondre les uns dans les autres. Elle était convaincue qu'elles avaient été extraites de la même photo, plus grande. Que les deux hommes, Carlos et Nigel, étaient liés par quelque chose de plus tangible, de plus ancien, qu'une simple adhésion à un club de golf. Sinon, pourquoi le tueur utiliserait-il des photos de leur enfance ? Pour rendre leur identification plus difficile ? Pour garder une longueur d'avance ?

Elle a fermé les yeux. Une douleur lancinante commençait à lui marteler le crâne et, pour la première fois depuis des semaines, ses papilles frétillaient d'une envie de quelque chose de gras. Un kebab. De poulet, plus précisément. Avec les bords bien grillés, généreusement arrosé de sauce à l'ail, le tout enroulé dans un pain pitta chaud et garni de salade croquante. Elle pouvait presque sentir l'huile couler sur le bout de ses doigts, goûter sur sa langue la saveur piquante et vinaigrée des piments confits…

Elle a expiré bruyamment par le nez et s'est calée dans son fauteuil, chassant cette pensée. Son estomac a gargouillé doucement, l'écho de ses fringales résonnant à ses oreilles. *Pas maintenant. Pas aujourd'hui.* Elle s'est de nouveau concentrée sur la photo à l'écran, refoulant sa faim, l'éloignant de la partie d'elle-même qui avait besoin de réfléchir.

L'arrière-plan de l'image la taraudait toujours. Cette forme. Quelque chose dans son esprit grattait à la surface. Une bannière ? Une corde de gymnastique ? Un tableau d'affichage scolaire ?

Sa jambe a cessé de s'agiter.

Elle s'est levée brusquement, et sa chaise a crissé sur le sol.

Un instant plus tard, elle a trouvé Olivia à son bureau, casque sur les oreilles, les yeux allant et venant entre deux écrans remplis des relevés financiers des victimes. Celle-ci a levé les yeux à l'approche de Stephanie et a retiré un de ses écouteurs.

— Tu peux vérifier quelque chose pour moi ? a demandé Stephanie.

— Toujours.

— Carlos Vazquez et Nigel Hadlow… Je veux savoir s'ils sont allés dans la même école. Une du coin, probablement. Collège ou peut-être primaire. Fin des années 80, début des années 90. Vois ce que tu trouves.

Olivia a haussé un sourcil mais n'a pas posé de questions. — Laisse-moi une seconde…

Stephanie regardait par-dessus son épaule, les doigts tressaillant le long de son corps. Son cœur s'était remis à battre plus vite ; pas d'anxiété cette fois, mais d'anticipation.

Moins d'une minute plus tard, Olivia s'est adossée à son fauteuil. — Bingo. Tous les deux inscrits sur les registres de l'école St Jude à Oxshott. Même promotion, en plus. De 1981 à 1986.

Stephanie a poussé un long soupir.

On y est.

— Ils se connaissaient, a-t-elle dit. Bien avant le golf. Bien avant aujourd'hui.

Olivia a froncé les sourcils. — Alors, qu'est-ce qui les relie au tueur ?

— Je ne sais pas. Mais je pense que c'est un bon point de départ.

CHAPITRE
TRENTE-CINQ

L'école St Jude, un établissement privé pour garçons de onze à dix-neuf ans situé à Oxshott, était nichée derrière une étroite rangée de chênes. Des murs de lierre couvraient le manoir victorien qui servait de bâtiment principal. De grandes allées de gravier menaient à l'entrée, bordées de pelouses méticuleusement entretenues par une équipe dévouée de jardiniers. En arrière-plan se trouvait un petit bois, où la mélodie du chant des oiseaux luttait contre le bourdonnement lointain d'une tondeuse à gazon. Malgré les nuages gris et oppressants qui s'amoncelaient au-dessus, l'endroit semblait plein de couleur et d'espoir, comme si les frais de scolarité des enfants payaient pour une peinture aux couleurs plus vives ou un gazon de qualité supérieure.

En arrivant, Stephanie a ressenti un pincement familier, un sentiment de déjà-vu. Le bâtiment ressemblait beaucoup à son ancienne école où, adolescente perturbée issue d'un foyer brisé, elle avait erré dans les couloirs pendant les cours, se cachant des professeurs et se faufilant dans des salles de classe vides dès qu'elle le pouvait. Cela lui rappelait les fois où elle quittait l'enceinte de l'école quand l'envie lui en prenait pour aller à l'école primaire de Kimberley et observer ses cours par la fenêtre. Cela lui rappelait une période de blessure, de douleur, de souffrance, où elle réclamait de l'attention de la seule manière qu'elle connaissait – et en voulait à tous ceux qui lui en offraient.

Ces années avaient été difficiles. Des années où elle avait long-temps pensé qu'elle aurait pu suivre la même voie que son père. Une vie de crime. De drogue. D'alcool. À vivre aux crochets d'un système défaillant et usé jusqu'à la corde. Mais ensuite, quelque chose avait changé. Elle ne se souvenait pas très bien de quoi. Une conversation. Une dispute. Quelque chose qu'elle avait vu ou dont elle avait été témoin. Il y avait eu un tournant – un moment brutal et marquant dans sa vie – où tout avait basculé, la poussant à se battre pour ses études et sa carrière.

Stephanie est sortie de la voiture et a contemplé le blason de l'école, sculpté dans l'arche en grès au-dessus de l'entrée. Deux cerfs se cabraient de part et d'autre d'un écu, leurs bois entrelacés de lauriers. Dessous, en latin : *Virtus per Scientiam*. La Force par le Savoir. Elle a ricané à voix basse ; c'était le genre de conneries conçues pour que les parents fortunés se sentent mieux d'acheter l'avenir de leurs fils.

Olivia l'a rejointe, ses yeux balayant le domaine.

— Mon lycée comptait plus de grossesses adolescentes que cet endroit ne compte d'élèves.

Stephanie a gloussé alors qu'elles montaient les marches en pierre et entraient dans le bâtiment principal. À l'intérieur, le hall était large et haut de plafond, où résonnaient de faibles bruits de pas. De vieilles photographies de garçons en tenues de cricket, de pièces de théâtre scolaires et d'un futur champion d'escrime ornaient les murs lambrissés. Au loin, une cloche a sonné.

Une secrétaire aux cheveux argentés et vêtue d'un cardigan bleu marine les a accueillies depuis un bureau étroit.

— Vous venez voir M. Forester ?

Stephanie a hoché la tête.

— Inspectrice principale Broadbent et agent Willard.

La femme n'a pas demandé leurs pièces d'identité. Elle s'est levée de son bureau et les a conduites le long d'un couloir bordé de portes de salles de classe fermées. Quelques élèves curieux ont jeté un œil à travers d'étroites vitres, mais personne n'a parlé.

Le bureau du directeur se trouvait derrière une lourde porte en chêne au bout du couloir. La secrétaire a frappé une fois, a attendu, puis les a fait entrer. M. Forester s'est levé à leur arrivée. Grand et mince, la soixantaine, il portait un costume gris foncé au col ouvert.

Une paire de lunettes reposait à mi-hauteur de son nez, et il a regardé par-dessus pour les accueillir. Il a vérifié sa montre.

— S'il y a bien une chose que j'apprécie, c'est la ponctualité des gens, a-t-il dit d'une voix lente et délibérée. C'est un principe fondamental de ce que nous enseignons ici.

— Si vous n'êtes pas en avance, vous êtes en retard, a répondu froidement Stephanie.

Le visage de M. Forester s'est éclairé.

— Une femme selon mon cœur.

— Pas tout à fait. C'est un on-dit.

Le sourire a disparu presque aussi vite qu'il était apparu.

— Ah. Eh bien. Peu importe. Je vous en prie, asseyez-vous, asseyez-vous !

Il a désigné deux fauteuils faisant face à son bureau, recouverts d'un tissu rigide vert sapin qui a légèrement craqué lorsque Stephanie s'est assise. Les accoudoirs en bois portaient les marques de décennies d'usure. Le bureau, en acajou massif, luisait sous la lueur jaune d'une lampe de bibliothèque ancienne, avec des livres reliés en cuir empilés dans un coin. Stephanie a eu l'impression d'entrer dans une pièce de Poudlard.

Forester s'est installé dans son propre fauteuil à haut dossier, joignant les mains devant lui.

— Alors, a-t-il dit en ajustant ses lunettes. Ma femme m'a dit que vous étiez là pour une affaire très troublante. Deux anciens élèves, n'est-ce pas ?

Stephanie a hoché la tête.

— Carlos Vazquez et Nigel Hadlow. Ils étaient élèves ici dans les années quatre-vingt. Est-ce que ça vous dit quelque chose ?

Le front de Forester s'est plissé sous l'effet de la concentration. Il a secoué lentement la tête.

— Je crains que non. Je ne suis directeur ici que depuis onze ans.

— Nous pensons qu'ils étaient élèves ici en même temps.

— Nous voyons beaucoup d'amitiés se forger à St Jude – des liens qui durent toute une vie. Le réseau des anciens élèves est très étendu, et beaucoup restent proches. Nous en sommes d'ailleurs très fiers.

Stephanie n'avait aucune envie d'écouter son baratin. Les anciens élèves par-ci. Les perspectives de carrière par-là.

— Serait-il possible de jeter un œil aux anciens albums de promotion ou aux dossiers des élèves ? a demandé Stephanie.

— Mais bien sûr. Forester s'est levé. Suivez-moi. Nous conservons des archives qui remontent à la fin du XIXe siècle. Je ne peux pas vous garantir que vous y trouverez les réponses que vous cherchez, mais vous êtes les bienvenues. Nous vous demandons simplement de tout remettre à sa place et de manipuler certains des artefacts les plus anciens avec soin.

Il les a fait sortir du bureau, leur a fait descendre un escalier de service et traverser un court couloir qui débouchait sur une petite pièce au plafond bas à l'autre bout du bâtiment. L'odeur de moisi y était intense. Des armoires en bois longeaient les murs, et au centre de la pièce se trouvait une longue table jonchée de classeurs et d'albums photo.

Forester s'est approché de l'une des armoires et a ouvert un tiroir en grognant.

— Nous y voilà. Années 1980 à 2005. Servez-vous. Je vous laisse, à moins que vous n'ayez besoin d'aide ?

— On vous appellera si on se perd, a dit Olivia, en attrapant déjà l'album le plus proche.

Forester a hoché la tête et les a laissées, ses pas résonnant sur le sol en pierre alors qu'il disparaissait dans le couloir.

Stephanie a sorti un épais classeur portant l'étiquette 1983 et l'a posé sur la table centrale. Elle a ouvert soigneusement le livre en cuir. La double page centrale contenait une photographie panoramique en noir et blanc de toute la promotion, disposée en rangées sur les marches de l'entrée de l'école. Des garçons en blazers et cravates, certains avec un sourire narquois, d'autres plissant les yeux à cause du soleil, tandis que les professeurs se tenaient à chaque extrémité, les mains jointes devant eux.

— Là, a dit Olivia en tapotant de son ongle un visage près du milieu du deuxième rang. C'est Hadlow.

Stephanie s'est penchée, examinant les élèves à côté de lui.

— Carlos, a-t-elle murmuré.

Vazquez se tenait à la gauche de Nigel, paraissant plus jeune que sur la photo laissée sur la scène de crime. Ses cheveux étaient plus épais, ses traits plus ronds, mais c'était indéniablement lui. Les mêmes yeux sombres, la même posture. Les deux garçons étaient épaule contre épaule.

— Bon, alors on a *eux*, a dit Stephanie. Maintenant, il nous faut tous les noms du reste de la promotion.

Elles ont passé la demi-heure suivante à feuilleter le reste de l'album, à scanner les portraits individuels de chaque élève, à noter les noms inscrits en dessous et à prendre des photos avec leurs téléphones pour référence.

Puis elles se sont tournées vers la section des professeurs.

— La plupart de ces types ont l'air d'être nés à l'âge de pierre, a marmonné Olivia.

Stephanie a reniflé.

— Tu n'as pas tort. Regarde celui-là. M. Harrow, professeur de latin. Cette moustache pourrait étouffer un enfant.

— Ça devait être un cauchemar au lit.

Stephanie a lancé un regard désapprobateur à sa collègue avant de se remettre à la tâche. Pendant les dix minutes suivantes, elles ont parcouru la liste du personnel, notant les noms qui valaient la peine d'être vérifiés. Un classeur séparé contenait des nouvelles récentes des anciens élèves, détaillant les départs à la retraite, les nécrologies et les félicitations occasionnelles.

— Décédé, décédé, parti en Espagne, décédé, a dit Olivia en parcourant une section. On dirait qu'il n'en reste plus beaucoup à interroger.

Stephanie a soupiré et s'est adossée à sa chaise, les yeux irrités d'avoir scruté trop de noms, trop de visages.

Juste à ce moment-là, la porte a grincé et Forester est apparu, ajustant ses boutons de manchette.

— Vous avez eu de la chance ? a-t-il demandé en entrant dans la pièce.

— En partie, a répondu Stephanie. Nous avons confirmé qu'ils étaient camarades de classe.

— Je suis heureux que nous ayons pu vous être utiles. Il a mis les mains dans son dos. J'ai fait quelques vérifications de mon côté et j'ai pensé que ceci pourrait être pertinent. L'un des élèves de cette même promotion, celle de 83, est en fait professeur ici maintenant.

Stephanie s'est redressée.

— Vraiment ? Comment s'appelle-t-il ?

Forester a fait une pause, puis a souri comme s'il révélait un secret.

— Matthew Kynaston. Il enseigne la chimie. Voulez-vous que je l'appelle ?

Stephanie a croisé le regard d'Olivia.

— Je vous en prie.

CHAPITRE
TRENTE-SIX

Matthew Kynaston est entré dans la salle des archives avec le malaise prudent de quelqu'un qui n'avait pas l'habitude d'être convoqué. Il avait la petite cinquantaine, le même âge que Carlos et Nigel, une silhouette fine engoncée dans une veste en tweed qui avait connu des jours meilleurs. Sa cravate était lâchement nouée et le poignet de son pull qui dépassait de la veste était crasseux.

— Vous vouliez me voir ? a-t-il demandé, la voix douce mais précise.

Stephanie s'est détournée de la table, refermant le classeur posé devant elle. — Monsieur Kynaston ? Je suis l'inspectrice principale Broadbent. Voici l'agent Willard. Merci d'être venu.

Il a hoché la tête une fois, s'est approché en gardant les mains dans les poches. — Vous pouvez m'appeler Matthew, a-t-il dit. Le directeur Forester m'a dit que c'était au sujet de certains de mes anciens… camarades. Je suppose que ce ne sont pas des retrouvailles ?

Un léger sourire a effleuré ses lèvres, mais Stephanie ne le lui a pas rendu. — Carlos Vazquez et Nigel Hadlow. Tous deux dans votre promotion, de quatre-vingt-un à quatre-vingt-six. Vous vous souvenez d'eux ?

Les noms ont semblé remuer quelque chose dans le regard de Kynaston. Il a pris un instant pour jeter un œil à l'album de promo toujours ouvert sur la table, se penchant légèrement dessus comme s'il craignait les souvenirs que ces visages ravivés en lui.

— Oui… je me souviens d'eux, a-t-il dit cette fois à voix basse, à peine plus qu'un murmure.

Stephanie a attendu, observant le changement subtil dans sa posture. La tension lui a gagné les épaules et le haut du dos, et ses poings se sont serrés.

— Et ? a-t-elle insisté doucement, consciente d'après son expression qu'une sorte de traumatisme commençait à refaire surface.

Matthew a expiré par le nez et s'est redressé. À cet instant, il a paru plus vieux, les rides de son visage plus profondes et plus marquées. — C'étaient des brutes, a-t-il dit simplement. Carlos et Nigel. Pas seulement avec moi. Il y avait une poignée d'entre nous qu'ils prenaient pour cible. Tous ceux qui étaient plus petits, plus silencieux. Tous ceux qui ne cadraient pas dans leur monde.

Olivia a jeté un regard à Stephanie, puis s'est avancée. — Qu'est-ce qu'ils faisaient ?

Matthew a hésité, ses yeux revenant à la photo granuleuse en noir et blanc de l'album. — Ce qu'ils ne faisaient pas, plutôt ? La cruauté habituelle, j'imagine qu'on pourrait dire. Ils se payaient notre tête sans arrêt, nous donnaient des surnoms dégueulasses. Ils prenaient mes lunettes et se les passaient comme s'ils jouaient au basket. Une fois, je les ai retrouvées collées sous mon bureau. La seule façon de les faire arrêter a été de porter des lentilles de contact. Une autre fois, ils ont rempli mon casier de boue. Et puis ils m'ont humilié en me baissant mon pantalon dans les vestiaires.

L'estomac de Stephanie s'est noué. Elle n'avait pas été victime de harcèlement à l'école — ses propres sévices s'étaient limités au foyer familial — mais elle en avait été témoin, et elle avait vu l'impact que ça avait sur les victimes, comment elles ne pouvaient plus faire confiance à personne, comment elles étaient en colère contre le monde entier, retournant souvent cette colère contre les mauvaises personnes, et comment elles perdaient toute confiance et foi en elles-mêmes.

Ils étaient des victimes, tout comme elle l'avait été.

— Vous l'avez signalé ? a-t-elle demandé.

Matthew a eu un petit rire. — À qui ? À l'époque, c'était différent. La moitié des profs pensaient qu'un peu de harcèlement, ça vous profitait. Que ça forgeait le caractère, que ça vous rendait plus fort et mieux préparé pour le monde. Les autres passaient leur temps à se saouler ou à coucher ensemble. Et en plus, Carlos était le fils d'un donateur régulier de l'école, et le père de Nigel était haut placé en politique quelque part, alors ces gosses étaient pratiquement intouchables. Ça n'aurait servi à rien.

— Quels étaient les noms des autres garçons qu'ils harcelaient ? a demandé Olivia.

— Il y en avait quelques-uns. Un garçon nommé Tom Latchford. Et David Reece. Et Jonathan Hale. Bon sang, ça fait des années que je n'ai pas pensé à eux, mais leurs noms vous restent, vous savez.

— Ont-ils subi le même genre de sévices, ou c'était pire ?

— C'était *entièrement* horrible, inspectrice. Personne ne se considère chanceux de s'en être tiré à ce que *vous* pourriez appeler « bon compte ».

— Compris, a dit Stephanie, sentant le besoin de s'excuser. Ce qui était pire pour une personne pouvait n'être rien pour une autre. — Savez-vous ce qu'ils font aujourd'hui ?

Matthew a pincé les lèvres et a secoué la tête. Il a mis les mains dans les poches de son pantalon. — J'en ai bien peur que non. On n'était pas vraiment proches. La seule chose qui nous liait, c'était ce qu'on avait traversé, mais on ne formait pas un groupe ; on n'en parlait pas. Sinon, ça n'aurait fait qu'empirer les choses. Ils s'en seraient pris à nous encore plus violemment.

— Y avait-il quelqu'un d'autre ? Nigel et Carlos agissaient-ils en duo, ou étaient-ils plus nombreux ? a demandé Olivia à voix basse.

Les yeux de Matthew sont tombés sur le sol alors que le silence s'installait dans la pièce. Pendant un long moment, personne n'a parlé. Puis il a dit : — Ils avaient leur petite bande. Quatre en tout. Anthony Shore et Darren Fairhurst étaient les deux autres. Ils semblaient tous suivre Nigel comme ses petits disciples, ses larbins.

La voix de Matthew était emplie de mépris.

Stephanie a griffonné les noms dans son carnet. — Et ces garçons, étaient-ils aussi terribles que Nigel ?

— Pires, d'une certaine façon, a dit Matthew en se frottant la nuque. Une fois, Darren a enfermé un garçon dans le placard de sport pendant une demi-journée, et Anthony écrivait des horreurs sur les murs des toilettes ; c'est lui qui était responsable de toutes les rumeurs qui circulaient sur moi à l'école. Ils étaient tous aussi coupables les uns que les autres.

Stephanie a échangé un regard avec Olivia, puis a reporté son attention sur Matthew. — Carlos et Nigel sont tous les deux morts.

Matthew a brusquement relevé la tête. — Quoi ?

— Ils ont été tués dans des incidents distincts à quelques jours d'intervalle, a-t-elle dit d'un ton neutre. Brûlés vifs. Nous pensons que leurs morts sont liées.

Le visage de Matthew a perdu toutes ses couleurs. — Putain de merde, a-t-il marmonné en clignant fortement des yeux. Je… je ne savais pas. Enfin, j'ai vu un truc sur un incendie aux infos, mais je ne savais pas que c'était eux.

Stephanie l'a étudié attentivement. Le choc semblait réel. L'incrédulité. L'horreur.

— Connaissez-vous quelqu'un qui aurait pu vouloir leur faire du mal, ou quelqu'un qui serait capable de ça ? a demandé Olivia.

Matthew n'a pas répondu tout de suite. Il s'est mordu l'intérieur de la joue, son esprit tournant à toute vitesse.

— Je veux dire, n'importe qui aurait pu, a-t-il dit finalement. Si vous m'aviez demandé il y a quarante ans, j'aurais dit nous tous. Mais c'était il y a une éternité. Je… je ne sais pas, inspectrice. Je n'ai parlé à aucun d'entre eux depuis que j'ai quitté l'école, donc je ne saurais absolument pas vous dire.

Stephanie a lentement hoché la tête. — Logique. Je suis obligée de vous demander, cependant… où étiez-vous les nuits de leurs morts ?

La bouche de Matthew s'est entrouverte d'incrédulité. — Vous pensez que *j'ai* quelque chose à voir là-dedans ?

— C'est une question de routine. Rien de plus.

Il a marqué une pause, le temps d'encaisser. — J'étais chez moi. Avec ma femme. Et notre fille. Elle a sept semaines.

Stephanie a fait le calcul dans sa tête. Matthew a vu la confusion sur son visage car il a ajouté : — Ma femme est beaucoup plus jeune que moi.

C'était un euphémisme, a pensé Stephanie sans rien dire. Finalement, Olivia est intervenue en le félicitant pour le nouveau-né.

— Merci, a-t-il dit, timide. — Ça a été un vrai tourbillon. J'aurais juste aimé que quelqu'un me dise depuis le début le peu de sommeil qu'on a.

— Si on nous prévenait, personne n'en ferait. — Olivia a baissé les yeux sur son carnet. — Votre femme pourrait-elle corroborer vos dires ?

Matthew a répondu d'un simple hochement de tête. — Absolument. On n'a pratiquement pas quitté la maison. Et j'ai des photos. Horodatées. On documente tout : son premier sourire, son premier bain, sa première explosion dans la couche.

Olivia a grimacé. — N'en dites pas plus. Vous me rappelez de mauvais souvenirs. Mes garçons étaient des cauchemars. Enfin, ils le sont toujours. Mais… — Elle a secoué la tête avec une grimace. — J'ai encore l'odeur dans le nez.

Matthew a eu un petit rire, son visage se réchauffant à nouveau.

Stephanie a refermé son carnet. — Ce sera tout pour l'instant, Matthew. Merci pour votre temps. Et pour votre honnêteté.

Il a eu un petit hochement de tête et s'est dirigé vers la porte, puis a hésité. — Inspectrice ?

— Oui ?

— Celui qui a fait ça… si c'est quelqu'un de l'époque… j'espère que vous le trouverez. Et j'espère qu'il se fera aider. Parce que personne ne nous a jamais aidés, nous.

Puis il est parti, et la porte lourde s'est refermée derrière lui dans un claquement.

CHAPITRE
TRENTE-SEPT

Tom Latchford, l'un des noms que Stephanie lui avait donnés comme victime du harcèlement de Nigel et Carlos, travaillait dans une boutique de téléphonie sur la rue principale. Lorsque Fiona a franchi les portes, une bouffée d'air chaud provenant du climatiseur au-dessus de l'entrée l'a frappée au visage si violemment qu'elle en a presque eu le souffle coupé. L'intérieur de la boutique, comme une grande partie de la rue principale de nos jours, était complètement vide, à l'exception d'une femme âgée qui essayait de recharger son téléphone, pour finalement se faire dire qu'elle devait le faire par téléphone.

Fiona a balayé du regard le reste de la boutique, comptant cinq conseillers pour deux clients. Un ratio totalement disproportionné. Mais ce n'était guère surprenant ; de nos jours, tout pouvait se faire depuis le confort de son lit ou de son canapé. Elle ne se souvenait pas de la dernière fois où elle était entrée dans une boutique de téléphonie pour changer de forfait ou de téléphone ; elle le faisait généralement pendant sa pause déjeuner, les rares fois où l'occasion se présentait.

Elle a fait semblant de parcourir les étagères un court instant, attendant de voir si quelqu'un l'aborderait comme c'était habituellement le cas. Mais personne n'est venu. Les conseillers se tenaient derrière le comptoir ou étaient assis à des bureaux au fond, faisant défiler l'écran de leurs téléphones, perdus dans leur propre monde. Tous étaient jeunes, à la fin de l'adolescence ou au début de la vingtaine, et aucun ne semblait avoir envie d'être là ; on aurait plutôt dit que leurs parents les avaient tirés du lit de force.

Fiona s'est sentie comme une cliente mystère, sur le point de faire un rapport accablant au siège de l'entreprise. Mais avant qu'elle ait pu penser à ce qu'elle dirait, une porte au fond s'est ouverte et un homme d'une cinquantaine d'années est apparu, ses pas lourds martelant le sol en lino. Fiona a immédiatement senti qu'il était le responsable. Pas à cause de son âge, mais à sa façon de se tenir et à l'air de dégoût qui déformait ses traits tandis qu'il promenait son regard sur ses employés. Un instant, il s'est arrêté au centre de la boutique, les mains sur les hanches, inspectant son équipe. Personne ne lui a prêté attention.

Marmonnant quelque chose dans sa barbe, il a tourné son attention vers Fiona.

— Je peux vous aider, madame ? a-t-il demandé, adoptant sa meilleure voix de service client.

Fiona s'est brièvement rongé l'ongle avant de répondre. — Je cherchais Tom.

Sa tête s'est penchée sur le côté. — C'est moi.

— C'est ce que je pensais. Elle a baissé la voix. — Je suis l'inspectrice Singleton. Police du Surrey. Je me demandais s'il y avait un endroit où je pourrais vous poser quelques questions ?

Son visage s'est tordu de confusion, comme si elle s'était trompée de personne.

— Vous êtes bien Tom Latchford ?

Il a hoché la tête.

— Et vous êtes allé à St Jude's ?

Un autre hochement de tête, plus faible que le premier.

— Excellent. Alors je suis au bon endroit. Elle a fait un geste vers le fond de la boutique. — On y va ?

Le regard de Tom est devenu vide. Il s'est retourné et s'est dirigé vers le bureau. Les employés sont restés scotchés à leurs téléphones alors qu'ils passaient devant eux. La porte au fond du magasin menait à un escalier raide, bordé de plinthes éraflées. Des messages d'encouragement ornaient les murs, ainsi que des graphiques à barres suivant la progression de leurs ventes mensuelles. Fiona a suivi Tom, le bruit de ses chaussures résonnant sur les marches derrière lui.

En haut, il a déverrouillé une porte à l'aide d'une combinaison de code et de clé, et l'a fait entrer dans le bureau de l'étage. L'air y était plus chaud et moite. Une rangée d'ordinateurs poussiéreux longeait un mur sous un enchevêtrement de câbles et de routeurs clignotants. Un classeur cabossé se trouvait dans un coin, ses tiroirs légèrement entrouverts, et un coffre-fort en métal niché à côté, peint du même gris que les murs. Fiona a tiré l'une des chaises de bureau d'appoint et s'est assise, attendant que Tom se soit affalé sur la sienne – une chaise avec une déchirure au milieu et des roulettes grinçantes – avant d'ouvrir son carnet.

— Inutile d'avoir l'air si effrayé, a-t-elle commencé. Vous n'avez rien à vous reprocher. Je suis ici au sujet de deux individus que nous pensons que vous connaissez peut-être.

Ses yeux se sont écarquillés de panique, un millier de pensées différentes vacillant derrière. — D'accord.

— Carlos Vazquez, a-t-elle déclaré sans détour. Et Nigel Hadlow. Est-ce que ces noms vous disent quelque chose ?

Tom s'est figé, le regard fixé sur le mur derrière elle, les mains crispées sur ses genoux.

— Je… oui. Oui, je les connais. On est allés à l'école ensemble. On était dans la même année. Même dans le même internat pendant un temps. Ils étaient…

— Diriez-vous que vous étiez amis ?

— Bah ! a-t-il lâché, sa voix emplissant la pièce. Absolument pas. Tout le contraire d'amis. On ne pourrait pas me payer un million pour dire ça. Il a secoué violemment la tête. — Ils ont fait de ma vie un enfer.

— Comment ?

— Ils m'appelaient « Latch-on », la sangsue, comme si j'étais un parasite. Ils prenaient mes livres et les trempaient dans l'eau. Une fois, ils ont même pissé dessus dans les toilettes. Je faisais des crises d'angoisse tous les jours avant les cours. Incapable de regarder un prof dans les yeux, encore moins de me faire des amis. Je me sentais si seul dans cet endroit. Ils m'ont bien anéanti. Mes parents pensaient que je serais un grand intellectuel ; ils rêvaient même que j'aille à Oxford pour étudier la physique. Au lieu de ça, je me suis retrouvé ici, à fourguer des forfaits téléphoniques à des retraités qui n'entendent pas ce que je dis.

Sa bouche a eu un tic et ses poings se sont serrés, comme s'il était sur le point de pleurer ou de frapper un mur. Il n'a fait ni l'un ni l'autre.

— Ils m'ont humilié, a-t-il continué en grinçant des dents. Ils m'ont fait sentir que j'étais un moins que rien. Et à la fin… je suis devenu un moins que rien.

Fiona a marqué une pause.

Elle a griffonné quelques notes. — Je suis désolée que vous ayez vécu ça. Je suppose que vous n'êtes jamais restés en contact ?

— Bah ! Elle est bien bonne, celle-là. Oh, vous êtes sérieuse. Non, bien sûr que non. Dès qu'on a eu notre diplôme, je me suis donné pour mission de tout oublier de cet endroit.

Un autre gribouillage dans son carnet. — Je ne sais pas si vous avez suivi les nouvelles récemment, mais je voulais vous informer qu'ils sont tous les deux morts.

Tom a cligné des yeux et sa mâchoire s'est détendue, mais ses poings sont restés serrés. — Quoi ?

Fiona a expliqué les circonstances de leurs meurtres tout en se rongeant les ongles.

— Merde, a répondu Tom.

— C'est le mot.

— Vous pensez que… vous pensez que quelqu'un de l'école… ?

— Nous n'en savons rien. C'est pour ça que je vous demande : où étiez-vous les soirs en question ?

Il s'est gratté la mâchoire, paraissant soudain tout petit.

— Je vis seul, a-t-il fini par dire. Dans un appartement au-dessus du marchand de vin près de la gare. Je n'ai pas eu de compagne depuis des années. Je devais probablement regarder la télé ou scroller sur mon téléphone. Je… Il a haussé les épaules. — Mais je n'ai rien à voir avec ce qui leur est arrivé. Je n'ai pas le permis, donc je n'aurais pas pu aller jusqu'à eux…

Fiona a croisé son regard. Il n'a pas cillé.

— Quelqu'un peut le confirmer ?

— Non, à moins que ma bouilloire ait appris à témoigner.

Elle a hoché la tête d'un air entendu et l'a noté. — J'apprécie. Nous parlons à beaucoup de gens. La routine, ce genre de choses.

Elle s'est à nouveau rongé l'ongle, réalisant qu'elle avait un besoin urgent de fumer, une chose à laquelle elle n'avait pas pensé depuis longtemps. — Êtes-vous resté en contact avec d'autres personnes de votre école ?

Tom a secoué la tête sans hésiter. — Comme je l'ai dit, une fois que je suis parti de là-bas, tout le monde est sorti de ma vie. Mais pour être honnête, je ne peux pas blâmer celui qui a fait ça. C'étaient des gens dégoûtants, maléfiques. Et je doute qu'ils se soient améliorés en vieillissant. Les brutes restent des brutes ; elles ne changent pas. Alors ça ne me surprend pas qu'une chose pareille leur soit arrivée à la fin. Un mince sourire s'est dessiné sur ses lèvres. — La justice est une garce. Il a sorti un petit collier avec une croix et l'a frotté entre ses doigts.

Fiona a laissé le silence s'installer un instant, son regard tombant sur le pendentif dans sa main.

— Vous êtes croyant, si je comprends bien ?

La question l'a fait marquer une pause. Il a baissé les yeux sur le collier puis l'a caché, comme s'il venait de le trahir.

— Oui, a-t-il dit finalement. Je le suis.

— Depuis toujours ?

Il a secoué la tête. — Non. J'ai trouvé la foi plus tard. Après l'école. Après… tout ça.

— À cause de ce qui s'est passé ?

— Malgré tout ça, peut-être. J'ai été dans une mauvaise passe pendant longtemps. Incapable de garder un travail. Je buvais plus que de raison. La thérapie m'a un peu aidé, mais c'est la foi qui m'a donné quelque chose de solide. Il a hésité, puis a ajouté : — Ça m'a donné une raison de me lever le matin. Et une raison d'arrêter de m'en vouloir.

Fiona a hoché lentement la tête. Elle a arrêté de mâchonner un bout d'ongle. — Et pour eux ? Carlos et Nigel. Est-ce que vous… leur pardonnez ?

Le visage de Tom s'est raidi.

— C'est ce que je suis censé faire, n'est-ce pas ? a-t-il dit enfin. Tendre l'autre joue. Laisser le jugement au Seigneur. C'est ce qui est écrit.

— Mais ? a doucement suggéré Fiona.

— Mais je n'en suis pas encore là. Je prie pour avoir la force, et je demande la paix, et la plupart du temps, je peux vivre ma vie normalement. Mais quand je pense à ce qu'ils m'ont fait... à la façon dont ils m'ont pris quelque chose que je n'ai jamais récupéré... j'ai du mal. Vraiment. Sa voix s'est légèrement brisée. — Les gens parlent toujours du pardon comme si c'était un interrupteur qu'on actionne. Comme si on décidait un jour d'arrêter de souffrir. Mais ce n'est pas ça. C'est un travail. Et je suis encore en plein dedans. Je prie tous les soirs. Et je sais que c'est mal, mais certains soirs... à l'époque, je priais pour qu'ils aient ce qu'ils méritaient.

CHAPITRE
TRENTE-HUIT

La chaleur l'a frappée en premier. Instantanée. Suffocante. Un mur de feu s'est pressé contre sa poitrine, lui brûlant la peau et descendant au fond de sa gorge.

Stephanie se tenait au bout de l'allée, pieds nus et en pyjama, à contempler le brasier qui avait été la maison de son enfance. De brillantes flammes orange et jaunes léchaient les vitres, fissurant le verre et faisant fondre les cadres en plastique. De la fumée s'échappait du toit en tourbillonnant dans le ciel. L'odeur de matière carbonisée emplissait l'air. Quelque part au loin, elle pouvait entendre des sirènes, mais elles étaient trop loin. Le temps qu'elles arrivent, il serait trop tard.

Sa mère et sa sœur étaient à la fenêtre, piégées dans la chambre à l'étage, frappant sur la vitre, tambourinant avec leurs poings, hurlant toutes les deux à l'aide. Mais elle ne pouvait rien faire ; elle était clouée sur place, ses jambes refusant de bouger.

— Maman… a-t-elle appelé. Kim !

Mais sa voix était faible, couverte par le rugissement des flammes.

Puis la porte d'entrée s'est ouverte dans une explosion, et son père en est sorti en titubant, le corps entièrement en feu. La peau cloquait, les vêtements fondaient sur sa chair. Comme dans un film catastrophe. Ses cris résonnaient dans toute la rue. Un frisson glacial d'effroi l'a parcourue. Son père a chancelé sur quelques mètres dans sa direction, les bras tendus, mais il n'a pas pu aller plus loin. Il s'est effondré au sol tandis que le feu le consumait.

— *Stepphhyyyy... je t'en priiiieeee...*

Le son de sa voix — au seuil de la mort — lui a envoyé une décharge dans la colonne vertébrale. Ses yeux sont restés fixés sur le corps fumant qui, quelques instants plus tôt, était son père. Il gisait face contre terre, sa peau un patchwork de chair boursouflée et d'os à nu. Le feu crépitait encore sous son torse, continuant de le dévorer. Son bras a eu une contraction. Puis plus rien. Il était immobile.

Et, pendant une brève seconde, Stephanie n'a rien ressenti.

Aucun chagrin.

Aucune pitié.

Elle s'est souvenue de ses huit ans, debout dans la cuisine, dans ce vilain peignoir vert avec des grenouilles dessus. Il lui avait dit qu'elle était faible, qu'elle devait s'endurcir. Puis il avait pris l'embout en métal du briquet et l'avait pressé contre son avant-bras jusqu'à ce qu'elle hurle.

Maintenant, il était victime de sa propre méthode de torture.

— Stephanie !

Le cri l'a tirée de sa torpeur.

Il venait de l'étage. Sa mère et Kimberley, qui martelaient toujours la vitre, toujours dans un besoin désespéré de secours. La fumée dans la pièce recouvrait rapidement leurs visages. Bientôt, elle ne pourrait plus les voir.

Bientôt, elle ne pourrait plus les entendre.

Elle s'est retournée pour courir, pour faire quelque chose, mais ses jambes étaient de pierre, ses poumons oppressés, ses bras tremblants. Puis une silhouette floue est passée en trombe devant elle.

Une silhouette. Masculine. Elle l'a reconnu instantanément. Jordan. Son demi-frère. Sprintant vers l'incendie sans la moindre hésitation, sans le moindre souci pour sa propre personne. Le héros, venu à la rescousse pour sauver les demoiselles en détresse. Stephanie a crié son nom, mais il était trop tard. Il était à l'intérieur, avalé par la fumée.

Un nœud s'est serré au fond du ventre de Stephanie.

Non. Non, ce n'était pas à lui d'être celui-là.

C'était *sa* famille. *Sa* mère. *Sa* sœur.

Pas la sienne.

Ce n'était pas à lui de débarquer et de devenir celui qu'elles vénéreraient et acclameraient. Ce n'était pas à lui de devenir celui qui les tirerait vers la sécurité et réécrirait l'histoire.

Stephanie a fait un pas en avant. Les flammes ont rugi plus haut. La maison a gémi. Et le cri de sa mère a de nouveau percé l'air.

Pourtant, par-dessus ce vacarme, elle pouvait encore entendre Jordan à l'intérieur. Il toussait. Il appelait. Il venait à la rescousse.

La gorge de Stephanie s'est nouée, ses poumons la brûlant avant même que le feu ne la touche. Une voix dans sa tête lui a dit de ne pas le faire. Lui a dit qu'elle mourrait si elle y entrait. Mais une autre voix a crié plus fort.

Ce n'est pas à lui de les sauver. C'est à toi.

Elle a couru.

Droit vers le brasier.

Mais avant qu'elle ne puisse atteindre la porte d'entrée, son père a repris vie et, avec des yeux démoniaques et un rictus mauvais sur le visage, l'a attrapée par la cheville et l'a tirée au sol.

Et puis, le noir complet.

Stephanie s'est redressée d'un bond dans son lit. Sa poitrine se soulevait et s'abaissait en saccades vives et irrégulières. Ses mains tremblaient. Son visage et ses cheveux étaient mouillés de sueur, et elle avait chaud, comme si elle brûlait, comme si elle était dans les flammes de son cauchemar.

Elle a agrippé les draps et les a rejetés loin d'elle, s'attendant à moitié à les voir fumer dans ses mains. Sa peau la picotait, chaque terminaison nerveuse hurlait. Elle est sortie du lit en trébuchant, ses pieds nus claquant contre la moquette, son cœur battant à tout rompre. Sa respiration était rapide et superficielle. Ses poumons refusaient de se remplir. Elle ne pouvait plus penser. Ne pouvait plus arrêter la panique montante.

Ça me brûle encore.

Elle a déboulé dans la salle de bains, a ouvert le robinet d'eau froide de la douche à fond et est entrée dessous sans même enlever son pyjama.

L'eau glacée l'a frappée comme une gifle.

Elle a eu le souffle coupé et a reculé d'un pas, mais s'est forcée à retourner dessous. Elle a appuyé ses mains contre le mur carrelé, la tête baissée, tandis que l'eau se déversait sur elle, détrempant ses cheveux et trempant ses vêtements.

Pitié, arrête de brûler…

Elle a tourné lentement sur elle-même, laissant l'eau couler sur chaque parcelle de son corps, s'attendant presque à voir de la fumée s'élever de sa peau. Elle est restée là, grelottante, ses dents commençant à claquer. Finalement, elle a appuyé son dos contre le mur carrelé et s'est laissée glisser au sol en position accroupie, les bras enroulés fermement autour de ses genoux.

Le rêve avait paru réel. Trop réel.

Et pas seulement le feu.

La jalousie.

La haine.

Ce besoin d'être celle qui les sauvait.

Elle a fermé les yeux très fort.

Quel genre de personne était-elle en train de devenir ?

Quel genre de personne préférerait brûler vive plutôt que de laisser quelqu'un d'autre être le héros ?

Elle n'en était pas sûre.

Mais à cet instant, trempée et tremblante au fond de sa douche, elle n'était pas sûre de vouloir le savoir.

CHAPITRE
TRENTE-NEUF

La pluie tombait par vagues ; des gouttes froides et cinglantes qui s'abattaient de biais à travers les arbres. Stephanie a pédalé plus fort, filant imprudemment le long du sentier forestier. La boue a giclé sur ses mollets, a strié ses cuisses. Ses pneus ont creusé de profonds sillons dans le chemin détrempé, projetant des débris et de la terre dans toutes les directions.

Le vent hurlait à travers les branches au-dessus de sa tête, tirant sur sa veste et menaçant de la déséquilibrer. Mais elle s'est penchée en avant, refusant de céder. Elle a pompé plus fort sur ses jambes, poussée par le souvenir du rêve, des flammes, et du visage de Jordan alors qu'il disparaissait dans le feu.

Ses poumons la brûlaient, mais elle a accueilli la douleur. Elle était réelle. Tangible. *Méritée*.

Des feuilles lui ont giflé les joues, des brindilles lui ont éraflé les avant-bras, et le vélo a tressauté sous elle quand elle a heurté un nœud de racines apparentes. Elle a serré plus fort les poignées, les muscles contractés. Une pente raide se profilait devant elle, glissante de boue et de pierres. Elle n'a pas ralenti ; au contraire, elle l'a attaquée avec rage, les cuisses en feu, le dos courbé comme un prédateur. La forêt autour d'elle s'est brouillée tandis qu'elle haletait dans le froid, chaque expiration explosant en un nuage de vapeur.

Pas de sirènes.

Pas de flammes.

Pas de cris.

Exactement comme elle aimait ça.

Finalement, elle a atteint le sommet de la pente et a débouché sur une longue étendue de terrain plat.

Puis elle a écrasé les freins, faisant déraper le vélo jusqu'à l'arrêt et projetant une motte de boue haut dans les airs. Quelque chose au loin a attiré son regard, à plusieurs centaines de mètres de là ; une petite tache noire et calcinée au milieu de l'océan de champs verdoyants et luxuriants en contrebas. La grange où, quelques nuits plus tôt, Nigel Hadlow avait perdu la vie. Son corps a été secoué d'un frisson de chagrin, et une boule s'est formée dans sa gorge. Des images de ce à quoi le brasier avait dû ressembler – le feu, la chaleur, la douleur immense et incommensurable – ont surgi dans son esprit. Avait-il été conscient avant que les flammes ne le happent ? Savait-il ce qui l'attendait ? Le tueur avait-il eu la bonté de s'assurer que non, ou s'était-il assuré qu'il souffre le plus possible ?

Elle soupçonnait la seconde option. Il lui semblait clair maintenant que le tueur avait cherché à se venger de Nigel Hadlow et de Carlos Vazquez, qu'il avait une liste d'ennemis qu'il jugeait dignes d'être châtiés. Elle était certaine qu'il avait fait tout ce qui était en son pouvoir pour que les victimes soient conscientes de leur sort imminent.

Elle était sûre que Nigel Hadlow et Carlos Vazquez avaient été réveillés, conscients, qu'ils respiraient, qu'ils étaient *conscients* du feu qui allait lentement les consumer, jusqu'au moment où il leur a pris la vie.

La pluie continuait de tomber à l'horizontale, brouillant la grange au loin. De grosses gouttes de pluie coulaient de ses cheveux dans ses yeux. Elle a essayé de les chasser en clignant des paupières, mais ça n'a rien changé.

Debout là, un pied posé au sol tandis que l'autre reposait sur la pédale, elle a retiré son sac étanche de son épaule et en a sorti son portable. C'était son jour de congé. Du moins, ça aurait dû. Du temps qu'elle aurait dû passer à récupérer, à se détendre – mentalement et physiquement. Mais, comme d'habitude, elle avait d'autres projets.

Elle a déverrouillé l'appareil et a fait défiler son répertoire, les gouttes de pluie martelant l'écran. Elle a trouvé le nom d'Olivia et l'a tapoté à plusieurs reprises. Après plusieurs tentatives, l'appel a enfin abouti.

— Steph ?

— Salut.

— Pourquoi tu m'appelles ? C'est pas censé être ton jour de congé ?

Avant qu'elle ne puisse répondre, une bourrasque de vent l'a frappée de côté.

— T'es où ? a demandé Olivia.

— Dehors, en vadrouille. J'admire la campagne.

— On dirait que t'es dans le passage de Drake.

Stephanie a fait semblant de savoir de quoi elle parlait et a répondu par un grognement. — C'est juste un peu de vent. Et de la pluie. Des tonnes de pluie. Elle a mis sa main en coupe sur son oreille, essayant de protéger le téléphone des éléments. — Je voulais juste savoir quel était le programme de tout le monde pour la journée.

— Tu micro-manages ?

— Quoi ? Ce n'est pas… ! Je ne suis pas… !

— C'est l'impression que ça me donne, cheffe. Vous voulez aussi être tenue au courant de nos passages aux toilettes ? Savoir combien de cafés on prend ?

— Wellard…

— On maîtrise la situation, a dit Olivia. C'est ton jour de congé. Alors détends-toi. Si quelque chose d'urgent arrive, on sera les premiers à te prévenir. D'accord ?

— Je voulais juste…

— Et on t'en remercie, mais on n'en a pas besoin. On s'occupe de tout. J'aimerais que tu prennes un vrai jour de congé, s'il te plaît.

Le regard de Stephanie a glissé de la grange au loin vers une petite rangée d'arbres.

— Pourquoi j'ai l'impression de me faire sermonner ?

— Parce que c'est le cas.

— C'est comme ça que tu parles à tes enfants ?

— Oh non. En général, ils prennent bien plus cher que ça. Tu devrais t'estimer heureuse, je suis gentille avec toi.

Stephanie a eu un petit rire. — J'apprécie.

— Profite de ta journée, cheffe. Je ne m'attends pas à avoir de tes nouvelles avant demain. Oh, et sois prudente. C'est humide et boueux.

Le sourire sur le visage de Stephanie s'est élargi. — Oui, *maman*.

Alors qu'elle raccrochait, le vent et la pluie se sont calmés, et une mince éclaircie est apparue dans les nuages. C'était peu, mais Stephanie l'a pris comme un signe, un signe qu'elle devait prendre du recul et profiter du peu de temps libre qu'elle avait pour elle.

D'abord, elle devait tourner le dos à la grange et partir de là aussi vite que possible. Optimiste à l'idée que la journée pourrait finalement être bonne, et avec un plan qui commençait à se former dans son esprit, elle a glissé son téléphone dans sa poche, a placé ses deux pieds sur les pédales et a démarré, projetant de la boue et de la saleté.

CHAPITRE
QUARANTE

La pluie s'abattait sur le pare-brise tandis qu'Olivia quittait la route principale pour s'engager dans la ruelle étroite et sinueuse qui menait au pavillon de plain-pied, en périphérie de Weybridge. Les essuie-glaces peinaient à lutter contre le déluge et le chauffage vrombissait doucement, lui réchauffant les pieds et les cuisses, mais ses pensées étaient ailleurs, préoccupées par Stephanie et son incapacité à déconnecter.

L'inspectrice l'inquiétait parfois. Ce n'était pas sain, la quantité de travail qu'elle abattait, la façon dont elle consacrait chaque instant de ses journées au boulot. Ce n'était bon ni pour elle, ni pour sa boulimie, en était-elle persuadée. Olivia s'est souvenue du moment où elle avait découvert par hasard le secret de Stephanie. Le bureau était désert ; c'était la nuit, et tout le monde était parti après avoir bu quelques verres au pub. Stephanie était la seule à être restée, et c'est alors qu'Olivia avait entendu les haut-le-cœur, le bruit de l'eau dans la cuvette, suivi par celui de la chasse d'eau. Elles s'étaient mises d'accord pour ne pas en parler — Stephanie lui avait assuré qu'elle gérait la situation — mais l'inquiétude pour sa supérieure persistait dans un coin de sa tête. Cette femme se tuait à la tâche, poussant son esprit et son corps jusqu'à leurs limites, et Olivia se demandait combien de temps encore elle pourrait tenir. Si elle ne faisait pas attention, quelque chose finirait par lâcher.

Soit sa santé mentale, soit son corps.

Avant qu'elle ne puisse laisser cette pensée prendre plus de poids, la voix automatique du GPS a annoncé qu'elle était arrivée à destination. David Reece vivait dans un pavillon de plain-pied, trapu et gris, le seul au milieu d'une rangée de maisons individuelles à deux étages. Le nom de l'ancien élève de St Jude était apparu parmi ceux des victimes de harcèlement de Nigel Hadlow et Carlos Vazquez et, après des recherches approfondies, Fiona et elle avaient finalement réussi à le retrouver.

Olivia s'est garée dans l'allée et a coupé le moteur. À travers la vitre embuée de sa portière, elle a aperçu la lueur d'un écran derrière le rideau du salon. Elle a attrapé son manteau sur le siège passager, l'a enfilé et s'est précipitée vers la porte d'entrée en sautant par-dessus les flaques d'eau.

Elle a sonné et a attendu, rabattant sa capuche. Quelques instants plus tard, la porte s'est ouverte dans un grincement, révélant un homme d'une petite cinquantaine d'années, pâle et mal rasé, vêtu d'une chemise à carreaux et d'un chino. Il tenait un casque audio entre les mains. La seule référence qu'elle avait de son apparence était la photo de l'album de fin d'année, prise quarante ans plus tôt. Son visage s'était adouci avec le temps, et les traits anguleux de la jeunesse s'étaient arrondis avec l'âge, mais la ressemblance était toujours là, sous l'usure de quatre dures décennies. Ses cheveux s'étaient clairsemés ; sur la photo, ils étaient épais et sombres, bouclant aux pointes. Sa version adolescente affichait un sourire enthousiaste et exubérant. L'adulte, lui, ne prenait même pas la peine de sourire.

— Oui… ? a-t-il dit en la dévisageant à travers le crachin, la voix rauque. Je peux vous aider ?

Olivia a brandi sa plaque. — J'espérais pouvoir vous parler de votre scolarité à St Jude.

Son expression s'est raidie. Un instant, elle a cru qu'il allait lui claquer la porte au nez.

— Est-ce que ce sera long ?

— Quelques minutes seulement.

— Je suis en plein travail, a-t-il dit, sur un ton mi-désolé, mais je peux bien vous accorder quelques minutes.

— Merci, a répondu Olivia en franchissant le seuil. Elle l'a suivi dans un salon transformé en bureau, où deux écrans affichaient une boîte de réception et une présentation PowerPoint.

Il lui a fait signe de s'asseoir dans le fauteuil et s'est installé sur le bord du canapé, triturant le casque entre ses mains. — Alors, a-t-il dit, d'un ton qui suggérait qu'il en avait déjà fini avec la conversation, de quoi s'agit-il ?

— Carlos Vazquez et Nigel Hadlow.

Une faible lueur de reconnaissance a traversé son visage. — Qu'est-ce qu'il y a avec eux ?

— Ils sont tous les deux morts, a dit Olivia doucement. Ils ont été assassinés.

David a cligné lentement des yeux. Une fois. Deux fois. Puis il a posé le casque sur la table basse devant lui.

— Merde.

Elle a laissé le silence s'installer un moment avant de continuer. — Nous avons enquêté sur leur passé. Votre nom est apparu, ainsi que quelques autres. Elle a sorti son carnet de la poche de son manteau. — D'après ce que nous avons recueilli, ce n'étaient pas vraiment des élèves modèles.

David s'est adossé, les bras croisés sur sa poitrine. — C'est le moins qu'on puisse dire.

Olivia a hoché la tête, son stylo en suspens. — Pouvez-vous me parler de votre expérience avec eux à St Jude ?

Il a ricané. — Je croyais que vous aviez dit que ça ne prendrait que quelques minutes.

— La version abrégée, alors.

David a expiré longuement, s'est frotté la mâchoire, puis s'est massé le reste du visage comme pour se préparer à revivre le traumatisme. Il lui a ensuite livré une version condensée des sévices qu'il avait subis de la part de Nigel, Carlos et des autres responsables. En l'écoutant, elle a pensé qu'il minimisait une partie du traumatisme et sa réaction. Il donnait l'impression que cela ne l'avait pas affecté, qu'il avait été courageux face à ses agresseurs. Cependant, certaines inflexions dans son ton et des tics dans ses mouvements suggéraient tout le contraire.

— Je suis désolée que vous ayez vécu ça, a dit Olivia une fois qu'il a eu terminé. Les gamins peuvent être de vrais cons.

Cela lui a rappelé les siens : à quel point ils étaient devenus difficiles ; à quel point elle s'inquiétait chaque jour qu'ils ne subissent le même sort que David Reece, Tom Latchford et Jonathan Hale.

Et elle priait pour qu'ils n'aient pas choisi d'emprunter le même chemin que Nigel Hadlow et Carlos Vazquez.

David a haussé les épaules. — C'est comme ça. On ne peut plus rien y faire maintenant.

Olivia a fini de prendre une note dans son carnet, cliquant deux fois sur le bout de son stylo. — Et les soirs des meurtres ? Vous étiez ici ?

Il a eu un rire sec. — J'y étais. Je travaillais tard. Je suis freelance. Je conçois des présentations commerciales, des supports de formation. Surtout pour des boîtes qui ne veulent pas payer quelqu'un à plein temps. Il a désigné l'écran derrière lui. — Vous pouvez vérifier les heures de connexion, les horodatages, tout ce que vous voulez. Je n'ai pas quitté la maison.

— J'apprécie. Nous devrons faire des vérifications, mais c'est un contexte utile.

Il a esquissé un hochement de tête. — Vous pensez vraiment que quelqu'un les a tués à cause de ce qu'ils ont fait à l'école ?

— Nous gardons l'esprit ouvert. Mais vous n'êtes pas la seule personne à qui nous avons parlé qui a eu une expérience similaire avec eux à l'école.

— Ils avaient fait de la destruction des gens leur activité à plein temps.

Olivia a tourné une nouvelle page. — Êtes-vous resté en contact avec d'autres personnes de l'époque ? D'autres élèves qui auraient pu vivre des expériences similaires ?

David a secoué la tête. — Pas vraiment. Un truc apparaît de temps en temps sur Facebook, mais je ne regarde pas. Pas le courage d'interagir avec eux, de quelque manière que ce soit.

Olivia a hoché la tête, a hésité, puis a demandé : — Et Jonathan Hale ? Nous essayons de le joindre, mais sans succès. Savez-vous où il pourrait être maintenant ?

L'expression de David s'est durcie. Il a détourné le regard, sa mâchoire s'est crispée.

— Qu'est-ce qu'il y a ?

Il a expiré lentement. — Il y a une raison à ça : il s'est suicidé.

Quelques années après la fin de la fac. Il a pris quelques pilules, a trouvé un pont, puis a décidé de s'assurer que le boulot soit fait.

L'air est devenu pesant dans la pièce.

Olivia a ouvert et fermé la bouche, cherchant ses mots. Finalement, tout ce qu'elle a pu dire a été : — Je suis désolée.

David a hoché la tête, le visage de marbre. — Ils l'ont brisé. Tout comme ils ont essayé de nous briser tous. Et si vous voulez mon avis, ils ont eu ce qu'ils méritaient. Ils méritent tous de souffrir.

CHAPITRE
QUARANTE-ET-UN

Au lieu d'être chargé de parler à d'autres victimes du harcèlement de Carlos et de Nigel, Devon avait été envoyé interroger l'un de leurs complices, l'un des individus qui avaient contribué à briser des enfances. Il avait tiré la courte paille. Littéralement. L'équipe avait écrit les noms des victimes, des témoins et des suspects potentiels sur des morceaux de papier avant de les jeter dans un bocal. Résultat, il avait été le seul à piocher le nom de l'un des complices de Carlos et de Nigel.

Anthony Shore. Un homme qui, après avoir quitté St Jude's avec des résultats médiocres et ce que beaucoup de ses camarades et professeurs décrivaient comme un ego surdimensionné, avait atterri dans la vente automobile et avait rapidement gravi les échelons jusqu'à diriger sa propre concession à Addlestone, avec ses drapeaux criards et ses prix gonflés. Il vivait dans un pavillon neuf avec sa seconde femme et voyait rarement ses enfants de son premier mariage.

Devon avait été envoyé en partie pour l'avertir, en partie pour le questionner.

Il se gara devant Shore Motors, le pare-brise moucheté par le crachin. À travers la vitre, il apercevait des rangées de voitures d'occasion rutilantes, leurs capots inclinés pour paraître séduisants, leurs prix griffonnés au marqueur épais sur des affichettes derrière les pare-brise. Le showroom était éclairé de l'intérieur, et Devon pouvait tout juste distinguer un homme mince qui faisait les cent pas derrière la baie vitrée, le téléphone collé à l'oreille.

Devon coupa le moteur, sortit et remonta sa capuche pour protéger ses cheveux de la pluie. Arrivé devant la porte du bureau, il la poussa et entra. Une vague de chaleur l'enveloppa aussitôt. L'homme derrière le bureau leva les yeux et mit fin à son appel d'un « Ouais, ouais, je te rappelle. Une seconde » précipité. Il se leva, lissa le devant de son costume bon marché et offrit à Devon un large sourire, plus répété qu'une pièce de théâtre à succès.

Devon cilla. *Lui*, c'était Anthony Shore ?

Il s'était attendu à quelqu'un de plus costaud, de plus bruyant. Le genre d'homme qui suintait la testostérone et la suffisance. Mais la silhouette devant lui était frêle, nerveuse, aux épaules étroites. Il avait les joues rouges et grêlées, et ses cheveux blonds clairsemés étaient plaqués en une mèche savante sur un crâne rose. Des lunettes épaisses grossissaient ses yeux bleu pâle, lui donnant l'air de quelqu'un qui avait plus souvent subi les blagues cruelles que de celui qui les faisait. Il ressemblait plus à quelqu'un qu'on choisissait en dernier pour les sports d'équipe qu'à celui qui faisait la loi dans la cour de récré.

— Bonjour, dit Anthony d'une voix plus tranchante que son apparence ne le laissait supposer. Vous venez voir quelque chose en particulier ?

Devon sortit sa carte professionnelle. — J'espérais pouvoir vous parler un instant.

Le sourire d'Anthony s'effaça. — La police ?

— Juste quelques questions de routine. À propos de deux personnes que vous avez pu connaître. À l'école.

Le visage d'Anthony tressaillit, puis il eut un petit rire gêné et s'écarta, lui désignant les fauteuils en cuir dans le coin du bureau. — Ça me paraît si loin, tout ça. De quoi s'agit-il ?

Devon s'assit. — Carlos Vazquez et Nigel Hadlow. Ça vous dit quelque chose ?

Le tic nerveux revint, plus sombre cette fois. — Ouais. Bien sûr. On était dans la même année. Ça fait un bail que j'ai pas entendu ces noms.

— Ils sont morts, dit Devon sans détour. Assassinés.

Anthony s'immobilisa alors qu'il se dirigeait vers la bouilloire. — Tous les deux ?

Devon hocha la tête.

Anthony laissa échapper un sifflement lent. — Putain de merde.

— Vous n'avez pas l'air particulièrement surpris.

Anthony se gratta la nuque. — Je veux dire… on n'était pas vraiment potes pour la vie ou quoi que ce soit. Pas depuis l'école. Mais quand même… Bordel. Vous dites assassinés ?

— On enquête dessus. En ce moment, on se penche sur les gens qui avaient des liens avec les deux victimes. Ça inclut les vieux amis, les camarades de classe, les ennemis. N'importe qui avec un lien possible. — Devon se pencha légèrement en avant. — Ça vous inclut, monsieur Shore.

Anthony eut un rire nerveux. — D'accord. Bien sûr. Mais ça fait des années que je n'ai vu ni l'un ni l'autre. Je vous le jure.

— Quand même. Je vais devoir vous poser quelques questions.

Anthony acquiesça, s'assit derrière son bureau et joignit les mains. Devon remarqua qu'elles tremblaient légèrement. Quelle que soit la brute qu'il avait été à l'époque, il n'était plus cet homme aujourd'hui.

Du moins… pas en apparence.

— Qu'est-ce qui vous a poussé à le faire ?

— Pardon ?

— Le harcèlement. Qu'est-ce qui vous a poussé à le faire ?

Anthony tripota ses doigts. — C'était il y a très longtemps. On… on était jeunes. Vous savez ce que c'est. On se laisse entraîner.

— Êtes-vous un homme intelligent, monsieur Shore ?

La question parut le déconcerter. — Oui…

— Connaissez-vous la différence entre le bien et le mal ?

— Oui…

— Donc vous savez que harceler les gens, c'est mal.

— J'étais un gamin. Je ne pensais pas que ce qu'on faisait pouvait autant affecter les gens.

— Donc, vous *n'êtes pas* quelqu'un d'intelligent.

Anthony cessa de triturer ses doigts. Avant qu'il puisse répondre, la porte du showroom s'ouvrit. Il se leva de sa chaise et lança à l'intrus : — Désolé, mais j'ai dû fermer pour une demi-heure environ. Ça vous dérangerait de revenir ?

L'homme grogna, marqua une pause, puis repartit comme il était venu.

Quand Anthony reporta son attention sur Devon, il dit : — Vous êtes juste venu pour me faire la morale, ou pour me poser des questions sur Nigel et Carlos ?

— Un peu des deux, j'imagine. Je n'aime pas que les crimes restent impunis.

— Être une brute n'est pas un crime.

— Ça l'est quand on est responsable du suicide de quelqu'un.

Anthony se figea. Il perdit toutes ses couleurs, sa peau prenant une teinte blanc maladif. Il cilla une fois, deux fois, puis se laissa tomber sur sa chaise comme si ses genoux l'avaient lâché. Sa bouche s'entrouvrit, mais aucun son n'en sortit. Seul le doux crépitement de la pluie contre les fenêtres.

Devon laissa le silence s'installer. Il n'était pas pressé de l'en délivrer.

Quand Anthony parla enfin, sa voix était plus basse, comme vidée. — Qui ?

— Johnathan Hale.

Anthony prit un moment avant de répondre. — Je ne savais pas. Je veux dire… — Il prit sa tête dans ses mains. — Je suis tellement désolé.

Tant mieux. Tu devrais l'être.

Il n'avait aucune pitié pour les brutes, aucune patience pour les gens qui s'acharnaient à rendre la vie des autres plus difficile qu'elle ne l'était déjà. Il pensa à ses propres années d'école. Aux déjeuners volés, aux portes de casier claquées sur ses doigts et aux surnoms « sans méchanceté » qui collaient à la peau bien après avoir cessé d'être drôles. Il n'avait jamais raconté le pire à personne, pas même à sa mère.

— Je… continua Anthony. Je ne sais pas quoi dire. Je… je suis sous le choc. Et Nigel et Carlos, aussi… Qu'est-ce qui se passe ?

— On pense que quelqu'un de l'école les prend pour cible.

— Par « les », vous m'incluez aussi ?

Devon ne répondit pas. À la place, il sortit une photo de sa poche intérieure – une des pages de l'annuaire scolaire qu'Olivia avait dénichées. Anthony, Carlos et Nigel, avec un groupe d'autres garçons, souriaient et posaient comme les meilleurs amis du monde.

Il la fit glisser sur le bureau. — Vous parlez encore à quelqu'un sur cette photo ?

Anthony la fixa, ses yeux parcourant chaque visage familier. Il secoua lentement la tête. — Pas vraiment. On est restés en contact un moment, mais ils sont tous partis à la fac, et j'ai été le seul à entrer dans la vie active. — Anthony inspira profondément, puis se remit à tripoter ses doigts. Au moment où il ouvrait la bouche, la porte du showroom s'ouvrit de nouveau. Cette fois, il l'ignora.

— Inspecteur, vous ne pensez pas que je suis le prochain, n'est-ce pas ?

Devon déglutit. Difficilement. — Vous n'avez rien vu de suspect récemment, n'est-ce pas ? De vieux visages, de vieux amis ?

Anthony secoua la tête, sans paraître convaincu.

Devon plongea la main dans sa poche et produisit la photo du garçon qui avait été trouvée sur la scène de crime de Carlos.

— Et vous ne reconnaissez pas non plus le garçon sur cette photo ?

Anthony étudia la photo, puis secoua la tête. — Pas vraiment, non. Il me dit quelque chose, mais je serais incapable de vous donner son nom.

— Alors je suis sûr que tout ira bien, dit Devon, sortant une carte de visite d'une autre poche. Voici mes coordonnées. Si vous voyez ou entendez quoi que ce soit, appelez-moi. — Il jeta un coup d'œil au client qui venait d'entrer dans la concession. — Vous avez quelqu'un qui vous attend. Vous avez une entreprise à faire tourner. Je vais vous laisser. Merci pour votre aide.

CHAPITRE
QUARANTE-DEUX

Stephanie a attendu à la porte ce qui lui a semblé une éternité, vérifiant sa montre à plusieurs reprises pendant que sa sœur prenait son temps pour répondre. Elle aurait dû se montrer plus indulgente avec Kimberley ; après tout, sa sœur était à un stade avancé de sa grossesse, et sa mobilité devenait un problème pour elle. Mais malgré tout, Stephanie était impatiente de la voir.

Le sourire est resté sur son visage lorsque Kimberley a ouvert la porte avec précaution, l'entrebâillant à peine, ne laissant apparaître qu'un fin croissant de son visage, comme Stephanie le lui avait appris : se méfier de tout le monde, surtout des visiteurs inattendus.

— Steph ?

Kimberley a eu un temps d'arrêt, ouvrant la porte avec une lenteur calculée, comme si on lui tenait un pistolet sur la tempe. Si Stephanie n'avait pas mieux connu sa sœur, elle aurait cru l'avoir tirée de sa sieste.

— C'est moi.

— Qu'est-ce que tu fais là ?

— Surprise !

Cependant, l'effet de surprise de sa visite impromptue ne s'est pas vraiment lu sur le visage de Kimberley. Pas d'yeux écarquillés, pas de stupéfaction ou d'excitation de la part de quelqu'un qui n'avait pas vu un être cher depuis plusieurs semaines. Pas d'étreinte chaleureuse, juste le regard froid, distant et légèrement confus de quelqu'un qui venait de se réveiller.

Stephanie a poussé la porte et est entrée.

— J'avais un jour de congé, alors je me suis dit que j'allais passer voir comment tu vas.

— Quoi ? a demandé Kimberley, la regardant comme si elle parlait une langue étrangère.

— Mon équipe m'a dit de décompresser, alors c'est ce que je fais.

— Tu aurais dû appeler. J'… j'aurais rangé. J'aurais préparé à boire. J'aurais fait le ménage.

Stephanie est entrée dans le couloir et a enlevé ses chaussures d'un coup de pied. — Pfft. On a partagé la même chambre, Kim. Je t'ai vue sous toutes les coutures… et pas qu'un peu. Je pense que je peux supporter un peu de désordre.

Kimberley a refermé la porte derrière elle, s'enroulant dans un gilet. — J'aurais pu appeler Jordan.

— Et c'est exactement pour ça que je ne t'ai *rien* dit. Stephanie a pointé un doigt sur sa sœur. — Parce que je savais que tu ferais un truc dans le genre. Ça ne m'intéresse pas de le voir, Kim. Ce qui m'intéresse, c'est de te voir, toi, *ma sœur*.

— Steph…

— Kim… On peut y passer la journée. Mais si tu penses ne serait-ce qu'à l'appeler ou à lui envoyer un message pour qu'il vienne, je ressors par cette porte et je m'en vais.

Kimberley a sorti son téléphone de sa poche, puis l'y a vite remis. Elle a poussé un lourd soupir et est passée dans la cuisine, sans un mot. En la suivant, Stephanie a réalisé qu'elle n'avait aucune idée de ce dont sa sœur parlait. Le mot « ménage » existait bien dans leurs deux dictionnaires, mais elles en avaient des définitions très différentes. Kimberley s'inquiétait d'une cuillère et d'une tasse laissées près de l'évier, en train de sécher à la lumière du jour qui entrait par la fenêtre, tandis que la définition de Stephanie englobait du linge par terre, des boîtes de plats à emporter empilées sur le plan de travail, et les traces d'un style de vie effréné éparpillées partout. Pour Stephanie, la cuisine de Kimberley était impeccable.

— Un thé ? Le dégoût dans la voix de Kimberley était évident.

— Si tu ne craches pas dedans, oui…

Kimberley est restée silencieuse, préparant le thé avec une série de grognements et de soupirs lourds. Tandis que la bouilloire chauffait, elle s'est appuyée contre le plan de travail, la main posée sur son ventre rond. — Je ne comprends toujours pas. *Toujours* pas.

— Comprendre quoi ?

— Pourquoi tu ne veux pas le voir.

— On en a déjà parlé, Kim. Je ne veux pas avoir encore et toujours la même discussion. Je pensais que je pouvais passer, qu'on pourrait avoir une conversation sympa et civilisée, prendre de tes nouvelles et de celles du bébé. Je pensais que je pourrais déstresser un peu du boulot, mais je suppose que ce ne sera pas possible. S'il te plaît, est-ce qu'on peut ne pas parler de Jordan une seule minute ? Le jour où je serai prête à le voir, je le ferai. Mais pas une seconde avant. Il faut que ce soit à mes conditions, sinon ça n'arrivera jamais. Et peu m'importe si ma réaction est déraisonnable. Je crois que j'ai parfaitement le droit de me comporter comme ça. Alors, *s'il te plaît*, laisse tomber.

Kimberley a remué le thé en silence, le visage tendu. Elle a tendu une tasse à Stephanie sans un mot, puis s'est traînée jusqu'au canapé, se laissant tomber dessus avec la grâce d'une femme portant bien plus qu'un simple bébé. Stephanie l'a suivie, serrant la tasse entre ses paumes pour s'imprégner de sa chaleur. L'heure suivante s'est écoulée dans une sorte de trêve silencieuse. Elles ont parlé de travail (Stephanie se chargeant de l'essentiel de la conversation) et de Jason qui, d'après Kimberley, mettait désormais son veto à toutes les suggestions de prénoms qu'elle proposait.

— Il veut l'appeler « Dex », a dit Kimberley en levant les yeux au ciel d'un air théâtral. — Genre, *Dexter*. Qui appelle son bébé Dexter, à moins de vouloir qu'il devienne un tueur en série ?

— J'aime bien ce prénom, a répondu Stephanie. — Ça me fait penser à Denis pour une raison que j'ignore. Denis la Malice. Dexter le farceur.

— La dernière chose que je veux, c'est un petit merdeux.

En riant, Stephanie s'est levée, a pris les deux tasses vides et s'est dirigée vers la cuisine pour les laver. Elle a ouvert le robinet et a commencé à frotter sans conviction, laissant l'eau chaude couler sur ses mains, le regard perdu dans le vide. Puis des phares ont balayé le carrelage de la cuisine.

Son estomac s'est retourné.

Une voiture venait de s'arrêter au bout de l'allée.

Stephanie s'est figée, ses doigts se resserrant sur l'éponge. Elle a jeté un coup d'œil à travers les stores. Une petite voiture rouge à hayon. Elle s'est retournée, une bouffée de chaleur lui montant au cou.

— Tu n'as pas fait ça.

Kimberley est apparue dans l'embrasure de la porte, les deux mains posées de manière protectrice sur son ventre. — Quoi ?

— Tu n'as pas fait ça ! a lâché Stephanie d'un ton sec, la tasse lui glissant des mains pour s'écraser dans l'évier dans un claquement sonore. — Tu l'as invité, n'est-ce pas ?

Et puis la sonnette a retenti. Le cœur de Stephanie a bondi dans sa gorge. Elle a quitté la cuisine en trombe, a attrapé ses chaussures et s'est dirigée vers la porte, prête à exploser.

— Steph, de quoi tu parles ? Je n'ai pas…

Kimberley a ouvert la porte d'entrée, et un courant d'air froid s'est engouffré dans le couloir. Mais il n'y avait rien, juste un petit colis Amazon marron. Kimberley a peiné à le ramasser, puis a refermé la porte derrière elle.

Stephanie a senti une boule se former dans sa gorge.

— Idiote, a dit Kimberley. — C'était juste une livraison. Je n'arrive pas à croire que tu aies pensé que je l'avais appelé. Quand ? Quand aurais-je pu le faire ? Ça fait une heure qu'on discute.

Stephanie a fixé la porte d'entrée d'un air absent. — Quand tu es allée aux toilettes.

— Mon téléphone était sur le canapé. Kimberley a gémi, a secoué la tête et est retournée dans la cuisine, où elle a claqué le colis sur le plan de travail.

— Kim… Elle a suivi sa sœur dans la cuisine. — Je suis désolée, je ne voulais pas… J'ai surréagi.

Kimberley s'est retournée brusquement vers elle, le feu et la fureur gravés sur son visage. Ses yeux flambaient, et sa poitrine se soulevait et s'abaissait en courtes inspirations saccadées.

— Il faut que tu te reprennes, a-t-elle commencé. — Il faut que tu te ressaisisses.

Stephanie a ouvert la bouche, mais aucun mot n'est sorti.

— Je suis allée à l'hôpital l'autre jour. Je pensais que quelque chose n'allait pas… vraiment pas. Kimberley a posé les mains sur son ventre. — C'est toi que j'ai essayée d'appeler en premier. Deux fois. Directement sur la messagerie. Jason n'a pas répondu non plus.

— Kim, je…

— Et puis j'ai appelé Jordan, a-t-elle dit, tranquillement et simplement. — C'est le seul qui a décroché.

Stephanie a fermé les yeux un instant. La honte lui a glacé le sang.

— Il m'a rejointe là-bas. Il est resté assis avec moi dans la salle d'attente. Il n'a pas posé de questions, il n'a insisté sur rien, il a juste… tenu ma main pendant que je pleurais en pensant que quelque chose de terrible allait arriver au bébé. Il a été là pour moi. J'ai appelé, et il a répondu.

Le silence s'est installé entre elles, lourd et gênant.

— Tu crois que je ne comprends pas ce qu'il représente pour toi ? a dit Kimberley, la voix s'épaississant. — Mais ça reste mon frère. *Notre* frère. Et on a trente ans de notre passé à rattraper. Je ne laisserai pas ce qui s'est passé ruiner ce qui peut se passer à l'avenir. J'adorerais que tu sois capable d'en faire autant.

Stephanie ne pouvait pas la regarder. Elle ne pouvait pas affronter le poids de ces mots. Tout ce à quoi elle pouvait penser, c'était le cauchemar qu'elle avait fait l'autre nuit. L'incendie. La maison d'enfance. Sa mère et sa sœur piégées à la fenêtre de la chambre, en train de brûler vives. Et puis son demi-frère héroïque accourant à leur secours, arrivant au dernier moment pour les sauver.

— Je… je suis vraiment désolée, Kim. Je… je n'en savais rien. Tu… tu aurais dû continuer à essayer de m'appeler, laisser un message vocal, n'importe quoi. Tu as mon numéro professionnel si jamais tu n'arrives pas à me joindre. Mais ce n'est pas une excuse. Elle a tendu la main pour prendre celle de Kimberley. — J'aurais dû être là pour toi, et je ne l'ai pas été. Pour ça, je suis désolée.

CHAPITRE
QUARANTE-TROIS

La tension d'Olivia crevait le plafond. Encore un problème à l'école. Encore un incident impliquant Josh et son ami qui avait une mauvaise influence sur lui. Cette fois, ils avaient apparemment trouvé amusant d'enfermer un élève de sixième dans le placard à balais et de l'y laisser pendant la pause déjeuner. Le pauvre gamin avait été retrouvé par une surveillante, en larmes et à peine capable d'expliquer ce qui s'était passé.

Et maintenant, pour la deuxième fois en un mois, Olivia avait reçu un appel du proviseur adjoint, lui demandant un entretien pour discuter des attentes en matière de comportement.

Elle a serré plus fort le volant tandis que le GPS égrenait ses instructions par-dessus le bruit des essuie-glaces. La route devant elle était étroite et glissante à cause de la pluie de l'après-midi. Son regard a sauté du compteur de vitesse à l'horloge du tableau de bord.

Elle n'arrêtait pas d'y penser.

Josh. Son garçon. Son adorable petit garçon sensible qui dormait avec la lumière du couloir allumée et qui pleurait à la mort de son hamster. Le même garçon qui maintenant marmonnait dans sa barbe, levait les yeux au ciel quand elle lui posait des questions sur l'école, et arpentait la maison d'un pas lourd comme s'il en était le propriétaire. La puberté y était pour quelque chose, bien sûr. Elle le savait. Mais il y avait autre chose, quelque chose de plus, qui se cachait sous la surface. De la colère ? Un manque d'assurance ? De l'influence ?

Elle détestait l'ami qu'il s'était fait. Alfie. Elle n'avait jamais approuvé ce petit merdeux. Dès le début, dès leur premier échange quand il était venu chez eux un week-end, elle avait su qu'il n'était pas fréquentable. Son attitude. Sa façon de parler.

Et maintenant, la voilà en route pour parler à un autre des anciens harceleurs de St Jude's. Un autre homme adulte qui, autrefois, avait pris plaisir à humilier les autres.

Elle a essayé de ne pas faire de comparaison entre les deux.

Mais tandis que les essuie-glaces balayaient le ciel gris, ses pensées sont parties en vrille.

Et si Josh devenait comme l'homme qu'elle s'apprêtait à rencontrer ? Et si, dans vingt ans, quelqu'un comme elle se garait devant son entreprise ou sa maison, pour poser des questions sur le gamin qu'il avait harcelé autrefois ?

Et s'il était déjà trop tard ?

Elle s'est rangée sur le côté et a coupé le moteur. La maisonnette était en retrait de la route, un bâtiment trapu en briques avec un chemin de gravier et de la peinture qui s'écaillait sur les cadres des fenêtres. Un Land Rover cabossé était garé devant. Un carillon éolien tintinnabulait dans la brise.

Elle a pris un instant pour respirer. Puis un autre.

Il était temps de rencontrer le harceleur numéro quatre.

La porte a été ouverte par un homme aux cheveux blonds clairsemés et au visage fatigué qui paraissait plus sombre dans la pénombre de la fin d'après-midi. Il portait un jean, un sweat à capuche aux poignets effilochés et avait les épaules légèrement voûtées.

— Vous êtes la policière ? a-t-il demandé.

Olivia a brandi sa carte de police avec un sourire forcé. — C'est moi. Je peux entrer ?

À contrecœur, Darren Fairhurst s'est écarté pour la laisser passer, comme si elle venait de lui demander de mettre sa maison en vente. L'intérieur était sombre et en désordre. Des chaussures s'entassaient dans l'entrée, et une vague odeur de tabac froid persistait sous l'odeur plus récente de haricots à la tomate sur du pain grillé. Un petit chien a aboyé une fois depuis une pièce au fond de la maison, puis s'est tu.

— Par ici, a marmonné Darren en la guidant vers un salon étroit qui faisait aussi office de salle à manger. Une canette de bière vide traînait sur la table basse.

Il a désigné le fauteuil le plus proche. — Asseyez-vous si vous voulez. Désolé pour le bazar.

Olivia s'est assise, sortant son stylo et son bloc-notes. — Comme je l'ai mentionné au téléphone tout à l'heure, nous enquêtons sur les meurtres de Nigel Hadlow et Carlos Vazquez.

Darren a hoché la tête lentement, s'installant sur le bord du canapé comme s'il n'était pas sûr d'avoir le droit de se mettre à l'aise.

Olivia a cliqué sur son stylo. — Quand avez-vous parlé à l'un ou l'autre pour la dernière fois ?

Il s'est frotté la mâchoire, le grattement de sa barbe de trois jours sonore dans le silence. — Euh… il y a quelques mois. Carlos m'a envoyé un message sans crier gare, pour m'inviter à une partie de golf avec eux.

— Et vous y êtes allé ?

— Ouais. Je me suis dit, pourquoi pas ? On ne rajeunit pas.

— Et comment ça s'est passé ? Ces retrouvailles ?

Darren a haussé les épaules. — C'était pas mal. Un peu bizarre au début. On ne s'était pas vraiment parlé depuis des décennies. Mais une fois la gêne passée, c'était comme si le temps ne s'était pas écoulé. Carlos avait toujours ce rire suffisant. Nigel faisait toujours comme s'il savait tout sur tout.

— Est-ce qu'ils ont mentionné quelqu'un d'autre de l'école ? Quelqu'un avec qui ils auraient été en contact ?

Il a secoué la tête. — Pas vraiment. Ils n'ont pas abordé de sujets sérieux. Surtout des vieilles histoires. « Tu te souviens d'untel ? » Ce genre de choses. Après le golf, on est allés au Red Fox, le pub au bout de la rue, on a bu quelques verres. Rien de fou.

— Est-ce que quelqu'un d'autre vous a rejoints ?

— Non. Juste nous trois.

— Avez-vous remarqué quelque chose d'étrange au pub ? Quelqu'un qui vous observait ? Quelqu'un d'autre de votre époque à l'école qui traînait dans le coin ?

Darren a marqué une pause, se mordillant l'intérieur de la joue. — Personne que j'aie reconnu. L'endroit était bondé. La foule du match de foot du samedi après-midi. Bruyant, plein de gens en maillots de foot et de gamins sur des iPad.

Olivia a tapoté sa page avec son stylo. — Et la conversation ? Est-ce que quelque chose d'inhabituel a été dit ? Quelque chose qui vous a marqué ?

Darren a eu un petit rire, mais sans aucune gaieté. — C'était surtout des conneries. Jusqu'à ce que Nigel parle du voyage scolaire.

Cette information l'a fait relever la tête. — Quel voyage ?

— En quatrième. Un truc d'aventure en plein air dans la New Forest. Vous voyez le genre : on fait de l'escalade et de la tyrolienne pendant que les profs, en K-way, rêveraient d'être aux Bahamas ou aux Maldives.

Olivia a hoché la tête lentement. Elle ne l'a pas interrompu.

Darren s'est agité sur son siège. — On était des salauds à l'époque. De vrais salauds. Et il y avait ce gamin... Ray quelque chose. Roy ? Je ne sais pas. Son prénom commençait par R. Un petit bigot un peu bizarre. Bref, on l'appelait Souris parce qu'il parlait à peine.

— Qu'est-ce que vous lui avez fait ? a-t-elle demandé prudemment.

Il a expiré, longuement et lourdement. — Ça devait être une blague. Une épreuve de courage ou une connerie du genre que Carlos lui avait racontée. Une nuit, on s'est faufilés hors de nos bungalows, on l'a tiré de sa couchette et on l'a emmené dans les bois, on l'a mis en sous-vêtements et on l'a attaché à un arbre.

— Vous avez fait quoi ?

— On a trouvé ça drôle. On lui a dit qu'il devait rester là toute la nuit. Que s'il tenait jusqu'au matin, il pourrait rejoindre notre groupe. Faire partie de la bande. — Darren s'est frotté le visage. — Il s'est pissé dessus. Il a pleuré. Hurlé. On l'a quand même laissé là.

Olivia l'a dévisagé. — Et que s'est-il passé ?

— Un des profs, je crois, l'a trouvé juste après l'aube. Toujours attaché, couvert de piqûres, tremblant si fort qu'ils ont cru qu'il faisait une crise d'épilepsie. Ils ont dit que c'était l'hypothermie. Il a failli y passer.

Un long silence s'est installé entre eux.

— Vous n'avez pas eu d'ennuis ?

— On a fait comme si on n'avait rien à voir avec ça. Et il ne nous a pas balancés — ce qui nous a complètement sidérés — donc il n'y a jamais eu de suite. Et puis ses parents l'ont retiré de l'école quelques semaines plus tard de toute façon, donc on n'avait plus de soucis à se faire.

L'esprit d'Olivia s'est emballé. Un enfant de treize ans à moitié nu, attaché à un arbre au milieu des bois, laissé pour mort de froid pendant que ses tortionnaires dormaient confortablement dans leurs lits. Ce n'était pas juste du harcèlement. C'était de la cruauté. Rituelle et humiliante. Et maintenant, deux des coupables étaient morts. Brûlés.

— Quel était son nom complet ? a-t-elle demandé.

Darren a froncé les sourcils, fouillant dans de vieux souvenirs. — Raymond… quelque chose de bizarre. Pas anglais. Peut-être tchèque ou polonais ? Radoslav ? Radan ? Je ne sais pas.

Olivia a lentement écrit le surnom.

— Vous ne pensez pas que c'est lui, si ? demanda Darren. Qu'il est revenu se venger de nous après toutes ces années ?

Elle n'a pas répondu tout de suite. Mais l'idée avait déjà germé dans son esprit.

— Je pense que celui qui fait ça sait ce qui est arrivé à ce garçon, a-t-elle dit. Et je pense que vous devriez être très prudent, monsieur Fairhurst.

CHAPITRE
QUARANTE-QUATRE

Ce soir-là, Darren Fairhurst était debout devant sa cuisinière, remuant une casserole de pâtes avec la même cuillère en bois tachée qu'il utilisait depuis des années, tandis que la télévision murmurait en arrière-fond. Un nouveau jeu télévisé auquel il ne prêtait pas vraiment attention, mais qui faisait assez de bruit pour qu'il se sente rassuré. Surtout après sa conversation de tout à l'heure. Il n'avait pas arrêté de penser à ce qu'elle avait dit.

Cette fliquette — Olivia quelque chose — avait déterré des souvenirs auxquels il ne voulait plus penser depuis des années : la forêt, le froid, les pleurs, et Mouse, ou je ne sais plus quel était son nom. Petit, tremblant, ligoté. Une mauvaise blague qui, avec le recul, n'avait pas été très drôle. Darren ne l'avait pas vu comme ça à l'époque ; aucun d'entre eux, d'ailleurs. Mais maintenant que deux membres de l'ancienne bande étaient réduits en cendres, impossible de ne pas y repenser.

Il a secoué la tête et a éteint le feu.

Il n'y avait pas de quoi avoir peur, s'est-il rassuré. Juste une coïncidence étrange et anormale. Rien de plus.

Il a mis ses boulettes de viande et ses pâtes dans une assiette, a attrapé une bière dans le frigo et s'est traîné jusqu'à la table de la salle à manger qui donnait sur son salon. Son petit chien, Max, a jappé une fois dans son coin avant de se rouler de nouveau en boule dans son panier.

Puis la sonnette a retenti.

Darren s'est figé, à mi-chemin de s'asseoir.

Un coup de sonnette. Puis le silence.

Il a froncé les sourcils et a posé son assiette, essuyant ses paumes sur son sweat à capuche. Personne ne lui rendait visite aussi tard, surtout pas avec ce temps. Il a jeté un œil à l'horloge : 21 h 13.

Max a aboyé de nouveau, cette fois plus fort et avec plus d'insistance.

— Ça va, ça va, a marmonné Darren en se dirigeant vers le couloir.

À travers la vitre dépolie, il pouvait voir une silhouette vague — grande et immobile.

Prudemment, il a déverrouillé la porte et l'a entrouverte.

— Ouais ?

Et puis il l'a vue : la silhouette. Un visage qu'il n'avait pas vu depuis des années, un visage souriant qui a fait déferler une vague de peur en lui.

— Qu'est-ce que… ? Vous… ?

Avant qu'il ne puisse finir, quelque chose s'est abattu sur lui. Très vite.

Darren a à peine eu le temps de lever un bras pour se défendre avant que le coup ne percute le côté de sa tête. Un craquement sinistre, comme celui d'une batte de cricket frappant du cuir mouillé, a résonné sur les murs du couloir. Ses jambes se sont dérobées sous lui, et ses genoux ont heurté le sol.

Sa vision s'est brouillée. Le couloir s'étirait et se déformait. Un bourdonnement aigu a rempli ses oreilles.

La silhouette s'est avancée, engloutissant le peu de lumière qui restait du salon. Des mains gantées se sont tendues, ont attrapé Darren par le col et l'ont tiré complètement à l'intérieur avant de refermer la porte d'un coup de pied derrière elles.

Darren a essayé de parler, de crier, mais un autre coup sec l'a atteint à la mâchoire, et tout est devenu blanc.

Depuis le salon, Max aboyait furieusement, ses griffes crissant sur le parquet, mais il ne s'est pas approché. Foutu chien.

La dernière chose que Darren a vue avant que l'obscurité ne

l'enveloppe fut ce sourire si reconnaissable, le même qu'arborait un fantôme du passé.

CHAPITRE
QUARANTE-CINQ

Un sombre pressentiment noua l'estomac de Stephanie tandis qu'elle arrivait en voiture à la maison de Darren Fairhurst, aux abords de Cranleigh.

Un autre incendie. Un autre incident impliquant une personne liée à Nigel Hadlow et Carlos Vazquez. Pour Stephanie, il ne faisait aucun doute qu'ils étaient liés, et que le tueur avait choisi Darren Fairhurst comme prochaine victime. Le seul problème était que Stephanie ne savait pas à quel point elle pourrait s'approcher de la scène de crime.

Les images de l'incendie de sa maison d'enfance continuaient de hanter ses pensées. Kimberley. Sa mère. Hurlant pour leur vie. Elle n'était même pas encore arrivée qu'elle les imaginait déjà piégées à l'intérieur, leurs cris résonnant à ses oreilles.

Puis leurs visages furent remplacés par celui de Darren, un homme qu'elle n'avait jamais rencontré. Les cris perçants de sa sœur et de sa mère se transformèrent en hurlements plus profonds, plus gutturaux, tandis que les flammes l'enveloppaient.

Les bruits étaient si écrasants qu'elle n'entendit pas le présentateur radio annoncer les nouvelles.

Ce matin, un autre incendie a été signalé dans la région du Surrey. Ceci fait suite à une série d'incidents liés au feu sur lesquels la police enquête activement.

Quelqu'un en avait déjà eu vent et avait fait remonter l'information. La presse nationale…

Alors qu'elle continuait sur la petite route de campagne sinueuse, bordée d'arbres et de haies qui paraissaient sans vie, son téléphone sonna sur le tableau de bord. Elle jeta un œil à l'écran, espérant un message de sa sœur. Mais, bien sûr, ce n'était pas elle. Kimberley était trop fière et têtue pour faire le premier pas et s'excuser.

Stephanie aussi.

Kimberley avait placé son demi-frère sur un piédestal. Une chose qu'elle ne pouvait — et ne voulait — pas pardonner si facilement.

À la place, la notification était un e-mail. Sans importance. Un truc pour plus tard.

Puis la maison de Darren Fairhurst apparut : un cottage victorien au milieu de nulle part, entouré d'un vaste terrain d'environ un hectare et demi. La première chose que Stephanie remarqua fut l'odeur. Épaisse et dense, elle s'infiltrait par les grilles d'aération et persistait dans l'habitacle. Elle s'intensifia lorsqu'elle se gara et sortit. Quelque chose de biologique. Peau brûlée. Cheveux brûlés. Corps brûlé.

Son estomac se souleva.

Elle se força à marcher, bien que chaque pas vers la maison lui donnât l'impression d'avancer dans du ciment. La bâtisse se dressait devant elle, fissurée et boursouflée par le feu. Des dizaines de journalistes s'agglutinaient près du premier périmètre de sécurité, appareils photo en bandoulière, micros collés aux lèvres. Elle les ignora, gardant la tête baissée et avançant d'un pas décidé. Au second périmètre, elle signa le registre, enfila une combinaison de police scientifique et se glissa dessous.

Et c'est là qu'elle le vit.

Elias.

Il se tenait à côté des restes squelettiques de ce qui avait été un treillage de jardin, sa tenue ignifugée le protégeant du vent qui soufflait en rafales. Son visage balafré était tourné vers les décombres, mais il jeta un regard dans sa direction alors qu'elle approchait. Stephanie garda les yeux baissés, essayant d'éviter de regarder l'extérieur de la maison.

Les cris de sa sœur résonnaient dans sa tête. La pensée que sa sœur aurait pu perdre la vie, perdre le bébé dans cet incendie qui n'avait jamais eu lieu…

Sa vision se brouilla.

Ses genoux se dérobèrent légèrement.

Le sol tangua sous ses pieds.

— Stephanie… ? Elias fut à ses côtés en un instant, ses bras puissants la rattrapant avant que ses jambes ne cèdent complètement. — Hé, doucement. Assieds-toi. Ça va aller. Tout va bien.

Elle ne protesta pas. Elle ne pouvait pas. Elle n'avait rien mangé depuis près de vingt-quatre heures ; tout son corps était faible. Elias la guida jusqu'à un muret de jardin qui avait survécu à l'incendie et l'aida à s'y asseoir. La pierre froide la ramena un peu à la réalité, et l'air frais frappa ses poumons par bouffées saccadées.

Il s'accroupit en face d'elle. — Inspire sur quatre temps. Retiens sur quatre. Expire sur quatre. Ça s'appelle la respiration carrée.

Elle hocha à peine la tête et tenta de suivre son rythme. Un. Deux. Trois. Quatre…

Ce ne fut pas immédiat, mais les battements sourds dans sa poitrine commencèrent à se calmer. La sueur dans sa nuque se mit à refroidir. Sa gorge, qui lui avait semblé se resserrer, se détendit assez pour lui permettre de prendre quelques respirations plus claires.

Elias resta où il était, les yeux fixés sur elle.

— Tu vas bien ? demanda-t-il.

— Non, dit-elle d'une voix rauque. — Mais ça va aller.

— Es-tu en état de jeter un œil à ce qu'on a trouvé ?

Elle hésita.

— Clairement pas. Ce n'est pas grave. On peut rester ici. Elias s'assit à côté d'elle. — On a trouvé un corps dans la cuisine. C'est comme la dernière fois, donc je t'épargne les détails macabres. Mais on dirait qu'il préparait peut-être à dîner quand l'incendie a démarré.

— Ça pourrait être accidentel ?

— Possible. Mais vu tout le reste, mon instinct me dit que non.

Stephanie fixa le sol. À présent, sa respiration était sous contrôle, et le brouillard dans son esprit s'était dissipé. Elle se remit sur pieds. Alors qu'elle époussetait sa combinaison, une agente de la police scientifique s'approcha en hâte.

— Madame, dit-elle. — Désolée de vous interrompre, mais j'ai pensé que vous devriez voir ça. C'est une autre boîte en fer-blanc.

Stephanie se tourna vers l'agente. — Une autre boîte ?

— Elle était dans la cheminée, nichée tout en haut du conduit. Encore intacte.

Les jambes de Stephanie devinrent plus fermes. Plus fiables. — Qu'est-ce qu'il y avait à l'intérieur ?

L'agente de la PTS ouvrit légèrement le sachet de preuves pour que Stephanie puisse regarder à l'intérieur.

Dedans se trouvait une autre petite photographie délavée d'un jeune garçon, souriant à l'objectif. Le même âge que tous les autres. Le même style. Provenant de la même photo plus grande.

Et sous la photo, gravés sur la boîte, il y avait ces mots :

Ce qu'un homme aura semé, il le moissonnera aussi. — Galates 6:7

Stephanie fixa l'objet, la bouche sèche. Une autre note à caractère religieux. Cette fois sur la justice, sur le fait de recevoir ce que l'on mérite. Elle se rappela ce qu'Olivia avait brièvement mentionné la veille : les victimes avaient été impliquées dans un incident concernant un jeune garçon et un arbre.

Était-*il* le tueur ? S'assurait-il que ces garçons paient pour ce qu'ils avaient fait, un par un ?

Elle reporta son regard sur la maison en ruine, sa voix n'étant plus qu'un murmure.

— Combien d'autres sont impliqués ?

CHAPITRE
QUARANTE-SIX

L'aimant s'est collé au tableau blanc dans un clic sonore. Le regard de Stephanie s'est attardé sur la photo du troisième garçon avant qu'elle ne s'en détourne. Un silence chargé d'inquiétude s'était abattu sur le bureau, et l'équipe avait l'air aussi troublée qu'elle.

— Ça a recommencé, a-t-elle dit sans détour, en expirant bruyamment par le nez. Cette photo a été trouvée à une adresse appartenant à Darren Fairhurst. Elle s'est tournée vers Olivia. — C'est toi qui lui as parlé en dernier, Wellard. Qu'est-ce que tu peux nous dire ? Qu'est-ce qu'il a dit ?

Olivia avait les yeux rouges et bouffis, comme si elle avait pleuré et s'était torturé l'esprit.

— Je… j'aurais dû savoir que ça allait arriver.

— Qu'est-ce que tu veux dire ?

— Il m'a demandé si je pensais que le tueur s'en prendrait à lui. Il a demandé s'il avait des raisons de s'inquiéter. Et je… je ne savais tout simplement pas quoi dire. Je lui ai sorti une excuse bateau, de faire attention à lui. Je ne l'ai pas aidé.

Stephanie a ressenti une pointe de sympathie pour l'agente. On lui avait confié beaucoup de travail et de responsabilités ces derniers jours, en plus de tout ce qu'elle gérait à la maison. Il était clair qu'elle luttait pour garder la tête hors de l'eau.

— Tu ne peux pas t'en vouloir, a dit Stephanie. On ne savait pas avec certitude qu'il serait le prochain.

— Moi si.

— Comment ?

— L'incident avec le gamin à l'école. Le voyage scolaire. Le type surnommé Mouse, qu'ils ont attiré hors de sa chambre, attaché à un arbre et laissé là toute la nuit.

Stephanie a hoché la tête. — Sait-on où se trouve cet individu, « Mouse », à l'heure actuelle ?

Un hochement de tête négatif. — Je n'ai pas eu le temps de vérifier.

— D'accord. Je veux tout ce qu'on peut trouver sur cette personne. Je veux savoir où il vit, où il mange, où il travaille, ainsi que son nom. Et je veux qu'on l'amène ici pour savoir ce qu'il faisait la nuit dernière et les nuits des autres décès. C'est sérieux. C'est la troisième fois que ça arrive. On ne peut pas se permettre que ce chiffre augmente.

— Il ne peut sûrement pas y avoir beaucoup d'autres victimes à venir, a interjeté Giles. Il y avait combien de harceleurs dans cette école ?

Avant qu'elle ne puisse répondre, Devon a pris la parole. — Quatre. Anthony, à qui j'ai parlé hier, est le dernier. Il a dit qu'il n'avait pas parlé à Nigel ou Carlos depuis des années.

Stephanie s'est tournée vers le tableau et a cherché le nom de l'homme sur la liste. — Quoi qu'il en soit, il va être tout en haut de la liste. Donc je veux qu'il soit localisé et protégé. Je veux que quelqu'un aille chez lui ou à son lieu de travail, l'informe de la gravité de la situation, et lui conseille d'être vigilant et de signaler toute chose suspecte. En attendant, voyons si on peut placer une voiture en planque devant chez lui. Juste au cas où.

Ça allait être une conversation intéressante avec l'inspecteur en chef McGowan. Cependant, si elle estimait qu'il y avait une menace crédible pour sa vie, et qu'elle pouvait le prouver, alors il n'aurait pas grand-chose à redire. Elle a reporté son attention sur Olivia. Une pensée lui a traversé l'esprit. — Wellard, à quand remontait la dernière fois que Darren Fairhurst a rencontré Nigel ou Carlos ?

— L'autre jour, madame. Ils sont allés jouer au golf ensemble.

— Quand ?

— Il y a environ six semaines.

— Alors ce n'est pas l'autre jour.

Olivia a baissé la tête. — Désolée. C'est juste que... je dis ça pour tout. Il y a deux ans. Six mois. Hier.

— Eh bien, ne le fais plus. Ça prête à confusion. Sois précise.

Elle ne voulait pas s'en prendre à Olivia, surtout après toute l'aide que l'agente lui avait apportée, mais elle était fatiguée, affamée et irritable, et elle sentait le poids de l'enquête peser sur elle.

— Devon, à quand remonte la dernière fois qu'Anthony Shore a vu Nigel et Carlos ? a demandé Stephanie.

— Il y a des années, a répondu Devon. Comme je viens de le dire.

— Sois précis. Combien d'années ?

Il a haussé les épaules. — Je ne sais pas.

— Découvre-le. En attendant, si Darren Fairhurst était avec eux au club de golf...

— Et au pub après, a ajouté Olivia.

— Et au pub après, alors il faut qu'on interroge tous ceux qui étaient soit au club soit au pub ce jour-là. Il est possible que le tueur les ait vus tous ensemble et que c'est ce qui a déclenché ce petit massacre. Et pendant que vous y êtes, je veux que quelqu'un découvre la dernière fois que tous les harceleurs étaient ensemble, y compris Anthony. Si le tueur les a vus récemment, ça a pu être le catalyseur.

— Pourquoi maintenant, madame ? Pourquoi après si longtemps ? a demandé Fiona.

Elle a fait une pause pour réfléchir. — Peut-être qu'ils étaient tous au terrain de golf et qu'ils sont tombés sur le tueur. C'est peut-être quelqu'un qu'ils harcelaient, une des personnes dont ils ont influencé la vie et à qui nous n'avons pas encore parlé ou dont nous ignorons l'existence. Peut-être que le tueur travaillait comme serveur et qu'ils ne l'ont pas reconnu, ou peut-être que si, et qu'ils ont continué à le traiter comme de la merde, même après tout ce temps. Le harcèlement marque les gens. Ils nourrissent un ressentiment profond. Quelque chose — la proverbiale goutte d'eau — a dû faire déborder le vase du tueur, et maintenant il cherche à se venger de nos victimes. Il faut qu'on trouve Mouse et qu'on l'amène ici au plus vite. En attendant, rassemblez les images de vidéosurveillance et menez des enquêtes de voisinage. Je sais que ses voisins sont à près d'un kilomètre, mais quelqu'un a peut-être vu quelque chose. Aussi, établissez une chronologie de son meurtre. À quelle heure l'incendie a-t-il démarré ? Quelqu'un a-t-il vu quelque chose avant ou après ? Vérifiez les LAPI. Tous les trucs habituels, les détails fastidieux qui nous aideront à trouver ce tueur. Elle s'est interrompue, scrutant leurs visages. — Des questions ?

Il n'y en a eu aucune.

— Bien. Alors, au travail.

CHAPITRE
QUARANTE-SEPT

L'inspecteur Noah Mackenzie était assis, mal à l'aise, dans un fauteuil à motifs floraux. Le coussin avait presque entièrement disparu après des décennies d'utilisation, si bien qu'il s'enfonçait dans la structure en bois, qui appuyait de manière désagréable contre ses muscles. Le salon était imprégné de l'odeur de renfermé d'une vieille moquette, mêlée à une touche de gâteau au gingembre fraîchement cuit qui refroidissait sur la table entre eux. Mrs Fairhurst, frêle et menue comme un oiseau, se déplaçait lentement et avec une grande précaution. Son gilet tombait sur ses épaules, et ses mains tremblaient visiblement tandis qu'elle posait une tasse de thé sur la table d'appoint.

— C'est du gâteau au gingembre, a-t-elle dit d'une voix faible. Darren a toujours aimé ça. J'en ai préparé pour sa visite ce week-end.

Mr Fairhurst, chauve, les joues creuses et les yeux voilés, était assis dans un fauteuil inclinable en face. Sa respiration était courte et difficile, et ses mains étaient veineuses et couvertes de taches de vieillesse.

— Merci, a dit Noah doucement, acceptant le thé mais le posant sur le côté sans y toucher. Il s'est raclé la gorge et a posé son carnet sur ses genoux. — Je vous remercie de me recevoir aujourd'hui. Je sais que ce n'est pas facile, et je suis sincèrement désolé pour votre perte. Je préférerais ne pas avoir à annoncer ce genre de nouvelle, encore moins en personne, mais... c'est nécessaire.

Aucun d'eux n'a répondu.

— Votre fils, Darren, a été retrouvé ce matin dans sa propriété près de Cranleigh. Sa maison a été détruite dans un incendie. Je crains... qu'il n'ait pas survécu.

Mrs Fairhurst a porté une main à sa bouche, tandis que Mr Fairhurst a cligné vivement des yeux mais n'a rien dit. Seul le tic-tac de l'horloge comtoise dans le coin a rompu le silence.

— Nous considérons l'incendie comme suspect, a poursuivi Noah. Il y a... des éléments qui le relient à deux autres décès récents. Un certain Mr Nigel Hadlow et un certain Mr Carlos Vazquez. Est-ce que ces noms vous disent quelque chose ?

— Ça me dit quelque chose, a dit Mrs Fairhurst. Mais je ne saurais dire pourquoi.

Noah a expliqué le lien. — Ils étaient tous camarades de classe à St Jude's dans les années quatre-vingts.

Mr Fairhurst a hoché lentement la tête.

— Nous avons trouvé quelque chose sur l'une des scènes de crime précédentes. Une photographie, a dit Noah. Il a ouvert une pochette en plastique et en a retiré avec précaution une impression de la photo trouvée sur la scène de crime de Carlos Vazquez. Le deuxième garçon qui, si le premier cas servait d'exemple, devrait être Darren Fairhurst.

Il l'a tendue à Mrs Fairhurst, qui a ajusté ses lunettes de lecture et l'a examinée, ses lèvres bougeant tandis qu'elle étudiait l'image. Puis elle l'a passée, d'une main tremblante, à son mari.

— C'est Darren, a-t-elle dit d'une voix fluette. C'est bien lui.

— Vous en êtes sûre ?

Mr Fairhurst a plissé les yeux. — On le reconnaît à ses oreilles.

— Savez-vous quand ou où cette photo a pu être prise ?

Mr Fairhurst a doucement secoué la tête. — On dirait que ça n'a pas été pris à l'école.

— Non, a dit Mrs Fairhurst. Certainement pas à l'école.

— Peut-être une sortie scolaire ? a suggéré Noah.

Mais Mrs Fairhurst a secoué la tête. — J'en doute.

Noah a sorti une deuxième photo de son dossier. — Celle-ci a été trouvée sur le lieu du décès de Darren. Même format. Même style. Est-ce que vous reconnaissez la personne sur cette photographie ?

Il la leur a tendue. Les Fairhurst ont tous les deux fixé la photo.

Puis Mr Fairhurst a grogné doucement. — Aucune idée. C'était il y a si longtemps. Je me souviens à peine de ses amis de maintenant, alors ceux de l'époque…

— Ça pourrait être quelqu'un de l'école ? a insisté Noah.

Mrs Fairhurst a repris la photo pour l'inspecter de plus près, puis l'a rendue. — Honnêtement, je n'en ai aucune idée. Je suis désolée.

— Et les noms Mouse ou Ray ? Est-ce qu'ils vous disent quelque chose ?

Mrs Fairhurst a eu un léger sursaut mais n'a fait que froncer les sourcils. — Mouse ? Comme l'animal ?

— C'est un surnom qui est apparu plusieurs fois au cours de notre enquête.

Ils ont tous les deux secoué la tête.

Noah s'est légèrement penché en avant, laissant un filet d'air chaud et résigné s'échapper de ses narines.

— Vous pensez que le garçon sur cette photographie pourrait être celui qui nous a enlevé notre fils ?

Noah a remis la photo dans sa pochette. — Au contraire. Nous pensons que c'est la prochaine victime du tueur. C'est pourquoi nous devons l'identifier le plus vite possible. Je vais vous laisser ça, au cas où ça vous rappellerait quelque chose. Je sais que c'est difficile, mais si quoi que ce soit vous revient à l'esprit, quelque chose d'inhabituel concernant la scolarité de Darren, un voyage particulier qu'il aurait mentionné, ou des incidents, ou des gens avec qui il ne se serait pas entendu, s'il vous plaît, prévenez-nous. Même le plus petit détail pourrait nous aider à obtenir justice pour lui.

La voix de Mrs Fairhurst s'est brisée quand elle a dit : — C'était un garçon difficile, inspecteur. Mais c'était notre garçon.

Noah a hoché la tête, solennel. — Je comprends. Merci.

Lorsqu'il est parti, le thé et le gâteau au gingembre étaient toujours intacts sur la table.

CHAPITRE
QUARANTE-HUIT

Tous les garçons commençaient à se ressembler. Ils avaient les mêmes yeux, le même nez, les mêmes traits juvéniles et pubères, le même sourire fin et blasé, et la même mine terne qui suggérait qu'aucun d'eux ne voulait être là. Sans parler du fait qu'ils avaient presque tous la même coupe de cheveux. De temps en temps, une exception venait pimenter le tout, avec quelqu'un arborant une coupe mulet ou une banane, mais la plupart du temps, c'était comme chercher une aiguille dans une botte de foin. Giles n'a pas tardé à perdre le fil. Combien de pages de l'annuaire de l'école St Jude de 1983 avait-il sautées depuis que son regard s'était perdu dans le vide ? Combien de victimes potentielles avait-il manquées ?

Un lourd bâillement s'est échappé de ses lèvres alors qu'il attrapait le café sur son bureau. Un latte. Le genre de boisson qui vous laissait une haleine de café et vous obligeait à garder vos distances avec tout le monde en parlant. On l'avait chargé d'identifier le quatrième garçon de l'annuaire et il y était depuis plus d'une heure. Jusqu'à présent, il avait épluché trois années de photos scolaires, en commençant par la troisième année du collège pour aller jusqu'à la première. Avec encore deux ans à parcourir avant que tous les garçons de la promotion de 86 n'obtiennent leur diplôme et n'aillent à l'université ou n'entrent dans le vaste monde du travail, le temps était compté.

De l'avis de Giles, les garçons sur les photographies ne paraissaient pas avoir plus de treize ans, soit la classe de quatrième. Cela signifiait que si le garçon apparaissait dans l'un des annuaires, Giles aurait déjà dû le localiser et mettre un nom sur ce visage. Mais dans son état de fatigue, il n'avait rien trouvé. Soit il était trop fatigué, soit le garçon n'était tout simplement pas présent sur les photos. Bien sûr, la victime suivante pouvait avoir manqué le jour de la photo de l'annuaire, et Giles ne pouvait pas lui en vouloir. Il se souvenait de la torture de ses propres jours de photo : sa mère lui coiffant méticuleusement les cheveux, pour que tout soit gâché au moment de sa séance photo après le déjeuner ; les professeurs s'assurant que son uniforme était impeccable avant qu'il n'entre, pour qu'il se défasse au moment où il sautait sur le tabouret. Le seul bon côté de cette expérience était de faire la queue pendant dix à quinze minutes, manquant ainsi une partie du cours. En prime, s'il se souvenait bien, ça tombait toujours pendant son cours le moins apprécié : les sciences.

Il a tourné une autre page.

D'autres rangées de garçons identiques. Poses raides, expressions vides et un flou marron de coupes de cheveux quelconques. Giles s'est frotté les yeux, puis a cligné fortement des paupières, essayant de se concentrer. Il s'est penché, plissant les yeux vers le menton d'un garçon, puis les oreilles d'un autre, puis la mâchoire d'un autre encore — cherchant quelque chose, n'importe quoi, qui corresponde au visage dans la boîte en fer-blanc.

Rien.

Il a soupiré et a tourné la double page suivante.

D'autres photos de groupe. Équipe de football. Club de sciences. Club de théâtre. Il s'est attardé sur l'une d'elles — une image floue d'une excursion dans le Lake District. Des garçons perchés sur des rochers, luttant contre la lumière du soleil. Ça semblait vaguement pouvoir appartenir à la bonne époque. Giles a penché la tête, examinant chaque visage tour à tour. Toujours aucune correspondance. Toujours rien.

Il a passé une main dans ses cheveux. — C'est impossible, a-t-il marmonné.

— Ça avance ?

Giles s'est retourné pour voir Stephanie, les bras nonchalamment croisés, le visage pâle sous la lumière crue des néons, debout à côté de lui.

— On ne dirait pas que tu es beaucoup plus vieux qu'eux, a-t-elle dit en désignant d'un signe de tête la page ouverte devant lui. Certains ont même plus de barbe que toi.

Giles a massé, gêné, les poils sur son visage qui s'obstinaient à ne pas pousser davantage. — Tu plaisantes, a-t-il dit en repoussant légèrement sa chaise, mais je suis à deux doigts de me réinscrire pour repasser mon brevet de maths.

Stephanie a esquissé un léger sourire. — Quelque chose ?

Il a secoué la tête. — Rien du tout.

— Non ? Continue de chercher. Il doit bien être là quelque part. Elle a hésité, puis a posé une main sur le dossier de sa chaise. — Fais une pause si tu en as besoin. On ne peut pas se permettre que tes yeux te lâchent maintenant.

— Tu es en train de dire que je suis utile ? a-t-il demandé, faussement offensé.

— N'en demande pas trop, Giles.

Elle s'est éloignée, et Giles a fait craquer ses doigts, a tourné une autre page et a continué.

CHAPITRE
QUARANTE-NEUF

Stephanie se tenait devant le bureau de Clive McGowan, la main suspendue juste au-dessus de la poignée. La lumière derrière le verre dépoli était allumée, et elle entendait le léger grattement d'un stylo ou d'un surligneur qui glissait sur du papier.

Elle a frappé doucement.

— Entrez, a fait la voix, empreinte d'autorité.

Elle a poussé la porte et est entrée. Le bureau était exigu mais bien rangé. Les murs étaient couverts de classeurs et de cartes plastifiées du Surrey, fixées avec des aimants. Un tableau blanc derrière le bureau affichait un calendrier annuel rempli d'un mélange de rendez-vous professionnels et personnels griffonnés dans les cases.

L'inspecteur en chef, en grand uniforme, a levé les yeux des documents posés devant lui. Il tenait un surligneur dans une main et une tasse dans l'autre. Ses yeux se sont légèrement plissés tandis qu'il posait les deux objets.

— Fermez la porte, Stephanie. Asseyez-vous.

Elle a obéi, s'enfonçant dans la chaise en face de lui.

Il l'a étudiée un instant, le silence s'étirant assez longtemps pour lui tordre l'estomac. Il l'avait convoquée par un e-mail qui était apparu à l'improviste dans sa boîte de réception. Elle n'avait aucune idée de l'objet de cette réunion.

— Comment vous sentez-vous ? a-t-il fini par demander.

— Bien, mon inspecteur, a-t-elle répondu vivement. Je travaille dur.

Il a eu un petit ricanement et s'est calé dans son fauteuil. — C'est drôle. Parce que les gens qui vont « bien » ne manquent pas de s'effondrer sur une scène de crime.

Stephanie n'a rien dit, tripotant plutôt le collier enroulé serré autour de son cou. — Je ne me suis pas effondrée, mon inspecteur.

Il l'a scrutée. — Voulez-vous me dire ce qui s'est passé ?

— Ce n'est pas aussi grave que ça en a l'air, mon inspecteur. Je vous assure. D'ailleurs, où avez-vous entendu ça ?

— Un appel de Louis, qui a lui-même reçu un appel d'un de ses reporters. Heureusement, personne d'autre n'en a eu vent, et il a promis de ne rien publier. On dirait qu'il veille sur vous, a expliqué Clive. Et je suis content qu'il l'ait fait ; sinon, je doute que vous vous seriez manifestée, n'est-ce pas ?

Elle l'a regardé sans expression. Comme elle ne disait rien, il a écarquillé les yeux, comme s'il attendait une réponse.

— Je pensais que c'était une question rhétorique, mon inspecteur. Bien sûr que je me serais manifestée. C'est mon devoir.

— En effet, et c'est mon devoir de m'assurer que mon personnel est apte, en bonne santé et qu'il a accès à toutes les ressources dont il a besoin. Il a croisé les doigts et a inspiré profondément. Je vous le redemande : que s'est-il passé ?

— J'ai eu un léger vertige et j'ai juste eu besoin de m'asseoir un moment, c'est tout.

— Un léger vertige ? Aviez-vous… ? Il s'est interrompu, réfléchissant à la meilleure façon de formuler la question qu'il avait sur le bout de la langue.

Stephanie savait exactement ce qu'il voulait demander. C'était un terrain miné, alors elle a décidé de l'aider.

— Ce n'est pas *ça*, a-t-elle menti en relâchant sa prise sur le collier. J'ai été sage. Je gère.

Elle ne voulait pas mentionner qu'elle avait sauté un repas ou deux parce qu'elle avait travaillé très tard.

— Je suis content de l'entendre. Je… devais juste vous le demander. Mais ne croyez pas que je n'ai pas remarqué à quel point vous avez travaillé ces derniers mois. Vous avez traversé beaucoup d'épreuves, et il est compréhensible que ça vous rattrape. Mais si quelque chose ne va pas, j'ai besoin de le savoir.

Stephanie a hésité, ses doigts se crispant sur ses genoux.

— Ce n'est rien de tout ça. Je sais ce que je fais. Je peux me débrouiller. J'espère l'avoir prouvé. D'ailleurs, j'ai vécu bien pire. Elle a hésité. C'était… le feu.

Il a froncé les sourcils. — Qu'est-ce que vous voulez dire ?

— On dirait que j'ai peur du feu, et l'incendie chez les Fairhurst… ça a déclenché quelque chose. Ce n'est pas la première fois. Ça n'a fait qu'empirer progressivement au fil de cette enquête.

L'inspecteur en chef a hoché lentement la tête, son expression s'adoucissant tandis qu'il se calait dans son fauteuil. Il a expiré par le nez et s'est frotté le menton, le frottement de sa barbe de trois jours résonnant fort dans le bureau silencieux.

— D'accord, a-t-il dit. Merci de me l'avoir dit. Ce n'est pas facile, et j'apprécie.

Stephanie a eu un petit haussement d'épaules, presque imperceptible, comme si ça n'avait pas d'importance.

— Avez-vous déjà essayé les techniques d'ancrage ? a-t-il demandé après un moment. Les exercices de respiration ? La méthode des cinq sens ?

Stephanie a cligné des yeux. — Quoi ?

— C'est basique. Quand quelque chose vous déclenche, trouvez cinq choses que vous pouvez voir, quatre que vous pouvez toucher, trois que vous pouvez entendre… vous voyez le principe. Ça ralentit tout et ça vous ramène à l'instant présent.

Elle a haussé un sourcil. — Je ne vous imaginais pas du genre à prôner la pleine conscience, mon inspecteur.

Il a eu un sourire sec. — Je ne le suis pas. Mais j'ai suivi une formation sur les traumatismes il y a une quinzaine d'années, et je suppose qu'il en est resté quelque chose. Ça pourrait valoir le coup d'y jeter un œil. Ça ne réglera pas tout du jour au lendemain, mais ça vous donne quelque chose à quoi vous raccrocher quand les choses commencent à devenir incontrôlables.

Stephanie a hoché vaguement la tête, sans s'engager ni rejeter l'idée.

Clive a tapoté une fois du bout des doigts sur le bureau. — Et une aide professionnelle ?

Stephanie a de nouveau porté la main à son collier et lui a lancé un regard méfiant. — Vous commencez à parler comme Elias.

— Elias ?

— Le chef de quart qui nous aide sur cette opération.

McGowan a souri. — On dirait un homme intelligent.

Elle a soupiré et s'est frotté le visage avec les mains. — Je ne veux pas être retirée de cette affaire.

— Vous ne le serez pas. Pas à moins que vous ne me donniez une bonne raison de le faire. Êtes-vous toujours apte à diriger cette enquête ?

— Oui.

— Alors c'est tout ce que j'avais besoin d'entendre. Tant que vous ne finissez pas en burn-out, tout va bien.

Elle a esquissé un sourire en coin. — Sans mauvais jeu de mots.

— Non intentionnel, je vous le jure.

Stephanie s'est permis un bref sourire, mais il s'est estompé presque aussi vite qu'il était apparu. Ses épaules restaient tendues sous sa chemise.

— Écoutez, a dit Clive, son ton s'adoucissant pour devenir presque paternel. C'était un ton qu'elle n'avait pas entendu depuis des années, et qu'elle ne pensait plus jamais entendre. Ça fait assez longtemps que je fais ce métier pour savoir quand quelqu'un marche sur la corde raide. Vous n'avez pas besoin d'être une héroïne, Steph.

Elle a hoché la tête, ravalant la boule qu'elle avait dans la gorge. — Noté.

— Bien. Maintenant, allez faire une pause avant de vous jeter dans un autre brasier, littéral ou non.

Elle s'est levée, lissant des plis imaginaires sur son pantalon. — Je vais bien, mon inspecteur.

— Si vous le répétez assez souvent, peut-être qu'un de ces jours, je finirai par le croire.

Stephanie s'est tournée vers la porte, la main sur la poignée, puis s'est arrêtée. — Merci de ne pas avoir… fait de cette histoire tout un plat.

Clive a fait un geste de la main. — Comme je l'ai dit, ne jouez pas les héroïnes. Et, Steph ?

Elle a regardé par-dessus son épaule.

— Parlez au thérapeute. Ou à n'importe qui, d'ailleurs. Je vous promets que ça vous fera plus de bien que vous ne le pensez.

Stephanie a hoché la tête une fois de plus. — J'y réfléchirai.

Puis elle est sortie, refermant la porte derrière elle.

CHAPITRE
CINQUANTE

Stephanie n'avait même pas regagné son bureau que Fiona l'a interceptée dans le couloir, devant la salle de crise, serrant une chemise contre sa poitrine et arborant une expression qui a noué l'estomac de Stephanie.

— Steph, a dit Fiona à la hâte. Tu as une seconde ?

Stephanie a ralenti, a expiré bruyamment par le nez et s'est retournée pour lui faire face. — Qu'est-ce qu'il y a ?

— On ne le trouve pas.

Stephanie a cligné des yeux. — Qui ?

— Mouse. Ray… Quel que soit son nom.

Stephanie a plissé les yeux. — Comment ça, vous ne le trouvez pas ?

— On n'a qu'un nom *partiel*. Un surnom. Ce n'est pas assez pour continuer. On a épluché les dossiers scolaires de St Jude, on les a croisés avec les registres des sorties, les autorisations parentales, et on est même sortis des sentiers battus en tentant des surnoms. On a vérifié les données de recensement, les registres du NHS, les bases de données de la police. Rien. Personne ne correspond aux critères.

Stephanie s'est frotté le front, une tension vive naissant derrière ses yeux. — Alors vous êtes en train de me dire que cette personne n'existe pas ?

— Je dis que soit on nous a donné le mauvais nom, soit quelqu'un s'est donné beaucoup de mal pour disparaître après cette sortie.

Stephanie a regardé par-dessus son épaule, dans la salle de crise, où Giles était penché sur son ordinateur portable et où la chaise vide de Noah se tenait à côté d'un bureau taché de ronds de café.

La mâchoire de Stephanie s'est crispée. Elle a pris une profonde inspiration pour se ressaisir, puis s'est retournée vers Fiona. — Bon. Rassemblez tout le monde dans la salle de crise. Maintenant.

Fiona n'a pas hésité. Elle s'est détachée et a disparu derrière la porte, sa voix s'élevant au-dessus des conversations à l'intérieur. — Réunion d'équipe. Dans cinq minutes.

Quelques minutes plus tard, ils étaient rassemblés dans la partie du bureau réservée aux enquêtes majeures. Stephanie faisait les cent pas, comme si elle était en mission.

— Bien, a-t-elle dit sans détour, en posant les mains sur ses hanches. Où en sommes-nous ?

Personne n'a répondu. Ils se sont tous regardés, fuyant la responsabilité. Finalement, Stephanie a désigné Giles pour commencer. L'agent a éclairci sa gorge et a lissé sa cravate avant de prendre la parole.

— Je... Eh bien, il n'y a pas grand-chose à signaler, vraiment, mon lieutenant. J'ai parlé à une poignée de voisins dans le quartier de Darren Fairhurst, et personne n'a rien vu. Ils ont tous entre soixante et soixante-dix ans. La plupart n'arrivaient pas à croire qu'une chose pareille ait pu se produire dans leur rue. Quelques-uns avaient des problèmes d'audition, donc ça n'a rien donné.

— La vidéosurveillance ?

Giles a répondu par un léger haussement d'épaules. — Certains ont des sonnettes avec caméra et des systèmes de sécurité plus avancés, mais beaucoup ont été mal installés ou ne sont pointés que sur la porte d'entrée ou leur allée, ce qui signifie que la majeure partie de la rue et des environs est coupée. — Giles s'est interrompu comme s'il se souvenait de quelque chose, puis s'est précipité vers son bureau. Il s'est connecté à son ordinateur, a appuyé sur quelques touches, puis a sprinté jusqu'à l'imprimante. Il est revenu avec une feuille à la main, qu'il a collée sur le tableau de l'enquête. — J'ai réussi à regarder les images de sécurité d'un voisin — un couple de septuagénaires dont le fils l'avait installée pour eux — et j'ai trouvé cet arrêt sur image d'une voiture qui est passée à peu près au moment où l'incendie a pu se déclarer.

— Est-ce qu'on sait quand il a commencé ?

Giles a hoché la tête. — C'était dans le rapport d'Elias. Il estime que c'était entre 17 heures et minuit. Le seul problème, c'est que... — Giles a montré la tache floue dans le coin supérieur droit de l'image. — Je n'arrive pas du tout à déterminer la marque et le modèle. Donc, oui, on a *quelque chose*. C'est juste que ce quelque chose vaut moins que le papier sur lequel il est imprimé.

Stephanie l'a remercié, puis l'a rappelé.

— Voyez si vous pouvez trouver quelque chose qui correspond à cette... *forme* sur les caméras des environs, a-t-elle ordonné à l'agent. Et vérifiez aussi si elle apparaît sur l'une des scènes de crime précédentes. — Stephanie a lentement balayé la pièce du regard pour choisir sa prochaine cible. Elle a pointé Devon du doigt. — Qu'est-ce que vous avez pour moi ?

Devon a cessé de s'avachir sur sa chaise et s'est redressé. Croisant une jambe sur l'autre, il a dit : — Depuis ce matin, j'épluche les dossiers financiers de Fairhurst, et je n'ai rien vu qui aurait pu être une source d'inquiétude. Je me disais qu'il pouvait y avoir un lien entre Darren, Nigel Hadlow, et l'homme qui a donné de l'argent à Nigel, Terry Houghton.

— Pourquoi ? a-t-elle lancé sèchement.

— Juste au cas où la piste de l'école ne mènerait à rien, mon lieutenant. Je pensais qu'il fallait garder nos options ouvertes.

L'idée de perdre du temps ne lui plaisait pas, mais elle comprenait son raisonnement et a admis que c'était logique. S'ils concentraient tout leur temps, leur énergie et leurs efforts sur les victimes de harcèlement et que cela ne donnait rien, sans plan de secours, ils reviendraient à la case départ — une situation qu'elle ne voulait pas connaître.

— Très bien, a-t-elle dit avec un bref hochement de tête. D'autres cas où nos victimes pourraient être liées ?

Devon l'a regardée d'un air vide, tel un lapin pris dans les phares. — Pas que j'aie remarqué jusqu'à présent. Mais… je vais continuer à chercher.

— Parfait. — Elle s'est de nouveau tournée vers Giles. — Et le garçon sur la photo ?

— J'ai essayé, mon lieutenant, mais je n'ai absolument aucune idée de qui est ce gamin.

— Toujours rien ?

— La photo est de mauvaise qualité, elle a quarante ans ; la personne dessus pourrait avoir l'air complètement différente maintenant.

— Je ne veux pas entendre d'excuses, a-t-elle rétorqué, sa patience s'amenuisant. Avez-vous montré la photo à Anthony Shore ou à ses parents pour voir si c'est *lui* la personne sur la photo ? Noah est toujours en surveillance, et une équipe va le surveiller toute la nuit. Tout ça n'aura été qu'une perte de temps et d'argent s'il n'est pas le garçon de la photo.

Le visage de Giles s'est agrandi d'incrédulité, comme s'il venait de découvrir le feu.

— Je n'y avais pas pensé. L'idée est excellente !

— Je fais votre travail à votre place, a-t-elle dit. En attendant, nous devons trouver Mouse en priorité. Fiona, je sais que vous y travaillez, mais je veux qu'Olivia vous prête main-forte, et je veux que vous fassiez tout ce qui est en votre pouvoir pour trouver cet individu. Parlez à tout le monde, sans exception. Pour l'instant, c'est notre suspect numéro un.

CHAPITRE
CINQUANTE-ET-UN

Après plusieurs heures de recherches, d'appels, de raccrochages, d'attente, après avoir rayé des noms de sa liste et contacté des gens par divers moyens, Fiona a finalement découvert le nom d'une personne qui avait participé au voyage scolaire des garçons dans la New Forest.

Un assistant d'éducation nommé Michael Glover avait été appelé à la dernière minute après qu'un autre membre du personnel s'était désisté, ce qui avait entraîné l'omission de son nom sur plusieurs documents. Finalement, Fiona avait dû se fier au souvenir vague et lointain d'un ancien élève pour obtenir son nom.

De tous les membres du personnel envoyés en voyage scolaire, Michael était le seul encore en vie. Maintenant sexagénaire, il était l'un des plus jeunes participants à l'époque, tout juste sorti de l'université lorsqu'il était retourné là où tout avait commencé pour lui : St Jude's.

La maison de Michael Glover était un cottage trapu de deux étages, au toit en pente couvert de mousse et au lierre grimpant sur les briques. Son nom était à peine lisible sur un panneau en bois recouvert de lichen et de feuilles. Une des vitres de l'étage était parcourue d'une fissure fine comme une veine, et la peinture des rebords de fenêtre s'écaillait. Les orties et les mauvaises herbes avaient envahi la plupart des parterres de fleurs du jardin de devant, et un pot en terre cuite renversé gisait à côté d'un nain de jardin fissuré dont les couleurs s'étaient estompées depuis longtemps.

Fiona se tenait juste à l'entrée du salon, essayant de ne pas respirer trop profondément. L'air était lourd d'une odeur de tabac froid qui lui prenait à la gorge. La moquette sous ses pieds était de la couleur d'un thé trop léger, et elle pouvait voir là où les meubles avaient creusé des sillons permanents. L'endroit portait toutes les marques de quelqu'un qui avait vécu seul, sans aucune trace d'un conjoint ou d'un partenaire, ni même de quelqu'un qui venait fréquemment.

Michael s'est laissé tomber dans le fauteuil avec l'aisance de quelqu'un qui avait passé une vie entière à bouger et à prendre des comprimés d'huile de foie de morue.

— C'est un endroit charmant, a-t-elle dit.

— C'était à mes parents. J'en ai hérité à leur mort. C'était plus agréable que l'endroit où je vivais, alors j'ai pensé que j'allais m'installer ici.

Cela expliquait les meubles. Fiona a fouillé dans son sac et en a sorti quelques documents.

— J'ai mis du temps à vous trouver, mais si j'ai bien compris, vous avez enseigné à St Jude's, c'est exact ?

— Je n'ai jamais enseigné. J'étais assistant d'éducation. Mon père y était professeur. C'est lui qui m'a trouvé le poste.

Donc, un pistonné.

Le terme désignait une personne dont la réussite professionnelle était attribuée à des parents célèbres ou bien introduits. Dans le cas de Michael, c'était son père qui lui avait obtenu le poste à l'école, peut-être au détriment d'autres candidats plus qualifiés.

— Combien de temps êtes-vous resté à l'école ? a-t-elle demandé.

— Environ dix ans.

— Et vous êtes resté assistant pendant tout ce temps ?

Il a hoché la tête. — Je n'ai jamais vu l'intérêt de changer. Je gagnais bien ma vie, je n'avais pas beaucoup de stress et le directeur m'aimait bien.

Bien sûr qu'il l'aimait bien. Sinon, papa aurait pu avoir son mot à dire.

— Qu'avez-vous fait après avoir quitté l'école ?

— Mon père a décidé de prendre sa retraite, et j'ai décidé que je ne voulais plus rester là-bas sans lui, alors je suis allé travailler dans un bureau en ville.

Fiona a pris une note. — Que pouvez-vous me dire sur votre passage à l'école ?

Michael s'est éclairci la gorge. — On s'amusait bien la plupart du temps. Je n'avais que quelques années de plus que certains des garçons, alors ils me voyaient comme un grand frère. Plusieurs fois, ils m'ont demandé de leur acheter des cigarettes et de l'alcool quand ils étaient mineurs. La plupart du temps, je refusais, mais il y a eu une ou deux occasions où je les ai aidés, uniquement parce que je savais qu'ils n'iraient que s'attirer des ennuis en les volant si je ne le faisais pas.

Fiona n'a rien dit, elle a juste écouté et attendu qu'il continue.

— Le reste du temps, on se vannait beaucoup. Je pense que, d'une certaine manière, j'aidais à combler le fossé entre eux et les professeurs. Beaucoup d'entre eux me faisaient confiance pour des choses personnelles, des secrets, ce genre de choses.

Fiona a légèrement déplacé son poids. — Est-ce que certains de ces secrets concernaient le voyage dans la New Forest ?

Michael a hésité. Elle a remarqué le changement dans sa respiration. Plus superficielle. Ses doigts se sont resserrés autour de la tasse posée sur ses genoux.

— Quel voyage ? a-t-il fini par demander.

— Celui de 1983. On vous a appelé à la dernière minute pour aider à la surveillance.

Un autre silence, plus long cette fois.

— Je m'en souviens, a-t-il dit. Un temps épouvantable cette semaine-là. Il a plu toutes les nuits. Les tentes se sont effondrées deux fois. Un des garçons s'est fait piquer à la cheville par quelque chose et n'a pas arrêté de pleurer pendant des heures.

— Et l'incident impliquant une bande de garçons et quelqu'un surnommé Mouse ?

Michael n'a pas bronché à ce nom, mais elle a vu ses narines se dilater très légèrement. Il a regardé au-delà d'elle, par la fenêtre.

— Vous avez entendu parler de ça, c'est bien ça ?

— Oui. Et j'aimerais avoir votre version de cette nuit-là, s'il vous plaît. Quel était son nom ?

— Rami Krüger. Immigré de deuxième génération, d'Allemagne. Un gamin bizarre, a dit Michael finalement. Toujours tout seul. Toujours à gribouiller dans un carnet ou à se parler à lui-même. Un peu solitaire. Un peu un monstre de foire, pour être honnête. Mais il traînait toujours avec ces gosses. Il leur collait aux basques. Il essayait, en tout cas. Je crois qu'il voulait tellement faire partie de leur bande qu'il était prêt à tout. Alors une nuit, ils l'ont emmené, l'ont attaché à un arbre, l'ont déshabillé jusqu'à le laisser en slip, et l'ont abandonné là. Nigel, Carlos, Darren et Anthony — les gamins responsables — trouvaient ça hilarant. Ils ont dit que c'était une blague. Une farce. Quelque chose qui devait nous faire rire aussi. Mais quand je suis arrivé là-bas le lendemain matin pendant mon footing et que je l'ai vu…

Michael s'est interrompu, sa bouche se tordant légèrement, comme si le souvenir avait un goût désagréable.

— Il tremblait. Les bras au-dessus de la tête, les poignets attachés avec une corde qu'ils avaient volée lors d'une de nos activités plus tôt dans la journée. Les yeux grands ouverts et larmoyants. La bouche barbouillée de terre. Comme un animal pris au piège. Quand je l'ai trouvé, il pleurait à chaudes larmes.

La gorge de Fiona s'est nouée. Elle a attendu.

Michael s'est adossé dans son fauteuil en soupirant. — Je l'ai détaché. Je lui ai dit que tout allait bien se passer. Que j'allais le ramener au camp et le réchauffer.

— Comment saviez-vous que Nigel et ses amis étaient responsables ?

— C'est Rami qui me l'a dit. Mais seulement parce que je l'ai forcé à parler.

— D'après d'autres personnes à qui nous avons parlé, personne n'a jamais été tenu pour responsable de l'incident. Les garçons ont été laissés en liberté. Pourquoi ?

Michael a fait semblant de regarder quelque chose coincé sous ses ongles. — Il y a deux raisons à cela, a-t-il dit. La première, c'est que… eh bien, Rami m'a supplié de ne rien dire à personne. Il a dit qu'il voulait tellement s'intégrer à la bande de Nigel qu'il était prêt à emporter ça dans sa tombe. Et l'autre raison, je n'en suis pas très fier. Il a fait une pause. Au fond de moi, je trouvais ça hilarant. Des gamineries. Un petit bizutage. Rien de grave.

— Vous ne pensez pas que ce genre d'humiliation a pu le marquer ? a demandé Fiona doucement. Sa voix était égale, mais ses mains s'étaient crispées en poings le long de son corps. L'a peut-être façonné ?

Michael a finalement levé les yeux vers elle, plus vivement cette fois.

— Je n'ai aucune idée de ce qui lui est arrivé après ça, a-t-il dit. Il a quitté St Jude's, et je ne l'ai plus jamais revu.

Fiona a pris une note. Maintenant qu'ils avaient un nom confirmé, ils auraient peut-être plus de chance de retrouver la trace de Rami Krüger. Elle a plongé la main dans son sac et a sorti la photographie qui avait été trouvée sur la scène de crime de Darren Fairhurst. Elle la lui a tendue.

— Vous reconnaissez le garçon sur cette image ?

Michael a étudié les traits du garçon pendant un temps considérable, absorbant chaque pixel. Fiona l'observait, analysant sa réaction pour déceler le moindre soupçon de reconnaissance. Mais il n'y en avait aucun. Finalement, il a secoué la tête et lui a rendu l'image.

— Ça ne me dit rien, a-t-il dit. Quand est-ce que ça a été pris ?

— Nous ne le savons pas. Mais nous suspectons que c'est à peu près à la même époque où Darren, Nigel et Carlos étaient à l'école ensemble.

Michael a croisé les bras. — Ça ne me rappelle rien du tout. Désolé.

Fiona a rangé ses affaires pour partir, puis quelque chose lui est venu à l'esprit.

— J'ai le regret de vous informer, a-t-elle commencé, que Nigel, Darren et Carlos sont morts. Sur chacune de leurs scènes de crime, nous avons découvert des boîtes contenant des messages religieux inscrits à l'intérieur. Or, si j'ai bien compris, St Jude's n'était pas une école particulièrement religieuse, n'est-ce pas ?

Michael a secoué la tête. — Je ne sais pas ce qu'il en est maintenant, mais ce n'était pas le cas quand j'y étais.

— Est-ce que certains des élèves étaient religieux ?

Un haussement d'épaules. — Bien sûr. Ils avaient tous des confessions différentes.

— Savez-vous en quoi croyaient Danny, Carlos et Nigel, si tant est qu'ils croyaient en quelque chose ?

Michael a réfléchi un long moment, puis a secoué la tête. — Je n'ai jamais rien entendu de mentionné explicitement. Ce n'était pas le genre de choses dont nous discutions. Il a claqué des doigts. Sauf pour le petit Rami. Il lisait toujours des passages de la Bible ou en parlait. Il connaissait de longs passages par cœur et trouvait toujours un moyen de ramener n'importe quel sujet de conversation à Dieu et à Jésus. La plupart du temps, je l'ignorais, mais je sais qu'il passait beaucoup de temps à aller à l'église.

CHAPITRE
CINQUANTE-DEUX

Noah n'était pas particulièrement emballé par la nouvelle idée que Devon avait présentée à l'équipe. L'idée de répartir les tâches au hasard en tirant à la courte paille. Ça ne l'enchantait pas vraiment, surtout qu'il avait tiré la deuxième paille la plus courte de la journée. Résultat, il se retrouvait garé en face de la modeste maison mitoyenne d'Anthony Shore à Addlestone, tel un ange gardien, surveillant la propriété et la rue pour s'assurer que l'homme restait à l'abri de tout danger potentiel. Un ange gardien qui ne serait là que pour un court moment encore, avant la relève où un agent en uniforme prendrait le quart de nuit. Depuis trois heures, il était condamné à l'habitacle exigu de la voiture de service, avec pour seule compagnie quelques bouteilles d'eau, une poignée de snacks et un carnet. Mis à part le pigeon occasionnel qui se dandinait sur la chaussée, il n'y avait eu absolument rien à signaler. Anthony était resté chez lui tout l'après-midi, et personne ne s'était aventuré près de la propriété. Dehors, la nuit était tombée depuis longtemps, et la seule lumière qu'il avait pour repousser l'obscurité était la faible lueur d'un lampadaire un peu plus loin dans la rue.

Noah a consulté sa montre pour la cinquième fois en moins d'une minute, et chaque fois, il a été tout aussi déçu que la précédente de constater qu'il était toujours 18 h 55.

— Et puis merde, a-t-il marmonné en s'étirant les bras dans un bâillement, autant qu'il le pouvait dans l'espace exigu du véhicule. L'heure de dîner.

Il a attrapé la dernière moitié d'un KitKat sur le siège passager et se l'est enfournée dans la bouche. Le repas des champions.

Puis son téléphone a vibré.

Rachel. Sa femme.

Il a esquissé un sourire et a répondu. — Salut.

— Salut, tu es occupé ?

Il a jeté un coup d'œil vers la maison. — Complètement débordé. Un oiseau vient de se poser sur le toit, alors je dois le surveiller de près, au cas où il chierait sur la terrasse.

Rachel a eu un petit rire. — Les filles veulent te dire bonne nuit. Tu as trente secondes avant qu'elles n'explosent.

Le cœur de Noah s'est attendri. — Passe-les-moi.

Il a entendu le froufrou du téléphone qui changeait de main.

— Pa-paaa ! ont crié deux petites voix à l'unisson dans le haut-parleur.

— Salut, mes monstres, a-t-il dit, la voix pleine de chaleur. Vous vous brossez les dents ? Ou vous cachez encore du chocolat sous vos oreillers ?

D'autres éclats de rire ont suivi.

— Maman dit que tu combats des incendies, a dit l'aînée, Amelia.

— Je ne les combats pas. Je surveille juste des maisons pour m'assurer qu'elles ne prennent pas feu.

— La nôtre va prendre feu, Papa ?

— Non, mon cœur. J'ai déjà vérifié notre maison pour être sûr que ça n'arrive pas.

— Quand est-ce que tu rentres ? a demandé Trinity.

— Bientôt, ma puce. Tu dormiras, mais on se verra demain matin.

Les filles ont grogné de déception, puis Rachel est intervenue, leur ordonnant de finir de se brosser les dents et de l'attendre dans leur chambre. Elles ont crié au revoir avant de disparaître.

— Je te dis quand je rentre, a-t-il dit à Rachel avant de raccrocher.

Alors qu'il posait le téléphone sur ses genoux, une paire de phares a balayé son pare-brise. Une voiture banalisée s'était garée derrière lui, avec une agente en uniforme au volant.

Enfin.

L'agente Grace Patel est sortie et s'est approchée de sa fenêtre en se dandinant.

— Soirée tranquille ? a-t-elle demandé.

— Un calme de mort, a répondu Noah, pince-sans-rire.

— T'as de la chance. Même si ça vaut mieux que d'être coincée dans les bouchons près de Guildford avec un chien qui n'arrêtait pas de vomir tout à l'heure.

— Tu as gagné. Et sur ce, je me tire. Il est à toi. Profites-en bien.

— Merci.

Tandis que Patel retournait à sa voiture, Noah a mis le contact et a démarré. En jetant un dernier regard à la maison, un malaise lui a picoté la nuque.

Anthony était peut-être en sécurité pour l'instant.

Mais pour combien de temps ?

CHAPITRE
CINQUANTE-TROIS

Stephanie était assise à la table de la cuisine, une jambe repliée sous elle et l'autre s'agitant nerveusement contre le pied de la chaise. La lueur bleue de l'écran de son portable jetait un éclat doux sur le verre de vin à moitié vide posé à côté.

Elle avait déjà lu le mail trois fois, rédigé plusieurs ébauches de réponse, et les avait rapidement supprimées une par une.

Chère Madame Broadbent,

Nous vous écrivons pour vous informer d'un retard dans la vente de la propriété de votre défunt père. Lors des vérifications finales, il est apparu que l'acte de propriété original inclut une clause restrictive datant de 1973, limitant certains usages du terrain. Les avocats des acheteurs ont soulevé ce point comme étant une source d'inquiétude et, par conséquent, le processus de vente a été suspendu jusqu'à ce que nous puissions soit négocier un avenant, soit obtenir une assurance de protection juridique.

Nous comprenons à quel point cela peut être frustrant, surtout à ce stade, mais nous nous efforçons de résoudre ce problème le plus rapidement possible.

Cordialement,

HG & Sons

La mâchoire de Stephanie se contracta.

. . .

Clause restrictive. Elle savait à peine ce que ça voulait dire, mais ça sentait les conneries destinées à ralentir les choses et à la maintenir dans cette impasse. La maison aurait déjà dû être vendue. Kimberley et elle avaient vidé les pièces, affronté le fantôme de leur père, et mis la maison sur le marché. C'était le problème des agents immobiliers, maintenant. La vente était censée tirer un trait sur son père et tout ce qui lui était associé. Tourner la page. Et pourtant, le voilà qui trouvait un moyen de lui compliquer la vie, de s'immiscer d'une façon ou d'une autre dans son existence. Une vieille clause poussiéreuse dans un acte datant de plusieurs décennies prenait maintenant sa vie en otage.

Elle laissa échapper un rire amer et attrapa son verre de vin.

— Tu adorerais ça, n'est-ce pas ? murmura-t-elle au silence. Continuer à foutre le bordel, même d'outre-tombe.

Son estomac gargouilla, et une sensation familière et importune commença à sourdre au fond de son esprit. Elle reconnut les signes avant-coureurs et les déclencheurs.

Et elle n'allait pas y céder. Elle avait besoin d'air, besoin d'espace.

Stephanie foudroya du regard son ordinateur portable une seconde de plus avant de le refermer brutalement et de le repousser loin d'elle.

Il était temps de sortir.

Elle enfila rapidement un legging, une brassière de sport, un t-shirt et un hoodie. Ses baskets étaient déjà près de la porte, boueuses du dernier footing qu'elle avait tenté puis abandonné. Elle s'attacha les cheveux, mit ses écouteurs et quitta la maison sans un regard en arrière.

Dehors, l'air était vif et plus frais que ce à quoi elle s'était attendue. Mais elle n'y prêta pas attention et se mit à courir sans réfléchir, laissant sa mémoire musculaire la guider alors qu'elle se dirigeait vers le campus de l'Université de Surrey. Elle ne savait pas pourquoi, mais quelque chose l'y avait ramenée. Sur le lieu où son retour à la police de Surrey avait commencé. Sur le lieu où quatre étudiantes avaient perdu la vie.

Le campus était calme à cette heure. Les prémices de l'hiver s'étaient installées sur les pelouses et dans les rues, convainquant les étudiants qu'il valait mieux rester à l'intérieur plutôt que de braver l'inconfort d'une sortie nocturne. Ses chaussures claquaient en rythme contre le bitume alors qu'elle passait par l'entrée sud, dépassait la bibliothèque et virait à droite vers le lac.

L'image la frappa près des marches du foyer des étudiants.

Maya Corcoran. La troisième victime du plan de vengeance machiavélique de son père, la poupée vaudou trouvée dans une boîte posée sur son dos.

Le souffle de Stephanie se coinça dans sa gorge et, un instant, elle ralentit jusqu'à marcher. Elle jeta un coup d'œil à l'étendue d'eau où le corps de Maya avait été retrouvé. Quelques heures seulement avant sa découverte, Stephanie s'était battue avec elle au sol pendant leur entraînement de ju-jitsu. Depuis, elle n'avait pas repris ce sport, comme s'il avait été souillé par le souvenir de ce qui était arrivé à Maya.

Avec les pensées de cette nuit-là tourbillonnant dans son esprit, Stephanie continua, traversa l'esplanade et passa en courant devant les endroits où les autres corps avaient été découverts — poignardés, étouffés, brûlés vifs. Quatre victimes rien que sur le campus. Quatre familles brisées. Et son père, l'homme qui l'avait élevée, avait orchestré tout ça depuis son fauteuil de la maison de retraite.

Stephanie arrêta de courir. Elle se pencha en avant, les mains sur les genoux, le souffle court et saccadé. La sueur perlait sur son cou.

Elle ne courait plus seulement pour se vider la tête. Elle courait parce qu'une partie d'elle l'avait ramenée ici. Pas pour le sport. Pas pour se distraire. Mais pour un règlement de comptes.

Même après tout ce qui s'était passé, son père la faisait encore tourner en rond, prise dans l'attraction de l'horreur qu'il avait laissée derrière lui, incapable de se pardonner le traumatisme et les ennuis qu'il avait causés.

Elle se redressa lentement, roula les épaules en arrière et essuya son front avec sa manche.

Mais elle en avait assez. Depuis trop longtemps, il s'accrochait à ses pensées comme une maladie. Mais plus maintenant. C'en était fini de lui.

— Je ne t'appartiens pas, murmura-t-elle au campus plongé dans le noir. Plus maintenant.

Puis elle repartit, son allure plus régulière cette fois, en direction de la grille arrière, s'éloignant du cœur de l'université.

Quelque chose l'avait ramenée ici cette nuit-là.

Mais ce serait la dernière fois.

CHAPITRE
CINQUANTE-QUATRE

Elle ne voulait pas être là. Non seulement elle était de plus en plus fatiguée et épuisée par le manque de sommeil et le stress de l'enquête, mais elle estimait aussi n'avoir aucune raison d'y être. Cependant, elle avait promis à Clive qu'elle irait. Une promesse faite uniquement pour l'apaiser et pour qu'il lui fiche la paix.

La thérapie avait toujours été un sujet tabou dans son monde. La stigmatisation qui l'entourait lui donnait l'impression d'être faible, comme si elle était un être humain inférieur, alors elle l'avait évitée à tout prix. Elle savait qu'elle avait des problèmes — bien sûr qu'elle en avait, elle n'était pas stupide — mais elle avait eu ses propres méthodes pour y faire face et les assimiler. Et même si ces méthodes n'étaient peut-être pas idéales, elles avaient plus ou moins fonctionné pour elle.

C'était quoi, l'expression déjà ? *On ne change pas une équipe qui gagne...*

Elle a bougé sur sa chaise, tirant sur la manche de son pull comme si le tissu fin pouvait la protéger de la pièce elle-même. Elle se sentait mal à l'aise, voire claustrophobe, comme si les murs se refermaient sur elle et que l'atmosphère étouffante aspirait l'oxygène de ses poumons. Elle a baissé les yeux vers ses genoux et a trituré ses doigts en attendant. Elle ne voulait pas inspecter le reste de la pièce ; elle se contentait des pensées débilitantes qui s'entre-choquaient dans son esprit tandis qu'elle attendait qu'une inconnue décortique son passé comme un vautour dépouillant une carcasse ; ce qu'il en restait, en tout cas.

D'une minute à l'autre, la thérapeute allait entrer, et elle devrait lever les yeux, émettre des sons polis, et peut-être même répondre à une ou deux questions.

Puis la discussion commencerait. La reviviscence de son enfance.

Elle serait forcée de rester assise là et d'écouter les conseils de la thérapeute, entendant des choses qu'elle savait déjà.

Stephanie sentait déjà une chaleur lui picoter la nuque. Pas à cause du radiateur derrière elle, mais à cause des souvenirs, de l'angoisse, de l'anxiété, de la paranoïa, de la sensation qu'elle avait ressentie dans son rêve.

La cicatrice discrète sur son avant-bras, là où son père avait approché un briquet, s'est soudainement embrasée d'une douleur fulgurante qui s'est répandue dans tout son corps. Son estomac s'est légèrement noué et sa respiration s'est accélérée. Elle l'a ignorée, se pinçant la peau des cuisses pour se distraire de la sensation.

Encore un peu de temps, et tout ça serait fini.

Puis la porte s'est ouverte dans un léger déclic.

Une femme est entrée, la cinquantaine, un cardigan sobre, les cheveux impeccablement coiffés. Elle a souri et a traversé la pièce comme si elle avait tout son temps.

— Stephanie ? a-t-elle dit, d'une voix douce, presque hésitante.

Stephanie a levé les yeux, forçant son visage à prendre une expression neutre.

— C'est moi.

— Merci d'être venue.

Stephanie a fait un signe de tête rapide, presque imperceptible. — Je suis là uniquement pour Clive. Il a dit que ce serait bien de discuter de certaines choses. Elle s'est éclairci la gorge et a redressé le dos. — Bon, on peut en finir ? J'ai une journée chargée qui m'attend.

CHAPITRE
CINQUANTE-CINQ

Rien n'égalait la sensation de faire une percée, surtout quand on en était à l'origine. L'immense fierté, l'adulation et le sentiment de satisfaction qui vous submergeaient au moment de faire la découverte avant ses collègues ; c'était sans pareil, et un sentiment auquel elle n'était pas habituée.

Olivia ne savait pas trop comment elle y était parvenue, mais après plusieurs tentatives infructueuses, elle avait localisé l'homme qu'elle pensait être Mouse. L'homme qui, après son calvaire dans la New Forest avec la bande de garçons, avait quitté St Jude's, fui le Surrey avec sa famille et changé de nom. Le seul problème, c'est qu'il vivait maintenant dans le Norfolk, à trois heures de route. Un trajet qui l'obligerait à s'absenter longtemps de chez elle, et potentiellement pour la nuit.

Elle leva la main pour frapper à la porte de Stephanie, mais s'arrêta en entendant des voix à l'intérieur. Lorsqu'elles se turent, elle frappa.

— Entrez… La voix de Stephanie était basse, presque distraite.

Olivia ouvrit doucement la porte et entra.

— Je l'ai trouvé.

Stephanie leva les yeux de son bureau, confuse. — Trouvé qui ?

— Rami Krüger. Mouse. Olivia s'avança dans la pièce, laissant la porte ouverte. Sauf que son nom est maintenant Felix Krüger. Il en a changé par acte unilatéral il y a des années. Il vit dans un village près de Norwich. J'ai vérifié et revérifié trois fois : c'est lui, c'est bien lui. Sûre à cent pour cent.

Stephanie se redressa, les rouages de son cerveau commençant à tourner. — Tu es sûre ?

— Je suis *sûre*.

— Fantastique. Eh bien, prépare-toi, on y va tout de suite. Stephanie commença à se lever de sa chaise.

— Je ne peux pas y aller, répondit vivement Olivia. Je ne peux pas laisser les garçons. C'est trop loin, et je ne peux pas me permettre de les laisser seuls pour la nuit. Dieu sait ce qu'ils feraient subir à la maison.

Stephanie se mordit la lèvre, envisageant déjà les possibilités dans sa tête. — Tu as raison. Pardonne-moi, j'aurais dû m'en souvenir. Quelqu'un d'autre... Elle jeta un œil vers les stores vénitiens qui bloquaient la lumière du dehors. Fiona ?

— Quelqu'un a parlé de moi ?

Les deux femmes se retournèrent et virent Fiona debout dans l'embrasure de la porte, les cheveux légèrement en bataille, un sourcil levé comme si elle écoutait depuis plus longtemps qu'elles ne le pensaient.

Stephanie laissa échapper un léger rire. — Quand on parle du loup.

Fiona eut un sourire en coin et entra. — Il sort du bois. Alors, qui traquons-nous jusqu'au Norfolk ?

— Tu étais là depuis tout ce temps ?

— Je suis une femme. Je suis née avec une très bonne ouïe.

Fiona avait choisi de conduire, disant qu'elle n'en avait pas souvent l'occasion et qu'elle adorait les longs trajets en voiture.

— Mon père était un grand fana de bagnoles, raconta-t-elle alors qu'elles quittaient l'A3 pour s'engager sur la M25. Il a eu une quinzaine de voitures différentes quand j'étais petite : des BMW, des Audi, des Mercedes, des Alfa Romeo, ce genre de choses. Il achetait la plupart d'entre elles d'occasion, cabossées, puis il les retapait dans son garage. Un vrai kéké des circuits, toujours à participer à des rassemblements illégaux et à faire des courses dans les rues.

— Dans le Surrey ? Vraiment ? Je ne pensais pas que le milieu du tuning était si important par ici. J'ai toujours cru qu'il s'agissait plutôt de se vanter de qui avait le plus gros fusil et qui pouvait attraper le plus de gibier à la chasse au renard locale.

Fiona laissa échapper un petit grognement.

— On avait beaucoup de problèmes avec ça dans l'Essex, dit Stephanie. Un mois sur deux, il y avait des ordres de dispersion pour les gens qui bloquaient les routes. Surtout du côté de Southend.

— Mon père en aurait fait partie, dit-elle. Le connaissant, c'est probablement lui qui organisait tout. Je ne sais pas ce qu'il leur trouvait, mais il adorait les voitures. Je me souviens qu'on regardait toujours *Top Gear* ensemble le dimanche. Son visage s'éclaira à l'évocation de ce souvenir. Mon frère n'était pas intéressé ; il était toujours occupé à faire ses trucs sur la PlayStation.

— Tu étais proche de ton père, si je comprends bien ?

Le compteur de vitesse dépassa les 110 km/h.

— Les meilleurs amis du monde, répondit Fiona. Inséparables. J'ai beaucoup appris sur les voitures avec lui. L'argent était toujours un problème, et on ne pouvait pas toujours partir en vacances. Il ne pouvait jamais se permettre de prendre des congés, alors je passais simplement les vacances scolaires avec lui, à apprendre à quoi servaient les différentes pièces, comment tout fonctionnait et s'assemblait, puis on allait faire un tour en voiture après.

— Je parie que tu as tout déchiré à la formation de conduite à Hendon, plaisanta Stephanie.

— Sans vouloir me vanter, ouais. Je me suis plutôt bien débrouillée.

Et ça se voyait. D'habitude, Stephanie se sentait mal à l'aise au-delà de 100, à la rigueur 105 km/h, sans se mettre à transpirer. Pourtant, elles étaient là, à dépasser la vitesse maximale autorisée, et elle se sentait étrangement calme, détendue et en sécurité. C'était contre-intuitif, mais elle sentait que Fiona était une excellente conductrice ; elle était déjà montée en voiture avec Giles et Olivia et avait craint pour sa vie avec les deux. Mais pas avec Fiona. Avec Fiona, elle se sentait en sécurité. Comme si elles pouvaient atteindre les 160 km/h sans que son rythme cardiaque s'accélère.

Elle jeta un œil à l'agente, son regard balayant les bras fins et légèrement bronzés de Fiona, ses cuisses musclées et ses ongles courts et rongés.

— Je dois admettre que je ne t'imaginais pas passionnée de voitures, dit Stephanie.

— Tu veux dire à cause de mon physique athlétique ? Ne te fie pas aux apparences, Steph. Je suis tout aussi nulle en sport qu'en créneau.

Un bref silence s'installa entre elles alors qu'elles dépassaient une voiture sur la voie du milieu.

— Tu étais proche de ton père ? demanda Fiona, puis elle réalisa immédiatement son erreur. Désolée. Je ne sais pas pourquoi j'ai demandé ça… Je n'ai pas réfléchi. Désolée. J'aurais dû savoir…

Stephanie en rit. — Ce n'est rien. Enfin, il y a peut-être eu quelques jours quand j'étais bébé dont je ne me souviens pas, mais la plupart du temps, non.

— Comment tu tiens le coup ?

— Il y a des bons et des mauvais jours. La plupart du temps, je suis juste contente qu'il soit sorti de ma vie pour que je puisse enfin aller de l'avant.

Les pensées de l'e-mail qu'elle avait reçu la veille au soir et de sa conversation plus tôt avec la thérapeute résonnèrent dans sa tête, et elle réalisa qu'il ne serait jamais entièrement sorti de sa vie, qu'elle devrait toujours vivre avec ça, mais qu'elle devrait l'accepter d'une manière différente.

— Je… je suis contente, répondit Fiona, clairement mal à l'aise avec la conversation.

Stephanie sourit poliment, puis reporta son attention sur le compteur de vitesse : 130 km/h.

— À ce rythme, on y sera pour le déjeuner.

— C'est le but. Et de retour à temps pour *The Chase* à cinq heures.

Avant que Stephanie ne puisse répondre, son téléphone vibra dans sa poche. Elle le sortit et fixa l'écran. Elias. Elle répondit à l'appel.

— Tu peux parler ? demanda-t-il.

— Actuellement sur la M25, craignant pour ma vie, donc il ne me reste peut-être plus beaucoup de temps. Vas-y.

— Mon équipe et moi avons terminé le rapport pour la scène de crime de Darren Fairhurst, expliqua Elias, sa voix semblant plus grave, plus mystérieuse que d'habitude. Pour faire court, il n'y a pas grand-chose à dire. Juste que le feu a pris dans la cuisine et s'est rapidement propagé, comme je le pensais au départ. Le corps de Darren a été retrouvé dans la même pièce, dans une position similaire à celle des autres victimes. On a cependant remarqué ce qui ressemblait à une assiette pleine de nourriture sur la table de la salle à manger.

Stephanie rumina cette information un instant.

— Ça avait l'air d'une mise en scène ? demanda-t-elle.

— Je ne sais pas, dit-il, évasif. Je ne connais que les faits, et c'est ce que nous avons établi jusqu'à présent.

— J'apprécie. Merci.

Une pause.

— Comment tu te sens depuis l'autre jour ?

— Bien.

— Tu sais, il y a une marche sur le feu que tu pourrais essayer.

Elle eut le souffle coupé. — Tu es fou ?

— Ça va t'aider. Ça m'a aidé à affronter ma peur il y a longtemps, dit-il. Et ce n'est vraiment pas aussi terrible que tu pourrais le penser. Tout se joue là-haut plutôt que sous tes pieds. Une fois que tu auras contrôlé ce qui se passe dans ton esprit, tout ira bien.

Elle gloussa. — Si je pouvais faire ça, Elias, je n'aurais pas besoin de marcher sur le feu pour commencer.

— Pas faux. Mais l'offre tient toujours. Si ça t'intéresse, fais-le-moi savoir, et je verrai si on peut organiser quelque chose au poste.

— Sous la supervision d'un expert, j'espère.

— Je m'assurerai que quelqu'un d'autre soit responsable.

— Ça me fera une conversation embarrassante de moins à avoir.

Elle le remercia pour les nouvelles, puis raccrocha. Alors qu'elle posait le téléphone sur ses genoux, Fiona la regarda.

— Elias ? Encore ? Il t'appelle directement sur ton portable ?

Stephanie savait où cette conversation allait mener.

— Ne commence même pas. Il ne se passe rien entre nous, et il ne se passera jamais rien. Maintenant, fais attention à la route et amène-nous là-bas en un seul morceau, *s'il te plaît.*

CHAPITRE
CINQUANTE-SIX

Grâce à la conduite peu conventionnelle, et probablement illégale, de Fiona, elles sont arrivées chez Felix Krüger, dans le Norfolk, au bout de deux heures et demie ; trente minutes plus tôt que prévu.

— Je ne savais pas qu'on pouvait gagner autant de temps, a dit Stephanie en sortant de la voiture, l'adrénaline qui déferlait en elle lui faisant flageoler les genoux.

Une rafale de vent l'a percutée, manquant de lui faire perdre l'équilibre et lui a plaqué d'épaisses mèches de cheveux sur le visage.

— Mais t'es pas morte, au moins ?

Stephanie a touché sa poitrine et son abdomen en plaisantant, puis elle a attaché ses cheveux en une queue de cheval. — Si je me fie à mon rythme cardiaque, je ne pense pas que j'en aie pour très longtemps.

Felix Krüger vivait dans un petit cottage sur la côte du Norfolk, le genre de maisonnette qu'on aurait pu voir dans une comédie romantique avec Jude Law et Kate Winslet. Ses murs de briques, couverts de lichen, semblaient être là depuis des centaines d'années et avoir survécu aux éléments. L'air sentait l'algue, une odeur assez vive pour piquer le nez, et quelque part au-delà des dunes parvenait le grondement sourd des vagues s'écrasant sur le rivage, porteuses de messages de l'autre côté de la mer du Nord. Une mouette a tournoyé au-dessus d'elles, poussant un long cri plaintif avant de disparaître dans le coussin de nuages gris. Fiona a levé les yeux et a humé l'air.

— On dirait qu'on va se faire saucer, a-t-elle marmonné.

Stephanie a sonné. Le faible carillon a retenti du plus profond du cottage, rapidement avalé par le bruit de la mer.

Quelques instants plus tard, la porte s'est entrouverte avant de s'ouvrir plus largement, révélant un homme d'une petite cinquantaine d'années, aux cheveux soignés et clairsemés, et aux lunettes qui captaient la lumière. Il portait un gilet de couleur mauve zippé jusqu'au cou et un sourire attachant. Il était petit et avait l'air de tout sauf d'un tueur en série.

— Vous êtes arrivées rapidement, a-t-il dit d'une voix douce. Il a ouvert la porte plus grand.

— La circulation était étonnamment fluide, a dit Stephanie, en jetant un rapide coup d'œil à Fiona.

Felix leur a fait signe d'entrer. L'intérieur de la maison était soigné et dépouillé, avec une place pour chaque chose et chaque chose à sa place. Stephanie a eu l'impression que Felix croyait qu'un intérieur bien rangé était synonyme d'un esprit bien rangé, et vice versa. Il a désigné son salon au bout du couloir, puis a proposé du thé et du café.

Stephanie est entrée dans le salon et a dû cligner des yeux, surprise par la luminosité de la pièce pour un après-midi de novembre. Un tapis à motifs s'étendait sur le parquet ciré, sous une paire de fauteuils crème orientés vers une petite cheminée où une bûche solitaire se consumait tranquillement. Une table basse en chêne se trouvait entre eux, avec des livres soigneusement empilés. L'air sentait faiblement la mer et le sel de la côte. Au mur, une horloge faisait tic-tac, et une aquarelle représentant un phare était accrochée au-dessus du manteau de la cheminée.

Le regard de Stephanie a parcouru une bibliothèque dans le coin. Des livres, des livres, et encore des livres. Une corne d'abondance d'études religieuses, de manuels, de polars, de fantasy et de romans d'amour. La preuve d'une vie vécue dans la solitude. Stephanie s'est imaginée assise là, par un après-midi d'hiver, profitant de la chaleur du feu et d'un bon livre, en ignorant le vent qui cognait contre les fenêtres. Puis elle a réalisé à quel point c'était improbable, à quel point il était improbable que son esprit cesse enfin de tourner à plein régime et lui permette de déconnecter.

— Très jolie maison, a-t-elle dit alors que Felix revenait de la cuisine. Il a distribué les boissons, puis il a sorti un petit tabouret et s'est assis dessus.

— Vous seriez surprise de voir tout le travail que demande un petit endroit comme celui-ci. Je l'ai depuis des années, et je ne me verrais pas vivre ailleurs, a-t-il expliqué.

Stephanie et Fiona se sont laissées tomber dans les fauteuils, s'enfonçant profondément dans les coussins usés.

— Depuis combien de temps vivez-vous ici ? a demandé Stephanie.

Avant de répondre, Felix s'est frappé le front du revers de la main. — Quelle-étourderie de ma part ! Du gâteau ! J'ai oublié de vous proposer du gâteau et des biscuits. Vous en voulez ?

— Non, ce ne sera pas nécessaire.

— Quelle idée. Il s'est levé de sa chaise d'un bond. — C'est l'heure de déjeuner et vous avez fait un long trajet. J'ai du gâteau au citron, du red velvet, du chocolat et des cookies. Tout est fait maison, sauf les cookies ; ils sont du commerce.

Stephanie et Fiona ont échangé un regard. L'offre était tentante, mais la pensée de manger de la nourriture malsaine a fait surchauffer les connexions dans le cerveau de Stephanie. Cependant, elle était trop polie pour refuser l'offre. Elles lui ont fait part de leurs choix, et il est revenu quelques instants plus tard, en traversant la pièce à petits pas, arborant le sourire d'un hôte fier de lui.

— Pourquoi avez-vous autant de gâteaux chez vous ? a demandé Fiona, mâchant déjà une bouchée de son red velvet. — Ne vous méprenez pas, je ne me plains pas. Je ne me souviens juste pas de la dernière fois où j'ai fait *un* gâteau, alors trois…

— Je reçois beaucoup de visiteurs, a-t-il expliqué. — Je trouve que le gâteau aide généralement les gens à parler de leurs problèmes.

— De quels problèmes s'agit-il en général ? a demandé Stephanie.

Felix a redressé le dos et posé les mains sur ses genoux. Il les regardait manger comme une mère fière qui attend que ses enfants ouvrent leurs cadeaux à Noël. — Oh, vous savez, juste leurs problèmes dans la vie, les relations, le travail.

— Vous êtes thérapeute ?

— Oh, bonté divine, non. Je suis prêtre. Je leur transmets le message de Dieu, en leur assurant que tout finira par s'arranger.

— Un prêtre ? a répété Stephanie, en reposant sa part de gâteau au chocolat sur son assiette. Elle n'y avait pas encore touché.

— Oui. Vous devez en avoir pas mal dans le Surrey. Il a eu un petit rire.

Stephanie a pris un moment pour digérer l'information. Un prêtre tueur, qui brûlait des gens vifs en guise de châtiment et de justice. Était-ce possible ? Une grande graine de doute s'est insinuée dans son esprit, commençant à y enfoncer ses racines de plus en plus profondément.

— Depuis combien de temps l'êtes-vous ? a demandé Fiona.

Felix a pincé les lèvres, penchant légèrement la tête comme s'il comptait à rebours. — Trente-deux ans, plus ou moins. J'ai commencé jeune, dans une petite paroisse du Cambridgeshire. Je pensais que j'y passerais toute ma vie, mais Dieu… il a eu un petit sourire, presque secret — Dieu a une façon de vous déplacer comme des pièces sur un échiquier. J'ai fini ici, et j'y suis depuis.

— Et quand vous dites que vous « transmettez le message de Dieu », a dit Stephanie, sa fourchette toujours à la main, — comment ça marche, exactement ? Je veux dire… comment L'entendez-vous ?

— Oh, je ne L'entends pas comme vous entendriez un ami dans la pièce d'à côté, a répondu Felix. — C'est plus une… présence. Une sensation. Je suis en train de lire la Bible ou de me promener sur la plage, et une pensée s'installe dans mon esprit. C'est là que je sais que c'est Lui. Mon travail est d'écouter, puis d'aider les autres à écouter par eux-mêmes.

— Donc ce n'est jamais comme… Fiona a agité vaguement sa fourchette dans les airs — une voix tonitruante venant des nuages ?

Il a ri en secouant la tête. — Si c'était le cas, la moitié de la congrégation s'enfuirait à toutes jambes.

Stephanie a pris une lente inspiration. Le gâteau était toujours intact devant elle. — Nous vous remercions de prendre le temps de nous parler, a-t-elle dit lentement. — Ma collègue vous a-t-elle expliqué le but de notre visite ?

L'expression de Felix s'est légèrement assombrie. — De vieux... *amis* à moi.

— Vous les qualifieriez d'amis ?

— Pas exactement. Des connaissances, alors.

Une rafale de vent a claqué contre la fenêtre au moment où il disait cela. Les nuages gris ont pris une teinte plus sombre, et la pièce en a été enveloppée.

— Nous avons parlé avec plusieurs de vos anciens amis et camarades de classe, et nous avons compris que Nigel, Darren et Carlos étaient... très doués pour s'assurer de ne pas avoir beaucoup d'amis en dehors de leur propre groupe, a dit Stephanie.

— C'est une façon de voir les choses.

— Et nous avons compris qu'il y a eu un incident vous impliquant, vous et les garçons en question. Un incident vous impliquant lors d'un voyage scolaire.

Pendant un instant, le regard de Felix est tombé sur le tapis, et quand il a relevé les yeux, le noisette aqueux de son regard semblait plus vif. — C'est exact. Que voudriez-vous savoir ?

— Votre version des faits.

Et il leur a donc raconté comment ils avaient frappé à sa porte au milieu de la nuit, comment ils l'avaient convaincu de les laisser l'attacher à l'arbre, et comment ils lui avaient promis qu'il ferait partie du groupe une fois qu'il aurait survécu à la nuit.

— Je suis désolée que vous ayez vécu ça, a dit Fiona. — Qu'est-ce que ça vous a fait ressentir à leur égard ?

— De la colère au début. De l'amertume. Comme si je voulais me venger. Mais ensuite j'ai parlé à Dieu, et Il m'a aidé à guérir et à leur pardonner.

— Vous avez déménagé peu après l'incident...

— Ça, c'était l'initiative de ma mère. Elle ne voulait pas que je sois dans un endroit où j'allais me faire harceler à chaque fois que je sortais de chez moi.

— Vous avez changé de nom...

— Ça, c'était ma décision. Quand j'ai eu l'âge, j'ai décidé d'intensifier ma foi et de devenir prêtre, mais j'avais l'impression que mon ancien nom me retenait. J'ai donc décidé d'en changer, de mettre cette partie de mon passé derrière moi. En plus, c'est le nom de mon grand-père, donc c'est un petit hommage à lui.

Fiona a léché son assiette pour finir les miettes de gâteau, puis s'est légèrement penchée en avant, posant ses coudes sur ses genoux. — Quand avez-vous vu Darren, Nigel ou Carlos pour la dernière fois ?

Le front de Felix s'est plissé comme si la question revenait à essayer de se souvenir du nom du chat d'un voisin de son enfance. — Oh… il y a très longtemps. Des années. Des décennies, en fait. Je ne pourrais absolument pas dire quand exactement. Je crois que c'était quand j'ai quitté l'école.

Stephanie a échangé un regard avec Fiona, puis elle a sorti de son sac une photo imprimée. C'était l'image du quatrième garçon trouvé sur la scène de crime de Darren, celui dont l'identité avait obstinément refusé d'être révélée. Elle l'a posée doucement sur la table basse entre eux.

— Vous le reconnaissez ? a demandé Fiona.

Felix a attrapé une paire de lunettes sur la table basse et a examiné l'image, la tenant à bout de bras. Ses lèvres se sont serrées, puis se sont entrouvertes en un petit soupir. — Non… je suis désolé. Je n'ai aucune idée de qui c'est. Il semblait sincèrement navré, bien que Stephanie ne puisse pas dire si c'était pour le garçon ou pour son incapacité à les aider.

Elle a hoché la tête, en glissant la photo dans son dossier. Puis elle en a produit une autre : une feuille contenant des images en haute résolution des messages religieux qui avaient été laissés à l'intérieur des boîtes de conserve découvertes sur les scènes de crime.

Elle l'a poussée vers lui. — Celles-ci ont été trouvées sur les scènes de crime. Votre interprétation nous intéresse.

Felix n'a pas touché le papier au début. Il est resté très immobile, comme s'il pesait le pour et le contre. Puis, finalement, il s'est avancé, ses doigts pâles effleurant le bord de la feuille. Ses yeux ont parcouru les mots lentement, comme un homme lisant un texte sacré.

— C'est… troublant, a-t-il murmuré. — Je les reconnais. Ils parlent de châtiment et de temps difficiles. Et… celui qui les a écrits est déterminé à obtenir justice, et je prie pour ce petit garçon sur la photo — qui, je présume, est maintenant un adulte à part entière avec une vie et un avenir — pour qu'il ne l'obtienne pas.

Nous aussi, a pensé Stephanie.

— Étiez-vous au courant de quelconques croyances religieuses chez Darren, Nigel et Carlos ? a-t-elle demandé.

Felix a réfléchi un instant. — J'ai toujours senti que ces garçons étaient *quelque peu* religieux. Qu'ils avaient une certaine compréhension de la Bible, mais pas qu'ils en savaient nécessairement autant que moi, si vous voyez ce que je veux dire ? Mais j'ai vraiment eu l'impression qu'ils étaient religieux, mais pas dévots. C'était la même chose pour beaucoup de garçons qui allaient à cette école.

CHAPITRE
CINQUANTE-SEPT

Kimberley serrait si fort son téléphone qu'elle a craint de le casser. À cet instant, elle n'avait qu'une envie : le briser en deux, le jeter contre le mur et piétiner les éclats jusqu'à les réduire en une centaine de morceaux.

Stephanie ne répondait toujours pas ; ses appels tombaient directement sur la messagerie. Sa sœur, celle qui avait promis d'être là pour chaque appel et chaque urgence, était introuvable. Kimberley avait voulu la croire, avait voulu accorder le bénéfice du doute à Stephanie. Elle comprenait que sa sœur avait un travail prenant qui exigeait de longues heures et de fréquents déplacements. Mais c'était la deuxième fois que Stephanie la laissait tomber, et Kimberley n'était pas sûre du nombre de chances qu'elle était encore prête à lui donner.

Une partie d'elle en voulait toujours à Stephanie d'avoir menti sur leurs parents et leur enfance, tandis qu'une autre partie comprenait et acceptait ses justifications. Elle était en proie à une lutte intérieure, les deux opinions se livrant bataille pour l'emporter. À ce moment précis, elle n'avait aucune idée du côté qui allait gagner.

Pour ne rien arranger, Jordan ne répondait pas non plus à son téléphone.

Et il était inutile d'essayer de joindre son mari. Il était en ville, au travail. Le temps qu'il finisse par répondre à l'appel ou par lire ses messages, puis qu'il rentre à la maison, elle aurait déjà vu le médecin.

Ne pouvait-elle donc plus faire confiance à personne dans sa famille ? Avaient-ils tous décidé de la trahir et de se créer une vie secrète entre eux ?

Elle a relâché sa prise sur le téléphone, l'a déverrouillé et a ouvert l'application « Localiser ». En naviguant vers la section des amis en bas de l'écran, elle a vu une carte du pays avec les photos de profil de Stephanie, Jordan et Jason. D'abord, elle a appuyé sur le visage de Stephanie, ce qui a révélé qu'elle se trouvait dans le Norfolk.

« Qu'est-ce qu'elle fabrique là-bas ? Elle n'a jamais parlé d'aller dans le Norfolk... »

Le travail. Elle a mis ça sur le compte du travail. Soit ça, soit elle avait perdu son téléphone, ou peut-être avait-elle été enlevée, ou rencontrait-elle un autre membre de la famille dont Kimberley ignorait l'existence.

Avant de pouvoir se monter davantage la tête, elle a appuyé sur la photo de son demi-frère.

Lui aussi se trouvait dans un endroit inhabituel : Salisbury.

Là encore, il n'y avait eu aucune mention ou raison de sa présence là-bas.

Puis elle a vérifié la position de son mari, ce qui était le plus préoccupant. Ce matin-là, il lui avait dit qu'il était à Watford pour une réunion avec un client qui durerait toute la journée. Pourtant, quand elle a regardé, son icône indiquait Romford, dans l'Essex.

« Quel menteur ce... »

Avant qu'elle ne puisse finir sa pensée, une douleur aiguë a flambé dans son abdomen. Elle l'a empoigné d'une main et s'est agrippée à la chaise de l'hôpital de l'autre, réprimant un gémisse-ment qui menaçait de s'échapper de ses lèvres. Tout autour d'elle, il y avait une petite armée de malades et de blessés, chacun préoc-cupé par sa propre douleur et sa situation, indifférents à sa détresse.

Il y avait eu de nouveau du sang. Plus de sang que la dernière fois.

La douleur soudaine a disparu presque aussi vite qu'elle était venue. Elle n'avait aucune idée de ce qui arrivait à son corps, à son bébé, ni pourquoi sa famille l'avait abandonnée au moment où elle avait le plus besoin d'eux.

L'avait abandonnée, sauf un.

Pendant un long moment, elle a fixé l'écran. Allait-elle vraiment le faire ? Le pouvait-elle ?

Son regard s'est attardé sur l'icône du téléphone sur l'écran d'accueil. Avec hésitation, comme si le faire trop vite risquait de faire exploser l'appareil, elle a tapoté l'application et a navigué jusqu'à sa messagerie vocale. Là, dominant la liste, se trouvaient plusieurs messages de son père, datant d'avant, pendant et après sa démence. Il avait régulièrement maintenu le contact, l'appelant à toute heure du jour pour discuter. Elle se souvenait de ces appels avec une grande tendresse ; ils avaient parlé de travail, d'école, de Jason, et même de Stephanie. Il avait été doux et agréable.

Avant que tout ne parte de travers.

Son père avait été le seul homme qui ne l'avait jamais laissée tomber — du moins, dans leur relation. Ils avaient partagé un lien, et pendant un temps, il avait semblé sincère. Mais bien sûr, tout cela avait été un mensonge, une façade.

Et malgré ça, ses souvenirs de lui étaient chaleureux, doux et heureux.

Et c'était ce dont elle avait besoin en ce moment.

Repoussant au fond de son esprit les pensées concernant sa sœur et ce qu'elle dirait sans aucun doute, Kimberley a appuyé sur la première entrée de la liste de messages vocaux.

« *Ça va, Kimbo ? C'est moi, ton bon vieux père. Désolé de t'avoir manquée. J'imagine que tu es sûrement au boulot ou un truc du genre, donc pas besoin de me rappeler.* » Une pause. « *Il a plu des cordes ici. Mais c'est une bonne chose, la pelouse en avait besoin, même si ça n'a duré qu'environ trente-deux secondes. Il faudra que je la tonde dans les prochains jours, une fois qu'elle aura un peu poussé. Bref, à plus tard. Je t'aime, ma puce.* »

Le corps de Kimberley s'est empli de chaleur et l'image de son père fixant la fenêtre, regardant la pelouse dans le jardin, lui est venue à l'esprit. Une partie de la tension dans ses épaules s'est dissipée.

Elle a écouté un autre message. Et un autre. Et encore un autre.

Avec chacun d'eux, elle s'est remémorée le moment où elle avait écouté le message pour la première fois, les émotions qu'elle avait ressenties, sachant qu'un jour, après que la démence se serait emparée de lui pour de bon, elle n'entendrait plus jamais sa voix.

Sans qu'elle s'en aperçoive, trente minutes s'étaient écoulées. Elle n'a même pas entendu l'infirmière l'appeler de l'autre bout de la salle d'attente.

— Kimberley Taylor ? Le docteur va vous recevoir. Si vous voulez bien me suivre.

Avec un grognement, Kimberley s'est extirpée de la chaise avec difficulté et s'est dandinée derrière l'infirmière, tenant son ventre d'une main et le téléphone de l'autre, un large sourire aux lèvres.

CHAPITRE
CINQUANTE-HUIT

La mère d'Anthony Shore, Carole, vivait à quelques kilomètres au sud de son fils, à East Clandon. Désormais octogénaire, elle avait besoin d'un déambulateur pour se déplacer dans la maison. Mais malgré ses maux physiques, Giles a vite compris qu'elle était vive comme l'éclair et qu'elle possédait toujours le charme et la vivacité d'esprit qui l'avaient caractérisée toute sa vie.

Il a refermé la porte de la salle à manger derrière lui et l'a aidée à s'asseoir.

— Vous n'étiez pas obligé de faire ça, a-t-elle dit. Mais je ne vais pas dire non à un beau gaillard comme vous.

Giles a eu un petit rire gêné. — Attention, madame Shore, si vous continuez à parler comme ça, je viendrai tous les jours m'occuper des gros travaux.

Elle lui a jeté un regard en coin, les lèvres frémissant en un sourire narquois. — Vous vous lasseriez de moi en une semaine. Je vous ferais briquer les plinthes et astiquer l'argenterie en un rien de temps.

— Imaginez ce que penseraient les voisins, a plaisanté Giles en sortant son calepin. Mais pour aujourd'hui, je crains de ne pas être de corvée de ménage. Je voulais vous parler de votre fils, Anthony.

— Anthony ? Qu'est-ce qu'il a encore fait ?

— Avez-vous parlé à votre fils récemment ?

— Pas depuis deux ou trois semaines. Pourquoi ?

— Il ne vous a rien dit à propos d'une affaire impliquant certains de ses anciens camarades d'école ?

Elle a secoué la tête. — Nous ne sommes pas du genre à nous confier. Il tient ça de son père, qui le tenait lui-même de son propre père. Mais… pourquoi ? Qu'est-ce qui se passe ?

— Votre fils est actuellement sous surveillance, car nous pensons qu'il fait l'objet d'une menace crédible contre sa vie.

— Pardon ?

— Une menace crédible. Ça veut dire…

— Oui, oui. Je sais ce que ça veut dire. Mais bon sang, quel est le rapport avec mon fils ?

— Il y a eu une série de meurtres qui, selon nous, pourraient être liés à Anthony. Est-ce que les noms de Nigel Hadlow, Carlos Vazquez et Darren Fairhurst vous disent quelque chose ?

Il n'a pas fallu longtemps pour que les noms fassent tilt. — De St Jude ?

Giles a hoché la tête.

— Ils faisaient partie de sa bande d'amis, a-t-elle poursuivi. Ils étaient tous très proches. Ils allaient les uns chez les autres après l'école et le week-end. Que leur est-il arrivé ?

Giles lui a expliqué comment ils étaient morts et le lien potentiel qui les unissait. La réaction de Carole a été une réaction d'horreur, pour plusieurs raisons.

— Comment ça, mon fils était une brute ? a-t-elle demandé. Comment ça, il a fait ces choses horribles à ces pauvres gens ? Et comment ça, quelqu'un est en train de tuer les membres de sa bande d'amis ?

Giles a ouvert la bouche pour répondre, mais Carole a poussé un cri strident. — Pardonnez-moi. Je… Elle s'est mise à haleter lourdement, se serrant la poitrine. — Ça fait beaucoup à encaisser. Je…

— Je peux vous chercher à boire ?

— De l'eau, a-t-elle soufflé d'une voix sifflante.

Giles s'est glissé de sous la table et s'est précipité dans la cuisine. Là, il a fouillé frénétiquement plusieurs placards, les ouvrant à la volée avant de finalement trouver un verre. Tandis qu'il le remplissait d'eau, une angoisse terrible l'a envahi ; la dernière chose qu'il voulait, c'était que le cœur de cette pauvre femme lâche juste devant lui.

Une fois le verre plein, il est retourné en hâte dans la salle à manger et le lui a tendu. Elle l'a remercié et a bu une petite gorgée.

— J'aurais dû demander quelque chose de plus fort, a-t-elle dit, la vie revenant peu à peu dans sa voix. Il y a de la vodka qui traîne dans un placard depuis vingt ans.

— Simple ou double ?

Carole a eu un petit rire, qui s'est transformé en quinte de toux alors qu'elle portait le verre à ses lèvres pour boire une gorgée.

Giles lui a laissé quelques instants, le temps que ses joues reprennent des couleurs. Quand elle a semblé assez stable, il a plongé la main dans la poche intérieure de sa veste et en a sorti la petite enveloppe qu'il avait apportée. — Je sais que ça fait beaucoup à digérer pour le moment, mais nous protégeons votre fils. Nous pouvons nous assurer que rien ne lui arrive. Mais d'abord, nous devons confirmer qu'il est réellement menacé.

— Réellement menacé. Qu'est-ce que ça veut dire ? Je croyais que vous…

— J'aimerais que vous regardiez cette photo.

Il a fait glisser l'image sur la table.

— Vous reconnaissez le garçon sur cette photo ?

— C'est Nigel Hadlow, a-t-elle dit sans hésiter.

— Vous en êtes sûre ?

— Oui. Je le reconnais de l'époque où ils étaient à l'école. Nigel était tout le temps à la maison, à jouer dans le jardin avec Ant.

Giles a fait glisser une autre photo vers elle.

— Et celle-ci ?

— Carlos Vazquez.

Deux sur deux.

Une autre photo.

— Et celle-là ?

— Darren.

Il était temps de passer à la quatrième photo. Celle dont ils supposaient qu'elle était de son fils. Celle qui confirmerait l'identité de la prochaine victime.

Il a fait glisser la photo sur la table avec le même soin et la même attention qu'il avait accordés aux autres. Cette fois, Carole l'a examinée par-dessus le bord de ses lunettes. Son expression n'a pas changé tout de suite, mais Giles a remarqué le léger plissement de ses yeux et l'inclinaison de sa tête.

— Est-ce que vous reconnaissez le garçon sur *cette* photo ? a demandé Giles, le cœur battant et les paumes moites.

Elle a levé le regard puis a secoué la tête. — Non.

Ces mots lui ont fait l'effet d'un coup de poing dans le ventre.

— Non ? a-t-il demandé, soudain aussi essoufflé qu'elle l'avait été quelques instants plus tôt. Vous… vous en êtes sûre ?

— Je sais à quoi ressemble mon fils, inspecteur. Il n'a pas changé depuis qu'il est bébé. Et ce n'est très certainement pas lui.

CHAPITRE
CINQUANTE-NEUF

Ce qui avait été un trajet aller rapide, pour ne pas dire terrifiant, s'est avéré être tout le contraire au retour. Un accident sur l'A12, suivi d'un bouchon de plus de six kilomètres sur la M25 à hauteur du Dartford Crossing à cause d'un poids lourd en panne, avait anéanti leurs espoirs d'un retour rapide. Quand elles sont revenues au bureau, il était un peu plus de dix-neuf heures et Stephanie se sentait épuisée, prête à se coucher pour une nuit de sommeil réparatrice sous sa couette fraîchement lavée, avec son ours en peluche, Bart, pour la réconforter.

Mais elle n'avait pas le temps pour ça.

Giles avait lâché une nouvelle qui avait fait l'effet d'une bombe, et elle avait passé tout le trajet à tenter de l'assimiler. Leur prochaine victime, la personne qui, selon elle et le reste de l'équipe, allait mourir dans un brasier infernal – d'après les preuves qu'ils avaient réunies jusqu'à présent –, était en fait une erreur. Anthony Shore, le concessionnaire automobile d'Addlestone, n'était pas le garçon sur la photo.

Si ce n'était pas lui, alors qui était-ce ?

Stephanie est entrée la première dans le bureau, suivie de près par Fiona. À cette heure-là, le bureau était calme ; seuls Giles et Devon s'y trouvaient encore, les yeux rivés sur l'écran de l'ordinateur, assis en silence. Quand elles ont fait irruption, les deux hommes ont sursauté, la panique se lisant sur leurs visages.

— Putain ! s'est exclamé Devon en se tenant la poitrine. Vous m'avez presque fait faire une crise cardiaque.

— Je crois que j'en ai lâché un bout, a ajouté Giles.

Stephanie n'a pas ri. Sans un mot, elle a déposé ses affaires dans son bureau et s'est dirigée d'un pas décidé vers la salle de crise. Elle a convoqué l'équipe en claquant des doigts et en leur faisant signe d'approcher.

Comme s'ils évacuaient leur maison, les membres de l'équipe se sont précipités, attrapant ce qu'ils pouvaient, renversant des stylos sur leurs bureaux et des feuilles de papier par terre.

Quand ils ont enfin été installés, Stephanie a pointé Giles du doigt.

— Il me faut votre conversation avec Carole Shore. Au mot près.

— Au mot près ?

— Ça veut dire *verbatim*.

— Je… Je sais ce que ça veut dire. C'est juste que je ne l'ai pas au mot près.

— Alors, aussi précisément que possible. Si Anthony Shore n'est pas notre homme, nous devons en être absolument, cent pour cent, catégoriquement sûrs. Qu'est-ce qu'elle a dit ?

Giles a mis un chewing-gum dans sa bouche, comme pour tenter de calmer ses nerfs. — Le garçon sur la photo n'était pas son fils. Elle a reconnu tous les autres garçons comme *ça*. Il a claqué des doigts. Sans la moindre hésitation. Mais quand il s'est agi d'identifier son propre fils, rien. Elle ne l'a pas reconnu.

— Et vous en êtes sûr ?

Giles a hoché la tête, affichant une expression perplexe, comme si elle venait de poser une question stupide. — Étant donné qu'elle a reconnu de parfaits inconnus datant d'il y a quarante ans avec une précision incroyable, je serais un peu inquiet si elle ne pouvait pas reconnaître son propre fils. Donc, oui, j'en suis certain.

Stephanie n'a pas apprécié son ton, mais elle a concédé qu'il avait raison.

— A-t-elle donné une quelconque indication sur l'identité de cette personne ?

Giles a arrêté de mâcher son chewing-gum, a pincé les lèvres et a secoué la tête. — Elle n'a pas pu le situer.

— Merde. Stephanie a mis les mains sur ses hanches et s'est

tournée vers le tableau d'enquête. Pour la première fois depuis longtemps, elle s'est sentie perdue, dépassée. Elle a attrapé la chaise la plus proche et s'y est affalée, exaspérée, le regard fixé sur le tableau. Des lettres, des photographies, des articles de journaux et des cartes lui faisaient face. Le point culminant de toute leur enquête jusqu'à présent. Et elle était certaine qu'il y avait un lien là-dedans, une connexion qui leur avait échappé, quelque chose qui reliait les quatre garçons. Mais cela lui échappait, se dissimulant à sa vue, niché au milieu des détails.

Jusqu'à maintenant, le tueur avait toujours eu une longueur d'avance : il était méthodique, organisé, choisissant ses victimes et planifiant ses actions et sa fuite à l'avance.

Les yeux de Stephanie se sont posés sur une petite section du tableau d'affichage contenant les photos d'enfance des victimes. Trois photographies, trois victimes – et une quatrième à venir. Une liste qui existait dans la tête du tueur, connue de lui seul, détaillant combien de victimes il pourrait y avoir encore. Pendant ce temps, ils ne pouvaient que tenter de rattraper leur retard, en suivant les miettes de pain laissées sur chaque scène de crime.

Était-il possible de le doubler, d'une manière ou d'une autre ? D'avoir une longueur d'avance ? Elle ne le pensait pas.

— Nous devons trouver la prochaine victime, a-t-elle dit sans détour. Et nous devons le faire avant que le tueur ne l'atteigne. Si l'on se fie au schéma, le tueur frappe tous les deux ou trois jours, ce qui signifie que nous n'avons pas beaucoup de temps. Elle a regardé sa montre. En fait, nous n'avons absolument plus de temps du tout. Elle s'est redressée d'un bond. Passez au peigne fin tout ce que nous avons. Cherchez d'autres liens entre Nigel, Carlos et Darren. Avons-nous oublié quelqu'un de l'école ? Quelqu'un qui serait passé entre les mailles du filet ? Quelqu'un du club de golf ? Quelqu'un du travail de Nigel ou du conseil municipal ? N'importe qui dont vous pensez qu'il aurait pu avoir un rapport avec les trois ? Creusez, creusez, et creusez encore. Nous devons découvrir chaque aspect de la vie de ces hommes avant qu'il ne soit trop tard.

CHAPITRE
SOIXANTE

Olivia était assise en tailleur sur le canapé, la table basse devant elle ensevelie sous des classeurs à anneaux, des impressions et des feuilles volantes empilées en désordre à côté de plusieurs canettes de Coca Light. Elle parcourait la même page depuis deux minutes, mais les mots dansaient devant ses yeux, refusant de s'assembler pour former un sens. De l'étage montaient et descendaient les voix de ses fils — l'un riant si fort qu'il en avait le souffle coupé, l'autre hurlant quelque chose à propos de « camper au point de spawn ». C'était un refrain familier auquel elle s'était habituée le soir, le martèlement des pas au-dessus de sa tête et les rafales étouffées de tirs numériques filtrant depuis leurs consoles. Elle adorait ce moment de la soirée, où ils étaient heureux, occupés, à l'intérieur et, pour une fois, pas en guerre l'un contre l'autre.

Pour les quelques heures à venir, elle avait la paix. Ou du moins, un semblant de paix.

Elle attrapa la feuille suivante au sommet de sa pile. Elle contenait les messages religieux trouvés sur les scènes de crime. Les marges de la page étaient remplies d'annotations tirées d'Internet, de notes et de gribouillis de ses pensées et de ses idées. Ces messages la taraudaient discrètement depuis des jours, comme une démangeaison dans le creux de son esprit qu'elle n'avait pas pu gratter, à cause de tout ce qui s'était passé par ailleurs. En surface, ils semblaient être de simples déclarations sur le péché, la justice et le châtiment. Mais il y avait autre chose, quelque chose de plus qu'un simple clin d'œil aux méfaits passés des victimes, à leur harcèlement et à leur comportement atroce.

Elle ne croyait pas que le tueur ait quoi que ce soit à voir avec l'affaire immobilière de Nigel Hadlow, ni qu'il soit affilié de quelque manière que ce soit au terrain de golf.

Il y avait quelque chose avec ces notes religieuses.

Elle sortit son ordinateur portable de sous la pile, se connecta et ouvrit HOLMES 2. Son domaine. Elle était responsable de sa maintenance depuis qu'elle avait rejoint l'équipe, alors elle connaissait le logiciel comme sa poche. Parfois, elle avait l'impression de mieux maîtriser ses rouages qu'elle ne comprenait ses garçons.

Sur le système, elle trouva une entrée de Fiona : la transcription et les notes de sa discussion et de celle de Stephanie avec Felix Krüger, le prêtre. Olivia l'ouvrit et se mit à lire, parcourant rapidement le préambule poli jusqu'à ce que ses yeux tombent sur une seule ligne, enfouie vers la fin :

« J'ai toujours senti que ces garçons étaient plus ou moins religieux. Qu'ils avaient une certaine connaissance de la Bible, mais pas qu'ils en savaient forcément autant que moi sur le sujet. J'ai eu l'impression qu'ils étaient religieux, mais pas pratiquants. »

Elle retourna la phrase dans sa tête. *Plus ou moins religieux.* Elle quitta le fichier, lança une recherche rapide et afficha une transcription plus ancienne qu'elle n'avait pas encore consultée.

Celle-ci provenait de l'interrogatoire de la mère de Carlos Vazquez, mené par Noah. Elle fit défiler le texte, dépassant les informations biographiques de base pour arriver à la partie conversationnelle des notes.

C'était là.

« Oh, Carlos allait au catéchisme. Toutes les semaines pendant des années. À Saint-Joseph. Mais il a arrêté vers l'âge de quatorze ans, quand les filles et le foot ont pris le dessus. »

Olivia sentit un picotement dans sa nuque. Elle passa aux dossiers qui avaient été téléchargés depuis St Jude's. Au milieu du déluge de bulletins scolaires, de certificats médicaux, de résultats d'examens et de tout ce que l'école avait gardé dans les dossiers de ses élèves, Olivia le trouva : une mention du catéchisme dans les profils personnels des trois garçons. À un moment donné, leurs parents avaient jugé assez important de le mentionner à leurs professeurs, qui l'avaient alors consigné.

Olivia se renversa dans son fauteuil, laissant le lien s'établir tandis que les rires et les plaisanteries de ses fils à l'étage couvraient le bruit dans sa tête.

Il ne s'agissait pas seulement de leur comportement à l'école. Il s'agissait de leur comportement devant Dieu. Et leurs meurtres servaient de rappel d'un méfait passé, d'une ancienne trahison. Et quelqu'un, quelque part, n'avait pas oublié ce qui s'était passé.

CHAPITRE
SOIXANTE-ET-UN

Quand Stephanie s'est réveillée le lendemain matin, elle a ressenti un mélange d'émotions : du soulagement, du doute et de la joie.

Du soulagement, car il n'y avait eu aucun signalement d'un autre incendie, d'un autre brasier, d'une autre victime pendant la nuit.

Le doute, à l'idée que le tueur était toujours en liberté, guettant sa prochaine victime.

De la joie, grâce à Olivia qui avait déniché un nouveau lien tangible entre les trois garçons. Un lien qui les rattachait aux messages religieux.

— J'aurais pu t'embrasser quand j'ai vu ton e-mail ce matin, a dit Stephanie en traversant le parking de l'église.

— Je t'adore et tout, chef, a répondu Olivia en claquant la portière de sa voiture. Mais ce serait peut-être aller un peu loin.

Elles se sont rejointes au milieu du parking, dont l'asphalte était jonché de feuilles détrempées et alourdies par la pluie persistante de la nuit. Au-dessus d'elles, une chape de gris plombait l'ambiance. Devant elles se dressait l'église St Joseph de Guildford. Sa structure d'origine avait été érigée en 1860, mais le bâtiment le plus récent datait des années quatre-vingts, juché sur des piliers en béton qui donnaient l'impression qu'il flottait au-dessus du parking.

Elles ont gravi les marches et se sont approchées de l'entrée, poussant la lourde porte en bois qui a gémi en signe de protestation. L'air à l'intérieur était plus frais et sentait vaguement la cire de bougie. Des rangées de bancs vides s'étendaient devant elles, leur bois poli et lissé par des décennies d'usure. La lumière naturelle filtrait par des fenêtres triangulaires, tandis que quelques bougies et lampes illuminaient les recoins sombres que les rayons n'atteignaient pas.

Leurs pas résonnaient dans la grande salle tandis qu'elles remontaient l'allée centrale. Alors qu'elles se dirigeaient vers l'autel, une porte sur le côté du chancel s'est ouverte et un homme en est sorti. Grand et légèrement voûté, sa chemise de clerc noire et son col romain contrastaient avec sa veste en tweed gris. Ses cheveux clairsemés étaient soigneusement peignés en arrière, et il tenait un trousseau de clés dans une main et un fin dossier sous l'autre bras. Il s'est figé dès qu'il les a aperçues. Stephanie lui a donné la fin de la soixantaine, mais sa carrure athlétique et sa stature imposante suggéraient qu'il pouvait avoir quelques années de moins.

— Je peux vous aider ?

— Pardonnez-nous de vous déranger, a dit Stephanie en présentant sa carte de police. Voici ma collègue, Olivia. Nous sommes ici pour le suivi d'une affaire concernant des individus qui, nous le pensons, ont fait partie de cette église par le passé.

— Je... Bien sûr. Il a posé ses affaires sur une surface proche, a croisé les doigts et laissé ses mains reposer devant lui. Quoi que vous ayez besoin, je serai plus qu'heureux de vous aider.

— Et votre nom est ?

— Révérend John Ellery, a-t-il répondu froidement.

— Mon Père, a commencé Stephanie, nous enquêtons sur trois individus : Darren Fairhurst, Nigel Hadlow et Carlos Vazquez. D'après ce que nous avons pu reconstituer, ils ont suivi le catéchisme ici quand ils étaient enfants. Nous espérions que vous pourriez nous en dire plus à ce sujet.

Le prêtre a froncé les sourcils. — Le catéchisme... Il a légèrement transféré son poids du corps, ses chaussures cirées crissant sur les dalles de pierre. C'était quand ?

— Du début au milieu des années quatre-vingts, a dit Olivia. Potentiellement entre 1983 et 1985.

Un léger sourire d'excuse polie a effleuré ses lèvres. — C'était avant mon arrivée ici. Je suis venu à St Joseph au début des années quatre-vingt-dix, donc je crains de ne pas les avoir connus personnellement s'ils étaient bien inscrits.

Olivia a jeté un regard à Stephanie, une lueur de déception évidente sur son visage.

— Est-ce en lien avec cette affaire d'incendies ? a-t-il demandé.

Olivia a hoché la tête.

— Oh, mon Dieu. C'est terrible. Vraiment terrible. J'ai prié pour eux.

— Pourquoi ? Stephanie s'est penchée en avant. Qu'est-ce qui vous fait dire ça ?

— C'est la seule chose à laquelle j'ai pu penser qui pourrait expliquer votre présence ici. Nous avons beaucoup vu ça aux informations récemment. Moi, et le reste de la communauté, avons été émus par leurs morts tragiques. Son regard était sincère, et sa voix adoucie par une sympathie authentique, ce qui a légèrement apaisé les soupçons de Stephanie.

— Avez-vous une sorte d'archives pour cette période ? a demandé Olivia. Des listes de membres, des registres de catéchisme, des photographies ?

— Oui, a répondu le père Ellery. Mais pas grand-chose. Tout est sur papier ici. Nous ne sommes pas encore tout à fait passés à l'ère du numérique, donc une bonne partie a pu s'effacer avec les années. Mais si vous avez le temps, je serais heureux de vous montrer la salle des archives. Ce n'est pas loin, juste par ici.

Il les a conduites dans un étroit couloir latéral, leurs pas résonnant faiblement sur les pierres. Les murs étaient tapissés de photographies délavées d'événements paroissiaux passés — kermesses, fêtes des récoltes, l'une ou l'autre photo de mariage floue — toutes encadrées dans différentes teintes de bois.

La salle des archives était une modeste pièce à l'arrière de l'église. Une petite fenêtre jetait un mince filet de lumière sur un mur de classeurs en acier, chacun étiqueté au feutre décoloré. Le révérend en a déverrouillé un et a commencé à fouiller dans les dossiers, posant quelques chemises bombées sur le bureau pour qu'elles les examinent.

Stephanie et Olivia n'ont pas perdu de temps à parcourir leur contenu : fiches de présence, notes de sermon, certificats de baptême et vieux bulletins d'information, pâlis par des années d'obscurité. Mais elles n'ont rien trouvé de pertinent ou de lié à l'affaire. Aucune trace des trois garçons, aucune photo d'un groupe de catéchisme de la période sur laquelle elles enquêtaient.

— On dirait qu'il y a un trou, a murmuré Olivia à voix basse. Les archives sautent directement de 83 à 87.

— Ça arrive parfois, a dit Ellery, sans méchanceté. Des papiers se perdent. Les bénévoles vont et viennent. Sans compter qu'une partie a pu être perdue lors des nombreux tris que nous avons faits au fil des ans. Nous faisons de notre mieux pour garder les choses en ordre, mais il est difficile de garder une trace de *tout*.

Stephanie a refermé le dernier dossier un peu plus sèchement que nécessaire. — Savez-vous qui s'occupait de cet endroit avant que vous ne preniez la relève, mon Père ?

— Absolument. J'ai été sous sa tutelle pendant des années, et nous sommes restés en contact.

— Est-il toujours parmi nous ?

— Oui, a répondu Ellery. Cependant, vous risquez d'avoir du mal. Il est actuellement dans une maison de retraite et souffre de démence.

CHAPITRE
SOIXANTE-DEUX

Son corps tremblait à l'idée de pénétrer dans une autre maison de retraite, alors qu'elle n'avait même pas encore quitté l'église.

Alors qu'ils retournaient vers les portes de l'église, quelque chose a attiré son regard : un petit tableau d'affichage en liège, fixé au mur près de l'entrée.

Un élément en particulier l'a interpellée : une photographie récente d'une douzaine d'enfants tout sourire, en plein saut sur un château gonflable aux couleurs vives, les cheveux au vent.

Elle s'est approchée. — Qu'est-ce que c'est ? a-t-elle demandé, en tapotant la vitre qui protégeait la photo.

Le révérend a suivi son regard. — Ah, ça, c'est notre club périscolaire. Ça existe depuis… oh, près de cinquante ans, maintenant. C'est l'un des plus anciens du pays, si ma mémoire est bonne. Le mardi et le jeudi pour les moins de treize ans, le mercredi pour les moins de onze ans. C'est juste un endroit où les enfants peuvent se défouler après l'école : des jeux, des goûters, des activités manuelles et, plus récemment, des jeux vidéo. Ça leur évite de traîner dans les rues.

— C'est géré par l'église ?

Il a hoché la tête. — Principalement par des bénévoles. Des parents, des paroissiens. Nous utilisons la salle paroissiale, et parfois le jardin derrière en été, quand le temps le permet.

Le front de Stephanie s'est plissé. — Et c'est ouvert à tout le monde, ou seulement aux familles de l'église ?

— Ouvert à tout le monde, a répondu le révérend sans hésiter. Ça l'a toujours été, et ça le sera toujours. Les gens de la communauté voient ça d'un bon œil.

Stephanie a de nouveau regardé la photographie. Les visages ne lui disaient rien, figés dans cette fraction de seconde de joie, mais elle ne pouvait s'empêcher d'imaginer Darren, Nigel et Carlos là, en train de faire des galipettes et de rire dans ce même espace.

Elle se demandait si c'était le genre de photo plus large de laquelle leurs visages avaient été découpés.

Elle a de nouveau ressenti les mêmes émotions.

La satisfaction d'avoir obtenu une nouvelle piste à la maison de retraite, même si cela signifiait affronter ses démons de front, et le doute que cette révélation n'ait fait qu'élargir leur filet potentiel, les éloignant de plus en plus de la vérité. Si le tueur était un membre des soirées pour les moins de treize ans mais n'avait aucun lien avec l'église et n'était qu'un simple citoyen, ils seraient bel et bien revenus à la case départ.

CHAPITRE
SOIXANTE-TROIS

Elles sont arrivées, et chaque fibre de l'être de Stephanie regrettait qu'elles soient là, aurait préféré être n'importe où ailleurs. Sauter dans une piscine infestée de serpents. N'importe quoi.

Son corps tout entier s'est raidi. Son estomac était noué. Elle s'est dit de respirer lentement et régulièrement, de pratiquer la respiration en carré qu'Elias lui avait apprise, mais le rythme ne venait pas. Au lieu de ça, ses inspirations étaient courtes, vives et saccadées. L'odeur emplissait déjà sa tête. L'odeur de la décomposition, de la mort et de la lente marche du temps. Une puanteur qu'aucun désinfectant ni désodorisant ne pouvait masquer.

Elle n'avait pas mis les pieds dans un endroit comme celui-ci depuis l'incident avec son père, et elle espérait ne plus jamais avoir à le faire. Mais la vie avait une drôle de façon de vous faire faire des choses que vous ne vouliez pas. Elle avait une façon encore plus drôle de s'acharner sur vous quand vous étiez déjà à terre.

Stephanie est restée assise un instant, revivant les événements de cette journée avec son père : la découverte de la poupée vaudou, la bagarre avec Wayne, son aide-soignant, la course-poursuite et l'arrestation soudaine dans l'allée, la prise de conscience horrifiante que son père avait orchestré une série de meurtres brutaux, suivie de l'effroyable révélation qu'il s'était échappé.

Elle a cligné vivement des yeux et a serré plus fort le volant, ses jointures blanchissant.

Olivia a jeté un coup d'œil depuis le siège passager.

— Ça va ?

Stephanie a fait un minuscule hochement de tête, la gorge trop nouée pour parler.

— Tu veux que je m'en charge ?

— C'est logique, a répondu Stephanie. Ce sera une bonne expérience pour toi.

Olivia a eu un sourire entendu, puis est sortie de la voiture. Prudemment, Stephanie l'a suivie jusqu'à la maison de retraite, ses jambes lui semblant de plomb. Les portes d'entrée ont coulissé à leur approche, libérant une bouffée d'air chaud et épais. Elles ont croisé des visiteurs qui se sont écartés pour les laisser passer. À l'intérieur, le vrombissement d'un aspirateur se mêlait au cliquetis des tasses et au brouhaha d'une conversation quelque part dans un couloir. La poitrine de Stephanie s'est serrée et une sueur froide a parcouru son corps. Elle a haleté.

Une crise de panique. Soudaine et dévorante.

Mais elle s'est terminée aussi vite qu'elle avait commencé quand Olivia a posé une main sur son bras, la tirant de ses pensées.

— T'es sûre que ça va ?

— Ouais. La grande forme.

Un autre mensonge. Mais ça l'aidait à tenir.

Il n'est pas là, s'est-elle dit. *Il ne le sera jamais. Il est parti.*

Avant qu'elles ne puissent s'avancer plus loin dans le bâtiment, une femme d'une cinquantaine d'années est sortie de derrière le bureau d'accueil. Son uniforme, un haut lilas pâle et un pantalon bleu marine, était impeccable, bien que ses yeux fatigués suggèrent qu'elle était debout depuis une éternité. Un badge sur la poche de sa poitrine indiquait « Sharon Gallagher ».

— Je peux vous aider ? a-t-elle demandé, offrant un sourire poli mais mécanique.

Olivia lui a retourné son sourire et a expliqué qui elles étaient et qui elles venaient voir.

— Il n'a pas fait ce que j'imagine, n'est-ce pas ? a demandé la réceptionniste.

— Comme quoi ?

Elle a jeté un regard vers le couloir.

— Eh bien, vous savez… on entend tout le temps des histoires de prêtres et de jeunes garçons. J'ai juste supposé que…

— Non, a répondu Olivia, mettant fin à la conversation. Rien de tout ça. On espère juste qu'il pourra se souvenir de quelques visages pour nous, c'est tout.

Sharon a ricané.

— Vous plaisantez, j'espère ? Il souffre d'une démence assez avancée. Il parle à peine. Je ne pense pas que vous tirerez grand-chose de lui.

— On ne le saura pas si on n'essaie pas, a dit Stephanie, s'engageant déjà dans le couloir. Elle n'appréciait pas l'attitude de cette femme.

— On va tenter notre chance, a ajouté Olivia plus poliment.

— Vous n'êtes pas dans la bonne direction, au fait. Il est par ici.

Stephanie s'est arrêtée, a pivoté sur la pointe des pieds, puis a suivi Sharon dans la direction opposée, le long d'un couloir vide. Elles sont passées devant des portes ouvertes, apercevant des lits faits au carré, des déambulateurs garés à côté de fauteuils, et les silhouettes voûtées de résidents somnolant sous des couvertures. Quelque part, une télévision diffusait à plein volume une émission de voyage.

Sharon s'est arrêtée devant une porte entrouverte. Elle a frappé légèrement, mais n'a pas attendu de réponse avant de la pousser.

— George ? Vous avez de la visite.

L'homme à l'intérieur était assis dans un fauteuil près de la fenêtre, fixant les branches squelettiques qui se balançaient dans le vent. Ses mains reposaient mollement sur ses genoux, ses longs doigts tressaillant de temps en temps, comme s'il jouait un air contre sa jambe. Son visage était vide, son expression absente, comme si elle l'était depuis des années.

Stephanie a senti quelque chose bouger au fond de son estomac. Il était assis comme son père avait fait semblant de l'être, de la manière dont il l'avait convaincue, elle et sa sœur, qu'il était malade, qu'il avait tout à fait le droit d'être là. Elle était persuadée que l'homme en face d'elle jouait la même comédie, et qu'il allait s'animer d'un instant à l'autre.

— George, voici la police. Ils sont venus vous poser quelques questions. Vous allez les aider, George ?

Aucune réponse. Pas même la plus faible lueur de reconnaissance sur son visage.

— Est-ce qu'il sait qu'on est là ? a demandé Olivia.

Sharon a haussé les épaules.

— Certains jours, oui. D'autres jours, comme aujourd'hui, pas vraiment.

— Est-ce qu'il peut parler ?

— Encore une fois, certains jours, oui. D'autres jours, non.

Stephanie en avait assez entendu. Elle a remercié Sharon pour son temps et lui a demandé de les laisser. Dès que la femme a refermé la porte derrière elle, elles se sont accroupies de chaque côté de l'homme. Olivia a sorti les photographies des garçons tandis que Stephanie étudiait George Grant. Son corps était frêle, mal nourri, ses vêtements flottant sur lui comme s'il était un enfant portant des habits d'adulte. On aurait dit qu'il n'avait pas mangé de repas correct depuis des mois. La peau de son visage et de ses bras était flasque, et un fin voile de larmes stagnait au coin de ses yeux, reflétant les derniers rayons de vie.

— Bonjour, George, a commencé Olivia. Je m'appelle Olivia. Et voici mon amie Stephanie. Vous ne nous connaissez pas, mais nous travaillons pour la police. On va vous montrer quelques photos, et on se demandait si vous pourriez nous dire qui ce pourrait être. Un peu comme un Qui est-ce ?.

Stephanie a haussé un sourcil vers Olivia ; celle-ci a haussé les épaules, comme pour dire : c'est tout ce qui m'est venu à l'esprit.

— Vous comprenez, George ? a demandé Olivia.

L'homme a levé la tête d'une fraction de millimètre, une lueur fugitive traversant son regard. Stephanie a pris ça pour un signe prometteur.

— Allez, qu'on en finisse. Montre-lui la première.

— Voici la première photo, a dit Olivia en plaçant le document dans le champ de vision de George. Vous reconnaissez le garçon sur cette photo ?

Aucune réponse.

— Il s'appelle Nigel Hadlow. On pense qu'il fréquentait la même église que vous dans les années quatre-vingt. C'était il y a longtemps, mais est-ce que vous vous souvenez de lui ? Olivia a montré à George une photo récente de Hadlow. C'était lui il y a quelques semaines. Voilà à quoi il ressemble maintenant.

Elles ont attendu, encore et encore, tandis que les yeux vides de George parcouraient les photographies, sans aucun résultat. Finalement, Olivia a retiré les photographies et a posé les images de Carlos Vazquez sur ses genoux.

— Et celui-ci ? Ce garçon vous dit quelque chose ? Son prénom était Carlos…

Toujours rien.

Stephanie a laissé échapper un léger soupir par le nez. Elle sentait les minutes s'écouler pour rien, chaque seconde se transformant en une perte de temps.

— Essayons le troisième, a dit Olivia, sa voix toujours douce. Elle a placé la photo de Darren Fairhurst par-dessus les autres. Celui-ci. Darren. Vous vous souvenez de lui ?

Les doigts de George ont tressailli contre sa jambe, mais son regard n'est pas devenu plus vif. Il fixait juste devant lui, les yeux rivés sur un point de la photo.

Olivia a réessayé.

— Il devait avoir environ douze ou treize ans à l'époque. Le même âge que tous les autres garçons.

Rien. Pas même le plus petit frémissement de reconnaissance.

Stephanie s'est tournée vers la porte.

— Allez. Ça ne sert à rien. On n'obtiendra-

Mais avant qu'elle puisse finir, Olivia a dit :

— Encore un.

Stephanie s'est arrêtée à mi-chemin de la porte mais ne s'est pas retournée. Elle a entendu le doux froissement du papier tandis qu'Olivia glissait la dernière photo dans le champ de vision de George — l'image granuleuse du quatrième garçon.

La respiration de George a changé. Très légèrement. Une inspiration brusque, suivie d'une lente expiration.

Et puis il l'a dit.

Un nom.

C'était si bas que Stephanie a presque cru l'avoir imaginé. Elle s'est retournée pour voir les yeux d'Olivia se lever vers les siens, écarquillés de surprise.

— Qu'est-ce que vous avez dit, George ? a demandé Olivia doucement, en se penchant.

Ses lèvres ont tremblé, le son à peine audible.

— Kenny…

Stephanie s'est figée. Le nom lui a fait l'effet d'un éclat de glace glissant le long de sa colonne vertébrale. Kenny. Kenny. Mais qui diable était ce Kenny ?

Son esprit s'est emballé, le son de son propre cœur martelant ses oreilles. Elle s'est avancée, soudain de nouveau présente dans la pièce.

— Quel était son nom de famille, George ? a-t-elle exigé, incapable de dissimuler l'urgence dans sa voix. Kenny comment ?

Mais c'était trop tard. Quelle que soit la fenêtre qui s'était ouverte dans l'esprit de George, elle s'était refermée. Ses yeux se sont de nouveau brouillés, et son regard est tombé sur ses genoux, son expression aussi vide que le verso du papier qu'Olivia avait posé devant lui.

Elles l'avaient perdu.

CHAPITRE
SOIXANTE-QUATRE

À l'instant où ils sont entrés dans la salle de crise, Stephanie s'est emparée du marqueur qui se trouvait sur le rebord du tableau blanc et a tracé le nom « KENNY » en grosses lettres noires. Elle l'a souligné une fois, deux fois, puis une troisième fois, le crissement du feutre résonnant dans le silence.

En quelques secondes, l'équipe s'est rassemblée autour d'elle.

— Qui a tué Kenny ? a demandé Devon, le coin de la bouche tressaillant.

Stephanie lui a lancé un regard assassin. Ignorant la référence à *South Park*, elle a dit : — Ce n'est pas le moment, Giles. Il a levé les deux mains en signe de reddition, mais elle pouvait voir les autres ricaner derrière lui. — Ouais, marrez-vous bien, mais si on ne découvre pas qui est ce Kenny — elle a pointé le nom avec son marqueur — alors Kenny pourrait très bien finir mort, et on ne sera toujours pas plus avancés sur qui l'a tué.

— Est-ce que c'est notre quatrième victime ? a demandé Fiona.

— C'est ce que nous pensons.

— Comment l'avez-vous trouvé ?

Stephanie a jeté un bref regard à Olivia. — C'est une piste mince, mais c'est un ancien prêtre octogénaire atteint de démence qui nous l'a donnée.

Devon a ricané. — Génial. Une source en béton, donc. On demande à Madame Irma, la prochaine fois ?

Stephanie a rebouché le marqueur d'un coup sec. — C'est tout ce qu'on a. Alors, à moins que l'un d'entre vous n'ait une baguette magique cachée quelque part, on va exploiter ça jusqu'à la dernière goutte.

Les sourires narquois se sont effacés, puis l'équipe s'est dispersée pour retourner à ses bureaux. Stephanie est restée devant le tableau, fixant le nom comme si c'était une boule de cristal.

— Fouillez les dossiers scolaires de St Jude, a-t-elle lancé à l'équipe. — Cherchez n'importe qui, passé ou présent, portant ce nom. Parlez aux professeurs ou aux élèves de l'école. Si ça ne donne rien, parlez aux parents des victimes, voyez s'ils se souviennent que leurs fils fréquentaient un certain Kenny. Retournez chaque pierre, ne négligez aucune piste. Si quelqu'un a un jour promené un chien nommé Kenny devant la maison d'une victime, je veux le savoir.

Olivia sortait déjà des dossiers d'une pile. — Il faudra vérifier si un Kenny fait partie de l'entourage actuel de Darren, Nigel ou Carlos. Quelqu'un du club de golf, par exemple.

— Bien, a dit Stephanie, les yeux toujours fixés sur le gribouillage noir. — Tant qu'on ne saura pas qui il est, on ne pourra pas le protéger. Et si on ne peut pas le protéger…

Elle n'a pas eu besoin de finir sa phrase. Tout le monde dans la pièce savait comment elle se terminait.

Stephanie a refermé la porte derrière elle, s'appuyant contre et laissant l'air s'échapper de ses poumons. Le calme de son bureau l'a enveloppée, réconfortant comme une chaude étreinte. Elle voyait encore le visage vide et flasque de George Grant, mais ce n'étaient pas ses traits à lui qui persistaient ; c'étaient ceux de son père. La même posture, les mêmes yeux vitreux prétendant être vides alors qu'en réalité, quelque chose tournait derrière. Calculateur. En attente.

Ses doigts se sont recroquevillés en poings avant qu'elle ne s'en rende compte. Elle s'est assise à son bureau, a massé ses tempes douloureuses et s'est dit d'arrêter de se repasser la scène.

À ce moment précis, son téléphone portable a sonné, la faisant sursauter. Elle l'a dévisagé un instant avant de répondre.

— Allô ?

— Salut. C'est moi.

Elias.

— À quoi dois-je ce plaisir ? a-t-elle demandé.

— Où est-ce que tu étais passée ? J'ai essayé de t'appeler au bureau plusieurs fois.

— Je faisais mon travail, a-t-elle répondu.

— Tu as regardé tes e-mails ?

— Pas encore. Qu'est-ce que tu veux ?

— Je t'ai envoyé les détails pour la marche sur le feu dont je t'avais parlé.

Le corps de Stephanie a été parcouru d'une bouffée de chaleur. — La marche sur le feu ?

— Ne fais pas l'innocente maintenant, Steph. J'ai parlé à quelques-uns des gars ici, et ils étaient ravis de l'organiser pour toi.

Elle a dégluti, a hésité, et a commencé à tapoter la table du doigt. — Est-ce que j'ai le choix ?

— Bien sûr que tu as le choix. Un des gars a invité sa femme, car elle a toujours voulu le faire, donc ce ne sera pas un échec total si tu ne viens pas.

Un sentiment de soulagement l'a envahie. Au moment où elle allait répondre, son téléphone a sonné, illuminant l'écran. Un texto de sa sœur. Elle a lu le message avant que l'aperçu ne se coupe.

Il faut que je te parle. Tu es libre pour passer ce soi...

— Steph, t'es là ? a demandé Elias.

— Pardon. Qu'est-ce que tu disais ?

— Je me demandais juste si tu allais pouvoir venir.

Stephanie a de nouveau jeté un œil à l'écran.

— Je... je... Je peux te rappeler à ce sujet ? Je viens de recevoir un truc.

CHAPITRE
SOIXANTE-CINQ

Depuis trente-six ans, Stephanie faisait passer sa sœur avant tout le reste. Du moins, autant qu'elle le pouvait.

Ces dernières semaines avaient été une anomalie dans leur histoire. Mais la plupart du temps, Stephanie se considérait comme une bonne sœur. Elle s'était occupée de Kimberley, avait subvenu à ses besoins lorsqu'elles étaient en famille d'accueil, l'avait défendue, s'était assurée que Kimberley ait tout ce dont elle avait besoin, même au détriment de ses propres désirs. Elle avait tout sacrifié pour offrir à sa sœur un semblant de vie normale.

Elle détestait quand elles se disputaient. Elle détestait le silence qui s'ensuivait ou la façon dont elles s'ignoraient mutuellement. Bien sûr, elles s'étaient disputées à l'adolescence, Stephanie se comportant comme une mère inquiète et surprotectrice, mais rien n'était comparable à cette brouille. Leur famille semblait fracturée et Stephanie ne savait pas comment en recoller les morceaux. Elle avait toujours été celle qui réparait tout, celle qui tenait le tube de colle et pressait les fissures jusqu'à ce qu'elles disparaissent. Mais maintenant, avec Jordan dans leur vie, c'était comme si les morceaux ne s'assemblaient plus.

Elle voulait que ce soit juste elles deux. Remonter le temps, revenir à l'époque où elles se blottissaient dans leur chambre sous une couverture, à regarder des émissions nulles à la télé et à commenter les pubs en se partageant un paquet de pop-corn.

Mais tandis qu'elle traversait le couloir de Kimberley pour entrer dans le salon, il n'y avait aucune trace de pop-corn, aucun signe d'une trêve temporaire. L'air de la pièce était glacial, malgré le chauffage central qui luttait contre le froid de novembre.

Stephanie laissa échapper un lourd soupir de soulagement.

— Quoi ? demanda Kimberley en s'installant sur le canapé.

— Rien.

— Tu pensais qu'il serait là, pas vrai ?

Stephanie s'assit sur l'autre canapé, en face de sa sœur. — L'idée m'a traversé l'esprit. Où est Jason ?

— À l'étage, il travaille, répondit Kimberley avec la résignation de quelqu'un qui en a assez de passer au second plan. Il dit qu'il a un truc important à finir, et qu'apparemment il ne veut pas nous déranger.

— Ça nous fait plus de temps entre filles. Tu veux boire quelque chose ?

— Oh, ouais. Tu veux quoi ? Je vais chercher.

Kimberley commença à se lever du canapé, mais Stephanie la retint gentiment. — Laisse, je m'en occupe. Je sais où tout se trouve. Je suis sûre que je peux me servir un verre.

— Un Coca pour moi, s'il te plaît. C'est dans le frigo.

— Ça arrive.

Stephanie alla à la cuisine, versa du Coca dans deux grands verres, puis revint. Kimberley la remercia pour la boisson tandis que Stephanie reprenait sa place. Un moment de tension s'installa entre elles, aucune ne sachant quoi dire ni ne voulant être la première à rompre le silence.

— Tu me détestes ? demanda soudain Kimberley.

— Quoi ?

— Est-ce que tu me détestes ?

— Comment peux-tu dire ça ? Tu es ma sœur. Je t'aime plus que tout. Je ne pourrais jamais te détester.

— Parfois, j'ai l'impression que si.

D'où est-ce que ça sortait ?

— C'est ça, être sœurs, dit Stephanie. On est censées se disputer et se chamailler, mais au final, on s'aura toujours l'une l'autre.

Kimberley ne pouvait pas soutenir son regard, faisant tourner son verre entre ses doigts.

— Tu me détestes de vouloir une relation avec Jordan ?

Stephanie ouvrit la bouche mais s'interrompit, reconsidérant sa réponse. — Non. Je… je pense que… Si tu crois que c'est ce qu'il te faut, alors je ne m'en mêlerai pas. Je… j'aimerais juste que tu respectes mes limites, comme je le fais pour toi. Je ne te force pas à arrêter de le voir, alors j'apprécierais que tu arrêtes d'essayer de forcer une relation entre lui et moi.

Kimberley baissa la tête dans ce que Stephanie supposa être un signe de tête.

— Je suis retournée à l'hôpital l'autre soir.

Ces mots furent comme des éclats de verre qui transpercèrent les entrailles de Stephanie. — Quand… ? Le regard de Stephanie tomba sur le ventre de sa sœur.

— Quand tu étais dans le Norfolk. J'ai essayé de t'appeler, mais j'ai vu où tu étais.

Stephanie traversa le salon pour s'asseoir à côté de sa sœur, posant une main sur son ventre.

— Tu étais seule ?

Des larmes montèrent aux yeux de Kimberley. — Jason était en déplacement pour le travail, et Jordan était quelque part à Salisbury.

— Oh, Kim. Je n'avais pas de réseau, et je n'ai vu aucun des appels en absence. Sinon, tu sais bien que je t'aurais rappelée… Qu'est-ce que tu as fait ? Tu as réussi à aller à l'hôpital ?

Un hochement de tête. D'autres larmes. — J'y suis allée en voiture et je me suis assise là, toute seule. J'ai… j'ai écouté la voix de papa.

— Comment ?

— Des messages vocaux. J'en ai quelques-uns de l'époque où il était à la maison de retraite. J'… j'avais juste besoin d'entendre quelqu'un de familier. J'avais besoin de lui à mes côtés, en dernier recours.

Stephanie retira sa main du ventre de sa sœur. Le mouvement n'était que léger, minuscule, mais Kimberley le remarqua.

— Tu *me* détestes.

Pour empêcher sa sœur de fondre en larmes, Stephanie l'enlaça, la serrant fort contre sa poitrine. Mais c'était inutile ; les vannes s'ouvrirent. Stephanie la consola avec des mots creux et des platitudes, tandis qu'intérieurement, elle enrageait contre sa sœur de s'être reposée sur leur père en dernier recours. Comment pouvait-elle invoquer le souvenir de cet homme alors qu'elle traversait une telle épreuve ?

Avant que Stephanie ne puisse demander quel avait été le verdict de l'hôpital, la sonnette retentit.

— J'y vais, dit instinctivement Stephanie en se levant du canapé.

Elle traversa la moquette, longea le parquet du couloir et ouvrit la porte d'entrée. Elle se figea, sa prise se resserrant sur la poignée. Debout devant elle, en chemise et pantalon élégants, se tenait Jordan.

Mais tout ce qu'elle voyait, c'était son père. Ses yeux, ses joues, son nez. Comme si Jordan avait arraché le visage de leur père de son corps et le portait comme un masque.

— Qu'est-ce que *vous* faites ici ? demanda Stephanie, la voix basse.

Et puis ça la frappa.

Tu me détestes ?

Bien sûr, la question était calculée. Bien sûr, c'était plus qu'une simple demande d'approbation concernant la relation de Kimberley avec Jordan.

— Salut, sœurette, dit-il avec un vague signe de la main.

— Vous n'avez pas le droit de m'appeler comme ça. Stephanie lui claqua la porte au nez, lui tourna le dos, puis enfila ses chaussures. Attrapant son manteau et son sac, elle ouvrit la porte à la volée et le bouscula en passant.

— Steph, attendez…

— Ne m'adressez pas la parole, siffla-t-elle en se dirigeant vers sa voiture au bout de l'allée.

Jordan la poursuivit et, juste au moment où elle allait fermer la portière, il l'agrippa. Les narines de Stephanie se dilatèrent, et son corps se tendit, plein d'adrénaline.

— Enlevez vos mains de ma portière. Maintenant !

— Je veux juste m'expliquer, Steph. *S'il vous plaît*, je…

Serrant la mâchoire, elle dit : — Je vous donne trois secondes pour retirer votre main de ma portière. Sinon, je vous mets par terre. Je me fiche que vous soyez soi-disant mon demi-frère ou juste un inconnu. Je ne vous connais pas, et je ne veux pas vous connaître. Je le ferai quand même. Maintenant, trois…

Le visage de Jordan se crispa d'indécision.

— Deux…

Au moment où elle arrivait à un, il lâcha prise. Stephanie mit le contact, passa la première et démarra en trombe, les pneus crissant et le moteur rugissant. Elle ne jeta pas un regard en arrière vers lui dans le rétroviseur, planté là comme un enfant perdu.

CHAPITRE
SOIXANTE-SIX

Stephanie se souvenait à peine du trajet. Les phares des autres voitures, les lampadaires et le son des klaxons avaient défilé comme un mirage, comme si elle était assise dans un train lancé à pleine vitesse. Elle roulait si vite qu'elle n'avait même pas vu la voiture arriver sur le rond-point ; celle qu'elle avait failli percuter en entrant dans l'un des centres d'entraînement des pompiers du Surrey. Elias lui avait envoyé l'adresse par texto plus tôt dans l'après-midi, dans l'espoir de la convaincre de venir. Il se tenait à l'autre bout du parking, et l'attendait. Derrière lui se dressait une grande structure – le squelette d'un entrepôt oublié depuis long-temps, dont la charpente métallique était roussie et déformée par endroits à cause des feux à répétition. À gauche, un bus à impériale reposait dans l'ombre du bâtiment principal, ses vitres brisées et sa peinture s'écaillant en larges plaques. Une échelle était appuyée contre son flanc, et une légère odeur de calciné s'accrochait à sa carrosserie. À côté, deux autres véhicules – une camionnette et une berline – étaient juchés sur des parpaings en béton, les portières béantes comme s'ils avaient été laissés sur place après un accident. Plus loin, par-delà la clôture, la queue d'un vieil avion de ligne dépassait d'une autre zone d'entraînement, maintenant criblée de marques de brûlures et de bosses. On aurait dit qu'il avait été arraché à l'épave d'une catastrophe et placé là pour être revécu encore et encore.

Et puis, au milieu de tout ça, il y avait la petite installation d'Elias : une bande de braises incandescentes au-dessus de laquelle la chaleur ondulait visiblement.

— On dirait que tu viens de semer la police, lui a-t-il dit alors qu'elle approchait.

— Vu comment je me sens, je suis prête à le faire.

Le regard de Stephanie est tombé sur les braises incandescentes, ses yeux sont devenus vagues en se perdant dans le charbon et la fumée. Malgré elle, malgré ses récentes réactions face au feu, elle n'avait pas peur ; elle ne se sentait pas effrayée. Elle était si furieuse et remontée à bloc qu'elle avait plutôt l'impression de pouvoir participer à l'un des exercices d'entraînement.

Kimberley et Jordan…

Jordan et Kimberley…

Tu me détestes ?

La question résonnait dans son esprit.

Tout comme la réponse : oui. Oui, elle la détestait.

— Où est l'autre personne qui devait être là ? a-t-elle demandé.

— Elle a dû se désister, a-t-il répondu d'un ton peu convaincant. Une urgence familiale.

Elle s'est tournée lentement vers lui, un sourire narquois se dessinant sur son visage. Dans la faible lumière, les ombres de ses cicatrices lui donnaient un air différent. — Il n'y a jamais eu d'autre personne, n'est-ce pas ?

Il a baissé les yeux, puis secoué la tête. — J'ai pensé que si tu savais que quelqu'un d'autre venait, tu te sentirais plus à l'aise.

— C'est un sacré pari.

— Ça a payé, non ?

Est-ce qu'il tentait une approche ? Était-ce sa façon de flirter, et avait-elle totalement mal interprété les signaux ? Elle était hors-jeu depuis si longtemps – si longtemps qu'elle n'y avait jamais été, pour commencer – qu'elle avait oublié comment se passaient le flirt et la séduction de nos jours. Était-elle seulement intéressée ?

— Tu vas devoir me montrer comment faire, a-t-elle dit.

— Te *montrer* ?

— Tu es un meneur. Les gens t'admirent. Alors tu devrais prêcher par l'exemple.

— Fais ce que je fais, pas ce que je dis… ce genre de choses ?

— Bingo, a-t-elle répondu, alors qu'une petite rafale de vent a soulevé la chaleur des braises, lui réchauffant les joues et le menton.

Elle a regardé, avec une appréhension silencieuse, Elias avancer vers le bord du chemin, retirer ses chaussures et remonter son jean jusqu'aux tibias, dévoilant des cicatrices plus profondes, plus effroyables, sur ses jambes. D'une manière perverse et étrangement sexuelle, elle se demandait à quoi ressemblait le reste de son corps. À quel point il était abîmé et brisé.

Comment ses blessures à lui étaient à l'extérieur, et les siennes à l'intérieur.

— Enlève tes chaussures, a-t-il dit, sinon l'exercice perd tout son intérêt. Remonte ton pantalon, puis tiens-toi les pieds joints.

Il a placé ses mains sur ses hanches, a bombé le torse et a regardé l'horizon.

— Tout est dans la tête, a-t-il dit en pointant son crâne. Garde la tête haute, ta respiration calme et ton esprit clair. Et puis, marche…

Sans un mot de plus, Elias s'est avancé. Un pied nu, puis l'autre, s'enfonçant dans la traînée incandescente. Les braises ont grésillé et se sont déplacées sous son poids, de petites explosions orangées s'embrasant plus vivement autour de ses pas. Il ne s'est pas pressé. Chaque pas était délibéré et régulier, comme s'il n'avait nulle part où aller sinon là, à cet instant. Quand il a atteint le bout, il s'est retourné vers elle, l'expression calme.

— Voilà, a-t-il dit simplement. Tu gardes ton esprit là où il doit être, et tes pieds suivront.

Maintenant, c'était à son tour. Son tour d'affronter sa peur et de toucher le feu pour la première fois depuis que son père le lui avait imposé.

Avec hésitation, un nœud se formant dans son estomac et une fine pellicule de sueur couvrant ses avant-bras et le bas de son dos, elle s'est approchée du chemin, se tenant à l'endroit même qu'Elias avait occupé quelques instants plus tôt. Elle a retiré ses chaussures et ses chaussettes, les a posées à côté d'elle, puis a laissé ses bras le long de son corps. Ici, la chaleur était intense ; elle la sentait autour de ses pieds, roussissant les poils de ses orteils, avant de remonter lentement le long de ses jambes vers le reste de son corps.

— N'oublie pas, vide ton esprit, a-t-il crié depuis l'autre bout du chemin. Si tu as besoin de t'arrêter, fais juste un grand pas de chaque côté. Je serai prêt avec de l'eau si tu en as besoin.

Mais elle n'en aurait pas besoin, s'est-elle dit. Alors qu'il parlait, quelque chose a eu un déclic dans son esprit. Si Elias pouvait le faire – avec toutes ses cicatrices, l'histoire de ses blessures et de sa douleur gravée sur sa peau – et regarder le feu en face comme il le faisait quotidiennement, alors elle le pouvait aussi. Tout était dans sa tête. L'esprit dominait la matière.

D'ailleurs, elle avait traversé bien pire que de marcher sur une bande de braises ardentes.

Bien pire.

Elle s'est avancée.

Le premier contact avec la braise a été un choc, une piqûre vive suivie d'une bouffée de chaleur. Elle l'a ignorée, se concentrant sur sa respiration – lente, régulière, un, deux, trois, quatre – en gardant le regard fixé droit devant.

Un autre pas. Et un autre.

La douleur était là, indubitable et inévitable, mais elle l'a ignorée, se forçant à rester forte.

Tu me détestes ? résonnaient les mots de sa sœur. Au lieu d'alimenter le feu littéral sous ses pieds, ils ont nourri sa détermination, la guidant à travers les braises.

Sans même s'en rendre compte, elle a atteint l'autre côté, son pouls martelant ses tempes.

Dès qu'elle a senti la terre froide sous elle, elle a sauté sur place, criant avec excitation.

— J'ai réussi ! J'ai réussi !

— Félicitations, a dit Elias en s'approchant. Maintenant, il ne te reste plus qu'à sauter dans un feu et tu seras complètement guérie, a-t-il ajouté, sarcastique.

CHAPITRE
SOIXANTE-SEPT

Son corps frissonnait d'euphorie sur le trajet du retour. Elle se sentait invincible. Comme si elle pouvait courir un marathon. Comme si elle pouvait gravir une montagne. Et le mieux dans tout ça ? Ses pieds ne lui faisaient même pas mal ; elle ne sentait absolument rien. L'obscurité et le mirage qu'elle avait connus en descendant s'étaient dissipés, et le monde s'était paré d'une nouvelle lumière, d'un nouvel éclat. Chaque feu de circulation semblait plus vif, chaque son plus net. Elle pouvait entendre la mélodie des pneus sur le bitume comme si c'était une chanson.

Stephanie a aperçu son reflet dans le rétroviseur. Ses joues étaient rouges, ses yeux grands ouverts et pleins de vie. L'adrénaline lui a fait appuyer plus fort sur l'accélérateur, et elle a dû consciemment lever le pied, se forçant à respirer. Les doutes, les peurs, l'ombre de son père... tout ça avait disparu. Elle ne savait pas de quoi elle avait eu peur pendant tout ce temps.

Pendant trop longtemps, elle avait laissé sa peur la contrôler et la consumer. C'était fini.

Cependant, son immense euphorie a été brutalement anéantie quand elle s'est engagée dans son allée.

Elle a repéré la voiture à quelques mètres sur la route et a immédiatement reconnu la plaque d'immatriculation. Elle a espéré que ce ne soit pas lui. A espéré pouvoir sortir de la voiture et entrer dans la maison plus vite que lui.

Mais il était trop tard. Jordan s'approchait déjà rapidement au moment où elle a coupé le contact et ouvert la portière.

— Steph, attends…

— Dégage d'ici, a-t-elle lâché sèchement. Je ne veux pas te parler.

Elle a claqué la portière de sa voiture et a commencé à traverser l'allée.

— Steph, je veux juste que tu…

Elle s'est arrêtée net, se retournant brusquement, le visage déformé par la fureur. — Qu'est-ce que tu fous ici, Jordan ? C'est chez moi, ici. Tu ne peux pas débarquer comme ça, à l'improviste. Tu n'es pas le bienvenu ici. Tu n'es le bienvenu nulle part. Tu n'es pas le bienvenu dans cette famille. Il y a une raison pour laquelle tes parents t'ont abandonné à Elliot. Ils ne voulaient pas de toi. Et moi non plus. Alors… contente-toi de partir.

Jordan s'est figé comme si elle l'avait giflé.

Pendant un instant, sa bouche est restée entrouverte, comme si les mots qu'il voulait prononcer lui avaient été arrachés. La lumière du détecteur de mouvement a éclairé le côté de son visage, révélant une lueur d'angoisse avant qu'il ne serre la mâchoire si fort qu'elle a pu voir le muscle palpiter sur sa joue.

— D'accord. J'ai compris, a-t-il dit d'une voix grave. Je pensais qu'on aurait pu avoir une relation. Quelque chose pour rattraper les trente dernières années, mais ce n'est clairement pas le cas. Pour info, ça n'a pas été facile pour moi non plus, d'accord ? Je n'ai pas demandé ça, pas plus que toi. Je n'ai pas demandé à naître dans ce merdier. Je n'ai pas demandé à être baladé de foyer en foyer. Mais je pensais… — sa voix s'est brisée — je pensais qu'avec toi, peut-être, ce serait différent. Qu'on pourrait prendre toute la merde qu'on a traversée et… je ne sais pas, construire quelque chose à partir de ça. — Il a secoué la tête, ses yeux brillant dans la faible lumière. — Mais au lieu de ça, tu as clairement fait savoir que tu ne voulais rien avoir à faire avec moi. J'ai été un indésirable toute ma vie. J'ai l'habitude. Mais je ne suis pas quelqu'un de mauvais. Je ne suis comme aucun d'eux. Je suis différent. Je suis moi. Et je pensais que je pourrais te le prouver. Je pensais que je pourrais te le montrer.

— En me harcelant ? En m'envoyant des lettres ? En me

traquant devant chez moi ? Ce n'est pas un comportement normal, Jordan. C'est très exactement comme *eux* se seraient comportés, alors j'ai du mal à te croire quand tu me dis que tu ne leur ressembles en rien. Parce que d'après les preuves que j'ai vues jusqu'à présent, ce n'est tout simplement pas vrai. Maintenant, je te donne trente secondes pour dégager de mon allée avant que je ne t'y mette la tête la première.

Jordan s'est retourné brusquement, le crissement de ses chaussures sur le bitume, et a regagné sa voiture d'un pas décidé sans un mot de plus. Le claquement de la portière a résonné dans la rue calme, suivi par le grondement de son moteur qui s'estompait dans la nuit.

Stephanie est restée figée dans l'allée, alors qu'une sensation de brûlure commençait à poindre sous la plante de ses pieds.

CHAPITRE
SOIXANTE-HUIT

Les mouchoirs sur le canapé à côté d'elle s'étaient peu à peu accumulés jusqu'à former une petite montagne. Elle n'avait pas arrêté de pleurer depuis le départ de Stephanie, assise là, sur le canapé, secouée de sanglots tandis que la télévision tournait en fond sonore. Jason continuait de travailler à l'étage, ignorant complètement la confrontation qui avait eu lieu sur le pas de la porte.

Il n'était même pas descendu pour prendre de ses nouvelles ou voir quel était tout ce raffut. Il se cachait probablement là-haut, se tenant le plus loin possible de ce drame. Parfois, elle avait l'impression que sa vie était un épisode de *Real Housewives*, et elle détestait ça. Elle détestait Jason. Elle détestait Stephanie. Et elle détestait même Jordan.

Comment avait-il su que Stephanie était là ? Ils n'avaient pas convenu de se retrouver. Il avait sûrement dû voir que Stephanie n'était pas chez elle et était venu ici au cas où elle s'y trouverait. Maintenant, Stephanie devait penser que Kimberley l'avait trahie, mais ce n'était pas le cas.

Quand est-ce que tout avait dégénéré à ce point dans leur famille ?

Avant qu'elle ne se perde dans cette spirale de pensées, elle a entendu du mouvement à l'étage. Le bruit de pas sur le plancher s'est lentement approché de l'escalier. Quelques secondes plus tard,

Jason est apparu en bas des marches, son téléphone toujours à la main, le front plissé, et il est entré dans le salon.

— Kim ? Qu'est-ce qui se passe ? a-t-il demandé, en remarquant la pile de mouchoirs, les plaques rouges sur ses joues et la façon dont elle s'était enfoncée dans le canapé.

Elle a reniflé en attrapant un autre mouchoir. — On s'est disputées.

— C'est pour ça, tous ces cris ?

Il s'est assis sur le coussin à côté d'elle, lequel s'est affaissé sous son poids.

— Donc tu nous as entendues ?

— Ouais.

— Mais ça ne t'est pas venu à l'esprit de descendre ?

— J'étais au téléphone. Jason s'est frotté la nuque, comme pour cacher quelque chose.

— Tu étais au téléphone avec la personne que tu as rencontrée à Romford l'autre jour ?

Ses yeux se sont écarquillés, même s'il a tenté de le dissimuler sous un air de dégoût. — Romford ? De quoi tu parles ?

— Oh, ne joue pas à l'idiot, a-t-elle lâché sèchement. Tu étais à Romford l'autre jour. Tu m'as menti.

— Je t'ai menti ?

— Tu as dit que tu avais une réunion à Watford, mais quand j'ai regardé ta localisation, tu étais à Romford.

Sa bouche s'est ouverte et refermée alors qu'il peinait à trouver ses mots. — Tu surveillais ma position ?

— J'étais à l'hôpital, Jase. J'avais besoin de toi. Je pensais que tu pourrais peut-être rentrer pour m'aider, mais j'ai vu où tu étais. Elle a ralenti son débit pour reprendre son souffle, au bord de l'hyper-ventilation. Et ensuite, quand je t'ai demandé comment s'était passé le travail, tu as dit que ça allait. Je t'ai même demandé comment c'était, Watford, et tu as répondu que c'était « pas mal ». J'ai cru que je m'étais peut-être trompée, mais maintenant, je ne pense pas. Qu'est-ce que tu faisais à Romford ? Pourquoi tu étais là-bas, et pourquoi tu ne me l'as pas dit ?

— Pourquoi étais-tu à l'hôpital ? a-t-il demandé.

Mais elle n'était pas prête à parler de ça. Il ne méritait pas de savoir ce qui se passait avec son corps, ce qui arrivait à leur enfant.

— Ne change pas de sujet, Jason. Réponds-moi. Qu'est-ce que tu faisais à Romford ?

— C'était… pour le travail. La réunion a été déplacée ailleurs.

Elle ne l'a pas cru. Et d'après son ton, il était clair qu'il ne se croyait pas lui-même.

— Tu t'attends à ce que je croie ça ?

La mâchoire de Jason s'est crispée. — Je n'ai pas à te justifier chacun de mes mouvements.

— Tu m'as menti, Jason. Et maintenant, tu es assis là, à me regarder dans les yeux, et tu recommences.

— Je ne suis pas en train de-

— La ferme, a-t-elle lâché, le coupant net. N'essaie même pas de me manipuler pour me faire croire que j'imagine des choses. J'ai les preuves, Jase. Ta position. L'heure. Le jour. Tu étais à Romford.

Ses narines se sont dilatées. — Peut-être que si tu ne me traquais pas comme si j'étais un criminel, nous n'aurions pas cette conversation.

— Ah, d'accord, a rétorqué Kimberley en se penchant en avant, les yeux flamboyants. Parce que le problème, ici, c'est que je vérifie ta position, pas que tu mentes sur l'endroit où tu te trouves. Pas que tu disparaisses quand j'ai besoin de toi. Pas que tu te caches à l'étage ce soir pendant que j'étais en train de m'effondrer ici.

Jason s'est levé brusquement, le coussin du canapé reprenant sa forme en son absence. — Tu déformes toujours tout pour que *je* sois le méchant.

— Peut-être parce que tu l'es, a-t-elle répondu d'une voix basse et assurée, chaque mot pesé.

Jason a resserré sa prise sur son téléphone. — Je ne vais pas discuter de ça maintenant, a-t-il marmonné en se tournant vers le couloir. Il s'est dirigé d'un pas vif vers la commode, a attrapé ses clés de voiture et n'a pas jeté un regard en arrière. Au tintement du métal a succédé le clic sec de la porte d'entrée qui se déverrouillait, puis un claquement violent qui a fait vibrer le cadre photo suspendu au-dessus du canapé.

Kimberley est restée figée un instant, écoutant le vrombissement lointain de sa voiture qui démarrait et s'éloignait, avant que le son ne s'estompe, la laissant seule dans le silence lourd et oppressant de la maison.

Elle s'est levée, s'essuyant le visage avec le revers de sa manche.

Puis elle s'est immobilisée.

Une sensation chaude et humide se répandait le long de ses cuisses.

Elle a baissé les yeux.

Du sang.

Un filet sombre et épais qui coulait le long de ses jambes, gouttant sur la moquette claire. Cette vision l'a frappée plus durement que n'importe laquelle des paroles de Jason. Instinctivement, ses mains se sont posées sur son ventre, et sa respiration s'est accélérée en courtes saccades paniquées.

— Oh mon Dieu. Oh mon Dieu, non…

Son téléphone était sur l'accoudoir du canapé. Elle l'a attrapé, ses mains tremblant si fort qu'elle a failli le laisser tomber, et a appuyé sur le bouton d'appel à côté du nom de Jason.

La sonnerie dans son oreille a semblé durer une éternité.

— Décroche… décroche !

Un déclic.

Mais ce n'était pas la voix de Jason.

— Allô ?

Elle s'est de nouveau figée. — *Jordan* ?

— Ouais… Kim ? C'est toi qui m'appelles. Sa voix était méfiante, confuse.

Ses genoux ont failli flancher. — Je… Oh mon Dieu, je ne voulais pas… J'essayais d'appeler Jason.

— OK… ben, c'est moi que tu as eu. Qu'est-ce qui se passe ?

— Il y a du sang, Jordan. Beaucoup de sang. C'est… Sa voix s'est brisée. C'est le bébé !

Un silence. Puis la voix de Jordan est devenue plus grave et plus pressante. — Où es-tu, là, tout de suite ?

— À la maison. Seule. Jason est parti.

— Ne bouge surtout pas. J'arrive.

CHAPITRE
SOIXANTE-NEUF

Les restes du curry de Kenny Musgrave se figeaient dans leur barquette en aluminium sur la table basse. Cette vision lui donna encore plus envie de vomir. Il en détourna le regard pour le reporter sur la télévision, et il continua de zapper. Les meilleurs moments d'un match de foot. Les infos. Un jeu télévisé. Une série américaine avec des gens qui hurlaient dans un tribunal. Rien qui vaille la peine d'être regardé, rien qui ne mérite son attention. Sans compter qu'il avait du mal à se concentrer après avoir ingurgité une telle quantité de nourriture.

Ses paupières s'alourdirent tandis qu'il plongeait dans une somnolence digestive. Il s'enfonça plus profondément dans le canapé, une main posée sur son ventre ballonné, l'autre agrippant la télécommande. Alors qu'il s'apprêtait à céder à la torpeur qui l'assaillait, on frappa à la porte.

Un coup unique et délibéré.

Il se redressa d'un bond ; la télécommande lui glissa de la main et s'écrasa bruyamment sur le sol. Sa première pensée fut que c'était une erreur, qu'il avait mal entendu. Mais une sensation l'envahit alors — un pressentiment, une certitude — qui le convainquit du contraire.

Un autre coup suivit. Impossible de se tromper, cette fois.

Il se pencha en avant, tendant l'oreille. Rien, hormis le sifflement du chauffage central et le bruit de la pluie contre la vitre.

Kenny s'éclaircit la gorge.

— Qui est là ?

Pas de réponse.

Il se leva lentement, les genoux protestant. Le parquet grinça sous son poids tandis qu'il se traînait vers le couloir, où il s'arrêta à mi-chemin. Il hésita à ignorer le bruit, à retourner sur le canapé et à faire comme si de rien n'était.

Puis un troisième coup retentit. Plus fort. Plus brutal.

La poitrine de Kenny se serra. Il se frotta le visage, regrettant d'avoir autant mangé, regrettant que son corps soit si lourd et si lent. Il resta planté près de l'embrasure de la porte du salon, jetant un coup d'œil le long du couloir vers la porte d'entrée, lorsqu'une vibration retentit contre le bras du canapé derrière lui. Un bourdonnement court et sec déchira le silence.

Kenny se figea, puis tourna la tête. Son téléphone était là où il l'avait laissé, l'écran allumé. Il retourna sur ses pas en traînant les pieds, le ramassa et fit glisser son pouce sur la vitre pour afficher la notification.

Un nouveau message d'un numéro inconnu.

C'est Bovo, j'ai besoin de toi dehors, mec. Me fais pas attendre !

Kenny fronça les sourcils, la langue collée au palais. Que pouvait bien lui vouloir Bovo à cette heure de la nuit ? Et pourquoi lui avait-il envoyé un texto au lieu de l'appeler ?

Une autre vibration.

Dépêche-toi, mec, il flotte à se noyer dehors.

Kenny soupira.

— Ça va, ça va, j'arrive. Pas la peine de t'exciter !

Il se dirigea vers la porte d'entrée sans plus y penser. Il tourna la poignée et tira. La porte s'entrouvrit en grinçant de quelques centimètres, puis plus largement, laissant entrer un courant d'air nocturne et humide qui le fit frissonner. L'homme qui se tenait dehors lui sauta dessus avant qu'il ne puisse réagir. Une silhouette grande et imposante, bien plus athlétique que lui, qui n'avait pas l'air de venir de s'enfiler un plat à emporter pour deux.

L'instant d'après, Kenny se retrouva par terre, sonné, le regard fixé sur le plafond, essayant de comprendre ce qui venait de se passer.

Puis la silhouette l'enfourcha, s'asseyant sur son estomac qu'il sentit sur le point d'exploser.

Kenny gémit de douleur, mais se tut dès qu'il reconnut l'homme devant lui. À cet instant, plus rien d'autre ne comptait. Il n'y avait ni douleur, ni inconfort. Juste le choc, et une peur pure et abjecte.

— Salut, mon bon vieux Kenny, gronda l'homme en le surplombant. Il lui pinça les joues et les secoua d'un côté à l'autre. On dirait que t'as pris du poids depuis la dernière fois. Je me demande quelle odeur ça aura quand ça commencera à brûler.

CHAPITRE
SOIXANTE-DIX

Les pieds de Stephanie martelaient le sol alors qu'elle sprintait dans les couloirs du Royal Surrey University Hospital. Son corps tremblait sous l'effet de l'adrénaline et de la panique. Une panique écrasante. Dévastatrice. Sa respiration était saccadée, rauque, et son cœur battait la chamade dans sa poitrine. Elle avait reçu l'appel de Jordan depuis le téléphone de Kimberley, qui l'avait informée de la situation, et avait immédiatement tout laissé tomber.

Son regard passait de chambre en chambre, de lit d'hôpital en lit d'hôpital, à la recherche de sa sœur. Finalement, elle a trouvé la chambre désignée où Kimberley avait été placée. Elle a fait irruption, la porte s'ouvrant violemment. Là, au centre de la pièce, recroquevillée en position fœtale sur le lit, le dos tourné à Stephanie, se trouvait Kimberley. Assis sur une chaise à côté d'elle, le téléphone à la main, il y avait Jordan.

— Kim…, a dit doucement Stephanie, la voix brisée.

Ignorant Jordan, elle s'est précipitée aux côtés de sa sœur. Elle a atteint le lit et s'est accroupie pour pouvoir voir le visage de sa sœur. Kimberley a tourné légèrement la tête, lentement, à contre-cœur. Les yeux de Kimberley étaient enflés, la peau qui les entourait à vif à force de pleurer et de se frotter. Mais il n'y avait plus de larmes, à présent. Son teint était blafard, ses lèvres pâles et sèches, comme si la couleur, la vie et la vitalité avaient été aspirées hors d'elle.

Stephanie a pris la main de Kimberley. Elle était froide, inerte dans la sienne.

— Oh, Kim. Je suis tellement désolée, a-t-elle dit, des larmes commençant à lui monter aux yeux. Je suis tellement désolée. J'aurais voulu être là. J'aurais dû être à tes côtés.

Kimberley n'a rien dit, continuant de fixer le vide comme si elle regardait quelque chose au loin que personne d'autre ne pouvait voir. Stephanie a resserré sa prise sur la main de sa sœur, sachant que ses paroles n'étaient d'aucune consolation. Rien de ce que l'on pourrait dire ne compenserait la douleur et la peine que Kimberley traversait. Mais elle ressentait le besoin de continuer à parler.

— Tu vas t'en sortir, a-t-elle dit alors qu'une larme coulait sur sa joue. Tout va bien se passer. Tu…

Sa voix s'est éteinte alors que ses pensées se tournaient vers leur mère. Elle a imaginé ce que leur mère aurait dit dans cette situation, comment elle aurait vraiment consolé Kimberley et tout arrangé.

Mais leur mère n'était pas là. Ces trente dernières années, Stephanie avait joué les rôles de mère et de sœur, entremêlés comme deux morceaux de métal soudés l'un à l'autre. Il était maintenant temps de le faire à nouveau.

Lâchant la main de Kimberley, elle a tiré le drap et s'est glissée dans le lit avec elle, posant la tête de sa sœur sur sa poitrine. Mais Kimberley n'a pas bougé, n'a pas tressailli, ne s'est pas rapprochée. Pour l'instant, elle ne faisait qu'exister.

Stephanie s'est mise à caresser les cheveux de sa sœur, comme elle le faisait quand elles se cachaient de leur père dans l'armoire ou sous le lit, l'apaisant, la calmant, lui disant d'ignorer les bruits.

— Tu te souviens, a-t-elle murmuré, la voix basse, comme si elle parlait à une enfant, de la fois où maman nous a trouvées cachées dans le placard à linge après que papa a pété un câble et est parti en claquant la porte ? On pensait être si malignes, à chuchoter dans le noir. Et puis la porte s'est ouverte brusquement, et elle était là avec ce ridicule plumeau, à faire semblant d'être une sorcière venue nous jeter un sort. Elle a laissé échapper un petit rire à travers la boule qu'elle avait dans la gorge. Tu as crié, et puis j'ai crié, et maman a juste… elle s'est mise à rire si fort qu'elle n'arrivait plus à se tenir droite. Et elle a dit… La voix de Stephanie a vacillé, mais elle a continué. Elle a dit : « Si le monde vous fait parfois peur, moquez-vous-en. Comme ça, il ne pourra pas vous faire de mal. »

Ses doigts ont passé doucement dans les cheveux de Kimberley, démêlant une touffe de nœuds. — Elle était douée pour nous protéger, pour s'assurer que nous étions en sécurité. Je sais qu'elle veille sur nous, qu'elle veille sur *toi*, qu'elle s'assure que tu es en sécurité, que je suis en sécurité. Que nous sommes toutes en sécurité, et que nous allons nous en sortir.

Kimberley n'a pas répondu. Sa tête est restée lourde sur la poitrine de Stephanie.

Jordan a bougé sur sa chaise. Le bruit était faible mais vif dans la pièce silencieuse, surprenant Stephanie. Elle a jeté un coup d'œil à son expression mal à l'aise ; il semblait plus petit, en quelque sorte, comme si la nouvelle les avait tous les trois vidés de leur substance.

— Où est Jason ?

Agitant son téléphone en l'air, Jordan a dit : — Il ne répond pas. J'ai essayé sans relâche, mais il est aux abonnés absents.

— Aux abonnés absents ? Pourquoi ?

— On s'est disputés, a dit Kimberley, sa voix à peine plus qu'un murmure.

— Disputés ? a répété Stephanie.

— Je l'ai accusé de me mentir, il ne l'a pas nié, et puis il est parti en claquant la porte. Et puis… puis c'est arrivé. Kimberley a dégluti difficilement.

— Est-ce qu'il est *au courant* ?

Jordan a secoué la tête.

— Je ne veux pas qu'il le sache. Je me fiche de lui. C'est lui le responsable. C'est à cause de lui que j'ai perdu mon bébé.

CHAPITRE
SOIXANTE-ET-ONZE

Stephanie s'est réveillée avec une raideur tenace dans la nuque et les épaules, résultat d'être restée pliée dans une position inconfortable bien trop longtemps. Elle était à peine consciente que Kimberley était toujours drapée sur elle, sa poitrine se soulevant et s'abaissant doucement, sa tête lourde contre le bras de Stephanie. Elle s'est souvenue brièvement s'être endormie peu après leur arrivée, le stress et le tumulte de la soirée ayant épuisé tout le monde. Doucement, Stephanie a caressé le dos de sa sœur tout en tournant son attention vers son demi-frère.

Jordan était affalé sur la chaise à côté d'elle, son corps contorsionné sur les accoudoirs, les jambes étendues dans des angles bizarres. Une nuit de sommeil inconfortable pour eux tous. Mais Stephanie n'aurait voulu qu'il en soit autrement ; elle était heureuse de renoncer au confort d'un lit et d'une couette d'hiver bien chaude pour Kimberley.

Finalement, Stephanie a bougé pour soulager la douleur sourde dans le bas de son dos et a laissé son regard errer, en partie pour observer la chambre et en partie pour échauffer les muscles de sa nuque, qui lui causaient un inconfort important. La pièce était dénudée, les murs impersonnels, le mobilier aseptisé. Stephanie savait qu'elles étaient conçues ainsi, mais ça leur aurait coûté quoi de mettre un tableau ou une fausse plante, n'importe quoi pour que l'endroit ressemble moins à une visite dans le bureau de Leanna Moore ?

Et puis son regard s'est posé sur la porte. Aucune trace de Jason. Avait-il appris la nouvelle d'une manière ou d'une autre et refusait-il de s'occuper de sa femme en souffrance ? Ou était-il toujours porté disparu ?

Avant qu'elle ait pu s'attarder là-dessus, son téléphone s'est mis à vibrer.

Olivia.

Elle a coupé la vibration avant qu'elle ne puisse réveiller les autres, jetant un coup d'œil à Kimberley. Sa peau paraissait presque translucide dans la faible lumière. Un instant, la main de Stephanie s'est attardée sur le dos de sa sœur, sentant la légère chaleur qui s'en dégageait. Puis, doucement, elle a libéré son bras de sous la tête de Kimberley. Le mouvement a fait bouger sa sœur, qui a marmonné quelque chose d'incohérent, mais elle ne s'est pas réveillée. Stephanie l'a ensuite délicatement déplacée des quelques centimètres qui restaient pour l'installer sur l'oreiller, arrangeant la couverture pour la couvrir correctement.

Le ronflement de Jordan a brisé le silence, et Stephanie l'a observé un moment, notant l'angle de sa tête qui lui ferait mal plus tard.

Elle s'est levée lentement, ses articulations se plaignant, et a étiré les bras au-dessus de sa tête, sa colonne vertébrale craquant bruyamment. Puis elle a contourné le lit et a quitté la chambre sans un regard en arrière, laissant la porte se refermer lentement derrière elle.

Au moment où elle allait répondre à l'appel, la communication s'est coupée. Elle a rappelé Olivia, et l'agente a répondu immédiatement.

— Madame, a-t-elle dit. Désolée, il est tôt, mais je viens de raccrocher avec le central. Ils en ont un autre. Il y a eu un autre incendie.

Stephanie a retenu son souffle, son esprit léthargique et fatigué commençant à s'emballer.

— Je ne peux pas, a-t-elle dit, se tournant lentement vers la porte. J'ai… j'ai une urgence familiale. Je ne vais pas pouvoir venir. Vous ou quelqu'un d'autre devrez vous en occuper. Je suis désolée.

Olivia n'a pas répondu tout de suite. — Est-ce que tout va bien ?

— Pas vraiment. Ma sœur vient de perdre son bébé. Je dois être ici en ce moment.

— Si vous avez besoin de quoi que ce soit, vous savez où nous trouver.

Stephanie l'a remerciée et a ajouté : — N'hésitez pas à me tenir au courant. Je lirai les emails si et quand je le pourrai.

— Bien sûr, madame. Compris. Laissez-moi m'en occuper.

Stephanie a raccroché et s'apprêtait à retourner dans la chambre quand quelqu'un a crié son nom.

— Steph !

Jason fonçait vers elle. Il avait l'air de n'avoir ni dormi ni changé de vêtements depuis vingt-quatre heures.

— Steph, qu'est-ce qui se passe, bordel ? Il a ralenti pour s'arrêter à côté d'elle. J'ai eu plein d'appels en absence de Jordan et Kim. C'est quoi cette histoire avec le bébé ?

— Où est-ce que tu étais ? a demandé Stephanie.

— J'étais sorti… chez un ami.

— Pourquoi tu n'as pas répondu à ton téléphone ?

— J'ai… j'ai bu. Je me suis écroulé.

Stephanie n'en a pas cru un mot.

— Dis-moi ce qui s'est passé. Qu'est-ce qui est arrivé à Kim ? Au bébé ?

Stephanie n'a pas répondu ; sa réaction disait tout.

Le visage de Jason s'est affaissé.

— Non… Le mot est sorti rauque, presque inaudible. Il a reculé d'un pas jusqu'à ce que sa main heurte le mur derrière lui, les doigts écartés contre la peinture blanche. L'espace d'un instant, il est resté là, chancelant légèrement, puis ses genoux ont cédé. Il s'est accroupi, les paumes à plat contre le mur pour se stabiliser, un son rauque et guttural s'échappant de sa gorge. Il a enfoui son visage dans le creux de son bras, les épaules secouées par chaque sanglot, le son résonnant dans le couloir silencieux.

Stephanie se tenait rigide, le téléphone toujours serré dans sa main.

Avant qu'elle ait pu le consoler, la porte s'est ouverte et Jordan est apparu, fatigué et confus, se frottant la nuque.

— Qu'est-ce qui se passe ?

Jason n'a pas perdu de temps. Il a bousculé Jordan et s'est précipité dans la chambre.

Kimberley s'est réveillée en sursaut, clignant des yeux face à la lumière crue. Sa tête s'est soulevée groggy de l'oreiller, ses yeux plissés de confusion jusqu'à ce qu'ils se posent sur Jason. Pendant une fraction de seconde, elle l'a juste fixé comme si elle n'arrivait pas tout à fait à le situer, puis son expression s'est effondrée.

— Kim… La voix de Jason s'est brisée. Il était déjà à ses côtés, tombant à genoux près du lit, cherchant à prendre ses mains. Je suis tellement désolé. Je n'étais pas là. J'aurais dû être là. Je t'en prie…

Elle a d'abord eu un léger recul, comme si le son de sa voix était trop fort. Puis elle a craqué, de nouvelles larmes coulant sur ses joues.

Stephanie se tenait figée dans l'embrasure de la porte, Jordan juste derrière elle. Elle pouvait sentir la chaleur de sa présence à son épaule, tous deux étrangers à ce moment entre mari et femme.

Puis la tête de Kimberley s'est tournée, faisant face à eux deux.

— Est-ce que vous pouvez… est-ce que vous pouvez nous laisser ? a-t-elle dit d'une voix rauque, la voix brisée sur le dernier mot. On a besoin d'être un peu seuls.

Stephanie a hoché la tête. Sans un mot, elle a attrapé le bras de Jordan et l'a ramené dans le couloir. Elle a refermé doucement la porte derrière eux, mais le son étouffé du chagrin de Jason filtrait encore à travers.

CHAPITRE
SOIXANTE-DOUZE

Kenny Musgrave vivait dans un petit village nommé Dunsfold, où se trouvait l'aérodrome de Dunsfold, rendu célèbre par l'émission de la BBC *Top Gear*. Pendant tout le trajet avec Devon, Olivia ne parvenait pas à s'ôter Stephanie de l'esprit. Son instinct maternel tournait à plein régime, et son inquiétude pour l'inspectrice était à son comble. Non pas à cause du traumatisme qui entourait la famille de Stephanie – ce qui était déjà bien assez en soi – mais à cause de l'impact potentiel que cela pourrait avoir sur sa boulimie. Olivia avait discrètement observé Stephanie ces dernières semaines et, après tout ce qu'elle avait traversé, elle était heureuse de voir que l'inspectrice avait meilleure mine. Plus heureuse, moins fatiguée, plus présente et, pour autant qu'Olivia pût en juger, elle mangeait correctement. Stephanie avait maîtrisé ses démons.

Du moins, pour l'instant.

Les pensées d'Olivia ont été interrompues lorsqu'ils sont arrivés sur la scène de crime. Un autre bâtiment noirci, calciné et réduit en cendres, tranchait nettement avec ses voisins. Leur quatrième scène de crime en moins de deux semaines. Ça devenait sérieux. Et Olivia commençait à sentir la pression. Officiellement, elle n'était pas la responsable de l'enquête, mais avec le niveau de responsabilité et la charge de travail supplémentaire qu'on lui avait confiés, le fardeau d'attraper le tueur pesait lourdement sur ses épaules.

L'échec n'était pas une option.

Devon a coupé le moteur, et ils sont sortis tous les deux dans l'air froid. La maison n'était plus qu'une carcasse vide, son toit partiellement effondré. Un ballet d'uniformes, de vestes de pompier fluo et de combinaisons blanches de la police scientifique entrait et sortait de la propriété. Du ruban de police scientifique flottait au vent, bouclant la route où des voisins et une petite armée de journalistes se tenaient en petits groupes, chuchotant entre eux.

Olivia a balayé la scène du regard depuis l'extérieur du périmètre, cherchant Elias. Personne.

Elle s'est tournée vers Devon. — Où est Elias ?

Il a haussé les épaules. — Parti éteindre d'autres feux, peut-être ?

Avant qu'elle ait pu répondre, un homme en combinaison s'est approché, son casque sous le bras. Sa barbe était parsemée de gris, et de la suie maculait l'une de ses joues. — Vous êtes de la Criminelle ?

— Oui, ont-ils répondu à l'unisson.

— Je suis Trevor Hart. Il a fait un bref signe de tête. — Le chef de groupe pour cette scène de crime.

— Où est Elias ?

— Affecté à un autre incident, alors c'est moi que vous avez à la place.

— Vous avez été briefé sur ce qui s'est passé récemment ? a demandé Olivia, sur la défensive quant à son interlocuteur.

— J'étais sur chacune des scènes, a répondu Trevor.

Elle a dégluti. — Très bien. Ça me suffit. Qu'est-ce qu'on a ?

Trevor s'est tourné rapidement vers la scène de crime avant de regarder de nouveau Olivia et Devon. — La maison appartient à un homme du nom de Kenny Musgrave. Nous avons reçu des signalements pour l'incendie vers vingt-deux heures hier soir. On a réussi à l'éteindre en une heure environ. Malheureusement, nous avons trouvé un corps sur le canapé. On a dû attendre la lumière du jour avant de pouvoir commencer nos recherches.

Olivia a pris un instant pour digérer l'information. Kenny Musgrave. Le garçon sur la quatrième photo.

— Un signe d'effraction ? a demandé Devon quand Olivia n'a rien dit.

— Pas pour l'instant. La porte d'entrée est fichue, *littéralement*, donc impossible de le dire avec certitude. Par contre, les portes de derrière ont l'air intactes, mais leurs gonds se sont déformés avec la chaleur, alors c'est difficile à dire.

Olivia a croisé le regard de Devon avant de se retourner vers Trevor. Rien de tout ça n'était important pour le moment. Il y avait quelque chose de bien plus pressant.

— Avez-vous trouvé une autre boîte en métal ?

Son expression s'est assombrie. Il a hoché la tête. — La première chose qu'on a repérée.

La poitrine d'Olivia s'est serrée. — Où est-elle ?

— Par ici. Il leur a fait signe de le suivre. Ils ont enfilé des combinaisons de protection, se sont baissés sous le ruban et ont prudemment contourné les tuyaux et le matériel éparpillé jusqu'à une table pliante installée sur l'allée. Trevor a pris un sac de scellés posé sur le côté.

À l'intérieur, maculée de suie mais autrement intacte, se trouvait une petite boîte en métal cabossée. Trevor l'a posée délicatement sur la table et a ouvert le sac.

— J'allais justement l'ouvrir quand vous êtes arrivés, a-t-il dit, soulevant le couvercle d'une main gantée.

Olivia s'est penchée. À l'intérieur se trouvait le même style de photo qu'elle avait déjà vu trois fois. Sauf que cette fois, c'était différent. Cette fois, elle contenait les portraits de deux garçons au lieu d'un. Les deux garçons lui adressaient un mince sourire, leurs expressions innocentes contrastant avec les circonstances dans lesquelles on avait trouvé la photo. Ils avaient la même coiffure – une coupe populaire à l'époque – mais la ressemblance s'arrêtait là. Il était clair pour elle que ces garçons n'étaient pas frères, comme elle l'avait d'abord supposé. Quand ses fils étaient nés, elle n'avait pas vu de ressemblance entre eux, mais en grandissant, elle avait réalisé à quel point ils se ressemblaient étrangement. Elle n'avait pas la même impression avec ces garçons.

— Deux ? a demandé Devon en se penchant pour examiner la photo. — Pourquoi deux ?

— C'était une question rhétorique, c'est ça ? a répliqué Olivia.

Devon a fait comme si ce n'était pas le cas. — Je sais ce que ça veut dire, mais explique-moi juste ce que tu penses que ça veut dire.

Elle a eu un sourire en coin. — Si on ne met pas un terme à ça, on aura deux cadavres la prochaine fois qu'on se pointera sur un truc pareil.

CHAPITRE
SOIXANTE-TREIZE

Olivia faisait les cent pas, tournant peu à peu autour de la voiture. La sonnerie stridente résonnait à ses oreilles, amplifiée par la nervosité et l'anxiété qui commençaient à lui nouer l'estomac.

Pas de réponse.

Elle a réessayé, tournant cette fois autour de la voiture dans le sens inverse des aiguilles d'une montre, comme si ça allait changer quelque chose.

Ça tournait mal. Le tueur prouvait constamment qu'il avait une longueur d'avance sur eux. La veille, en suivant l'indice obtenu du prêtre, George Grant — qui ne leur avait donné qu'un seul nom : Kenny —, Olivia et son équipe avaient découvert l'identité de Kenny. Kenny Musgrave avait fréquenté la même église et les mêmes rencontres sociales en semaine que Nigel, Darren et Carlos dans les années quatre-vingt. Le seul problème, c'est qu'ils n'avaient pas réussi à le localiser.

Jusqu'à maintenant, quand le tueur leur avait montré où le trouver.

Alors qu'elle arrivait à hauteur de la portière conducteur, Stephanie a répondu à l'appel. Sa voix a pris Olivia par surprise, si bien qu'elle a heurté le rétroviseur.

— Putain !

— Tout va bien ? a demandé Stephanie, d'un ton peu amusé.

Olivia s'est frotté la hanche. Un coup douloureux qui laisserait sûrement un bleu et la ferait souffrir pour le reste de la journée.

— Ça va. Désolée… désolée de vous déranger encore, Madame…

— C'est important, Olivia ? Je suis toujours à l'hôpital. Je dois rester avec ma sœur et je ne peux pas m'absenter trop longtemps.

— Non. Bien sûr que non. Je comprends. Je…

C'était une erreur. Elle n'aurait pas dû appeler. Elle aurait dû se faire confiance, à elle et à Devon, pour gérer la situation.

Elle a jeté un regard en arrière vers la scène de crime, où Devon et Trevor discutaient de l'incident entre eux.

— On a trouvé une autre boîte, a-t-elle fini par dire.

Silence. L'espace d'un instant, Olivia a cru que l'appel avait été coupé.

Puis, un soupir a résonné dans le micro.

— Je mentirais si je disais que ça me surprend, a répondu Stephanie.

— Vous le serez quand je vous dirai qu'il y avait deux photos au lieu d'une.

Une pause. Une inspiration brusque.

— *Deux ?*

— Deux garçons sur la même photo, enlacés.

Une autre pause, plus longue et plus révélatrice cette fois.

— Merci de m'avoir prévenue, a-t-elle dit finalement, avec une pointe de résignation dans la voix. J'adorerais être là, mais je ne peux pas quitter ma sœur. Vous… vous, Devon, et le reste de l'équipe allez devoir vous débrouiller jusqu'à mon retour.

- Quand est-ce que vous…

— Je ne sais pas. Mais bientôt. Peut-être demain. Vous et l'équipe devrez gérer ça sans moi.

— D'accord… C'était maintenant au tour d'Olivia de paraître résignée.

— Commencez par identifier les garçons sur la photo. Parlez à toutes les personnes que nous avons déjà interrogées, en particulier la mère d'Anthony Shore et George Grant à la maison de retraite. Ils pourraient reconnaître les garçons et nous donner des noms. Si ça ne donne rien, creusez du côté de l'église et du club périscolaire. Trouvez un lien entre les victimes. Déterminez la connexion entre les deux victimes potentielles. Pourquoi sont-elles sur la même photo ? Ça doit avoir une raison. Trouvez laquelle, et faites-le aussi vite que possible. Vous avez tout ce qu'il vous faut. Mais appelez-moi si vous avez besoin de quoi que ce soit. J'aiderai où et quand je pourrai.

— Merci, Steph. On s'y met tout de suite.

Olivia a raccroché, a rangé son téléphone, a inspiré profondément et a bombé le torse, se sentant soudain envahie par un regain de détermination et de confiance.

CHAPITRE
SOIXANTE-QUATORZE

Le distributeur automatique s'est mis à vrombir, la spirale a tourné, et le paquet de chips s'est avancé, puis s'est coincé à mi-chemin, restant suspendu juste hors de portée, comme pour se moquer d'elle.

— Foutue machine, a-t-elle marmonné pour elle-même, en appuyant de nouveau sur le bouton de validation.

Rien.

Elle a appuyé dessus à plusieurs reprises, espérant que ça marcherait, mais en vain. Ensuite, elle a martelé la vitre de son poing. Toujours rien. Puis elle a frappé le côté de la machine avec le talon de sa main. Le paquet de chips est resté fermement en place.

S'accroupissant, elle a lorgné dans la fente étroite, comme si le fusiller du regard pouvait l'effrayer et la pousser à libérer son otage. Son estomac a gargouillé en guise de réponse.

Un autre coup, plus fort cette fois. La machine a tremblé mais a refusé de céder. Elle a passé ses doigts dans la trappe, s'étirant jusqu'à ce que ses phalanges raclent la protection en plastique. Le paquet était trop loin, juste hors de sa portée.

Derrière elle, une voix rauque a retenti :

— Je me suis coincé la main dans un de ces trucs une fois.

Stephanie s'est redressée et s'est retournée brusquement pour voir Jordan, appuyé contre l'embrasure de la porte, les cheveux en bataille sur un côté de la tête.

— Hyper embarrassant, a-t-il poursuivi en entrant dans la pièce. Les proprios de la boutique ont dû venir me sortir la main de là… avec l'aide des pompiers et d'un peu de lubrifiant. À la fin, il y avait une foule immense qui m'acclamait.

Stephanie a haussé un sourcil.

— On dirait que la machine a gagné.

— Elle n'a pas gagné, a-t-il dit, faussement outré. J'ai eu mon paquet de chips à la fin.

— Après t'être humilié devant la moitié de la ville.

— On ne peut pas gagner à tous les coups. Il est venu se placer à côté d'elle, examinant la machine. Pour quoi tu te bats, au juste ? Cocktail de crevettes ? Tu sais que c'est quasiment un crime de guerre, ce truc, non ?

— C'est tout ce qui reste à part fromage-oignon, a-t-elle rétorqué, se sentant visée. Et je meurs de faim. Je mangerais n'importe quoi, là, tout de suite.

Jordan a fait claquer sa langue, lui a fait signe de se pousser, puis a placé ses deux mains de chaque côté du distributeur.

— L'astuce, c'est de la secouer un bon coup, a-t-il dit. Comme pour la prendre par surprise. C'est là que la finesse entre en jeu.

— C'est comme ça que t'appelles ça ?

— Toutes mes années d'expérience m'ont mené à cet instant.

Dans un grognement mêlé d'un gémissement, il a balancé le distributeur de gauche à droite, jusqu'à ce qu'il semble sur le point de basculer. Après quelques secousses, le paquet de chips, ainsi qu'un petit paquet de Skittles abandonné par un client précédent, sont tombés dans le bac.

Jordan a plongé la main dans le réceptacle et lui a tendu son butin.

— Rescapés des mâchoires du capitalisme.

Stephanie les a pris, en veillant à ne pas avoir l'air trop impressionnée.

— T'as atteint l'apogée de ta vie, a-t-elle dit.

— C'est ce qui m'attend de mieux. Heureusement que je suis arrivé quand je suis arrivé, sinon tu aurais peut-être dû appeler les pompiers.

Un petit rire a pointé au coin de ses lèvres, et elle a fait de son mieux pour le cacher. Elle avait compris dès qu'elle l'avait vu à l'hôpital qu'elle devrait être aimable, être polie, maintenir une trêve tacite entre eux. Elle n'avait pas besoin de lui parler, mais quand elle le ferait, ce serait de manière amicale et cordiale. Pour le bien de Kimberley.

Jordan s'est appuyé contre la machine, les mains dans les poches, la regardant attentivement, désireux de dire quelque chose.

— Tu sais, Kimberley ne voulait pas m'appeler, au fait, a-t-il dit après une pause. C'était un accident. Elle voulait appeler Jason, mais elle a juste appuyé sur le premier nom en J qu'elle a vu, et c'est tombé sur moi.

Stephanie s'est figée, le chips à mi-chemin de sa bouche. Elle ne savait pas ce qu'on attendait d'elle en réponse. Elle appréciait son honnêteté, mais elle s'était barricadée, et il en faudrait bien plus pour faire tomber ses défenses.

— Je suis juste contente qu'elle ait réussi à joindre l'un de nous, a-t-elle dit froidement. Je n'ose même pas imaginer ce qui se serait passé si ce n'avait pas été le cas.

— Ouais. Elle était… enfin, tu sais. Dans un sale état. Il a baissé les yeux un instant avant de la regarder à nouveau. Mais je sais pertinemment qu'elle aurait préféré que tu sois là, plutôt que moi ou Jason.

Stephanie est restée silencieuse, ravalant la boule qui se formait dans sa gorge.

— Mais je n'étais pas là, a-t-elle dit. Je l'ai laissée tomber.

— Tu ne pourrais jamais la laisser tomber, Steph. Elle t'adore. Elle te vénère. Elle me raconte tout le temps que tu as toujours été là pour elle. Comment elle n'aurait pas surmonté la moitié des merdes de sa vie sans toi. Sa voix s'est adoucie. Elle est fière de toi, Steph. Elle n'arrête pas de parler des affaires que tu as résolues, des heures que tu y consacres, de la façon dont tu la protèges quoi qu'il arrive. En gros, t'es son héroïne.

La gorge de Stephanie s'est serrée, une boule inattendue s'y formant. Elle ne s'était pas attendue à cette réaction de sa part, ni de la sienne, d'ailleurs. Ses défenses commençaient lentement à s'effriter.

Elle a baissé les yeux sur le paquet de chips froissé dans ses mains, ne sachant soudain que faire de ses doigts.

— C'est ma sœur. Je ferais n'importe quoi pour elle. C'est juste… J'aimerais juste qu'elle me dise tout ça à moi.

— Peut-être qu'elle pense que tu le sais déjà, a dit Jordan doucement. C'est toujours plus facile de dire ces choses-là à d'autres personnes qu'à la personne concernée. Mais je sais qu'elle le pense sincèrement.

Stephanie a laissé échapper une longue inspiration.

— Peut-être que tu as raison. Merci, a-t-elle dit à voix basse, surprise de la sincérité de ses propres paroles.

Jordan a eu un petit haussement d'épaules, comme pour dire que ce n'était rien.

— Tu avais le droit de le savoir. Je sais que les choses ont été assez tendues entre vous deux récemment.

Elle a hésité, puis s'est tournée pour lui faire face complètement.

— Écoute… Je sais que je me suis comportée comme une garce ces dernières semaines, mais… mais ça a été bizarre, difficile. Ça n'a pas été facile pour moi, de savoir que nous sommes parents d'une manière ou d'une autre. Je ne voulais pas y croire — et une partie de moi n'y croit toujours pas — mais tu as été là pour Kimberley à chaque fois que je ne l'étais pas, et pour ça, je t'en suis reconnaissante. Donc je suppose que ce que j'essaie de dire, c'est que je suis désolée, et que je devrais peut-être me faire à l'idée que tu fais partie de notre famille, que ça me plaise ou non. Pour le bien de Kimberley, et pour le mien. Elle s'est éclairci la gorge. Je ne suis pas très douée pour les sensibleries, si tu ne l'avais pas remarqué.

— J'y aurais presque cru, a-t-il répondu avec un petit rire.

Stephanie s'est permis un minuscule sourire.

— Ne t'y habitue pas.

Le sourire de Jordan s'est adouci pour devenir quelque chose de plus calme, de plus chaleureux.

— Je ne cherche pas à ce que tu m'apprécies, Steph. Même si j'espère qu'un jour, peut-être, ce sera le cas. Je veux juste que Kimberley nous ait tous les deux dans sa vie. C'est tout. Elle a besoin de nous en ce moment. De nous deux.

Et ça, c'était bien vrai.

Elle a alors croisé son regard, vraiment, et pendant un long moment, aucun d'eux n'a parlé. Il était inutile de prétendre qu'elle ne voyait pas la vérité dans ses yeux.

Elle lui a tendu le paquet de Skittles.

— En signe de paix ?

Son expression a vacillé de surprise avant qu'il ne les prenne.

— Je suppose que je prends ce qu'on me donne. Merci.

CHAPITRE
SOIXANTE-QUINZE

En ouvrant la porte d'entrée de sa maison plusieurs heures plus tard, Stephanie fut accueillie par un silence et une immobilité suffocants. L'endroit était vide depuis plus de vingt-quatre heures, pourtant l'atmosphère semblait différente. C'était comme si un lourd nuage de chagrin et de culpabilité planait bas sur la bâtisse, s'infiltrant à travers les murs et imprégnant l'air. À chaque pas, Stephanie l'inspirait.

Elle est restée là quelques instants, après avoir retiré ses chaussures et laissé tomber ses affaires sur le plan de travail de la cuisine, avant de se diriger directement vers la salle de bains à l'étage. Elle ne s'était pas lavée ; elle se sentait moite, malodorante, et avait besoin de se purifier des horreurs de la journée.

L'esprit en pilote automatique, elle a fait couler la douche, s'est déshabillée et est entrée dans la cabine.

L'eau a frappé sa peau, chaude et implacable, martelant ses épaules, un châtiment approprié pour ce qu'elle estimait mériter. Au début, elle s'est concentrée sur la sensation – la vapeur qui s'enroulait autour de son visage, la brûlure là où l'eau frappait trop fort – n'importe quoi pour se distraire des pensées qui commençaient à affluer dans son esprit.

Mais elles se sont insinuées malgré tout.

Des images qu'elle n'avait pas voulu se représenter auparavant lui sont venues sans y être invitées : le petit poing d'un nouveau-né se refermant sur son doigt ; Kimberley souriant d'une manière qu'elle ne lui avait pas vue depuis des années ; la fierté d'annoncer qu'elle allait être tata.

Puis l'image s'est brisée. Une douleur creuse s'est formée au plus profond de son ventre, devenant de plus en plus lourde, jusqu'à ce qu'elle ne puisse plus tenir debout. Elle s'est accroupie, ses mains glissant le long du mur carrelé, laissant le jet lui marteler le dos. Le front appuyé contre ses genoux et les cheveux plaqués sur ses joues, ses larmes se sont mêlées à l'eau qui ruisselait sur elle.

Elle est restée ainsi un moment, le bruit de l'eau noyant sa respiration haletante. Elle a pensé à Kimberley sur ce lit d'hôpital, pâle et immobile. Elle a repensé à tout ce qu'elle aurait dû dire, aux fois où elle aurait dû être là, et aux moments où elle avait laissé tomber sa sœur.

Ce n'était pas seulement la perte d'un enfant ; c'était la perte de ce que cela signifiait pour eux tous. Les anniversaires qui n'auraient jamais lieu, les photos de famille qui ne seraient jamais prises, et la fracture apparue dans le mariage de Kimberley suite à tout ça.

Elle voulait rester en dehors de leur relation – ce qui se passait entre eux ne regardait qu'eux – mais il était impossible de ne pas voir les signes. Des signes qui couvaient depuis des semaines.

Quand elle a finalement relevé la tête, sa peau était rouge et à vif, mais elle se sentait toujours souillée.

Elle a coupé l'eau et s'est assise dans le silence soudain, dégoulinante et vide. Au fond d'elle, elle savait qu'elle devrait se relever, se sécher et affronter ce que l'avenir lui réservait. Mais pour l'instant, elle est juste restée là, laissant les dernières gouttes d'eau tracer un chemin le long de sa colonne vertébrale et les ultimes larmes sécher sur ses joues.

CHAPITRE
SOIXANTE-SEIZE

Ses pieds étaient de nouveau fermement enracinés dans le sol, alors que l'incendie faisait rage devant elle, les flammes dévorant les flancs du bâtiment. La fumée emplissait l'air, épaisse et âcre. D'intenses vagues de chaleur lui fouettaient le visage et les bras, lui frisant la pointe des cheveux.

Peu de temps après, le son de hurlements est parvenu jusqu'à elle.

Mais cette fois, c'était différent. Une seule personne hurlait. Et un autre bruit — pire, strident, bien plus dévastateur. Le son d'un bébé qui pleurait, qui vagissait, qui suppliait pour sa survie. Stephanie a relevé brusquement la tête, ses yeux balayant les formes déchiquetées des fenêtres brisées jusqu'à ce qu'elle trouve l'origine du bruit.

Kimberley.

Elle se découpait dans la fumée, un bras berçant un paquet serré désespérément contre sa poitrine. Même de loin, Stephanie voyait les lèvres de sa sœur bouger, hurlant quelque chose qu'elle ne pouvait pas entendre par-dessus le rugissement du feu.

Pourtant, les pleurs du bébé perçaient le chaos.

L'estomac de Stephanie s'est noué. Sa sœur et son neveu étaient à l'intérieur, désespérés et mourants. Peu importait qu'elle n'ait aucune formation officielle — marcher sur le feu n'était pas vraiment la même chose que de sauter dans un incendie — mais elle savait qu'elle devait bouger, faire quelque chose. Protéger sa sœur comme elle avait échoué à le faire tant de fois dans le passé récent. Chacun de ses instincts lui hurlait de faire quelque chose. Défoncer une porte, escalader une gouttière, n'importe quoi pour les faire sortir avant que les flammes ne se referment sur eux.

Elle s'apprêtait à bouger quand une silhouette est apparue, contournant la maison de leur enfance. L'imposteur. L'intrus. La personne qui n'avait pas fait partie de leur vie, la personne qui n'était même jamais entrée dans la maison de leur enfance. Jordan. Il n'avait aucun droit d'être près d'elle. C'était leur maison, leur espace. Mais ça ne l'a pas arrêté ; ses yeux se sont fixés sur la même fenêtre qu'elle, se concentrant instantanément sur Kimberley et l'enfant. Il n'y a eu aucune hésitation, aucune pause.

— Reste en arrière, a-t-il aboyé par-dessus le bruit, se dirigeant déjà vers la porte d'entrée de la propriété.

Mais elle ne lui a prêté aucune attention. Les poings serrés, ses jambes se sont mises en mouvement, presque de leur propre gré. Elle a traversé l'allée en sprintant, a dépassé Jordan en trombe et s'est arrêtée près de la porte d'entrée.

Elle s'est figée. Elle sentait déjà l'intensité et la férocité de la chaleur qui brûlait à l'intérieur.

Tu peux le faire. Si tu peux marcher sur le feu, tu peux courir à travers, s'est-elle dit.

Sans réfléchir, elle a levé la jambe et a défoncé la porte d'un coup de pied. Une explosion de fumées surchauffées a projeté une boule de feu à son visage et l'a propulsée en arrière. Tout ce qu'elle sentait, c'était l'odeur de ses cheveux roussis. Elle a continué malgré tout, protégeant son visage avec son bras en entrant par la porte d'entrée. L'endroit rougeoyait d'un orange sombre et profond, le plafond étouffé par une fumée noire et dense. L'intensité du feu aspirait l'oxygène de ses poumons. Immédiatement, elle a commencé à comprendre ce que Nigel Hadlow et les autres victimes avaient ressenti dans leurs derniers instants, alors que le feu et les flammes commençaient à s'emparer de leurs corps.

Une série de hurlements à l'étage l'a tirée de sa rêverie. L'accès à l'étage supérieur était dégagé. Elle a couru vers la première marche et a commencé à monter, en faisant attention de ne pas toucher les murs ou la rampe, de peur de se brûler la peau des doigts.

À sa surprise, le feu n'avait pas encore compromis l'intégrité structurelle du bâtiment, et elle a pu monter les escaliers avec aisance. Pendant un instant, elle a même cru entendre le son familier du parquet qui craquait sous ses pieds.

Lorsqu'elle a atteint la dernière marche, tout est devenu étrangement silencieux, à l'exception du bruit de sa respiration et de l'écho lointain de Kimberley et de son bébé dans la chambre de leurs parents. Stephanie s'est approchée. La porte était verrouillée.

Auparavant, quand elle était tombée sur cette pièce, quelque chose l'avait retenue, l'empêchant d'entrer. Cette fois, elle n'a pas hésité ; elle a ouvert la porte d'un coup de pied, tout comme elle l'avait fait en bas quelques instants plus tôt, et s'est accroupie, anticipant l'explosion de fumées qui lui est passée au-dessus de la tête.

L'avant-bras en feu, elle a plongé dans la chambre et s'est dirigée vers sa sœur. Elle a trouvé Kimberley blottie dans un coin, berçant son bébé contre sa poitrine.

Stephanie a attrapé Kimberley par le bras et l'a traînée dehors, les bras drapés sur sa sœur pendant qu'elles avançaient. Quelques instants après qu'elles ont quitté la chambre de leurs parents — cet endroit qui avait été témoin de tant d'horreurs au fil des ans — le toit s'est effondré et a implosé dans une boule de feu.

Elles ont descendu les escaliers prudemment, en retenant leur souffle et en protégeant leur visage.

En bas des marches, la lumière a commencé à s'infiltrer dans le couloir, annonçant leur sortie. Stephanie a senti une détermination nouvelle grandir en elle. C'était ça. Le dernier effort.

Elle s'est précipitée à travers la porte, et elles ont fait irruption en pleine lumière, toussant et crachotant, recrachant ce qui encombrait leurs poumons sur l'allée. C'était incessant. Mais alors que des badauds commençaient rapidement à les entourer, Stephanie a pris conscience qu'elle n'entendait de bruit provenir que de sa sœur.

Les pleurs du bébé avaient cessé.

Stephanie le lui a pris, mais il semblait lourd et flasque dans ses bras.

Elle n'a pas eu besoin de le démailloter pour savoir qu'il était mort, qu'il avait succombé à l'incendie, qu'elle n'avait pas réussi à le sauver — ni dans la vraie vie, ni même dans un rêve.

CHAPITRE
SOIXANTE-DIX-SEPT

Stephanie s'est assurée d'arriver la première le lendemain matin afin de prendre de l'avance sur le reste de l'équipe. Ils avaient envoyé leurs rapports journaliers à différents moments de la soirée précédente, et elle les parcourait depuis cinq heures du matin, essayant de se distraire du cauchemar qui l'avait tenue éveillée.

Elle était à mi-chemin du rapport de Devon lorsque la première personne est entrée dans le bureau.

Olivia.

— Bonjour, chef, a lancé l'agente en posant ses sacs près de son bureau. Je ne pensais pas vous voir aujourd'hui. Tout est réglé avec l'hôpital ?

— Aussi réglé que possible, a répondu Stephanie en se levant de son bureau. Elle a rejoint Olivia dans la cuisine, où la machine à café s'est mise en marche en crachotant.

— Ça remonte à quand, la dernière fois que tu as dormi ?, a demandé Olivia.

— Vraiment bien ? Vers 1995. Récemment ? Il y a quelques jours. Les lits d'hôpital ne sont pas aussi confortables qu'on le dit.

— Je ne crois pas que quiconque, de toute l'histoire de l'univers, ait jamais dit préférer dormir dans un lit d'hôpital plutôt que dans le sien.

Stephanie a eu un petit rire en appuyant sur le bouton « latte » de la machine et a attendu que ses rouages se mettent en action. Olivia tournait autour d'elle, l'air de vouloir dire quelque chose.

— Est-ce que c'était… ? Est-ce que… ? Comment va… ? Je suis tellement désolée, Steph, a fini par dire Olivia en posant fermement la main sur le haut de son bras. C'était un petit geste, mais Stephanie l'a néanmoins apprécié.

— Nous allons bien. Je vais bien. La meilleure façon de gérer ça, c'est de faire ce que je fais avec tout : faire l'autruche et me plonger dans le travail pour oublier.

— Ce n'est pas sain.

— Depuis quand ce que je fais est-il sain ?

Olivia n'a rien trouvé à répondre. La machine à café a terminé, et Stephanie a ramené sa tasse au bureau. Quand elle est entrée, tout le monde sauf Giles était arrivé, vêtus d'imperméables, les cheveux humides à cause de la fine pluie persistante qui tombait depuis son réveil.

— Bonjour à tous, a-t-elle lancé. Ravie de vous voir tous de si bonne heure. Je veux faire le point sur la situation, alors installez-vous et rejoignez-moi dans la salle de crise dans cinq minutes.

Un peu plus de cinq minutes plus tard, l'équipe était assise devant elle dans la salle de crise. Giles était arrivé en trombe à la dernière minute, le seul sans boisson chaude pour chasser le froid qui régnait dans le bureau.

— Je m'excuse d'avoir tout chamboulé hier, a-t-elle commencé, mais j'apprécie que vous ayez tous eu le professionnalisme de gérer la situation en mon absence. Elle s'est tournée vers le tableau d'enquête, remarquant que quelqu'un avait ajouté le nom, la photo et l'adresse de Kenny Musgrave. Ses yeux ont balayé la dernière photo des deux garçons. Cette affaire ne va pas disparaître, ni s'arranger. Et maintenant, nous avons potentiellement deux victimes de plus à venir. Mais d'abord : où en sommes-nous avec notre quatrième victime ? Que savons-nous sur lui ?

Devon a été le premier à parler. — Il s'appelait Kenny Musgrave. Cinquante-trois ans, comme les autres victimes. Il vivait seul et travaillait comme auditeur financier. Il dirigeait sa propre entreprise, enregistrée au Companies House, mais il est le seul employé.

— Nous avons parlé à ses voisins, et ils l'ont décrit comme une personne agréable, a poursuivi Noah. Amical. Il ne s'est jamais mis qui que ce soit à dos et a aidé quelques voisins quand ils avaient des problèmes financiers avec leur voiture.

Stephanie a hoché la tête. — Et quelque chose d'utile ? Des liens avec Nigel Hadlow, Carlos Vazquez et Darren Fairhurst ?

— J'ai parlé au père de Musgrave, a dit Fiona en se triturant les ongles. Et, eh bien, il n'a pas été d'une grande aide, pour être honnête. Apparemment, il n'était pas très présent dans la vie de Kenny, donc il n'a reconnu aucun des deux garçons sur la dernière photo. Il a cependant confirmé que Kenny n'allait pas dans la même école que les autres victimes et qu'il fréquentait le club parascolaire de l'église en semaine quand il était jeune. Il s'en souvient parce qu'il a dû aller le chercher là-bas une ou deux fois.

— Donc les quatre victimes, et potentiellement les deux prochaines, viennent du club parascolaire de l'église et non de St Jude ?, a répété Stephanie pour elle-même. Est-ce que Kenny était religieux ?

— Sa mère l'était, a continué Fiona. C'est pour ça qu'il allait au club parascolaire, et c'était aussi l'une des raisons de la séparation de ses parents. Mais son père n'a pas dit s'il allait à l'église le week-end. Comme je l'ai dit, ils ne se voyaient pas beaucoup.

— Y a-t-il quelque chose qui relie les quatre victimes au-delà du club ?

Le silence a envahi la pièce, des visages impassibles la dévisageant. Elle ne pouvait pas en attendre trop pour une seule journée.

— Très bien, a-t-elle dit. Devon et Noah, je veux que vous travailliez là-dessus maintenant. Plongez-vous dans les historiques de messages, les relevés téléphoniques et financiers. Tout ce qui pourrait suggérer que les quatre se sont vus ces derniers mois. Elle s'est tournée vers l'autre côté de la pièce. Giles, Fiona et Olivia, j'ai besoin que vous découvriez qui sont ces deux garçons. Sont-ils frères ? Meilleurs amis ? Ou l'un d'eux est-il le tueur et l'autre la prochaine victime ? C'est la priorité. Nous avons eu un temps de retard sur ce salaud pendant toute l'enquête. Nous ne pouvons pas lui permettre de prendre deux vies de plus. Nous…

Soudain, une porte de l'autre côté du bureau s'est ouverte. Le commissaire principal McGowan est apparu du coin de l'œil, lent et méthodique, la coupant dans son élan. Elle a aussitôt perdu le fil de ses pensées.

— Inspectrice, a-t-il dit doucement. Quand vous aurez terminé, puis-je vous emprunter un instant ?

Il l'a dit si calmement, si tranquillement, et pourtant, pourquoi avait-elle l'impression d'être convoquée dans le bureau du directeur ?

Après qu'il a disparu dans son bureau, elle s'est retournée vers l'équipe. Bégayante et distraite, elle a dit : — Vous savez tous ce que vous avez à faire. Vous savez tous où me trouver si vous avez besoin de moi. Au travail.

CHAPITRE
SOIXANTE-DIX-HUIT

Stephanie a décliné l'offre de s'asseoir.

— Sûre ? a demandé McGowan.

— Certaine, chef. Je suis restée assise pendant près de vingt-quatre heures. Mon bas du dos a bien besoin d'un peu de repos.

Clive a tripoté maladroitement quelques papiers sur son bureau. — Comment… comment va *tout* ? a-t-il fini par demander.

— Elle a perdu le bébé.

Clive a laissé tomber les documents et l'a dévisagée d'un air absent. Pour quelqu'un à un poste à haute responsabilité, avec des années d'expérience, il avait l'air, pour la première fois depuis qu'elle le connaissait, de ne pas savoir quoi dire.

— C'est horrible, a-t-il répondu. Je suis vraiment désolé d'apprendre ça. Transmettez mes condoléances à votre sœur, s'il vous plaît. Si elles ont besoin de quoi que ce soit, je suis sûr… je suis sûr que nous pouvons les aider.

— J'apprécie, chef. Mais pour l'instant, je ne pense pas que quoi que ce soit puisse combler le vide immense qui s'est installé dans leur vie.

Et dans leur mariage.

— Bien sûr, a-t-il dit doucement. L'offre tient toujours. Il a fait une pause, reportant son attention sur les papiers. — Je suis sûr que c'est une période difficile pour votre famille. Et je suis sûr que c'est difficile pour vous aussi, Steph.

Stephanie a rapidement tendu la main vers la porte. — Nous ne sommes pas obligés de faire ça, j'ai…

— Et ce serait une négligence de ma part de ne pas prendre en compte ce que vous ressentez pendant tout ça. J'ai un devoir de sollicitude envers vous, comme envers n'importe qui d'autre. Même si je vous vois faire bonne figure devant tout le monde, j'ai vu ça assez de fois, et je l'ai vécu moi-même, pour savoir quand quelqu'un est en difficulté.

— Chef…

Il a levé une main pour la faire taire. — Vous n'avez pas à prétendre que vous allez bien quand ce n'est pas le cas. Si… si les choses deviennent trop dures à gérer, avec votre vie et l'enquête, alors il faut que vous me le disiez.

— Chef, a-t-elle dit en soupirant. Avec tout le respect que je vous dois, merci mais non merci. Je me connais. Je sais comment gérer un traumatisme. J'en ai assez bavé pour avoir un diplôme en la matière. Mais honnêtement, je vais bien. Tout ce dont j'ai besoin, c'est de me reconcentrer et de focaliser l'équipe sur cette enquête. Trop de gens meurent sous ma responsabilité, et nous devons nous assurer que ça n'arrive à personne d'autre.

Il a entrelacé ses doigts et l'a regardée sans expression. — Avez-vous besoin de soutien ?

— Non. J'ai entièrement confiance en mon équipe, et j'ai entièrement confiance en cette enquête.

— Quels suspects avez-vous ?

Elle a ouvert la bouche, s'attendant à une question différente qu'elle aurait pu facilement esquiver, mais aucun mot n'est sorti. Elle n'avait pas de réponse. Il n'y avait pas de suspects. Juste de plus en plus d'enfants qui avaient grandi en menant des vies différentes, tous liés à quelque chose de leur passé qui revenait maintenant les hanter.

p>

— Nous travaillons sur toutes les pistes sérieuses, a-t-elle répondu.

Il a laissé échapper un petit ricanement. — Vous savez à qui vous parlez, n'est-ce pas ? Cette réplique fonctionne peut-être avec le public, mais malheureusement pas avec moi. J'aimerais bien ; ça me faciliterait grandement la vie.

Elle a baissé les yeux vers le sol. — Vous avez raison. Désolée, chef. Nous n'avons actuellement aucun suspect.

— Et les identités des deux garçons sur la dernière photo ?

— C'est notre priorité absolue, a-t-elle admis. Je vais personnellement diriger certains des interrogatoires avec les personnes nécessaires.

Ça a semblé l'apaiser un instant. Elle l'a coupé avant qu'il ne puisse répondre.

— Avec tout le respect que je vous dois, chef. J'apprécie votre sollicitude. Mais je n'ai pas le temps pour ça. Je vais bien, et je continuerai d'aller bien. Pour l'instant, je dois retourner sur le terrain et agir, car deux vies dépendent de moi.

Elle a ouvert la porte et a quitté la pièce sans lui laisser l'occasion de répondre.

CHAPITRE
SOIXANTE-DIX-NEUF

Cette fois, la maison de retraite ne semblait pas aussi imposante ou terrifiante. Au contraire, elle paraissait plus petite, plus sale, davantage un bâtiment à l'abandon qu'un lieu pour les mourants. La dernière fois qu'elle avait franchi ces portes, sa poitrine s'était oppressée, ses paumes étaient devenues moites et son esprit s'était noyé dans le tourment. Maintenant, alors que Stephanie se garait et sortait de la voiture, il n'y avait rien de tout ça. Pas de palpitations. Pas de difficultés à respirer. Pas de voix dans sa tête la pressant de faire demi-tour.

Elle traversa le gravier d'un pas déterminé, son manteau bien serré autour d'elle et ses cheveux flottant au vent. Elle trouva la réceptionniste, Sharon Gallagher, derrière son comptoir et se présenta.

— Je viens pour George Grant, expliqua Stephanie en signant le registre.

Sharon ne perdit pas de temps à contourner le bureau et à la guider dans le couloir. Au lieu de prendre le même chemin que la fois précédente, la réceptionniste l'entraîna dans un autre long corridor. Elles passèrent devant des chambres d'où s'échappaient le son nasillard de téléviseurs bon marché et la puanteur du spray antiseptique luttant contre une écrasante odeur d'urine.

L'endroit empestait la mort et la décrépitude. Et Stephanie en avait assez vu dans sa vie pour savoir qu'elle ne voulait pas finir dans un lieu pareil, à se consumer jusqu'à n'être plus que peau et os. Une mort rapide et sans douleur, voilà comment elle voulait partir. Le moins de souffrance possible pour ses proches.

Quelques instants plus tard, elles entrèrent dans le salon commun. Au fond de la pièce, un grand écran de télévision diffusait une quelconque émission de jour qui aidait à noyer le silence. Le long des murs s'alignait une rangée de fauteuils rembourrés à haut dossier. L'espace était majoritairement occupé par des femmes, presque dix fois plus nombreuses que les hommes. Stephanie leur adressa à tous un sourire chaleureux, faisant un signe de la main à chacun d'eux alors qu'ils la dévisageaient d'un air absent, leur esprit tentant de déchiffrer qui elle était et s'ils la connaissaient. Malgré la morbidité de la pièce, les patients semblaient de bonne humeur. Ceux qui pouvaient parler — une faculté que la maladie d'Alzheimer n'avait pas encore emportée — engageaient la conversation, tandis que ceux qui étaient assez lucides pour lui rendre son salut le firent.

Au fond de la pièce, niché dans un coin, se tenait George Grant, voûté, le regard fixé sur le sol. Une patiente lui marmonnait quelque chose, mais il l'ignorait. À leur approche, il parut plus conscient et releva légèrement la tête.

— George, vous avez de la visite, mon chéri. Elle s'appelle Stephanie. Elle a quelque chose à vous montrer.

George cligna lentement des yeux, qui étaient cerclés de rouge, ses joues creuses. Il paraissait plus petit et plus fragile que dans son souvenir, comme si le poids de son propre corps s'affaissait sur lui-même. Pourtant, il y avait toujours quelque chose dans son regard, quelque chose de caché derrière ses yeux, qui suggérait qu'il était *loin* d'être aussi absent que les autres.

Stephanie s'accroupit un peu pour se mettre à sa hauteur. La réceptionniste lui jeta un rapide coup d'œil avant de se retirer à l'autre bout de la pièce, leur laissant de l'intimité tout en continuant à observer.

— Bonjour, George, dit doucement Stephanie. Vous vous souvenez de moi ?

Ses lèvres eurent un soubresaut, mais ne trahirent rien.

— J'ai quelque chose que j'aimerais vous montrer.

Elle glissa la main dans la poche de son manteau, ses doigts effleurant le bord d'une pochette plastique. Quand elle la sortit, la photo à l'intérieur capta la lumière. Elle la leva pour qu'il puisse la voir.

— Vous reconnaissez les garçons sur cette photo ? demanda-t-elle, calme et maîtrisée. Elle comprit qu'elle devait faire preuve d'une certaine patience, ce qui était bien plus facile à dire qu'à faire sans Olivia pour s'en charger.

Les yeux de George balayèrent la photographie. Pendant une seconde, il n'y eut rien. Juste le même regard lointain et embrumé qu'il leur avait lancé la dernière fois. Mais plus il regardait, plus son expression changeait. Ses pupilles se dilatèrent, ses yeux s'écarquillèrent, et ses lèvres tremblèrent avant de se retrousser.

— Ils sont très jolis.

D'abord, elle ne l'entendit pas. Mais quand la femme à côté de George le répéta, elle comprit ce qui s'était passé. La femme à la droite de George s'était penchée vers lui, tendant la main vers le sac de preuves.

— Ce sont de très mignons petits garçons, répéta la femme.

Avant que Stephanie ne puisse répondre, George hocha la tête. — Oui, murmura-t-il, sa voix rauque et semblable à du papier. — Très jolis, en effet. Je les ai toujours aimés à cet âge.

Stephanie eut la chair de poule. La façon dont il l'avait dit n'avait rien d'innocent. La lueur derrière ses yeux n'évoquait pas la pensée de chorales d'enfants ou de jeux de paroisse. Il y avait autre chose. Quelque chose de plus sombre.

Elle ne se laissa pas réagir, bien que chaque fibre de son être la poussât à reculer. Au lieu de ça, elle garda un ton neutre, professionnel et détaché. — Vous les aimiez à cet âge ?

Les yeux de George ne quittaient pas la photographie. Sa respiration était devenue courte et irrégulière, comme si ces images l'avaient tiré du brouillard plus efficacement que n'importe quel médicament. — Si doux, si confiants, murmura-t-il. — C'était le meilleur moment. Avant que le monde et la puberté ne les abîment.

Stephanie sentit la bile lui monter à la gorge. Elle plongea de nouveau la main dans sa poche et en sortit une seconde pochette. Une autre photographie. Une autre victime. Elle la leva, l'observant attentivement.

La réaction de George fut immédiate. Ses lèvres se retroussèrent à nouveau. — Oui. Joli. Je l'aimais bien aussi.

Une autre photo. Celle de Nigel Hadlow. Encore une fois, les mêmes mots. — Joli. Juste le bon âge.

Son pouls martelait ses tempes, mais elle continua, les mains stables bien que ses entrailles se nouassent. Une par une, elle disposa les photos sur ses genoux, chaque image d'une victime provoquant la même réaction de sa part.

Puis elle fit glisser la dernière photo. Kenny Musgrave.

Pour la première fois, la main de George tressaillit, s'avança, tremblante, pour se poser contre le plastique. Il y avait une lueur dans ses yeux maintenant. Une étincelle. Ses lèvres gercées s'entrouvrirent, et sa voix émergea avec une clarté surprenante.

— Celui-là, dit-il, les mots presque révérencieux. Son doigt tapota le plastique. — Kenny. C'était mon préféré.

La pièce parut tanguer autour de Stephanie. Elle se força à respirer, à rester ancrée, bien que chaque instinct lui hurlât de reprendre les photos et de partir. Elle déglutit péniblement, gardant sa voix neutre.

— Dites-moi pourquoi, George.

Il sourit et se pencha en arrière dans son fauteuil comme pour s'enfoncer dans un souvenir. — Parce qu'il chantait pour moi, murmura-t-il. — Il avait la plus belle des voix. Et la plus belle des bouches.

CHAPITRE
QUATRE-VINGTS

Le téléphone lui parut lourd dans les mains, comme alourdi par les informations que Stephanie venait de lui donner.

— Qu'est-ce qu'elle avait à dire ? demanda Fiona.

Quelques secondes plus tard, Olivia reprit ses esprits. — Elle pense qu'il pourrait y avoir une sorte de lien sexuel entre les garçons.

— Ils couchaient ensemble ? Ils avaient treize ans !

Olivia secoua la tête, réalisant son erreur. — Non, non, non. Je parlais des garçons et des prêtres du club périscolaire. Elle a montré les photos à George Grant, et il a dit qu'ils étaient mignons.

— *Mignons* ?

Olivia hocha la tête. — Mais de la façon dont elle l'a dit, ça semblait…

— Douteux ?

Nouveau hochement de tête. — Tu ne penses pas qu'ils leur ont fait des choses, aux garçons, si ?

— Une personne d'influence qui abuse de sa position de pouvoir et de confiance ? Une histoire vieille comme le monde, dit Fiona en se rongeant l'ongle du petit doigt jusqu'au sang. Mais je ne vois pas comment ça pourrait être lié à ces meurtres. Si l'un des garçons a été agressé, il chercherait sûrement à se venger de ceux qui l'ont fait — c'est-à-dire les prêtres — et pas des gens avec qui il allait au club, non ?

Le regard d'Olivia tomba sur le bitume. Puis elle le releva vers l'église en face d'elles.

— À moins que Nigel, Carlos et les autres aient présenté le tueur aux prêtres, et que maintenant il se venge sur *eux* pour ça, suggéra-t-elle.

Un moment de silence solennel flotta entre elles, porté par la brise. Elles échangèrent des regards gênés. En tant que mère de deux adolescents, Olivia sentit cette pensée lui enserrer la poitrine comme du fil de fer barbelé. Elle avait toujours été vigilante face aux dangers qui se cachaient au grand jour, en particulier les risques de manipulation et de pédophilie. C'était une préoccupation qui ne la quittait jamais, surtout dans son travail.

— T'en penses quoi ? demanda Fiona.

Olivia ne savait pas. Mais cela changeait certainement la nature de la conversation qu'elles s'apprêtaient à avoir.

Le poids sur leurs épaules semblant soudain plus lourd, elles traversèrent le parking en direction de l'église St Joseph. Tandis qu'Olivia poussait la lourde porte en bois, un frisson les parcourut, plus froid que l'air extérieur. À l'intérieur, elles trouvèrent John Ellery portant une pile de recucils de cantiques.

Le bruit l'alerta, et il lança : — Déjà de retour ?

— Malheureusement, répondit Olivia. Pourrions-nous vous poser quelques questions supplémentaires sur le sujet que nous avons abordé précédemment, mon Père ?

— Bien sûr, bien sûr. John posa les livres et leur fit signe de le suivre dans la salle des archives. C'était plus calme là, plus isolé et, pensa Olivia avec cynisme, à l'abri des oreilles indiscrètes de Dieu.

— J'ai vu qu'il y a eu un autre incendie la nuit dernière, dit-il. Allez-vous me dire que la victime appartenait également à l'église ?

— Oui, répondit Fiona sans détour. Malheureusement. Il s'appelait Kenny Musgrave. Nous pensons qu'il faisait partie du même groupe d'amis que les autres victimes que ma collègue a portées à votre attention l'autre jour. Elle sortit son téléphone de sa poche et lui montra une photo récente de Kenny, prise sur ses profils de réseaux sociaux. — Vous le reconnaissez ?

Ellery jeta un bref regard à l'image. — Ça ne me dit rien. Et d'habitude, j'ai une assez bonne mémoire des visages.

Olivia se pencha un peu en avant. — Vous avez mentionné

précédemment que George Grant avait été très impliqué dans les groupes d'enfants. Nous lui avons parlé nous-mêmes depuis. Quand on lui a montré les mêmes photographies que nous vous avons montrées, il les a décrits comme étant « mignons ».

Le prêtre fronça les sourcils et laissa échapper un petit rire sec. — George est un vieil homme. Son esprit n'est plus ce qu'il était. Je n'accorderais pas beaucoup de poids aux paroles de quelqu'un dans son état.

— Peut-être, dit Olivia, sur un ton délibérément modéré. Mais lorsque nous avons insisté, il a dit qu'il les aimait « à cet âge-là » et que l'un des garçons avait une belle bouche.

À ces mots, le prêtre releva la tête. — Je suis désolé, inspectrice, mais je dois protester. George a consacré sa vie à cette église. Il a baptisé des enfants, enterré leurs grands-parents et donné des conseils en temps de crise. C'est un prêtre, un serviteur de Dieu, et je ne resterai pas là à regarder sa réputation se faire traîner dans la boue par des insinuations.

— Nous n'insinuons rien, intervint Fiona. Nous enquêtons. Et s'il y a jamais eu un incident impliquant George et les garçons, nous devons le savoir.

Ellery secoua fermement la tête, comme pour balayer la suggestion d'un revers de main. — Il n'y a pas eu d'« incident », et il n'y en a jamais eu. Croyez-moi, au cours de mes années de service, j'ai entendu des rumeurs sur d'autres paroisses, d'autres prêtres. Mais pas sur George. Jamais George. On lui faisait confiance, on le respectait, on l'aimait. Quoi qu'il ait pu vous dire, vous déformez les paroles d'un homme confus. Si vous êtes venues ici en espérant que je confirme un quelconque scandale, je crains que vous ne repartiez déçues. Les garçons sur lesquels vous posez des questions étaient sans aucun doute de bons gamins. George les a guidés. Les a encouragés. Il ne leur a jamais fait de mal. Et si vous suggérez le contraire, alors je ne peux que supposer que le désespoir obscurcit votre jugement.

Fiona croisa les bras, laissant le silence s'installer. Olivia l'étudia attentivement.

— Nous ne sommes pas désespérées, mon Père, dit finalement Olivia. Nous sommes minutieuses. S'il n'y a rien eu, alors il n'y a rien eu. Mais s'il y a eu quelque chose… ça finira par se savoir.

Les lèvres d'Ellery se pincèrent pour ne former qu'un mince trait. — Alors je vous suggère de chercher ailleurs. Parce que vous ne trouverez pas vos réponses ici.

Olivia le prit au mot et inspecta la pièce. Des piles de papiers et de dossiers jonchaient la table près du mur, à côté d'une poignée de vieilles photographies. Sur une chaise, des boîtes débordaient de bulletins paroissiaux et de vieilles feuilles d'émargement. Une pile était attachée avec de la ficelle, mais un nœud s'était défait et une liasse s'était répandue, révélant des visages d'hommes, de femmes et d'enfants figés au milieu d'un sourire, vingt ans plus tôt.

Elle pencha la tête. — Vous avez été bien occupé ici.

Ellery suivit son regard. — Oui, eh bien, dit-il en s'éclaircissant la gorge, après votre visite l'autre jour, ça m'a fait réfléchir. L'histoire de l'église, les jeunes avec qui nous avons travaillé au fil des ans… J'ai pensé qu'il pourrait être utile de mettre les choses en ordre. Peut-être même de trouver quelque chose d'utile pour vous.

— Un petit nettoyage, dit Olivia, en s'approchant du bureau. Le bout de ses doigts survola les photographies sans les toucher. C'est attentionné de votre part.

— Oui, répondit-il rapidement. Je veux aider autant que je le peux. Si ces terribles incendies sont liés à l'église, alors je manquerais à mon devoir si je ne faisais rien pour aider votre enquête.

Olivia écarta quelques papiers du bout des doigts. Ses yeux parcoururent des bulletins, un planning dactylographié des bénévoles du dimanche et une affiche dessinée à la main pour une kermesse paroissiale. Puis, au milieu de la pile, elle aperçut le bord de quelque chose de différent : du papier journal, plus épais, décoloré.

Elle le sortit avec précaution.

C'était une double page du *Surrey Advertiser*. Le titre, à moitié masqué par le pli, disait : *L'Église Saluée par le Groupe de Jeunes Hebdomadaire*. En dessous s'étalait une photographie en noir et blanc, sur toute la double page. Une douzaine de garçons, à peine adolescents, vêtus de chemises et de pantalons, se tenaient dans la salle paroissiale, chaque visage rayonnant d'une fierté gauche vers l'objectif, un château gonflable derrière eux. Au centre, les bras passés les uns autour des autres, se trouvaient les garçons qu'elle reconnut instantanément : Nigel, Carlos, Darren… et Kenny.

La poitrine d'Olivia se glaça en voyant la photo. C'était la même photo d'où les morceaux avaient été découpés et laissés sur chaque scène de crime. Sa main plana juste au-dessus de la page, comme si elle craignait de la tacher en la touchant.

— Où avez-vous eu ça ? demanda Olivia, d'un ton plus sec qu'elle ne l'aurait voulu.

Ellery s'agita derrière elle, regardant par-dessus son épaule. — Ça vient de l'*Advertiser*. Ils venaient souvent à mes débuts, et sans doute avant, pour faire des articles sur nous, pour montrer à la communauté ce que nous faisions. Un peu de pub.

Elle dégagea la page de la pile, mais il n'y avait rien d'autre sur le document. Pas de noms. Pas d'âges. Pas d'interviews avec les garçons de la photographie. Juste les visages de ceux qui avaient été brûlés vifs. Et quelque part parmi eux, pensa Olivia, le tueur.

CHAPITRE
QUATRE-VINGT-UN

Les essuie-glaces balayaient violemment le pare-brise, luttant contre la pluie incessante qui s'était intensifiée au fil de la matinée. Son téléphone a vibré sur son support, sur le tableau de bord. C'était Olivia. Se penchant sur son siège, elle a appuyé sur le bouton et a répondu à l'appel.

— Vous pouvez parler ? a demandé Olivia, la voix presque haletante.

— Je suis au volant, mais allez-y.

— Je viens de quitter St Joseph, et nous avons trouvé la photo des garçons. L'originale.

— *L'originale ?*

— Elle provient d'une séance photo du club périscolaire que le *Surrey Advertiser* a faite en quatre-vingt-trois. Tout le monde y est : Nigel, Carlos, Darren, Kenny.

Stephanie a été distraite et n'a pas vu la voiture freiner devant elle. Elle a pilé, évitant de justesse une collision.

— Et les deux nouvelles victimes ?

— Elles y sont aussi. À l'arrière du groupe.

Le son du vent et de la pluie a crépité dans le micro.

— Quelqu'un d'autre ?

— Quelques autres personnes, a expliqué Olivia. Il y a une douzaine de garçons au total, ainsi que trois adultes.

— Qui sont les adultes ?

— Nous ne savons pas. Nous supposons que l'un d'eux est George, mais le père Ellery n'a pas reconnu les autres. Il a dit que ça aurait pu être des membres de l'église qui faisaient du bénévolat, peut-être des parents.

— Est-ce qu'il y a du texte dans l'article ?

— Il y en *a*, a dit Olivia. Pas sur la version que nous avons trouvée. Nous n'avons que la photo.

La voiture de devant a démarré, mais Stephanie est restée sur place, distraite. Ce n'est que lorsque la voiture derrière elle a klaxonné qu'elle a avancé.

— Madame, vous êtes toujours là ? a demandé Olivia.

— Je suis là. Je réfléchis. Elle a fait une pause en passant un feu de signalisation. Quel est le résultat pour la piste du grooming ?

— Fiona et moi avons des avis divergents sur ce point, a répondu Olivia.

— Continuez.

Olivia s'est éclairci la gorge avant de poursuivre. — Elle pense que s'il y avait eu un scandale de grooming, le tueur s'en prendrait aux prédateurs, pas aux garçons. Alors que moi, je ne suis pas d'accord. Je pense que tous les prédateurs sont probablement morts depuis longtemps, à l'exception de George, et que maintenant le tueur cherche à se venger des garçons qui l'ont initié au grooming. Que peut-être, les victimes brûlées vives sont les gamins qui ont persuadé le tueur de rejoindre le club et de se faire abuser par la suite.

Stephanie a tourné dans un quartier résidentiel calme et s'est garée sur le côté de la route. La température à l'intérieur de la voiture lui a paru soudainement étouffante, alors elle a baissé la vitre, les rouages de son cerveau tournant à plein régime. Elle a soupesé les informations, évaluant le pour et le contre de chaque argument. D'un côté, cela renforçait le lien entre les victimes. Si elles avaient toutes été victimes de grooming et d'abus sur mineur, leurs liens auraient été plus profonds que tout au monde. Mais pourquoi l'un d'eux se retournerait-il soudainement contre les autres pour les tuer ? Pourquoi ne canaliseraient-ils pas leur colère contre les responsables du traumatisme et des cauchemars ?

Cela n'avait aucun sens pour Stephanie.

Et puis une pensée lui est venue : les incendies.

Elle était convaincue que le mode opératoire, ainsi que les citations religieuses laissées sur les scènes de crime, étaient symboliques. Trop évidents pour être ignorés.

Brûler des gens vifs était-ce une forme de justice ou de châtiment pour avoir été entraîné dans un réseau de prédateurs et de pédophiles ?

Son instinct lui disait que non.

— Gardons toutes nos options ouvertes, a-t-elle dit. Il y a peut-être une autre pièce à ce puzzle. Laissez-moi appeler Louis pour voir s'il peut nous aider avec l'article.

Stephanie a mis fin à l'appel avec Olivia et a immédiatement fait défiler ses contacts. Son pouce a hésité un instant, puis elle a appuyé sur celui de Louis Brown. La ligne a sonné deux fois avant qu'une voix vive ne réponde.

— Stephanie. Quelle bonne surprise ! Que puis-je faire pour la police du Surrey en ce beau samedi matin ?

— Louis, j'ai besoin de votre aide. C'est à propos de cette enquête. Nous avons trouvé la photo originale de tous les garçons qui ont été tués, et elle provient d'un article d'une ancienne édition du *Surrey Advertiser*. On dirait que ça faisait partie d'un dossier plus large que le journal a publié à l'époque.

Louis a grogné. — Et alors ?

— Nous pensons que c'est important. Nous avons besoin d'accéder à vos archives : les tirages originaux, les articles, tout ce qui accompagnait le rédactionnel. Nous pensons qu'il pourrait y avoir les noms des victimes et aussi des autres membres du groupe quelque part.

— Bien sûr, a dit Louis. Oui, vous pouvez y avoir accès. Nous gardons les archives physiques au sous-sol, tout est numérisé à partir de quatre-vingt-seize. Mais s'il s'agit du milieu des années quatre-vingt, il vous faudra les copies papier. Je n'y suis pas aujourd'hui, mais je peux demander à quelqu'un de vous accueillir à la réception.

— Parfait. Nous y serons cet après-midi.

CHAPITRE
QUATRE-VINGT-DEUX

Peu après midi, Stephanie, Giles, Olivia et Fiona se sont installés dans une petite pièce des bureaux du *Surrey Live*. L'espace était à peine assez grand pour deux personnes, encore moins pour quatre, surtout avec le flot continu de boîtes qu'apportaient les jeunes employés et les stagiaires du journal. Des décennies de l'histoire de Guildford se trouvaient juste devant eux, n'attendant que d'être décortiquées. Il a fallu près de vingt minutes pour tout rassembler au même endroit, et après que Stephanie est revenue du M&S local avec une sélection de sandwichs tout prêts, d'en-cas et de boissons, ils étaient prêts à commencer. Ils avaient tout ce dont ils avaient besoin pour les prochaines heures d'exploration fastidieuse et abrutissante.

— Ça va être tout sauf une partie de plaisir, a marmonné Giles en lorgnant les tours de carton empilées contre le mur. Son regard s'est ensuite posé sur la nourriture et les boissons. — Ils n'avaient rien de plus fort dans le rayon des formules repas ?

Stephanie se tenait au bout de la table, les mains sur les hanches, observant Giles en haussant un sourcil. — Malheureusement, non. Ce sera pour plus tard, à condition que tu fasses une découverte capitale.

— Défi accepté.

— Bon, a-t-elle dit. — Notre année de référence est quatre-vingt-trois, mais je veux qu'on couvre aussi une année de chaque côté.

Mil neuf cent quatre-vingt-deux à mil neuf cent quatre-vingt-quatre. Il nous faut tout ce qui mentionne l'église, les clubs périscolaires ou les incendies. Tout ce qui a un lien avec les garçons. Accidents, vandalisme, peu importe. On passe chaque ligne au peigne fin. On ne laisse rien passer.

Fiona a laissé échapper un petit sifflement, en sortant une pile qu'elle a étalée sur la table. — Ça représente des milliers de pages.

— Alors on a intérêt à s'y mettre, a dit Stephanie d'un ton sévère. Elle savait que c'était une corvée, mais elle savait aussi que c'était là que les réponses devaient se trouver. Quelque part dans ces colonnes sans fin gisait le fil qu'il fallait tirer.

Peu de temps après, la pièce a trouvé son rythme : le bruit des pages que l'on tournait, des papiers qui bruissaient, et des stylos qui crissaient. De temps en temps, l'un d'eux soufflait ou marmonnait quelque chose dans sa barbe. Dehors, l'effervescence et la ferveur d'un journal local bourdonnaient de l'autre côté de la porte.

— On dirait que c'est eux qui s'amusent bien, a commenté Giles. — C'est pire que mes révisions pour le brevet.

— Tu n'as pas révisé pour ton brevet, a répliqué Fiona sans lever les yeux. — Ne mens pas.

Stephanie s'est permis un petit sourire, mais ses yeux n'ont pas quitté la page devant elle. Fêtes locales, conflits au conseil municipal, avis de décès, alertes inondation… rien. Elle a pris une autre page.

La première demi-heure s'est écoulée en silence, à l'exception du bruissement du papier journal et du craquement occasionnel d'un paquet de chips. Stephanie s'était installée près de la porte, assise en tailleur avec une pile de numéros de mars 1983. Giles s'occupait du mur opposé, tandis qu'Olivia et Fiona s'étaient calées ensemble près de la fenêtre, la lumière du jour inondant leurs épaules alors qu'elles se penchaient sur les pages.

— J'en ai un sur un vicaire qui organise une kermesse d'été, a dit Olivia au bout d'un moment. — Quatre-vingt-trois, juillet. Grande tombola, brocante, jeux pour enfants. Ça ne dit pas grand-chose de plus.

— Pas utile, a grommelé Giles.

Ensuite, ce fut au tour de Fiona de proposer quelque chose. — Il y a beaucoup de choses sur des cambriolages cette année-là. Quelqu'un ciblait les supérettes. Mais ce n'est peut-être pas pertinent.

— Mets une note dessus, a dit Stephanie. — Tout ce qui ressemble à des troubles dans ce secteur pourrait avoir de l'importance.

— Et un incendie criminel dans un entrepôt à Woking, qui a fait trois blessés ? a demandé Fiona, parcourant la petite colonne. — Ça n'a pas l'air d'avoir un rapport avec l'église, par contre.

— Garde-le, a dit Stephanie.

Les heures suivantes se sont fondues en une boucle : trouver quelque chose, lire à voix haute, secouer la tête, passer à autre chose. Chaque fois qu'un titre semblait prometteur, il se dissolvait en rien de plus que de la petite délinquance ou un scandale occasionnel sur les budgets du conseil et alcuni de ses membres. À deux heures, alors que les restes des sandwichs avaient disparu depuis longtemps, le moral était au plus bas. Tout ce que Stephanie avait lu n'était que des lignes et des lignes de texte sans pertinence qui se mélangeaient : accidents de voiture, cambriolages, et près d'une demi-douzaine d'articles sur l'ouverture d'un nouveau Sainsbury's.

— Collision entre two voitures sur l'A3. Trois morts, a annoncé Giles.

Stephanie a levé les yeux. — Non.

Un peu plus tard, Olivia a froncé les sourcils. — Celui-ci parle d'un feu d'artifice dans une école. Deux enfants brûlés, mais rien de fatal.

— Où ça ?

— Dorking.

— Ce n'est pas ça, a dit Stephanie.

Le silence est revenu, seulement rompu par le bruit régulier des pages que l'on tournait. Puis la brusque inspiration d'Olivia a déchiré le silence.

— Steph… Je crois que je l'ai.

Ils se sont tous tournés vers elle alors qu'elle aplatissait soigneusement la feuille cassante contre le bureau. *Surrey Advertiser*, 19 avril 1983. Au milieu de la une, en deuxième partie de page.

• • •

DES ADOLESCENTS ÉCHAPPENT À UN INCENDIE DANS UNE MAISON DE GUILDFORD

Des amis d'un club périscolaire survivent à un feu en pleine nuit

Un incendie nocturne dans une maison abandonnée à la périphérie de Guildford a laissé plusieurs enfants secoués mais indemnes mardi soir. Le brasier, qui s'est déclaré peu après 21 h, a ravagé la propriété en ruine où un groupe d'amis d'un club périscolaire local s'était rassemblé.

Tous les garçons ont réussi à s'échapper avant que le bâtiment ne soit entièrement consumé par les flammes. Certains ont souffert d'une légère intoxication par la fumée, mais aucun n'a nécessité d'hospitalisation.

La cause de l'incendie fait l'objet d'une enquête, bien que les premiers rapports suggèrent qu'il pourrait avoir été déclenché accidentellement après que les enfants ont allumé des bougies à l'intérieur de la propiedad abandonnée.

« C'était comme dans un cauchemar », a déclaré Mme Anne Whittaker, une résidente du voisinage. « Tout a pris feu si vite. J'entendais les enfants crier. Ils ont de la chance d'être tous sortis. »

Des témoins ont décrit des tentatives frénétiques pour aider. « Nous avons cassé une fenêtre pour en faire sortir certains », a dit M. Peter Clarkson. « La fumée étouffait tout le monde. Ça aurait pu être bien pire. »

Des animateurs bénévoles du club périscolaire ont confirmé que le groupe s'était réuni plus tôt dans la soirée avant de se diriger vers la maison. « Ils étaient inséparables », a dit un bénévole. « Toujours à faire rire les gens. Nous sommes juste soulagés qu'ils soient en sécurité. »

Les parents ont depuis appelé à des mesures plus strictes pour empêcher les enfants d'accéder aux bâtiments abandonnés du secteur. Le Service d'Incendie et de Secours du Surrey a confirmé qu'une enquête approfondie sur le sinistre est en cours.

Stephanie s'est forcée à parler, sa voix basse mais assurée. Elle ne voulait pas s'emballer. — Est-ce que ça nomme un des garçons impliqués ?

Olivia a continué à lire, ses yeux balayant rapidement la page. Elle a ouvert la bouche, puis l'a refermée, comme si l'air lui avait été coupé. — Nigel... Carlos... Darren... et Kenny Musgrave... ils sont tous nommés parce qu'ils ont donné des entrevistas au journal.

— C'est le lien, a finalement dit Stephanie. — Voilà le cœur de toute cette histoire…

CHAPITRE
QUATRE-VINGT-TROIS

Un incendie. C'était ça, le lien entre les victimes.

Une expérience traumatisante qui les avait soudés. Elle le sentait jusqu'à la moelle. Mais son intuition lui disait que cela allait plus loin que la simple implication des quatre garçons dans un incendie de maison.

Le problème, c'est que toutes les personnes qu'ils voulaient interroger, celles qui connaissaient la vérité, étaient toutes mortes.

Stephanie faisait les cent pas dans la petite pièce, même si, dans cet espace exigu, cela ressemblait plus à un transfert de poids d'un pied sur l'autre.

— Il faut qu'on découvre qui sont ces deux personnes, dit-elle en se mordillant la lèvre inférieure. — Je pense que quelqu'un est peut-être mort dans cet incendie, et les personnes présentes savent exactement ce qui s'est passé. Nigel, Carlos et Darren ont déjà prouvé qu'ils pouvaient mentir et garder des secrets entre eux ; regardez ce qui s'est passé avec Felix Krüger. — Elle se tourna vers Olivia. — L'article mentionne autre chose sur l'incident ?

L'agente secoua la tête.

— D'autres noms sont mentionnés ?

Elle secoua de nouveau la tête.

Stephanie se tourna vers Giles et Fiona. — S'il vous plaît, éplu-chez les rapports des mois qui ont suivi la date sur le journal d'Olivia. S'il y a eu une enquête de la police ou des pompiers, leurs rapports ont peut-être été publiés.

Hochant la tête, Giles et Fiona commencèrent leurs recherches, prenant des piles de papiers qu'ils posèrent sur leurs genoux. Ils les parcoururent en silence, triant soigneusement les informations, tournant les pages avec une attention accrue, comme si elles portaient désormais un nouveau poids, une nouvelle signification.

Pendant ce temps, Stephanie sortit son téléphone et appela le bureau. Noah répondit après quelques sonneries.

— Tour de contrôle à Major Tom, dit-il d'un ton désinvolte. — Ici Noah à l'appareil.

— Tu réponds toujours au téléphone comme ça ? demanda-t-elle.

— Seulement quand je sais que c'est vous, ma'ame.

— Comment aurais-tu pu le savoir ?

Il hésita. — Un coup de chance ? Bref, en quoi puis-je vous aider ?

— J'ai besoin que tu arrêtes ce que tu es en train de faire, dit-elle, avant de lui expliquer le lien de l'incendie entre toutes les victimes. — On suppose qu'une enquête de police a été lancée en parallèle de celle des pompiers. Je veux que tu vérifies si les garçons ont déjà été interrogés. Cherche aussi les dépositions de témoins clés affiliés à l'église et au club périscolaire. Ce pourraient être nos prochaines victimes, ou l'un d'eux pourrait être le tueur.

Quelques instants de silence s'écoulèrent.

— Noah ? demanda-t-elle. — Noah, tu es là ?

— Toutes mes excuses. Pardonnez-moi, je notais ce que vous disiez, et mon cerveau d'homme ne me permet pas de faire plusieurs choses à la fois.

Elle eut envie de rire, mais ce n'était pas le moment. — Regarde aussi les avis de disparition de cette période. Personne n'a été déclaré mort dans l'incendie, mais ça ne veut pas dire que personne d'autre n'était là. Leur disparition a pu être signalée après l'événement.

— Aye, aye, capitaine. Vos désirs sont des ordres. Je vous recontacte très vite.

CHAPITRE
QUATRE-VINGT-QUATRE

Isaac s'était convaincu que Portsmouth était assez loin. Que trois jours passés reclus dans l'étroite maison victorienne de Sarah, à survivre avec du café soluble et les quelques conserves qu'elle avait laissées avant de partir en vacances, était un meilleur compromis que de rester chez lui, où il n'était pas en sécurité. Il avait vu les reportages aux informations, les avait suivis depuis le début. Il avait naïvement cru que c'était impossible, que cette partie de leur vie qu'ils avaient tous essayé de laisser derrière eux ne pouvait pas revenir les hanter. Mais tous ses amis de cette époque — Nigel, Carlos, Darren, Kenny — étaient maintenant morts, tués, assassinés. Ce n'est que lorsqu'il a vu le reportage sur la mort de Kenny que la prise de conscience s'est lourdement installée dans sa poitrine : il était le prochain.

Il n'y avait aucun doute dans son esprit.

Le tueur venait pour *lui*.

Mais c'était impossible. Ça ne pouvait pas être…

Aurait-il dû aller voir la police ? Oui. Mais pour une raison quelconque, la chimie de son cerveau lui avait dit de fuir, de s'enfuir et de ne jamais regarder en arrière. C'était un homme aux besoins simples. Il n'avait pas besoin de grand-chose — juste un lit, un peu de chaleur, de la nourriture et de l'eau. Le reste n'était que du luxe dont il pouvait se passer. Et puis, comment aurait-il pu aider la police à identifier un enfant mort qui ne l'était pas et qui était désormais devenu un adulte ? Il n'était pas en sécurité, et il ne le serait pas tant qu'il ne se serait pas éloigné le plus possible du Surrey.

Isaac était en train de fouiller les placards vides de la cuisine de sa sœur quand on a frappé.

Trois coups secs à la porte d'entrée. Isaac a lâché la boîte de haricots, la conserve métallique qui a heurté le carrelage de la cuisine avec un fracas qui a semblé résonner dans toute la maison. Ses mains se sont mises à trembler de manière incontrôlable tandis qu'il s'agrippait au bord du comptoir, ses jointures blanchissant contre la surface.

Ça pouvait être n'importe qui. Un facteur. Un voisin. Quelqu'un qui cherchait Sarah.

Ou peut-être l'avait-il imaginé. Le stress avait peut-être fini par l'atteindre, et son esprit lui jouait des tours. La maison s'est tassée autour de lui, le vieux radiateur émettant un cliquetis en refroidissant. Au loin, des mouettes criaient, et quelque part dans la rue, une portière de voiture a claqué.

On a frappé de nouveau. Et Isaac a su avec une certitude absolue que sa vie de fuyard venait de prendre fin. Il s'est forcé à respirer, comptant les secondes entre chaque expiration comme son thérapeute le lui avait appris des années auparavant. Un Mississippi. Deux Mississippi. Mais la technique qui l'avait autrefois aidé durant ses crises de panique lui semblait maintenant inutile.

Son pouls martelait ses tempes tandis qu'il se glissait vers la fenêtre du salon, en prenant soin de ne pas faire de bruit en approchant de la vitre. À travers une fente dans le rideau, il a pu voir une ombre sur le seuil.

— Je sais que vous êtes là, Isaac. La voix a flotté à travers la vitre, calme et conversationnelle, comme s'ils étaient de vieux amis se retrouvant pour déjeuner.

Isaac est devenu livide. Ses jambes se sont dérobées sous lui alors qu'il reculait de la fenêtre, son esprit cherchant frénétiquement des issues impossibles. Le jardin de derrière était minuscule, enserré par de hautes clôtures. Les fenêtres de l'étage étaient trop hautes pour sauter sans se rompre le cou.

— Allons, a poursuivi la voix, accompagnée par le léger raclement d'une chaussure contre le béton. Nous savons tous les deux que ça allait forcément se terminer d'une façon ou d'une autre. Les autres ont payé pour leurs péchés. C'est votre tour, maintenant.

Isaac a plaqué son dos contre le mur à côté de la fenêtre, le souffle court, désespéré. Il a fermé les yeux et a essayé de réfléchir, mais c'était peine perdue face au son assourdissant des battements de son cœur.

Puis son instinct de survie a pris le dessus.

Isaac a filé vers l'arrière de la maison. Ses pieds ont martelé le plancher tandis qu'il défonçait tout sur son passage dans la cuisine, envoyant les chaises racler le carrelage. Derrière lui, il a entendu la poignée de la porte d'entrée cliqueter, suivie d'un craquement sec quand quelque chose de lourd a frappé le bois.

La porte de derrière était fermée à clé. Bien sûr qu'elle était fermée à clé. Ses doigts ont tâtonné pour trouver la clé coincée dans la serrure alors que des pas grondaient dans la maison derrière lui. La serrure a enfin cédé avec un clic métallique, et Isaac a jailli dans le jardin étroit, l'air froid de Portsmouth lui cinglant le visage comme une gifle.

Le jardin était encore plus petit que dans son souvenir. Mais là, dans le coin le plus éloigné où Sarah gardait ses poubelles, il a repéré un espace là où l'une des lattes de la clôture avait pourri près du bas.

Isaac s'est laissé tomber à quatre pattes, se forçant à passer à travers l'ouverture pleine d'échardes juste au moment où il entendait la porte de derrière s'ouvrir violemment derrière lui. Le trou était plus étroit qu'il n'y paraissait. Le bois déchiqueté a déchiré sa chemise, s'accrochant au tissu. Il a poussé plus fort, le désespoir le rendant imprudent, mais ses épaules étaient trop larges pour l'ouverture pourrie.

Il était coincé.

La panique l'a envahi alors qu'il se débattait contre le bois éclaté, sentant les morceaux lui mordre le dos. Derrière lui, des pas se sont approchés sur l'herbe.

— Tss, tss, Isaac. La voix était plus proche maintenant, à quelques mètres à peine. Ça a l'air plutôt inconfortable.

Des mains puissantes lui ont saisi les chevilles, et Isaac s'est senti traîné en arrière à travers l'ouverture. Le bois a raclé sa peau, la latte de la clôture a gémi tandis que son corps était extirpé. Il s'est tordu frénétiquement, essayant de donner des coups de pied, mais la prise était trop forte.

Il a été hissé sur ses pieds et retourné pour faire face à son poursuivant pour la première fois.

— Bonjour, mon vieil ami.

Isaac a ouvert la bouche pour parler, pour supplier, pour implorer son pardon, mais le coup est venu, rapide et précis, éteignant toutes les lumières du monde.

CHAPITRE
QUATRE-VINGT-CINQ

Ils avaient un nom.

Deux, à vrai dire.

Le premier était celui du jeune garçon que ses parents avaient porté disparu la nuit de l'incendie. Noah l'avait trouvé dans le système peu après leur appel, et Giles et son équipe avaient découvert des coupures de presse sur sa disparition, datées de quelques jours après l'incendie. Il s'appelait Toby Ashworth, et l'équipe avait pu confirmer son identité avec une quasi-certitude en comparant une de ses photos dans l'annuaire de l'école St Jude avec celle des deux garçons trouvée sur la quatrième scène de crime. Ça correspondait ; ils connaissaient l'identité de l'un des garçons. Cependant, le seul problème était que le corps de Toby Ashworth n'avait jamais été retrouvé, et que l'enquête sur sa disparition s'était rapidement enlisée avant d'être finalement abandonnée. On ne savait toujours pas s'il était impliqué dans l'incendie de la maison abandonnée, car tous les garçons présents avaient soutenu que Toby n'était pas avec eux.

Le second garçon sur la photographie était, pensait-on, Isaac Grove, âgé de douze ans, qui fréquentait également le club périscolaire en semaine avec les autres, mais n'allait pas à St Jude. Son nom et sa photo étaient apparus pour la première fois dans un petit éditorial suite à l'événement, où il avait fait une brève déclaration à propos de l'incendie, s'excusant pour les dégâts et le trouble occasionnés.

Persuadée qu'il était une victime potentielle — ou potentiellement le tueur — l'équipe avait localisé Isaac Grove dans une petite maison de quatre pièces à Camberley, une ville située aux confins du Hampshire et du Berkshire.

Ils ont quitté la route principale pour s'engager dans un réseau de rues étroites. Stephanie était assise sur le siège passager, regardant les maisons défiler en un flot indistinct, ses pensées fusant aussi vite que les formes floues. Le GPS a annoncé la sortie et la voiture a ralenti. Giles a mis son clignotant, le moteur grondant alors qu'ils s'engageaient au ralenti dans une rue bordée de maisons presque identiques.

— Là, a marmonné Giles en désignant de la tête une maison à mi-chemin dans la courbe de la rue.

Le convoi s'est immobilisé quelques maisons plus loin. Devant eux, des agents en uniforme sont sortis en masse du fourgon avant de se diriger vers la porte d'entrée. En queue de peloton se trouvait un agent grand et large d'épaules, portant un lourd bélier. Giles a coupé le moteur, et un silence pesant a rapidement envahi la voiture. Le cœur de Stephanie s'est emballé, ses nerfs se tordant dans son estomac tandis qu'elle regardait les agents se mettre en position.

C'était le moment.

À l'intérieur se trouvait soit leur tueur, soit leur prochaine victime.

Elle espérait que ce soit le premier, mais jusqu'à présent, le tueur avait eu un temps d'avance sur eux à chaque étape, et elle mentirait si elle disait se sentir en confiance.

— Prête ? a demandé Giles, sa main se tendant déjà vers la poignée de la portière.

Stephanie a hoché la tête d'un air crispé. Elle l'a suivi dehors, l'air frais de fin d'après-midi caressant son visage. Les uniformes se sont déployés, se déplaçant rapidement et avec une précision naturelle. Deux d'entre eux se sont positionnés au portail arrière, tandis que deux autres ont flanqué la porte d'entrée. Le sergent responsable a fait un signe de tête sec.

Le bélier a percuté.

Un craquement sourd a résonné dans la rue lorsque la serrure a cédé. La porte s'est ouverte violemment, s'écrasant contre le mur. Les agents ont déferlé à l'intérieur, le martèlement de leurs bottes sur le sol stratifié, leurs voix s'élevant.

— Police ! Montrez-vous !

— Police ! Manifestez-vous !

Stephanie se tenait au bord de l'allée, le pouls battant la chamade, les yeux rivés sur les ombres à l'intérieur.

Un instant plus tard, la voix du sergent a résonné en écho : — C'est vide !

Puis un autre appel de l'étage : — C'est vide ici aussi !

Elle a senti ses épaules s'affaisser tandis qu'elle avançait, franchissant le cadre éclaté de la porte pour entrer dans la maison. Giles l'a suivie, sa main effleurant le chambranle alors qu'il balayait le couloir du regard.

— Il n'est pas là, a dit l'un des agents en entrant.

— Il ne doit pas être parti depuis longtemps, a-t-elle répondu automatiquement.

Giles a penché la tête. — Comment tu sais ça ?

— Regarde.

Elle a montré le portemanteau. Une seule patère était vide. Elle s'est avancée plus loin dans la maison, observant la scène dans le salon : l'endroit était propre et bien rangé, chaque chose à sa place. Dans la cuisine, une miche de pain reposait sur le plan de travail, son emballage à moitié ouvert.

— Peut-être qu'il est parti en vacances, a suggéré Giles.

— Il faudra vérifier auprès des compagnies aériennes, a-t-elle dit en ouvrant le frigo. À l'intérieur se trouvait une brique de lait entamée. — Mais si tu savais que tu partais en vacances pour un moment, tu ne laisserais pas ces choses ouvertes, pour qu'elles périment le temps que tu reviennes.

Elle a refermé la porte et s'est aventurée à l'étage, dans la chambre d'Isaac Grove, ce qui a confirmé sa conviction : la porte de l'armoire était ouverte, plusieurs cintres jetés sur la couette à moitié faite. Et la confirmation finale dont elle avait besoin se trouvait dans la salle de bain : sa brosse à dents et son dentifrice manquaient.

Sa gorge s'est nouée.

— Il a fait un sac, a-t-elle dit en se redressant. — Vêtements, affaires de toilette… On dirait qu'il est parti précipitamment.

Giles s'est appuyé contre le cadre de la porte, les bras croisés. — Pour nous fuir ?

— Ou pour fuir quelqu'un d'autre.

CHAPITRE
QUATRE-VINGT-SIX

Stephanie était assise à son bureau, les coudes posés sur le bois, les yeux fixés sur la photographie étalée devant elle. C'était la même image qu'elle étudiait depuis une heure, son regard parcourant chaque pixel. Douze garçons, figés dans le temps, qui lui souriaient. C'était la fin de l'après-midi, mais l'obscurité extérieure donnait l'impression qu'il était minuit. Sa lampe de bureau peinait à éclairer le reste de la pièce. Une barquette en plastique de salade de pâtes se trouvait, intacte, à côté d'elle, la fourchette encore enveloppée dans sa serviette. Elle savait qu'elle devrait manger, mais cette simple pensée lui nouait l'estomac et lui donnait la nausée.

Quelqu'un a frappé soudainement à la porte, la tirant de sa transe.

— Entrez, a-t-elle dit en sursautant.

La porte s'est ouverte doucement et Devon est entré, une mince liasse de papiers à la main.

— Tu as une minute ? a-t-il demandé.

Stephanie s'est penchée en arrière, étirant sa colonne vertébrale jusqu'à la faire craquer. — Ça dépend. Ce sont de bonnes nouvelles ?

Il a laissé échapper un bref soupir. — Ça dépend de ton point de vue, j'imagine. Il a refermé la porte derrière lui. — J'ai exploré la piste des agressions sexuelles, au cas où il y aurait autre chose… et c'est une impasse.

Stephanie a froncé les sourcils. — Une impasse, comment ça ?

— La police a mené une enquête approfondie du début à la fin des années quatre-vingt. Deux hommes de l'église ont été impliqués suite à une vague de plaintes. Tous deux ont été inculpés, reconnus coupables et ont purgé leur peine. Tout est consigné dans les dossiers. Il a posé les papiers sur son bureau et les a tapotés une fois. — Mais les gens qui ont porté plainte n'étaient pas nos gars. Darren, Nigel, les autres… ils ont tous été interrogés, mais ils ont affirmé sans équivoque qu'il ne leur était jamais rien arrivé et ont nié avoir connaissance de ce qui se passait.

Stephanie s'est massé la tempe, sentant poindre un mal de tête sourd derrière ses yeux. — C'étaient des enfants. Ils auraient pu mentir ; ce ne serait pas la première fois.

— Je sais. Mais je ne pense pas que ça aurait été le cas. On avait promis l'anonymat aux enfants et, selon les notes de l'enquêteur principal de l'époque, ça a donné à quatre des cinq plaignants la confiance nécessaire pour se manifester. Je pense que statistiquement, sur les quatre qui sont morts, au moins l'un d'eux se serait manifesté si c'était de ça qu'il s'agissait.

Elle a laissé le silence s'étirer, les yeux de nouveau attirés par la photo. Finalement, elle a soupiré. — Très bien. Merci, Devon. Au moins, c'est une piste qu'on peut éliminer.

Il a hoché la tête, s'attardant un instant de plus, comme s'il hésitait à en dire davantage, avant de se retirer. La porte s'est refermée derrière lui, la laissant seule une fois de plus avec la photographie, l'obscurité et son plat intact.

Stephanie a expiré par le nez. Elle venait de finir d'écrire une note sur son carnet quand on a de nouveau frappé à la porte. Olivia est apparue, se laissant tomber sur la chaise en face d'elle, un air de consternation et d'inquiétude gravé sur son visage.

— Je crois que j'ai quelque chose, cheffe, a-t-elle commencé, la voix tremblante. — Et je ne sais pas si je deviens folle ou si ce que je vois est vrai. Dans les deux cas, je ne veux pas y croire.

Stephanie s'est redressée sur sa chaise, le sérieux soudain dans le ton d'Olivia captant son attention. — Qu'est-ce que tu as trouvé ?

Olivia a ouvert le dossier, ses doigts tremblant légèrement alors qu'elle étalait les pages sur le bureau entre elles. — Je voulais éplucher l'enquête initiale sur l'incendie. L'incendie du bâtiment en quatre-vingt-trois. Mais… Elle a dégluti. — Les dossiers ont disparu.

Stephanie s'est penchée en avant, plissant les yeux. — Disparu ?

— Pas juste mal classés, a dit Olivia en secouant la tête. — Supprimés. Des dépositions entières de témoins. Des entretiens croisés avec certains des garçons qui s'en étaient sortis. Et… ça semble intentionnel. J'ai vérifié les journaux d'accès numériques dans les archives. Elle a tapoté une feuille, où une liste d'entrées avait été imprimée à l'encre noire et nette. Chaque ligne contenait un horodatage et un nom d'utilisateur.

Stephanie a parcouru la colonne du regard jusqu'à tomber sur l'entrée qu'Olivia avait encerclée au stylo rouge.

Accès : 02 h 14 – il y a quatorze jours

Utilisateur : E. Thorne.

Son estomac s'est noué. Elle s'est rassise lentement, l'air dans la pièce semblant soudain plus lourd. — Elias.

Olivia a hoché lentement la tête, les yeux écarquillés de peur. — C'est le dernier à avoir accédé au dossier avant les suppressions.

Stephanie a fixé le nom sur la page. Son esprit a rejoué les dernières conversations qu'elle avait eues avec Elias. Son histoire sur l'incendie. Un accident de voiture à l'adolescence. Les cicatrices sur son visage. La façon dont ses yeux s'illuminaient quand il voyait le feu ou en parlait. La façon dont il ne s'était pas laissé consumer.

Elle a de nouveau regardé Olivia. — Tu en es certaine ?

Un faible hochement de tête. — J'ai fait une vérification croisée avec l'informatique. Personne d'autre n'a touché à ces dossiers depuis des années. C'était lui.

Pendant un instant, aucune d'elles n'a parlé. Son regard est retombé sur la photographie, sur le garçon de l'image qu'elle croyait être Toby Ashworth. Pour la première fois depuis qu'elle la regardait, elle y a vu une ressemblance. Elle a vu le visage d'Elias dans ces yeux, dans ces traits.

Avant l'incendie.

Avant les cicatrices.

Avant la douleur.

CHAPITRE
QUATRE-VINGT-SEPT

Isaac Grove avait l'impression d'avoir la tête bourrée d'explosifs. Ses oreilles bourdonnaient, un élancement sourd pulsait derrière ses tempes, comme si chaque battement de cœur enfonçait un clou chauffé à blanc plus profondément dans son crâne. Le monde autour de lui était de travers et, quand il a essayé de bouger, son corps s'est heurté à quelque chose de rugueux. De la corde. Elle lui mordait les poignets et la poitrine, ses fibres rêches entaillant déjà le tissu fin de sa chemise.

Il a cligné des yeux, fort. Une fois. Deux fois. Sa vision s'est éclaircie peu à peu. L'air était humide, chargé d'une odeur de moisi. Il était dans une église — ça, il a pu le déduire —, mais une église qui n'avait pas vu la lumière du jour ni accueilli de fidèles depuis des mois. Les vitraux étaient à moitié brisés, condamnés avec du carton et du contreplaqué. Des bancs avaient été renversés et repoussés sur le côté, et des grains de poussière flottaient dans la pénombre ; l'église était dépouillée, prête pour la démolition.

Puis il a entendu un bruit. Une respiration. Le raclement de chaussures sur le sol en pierre.

Isaac a tourné paresseusement la tête dans sa direction.

Une silhouette s'est déplacée dans l'ombre, d'un pas assuré et délibéré.

Toby.

Il se déplaçait avec un calme étrange, les épaules détendues.

Dans sa main, un petit bidon en métal se balançait nonchalamment, son reflet scintillant à la lueur d'une lampe portable qu'il avait posée sur le sol. De l'essence. Son odeur douceâtre était reconnaissable entre toutes.

— S'il te plaît… s'il te plaît, Toby. Tu n'as pas besoin de…

L'homme qu'il ne connaissait que sous le nom de Toby Ashworth s'est arrêté et s'est penché assez près pour qu'Isaac puisse voir le tissu cicatriciel sur sa mâchoire. Le souffle d'Elias était régulier, l'incarnation même du calme.

— Ça fait des années qu'on ne m'appelle plus Toby. Si longtemps que j'en oublie presque que c'était mon nom, autrefois. Ce soir, tu vas brûler, a murmuré Elias. Exactement comme tu m'as abandonné il y a toutes ces années.

Il s'est à nouveau détourné. Isaac a tiré sur les cordes, les pieds de la chaise raclant la pierre, mais les liens ont tenu bon. La panique l'a envahi, l'étouffant, tandis que sa tête le lançait plus fort à chaque traction frénétique.

— Je t'ai gardé pour la fin, a poursuivi Elias, la voix plus forte cette fois, résonnant contre les murs. Toi et moi… on était censés être frères de sang, à la vie, à la mort. Tu te souviens de ça ? On avait dit qu'on n'abandonnerait jamais l'autre. Mais quand tous les autres ont suggéré de mettre le feu et de me laisser là, tu as marché avec eux. Tu n'as même pas regardé en arrière.

Isaac a secoué la tête frénétiquement, désespérément.

— Ce n'est pas vrai. Je ne pouvais pas…

Elias a claqué le bidon sur le banc le plus proche avec un bruit sec, et de l'essence a giclé sur le bois. Isaac a tressailli à ce son soudain.

— Ne t'avise pas de me mentir ! *C'est toi* qui as allumé le feu, Isaac. Et *c'est toi* qui m'as laissé pour mort. Sa main balafrée a eu une contraction tandis qu'il relevait sa manche avec l'autre, révélant le réseau de brûlures qui courait le long de son bras. Voilà ce que m'a coûté ta loyauté.

Isaac a eu la nausée. — Toby, on était des gosses. C'était une erreur. On…

— Ne te cache pas derrière ça, a sifflé Elias en se rapprochant, son visage à quelques centimètres de celui d'Isaac. Ses yeux brillaient de fureur. Je suis sorti de cet enfer en rampant, seul. La peau me pendait comme de la cire fondue. Ils ont dit que je n'aurais pas dû survivre. Et peut-être qu'ils avaient raison. Parce que ce qui est venu après… les mois à l'hôpital, les regards, les chuchotements…

Elias a pris une inspiration saccadée.

— On pensait que tu étais mort.

— Vous avez menti aux journaux. Vous avez dit à tout le monde que je n'étais pas avec vous quand l'incendie s'est déclaré. Vous avez menti pour vous protéger.

— Comment as-tu… ? Comment as-tu survécu ?

— Quand je suis sorti, j'ai couru, j'ai couru jusqu'à ne plus en pouvoir. Et puis quelqu'un m'a trouvé, dans les bois, pas loin. Il m'a recueilli, il a pris soin de moi. Il m'a obtenu les soins dont j'avais besoin, m'a aidé à me reconstruire. Mais je savais que je ne pouvais pas revenir. Du moins, pas en étant moi-même. Je n'étais plus Toby Ashworth. J'étais méconnaissable. Tout le monde croyait que j'avais disparu, alors j'ai fait en sorte que ça reste comme ça. Je suis resté avec lui, je me suis remis, j'ai changé de nom, changé d'identité. J'ai laissé derrière moi ma mère et mon père. J'ai laissé ma vie derrière moi. Il m'a fallu des années pour me reconstruire. Des années à vous regarder tous vous en tirer, faire comme si le passé n'existait pas. Comme si vous ne m'aviez pas laissé mourir dans cette pièce.

Isaac a de nouveau forcé sur les cordes ; ses poignets étaient à vif maintenant. Pourtant, elles n'ont pas cédé.

— Toby, écoute-moi. C'était une erreur. Il y avait un problème avec la serrure. On n'arrivait pas à l'ouvrir. On ne pouvait rien faire. Si j'avais su…

— Si tu avais su ? Elias a éclaté d'un rire rauque et creux. Il s'est reculé, a repris le bidon, le balançant nonchalamment à son côté comme pour le soupeser. Si tu avais su, tu aurais quand même fui. Parce que c'est ce que tu es, Isaac. C'est ce que vous étiez tous. Des lâches. Des petites brutes. Vous ne pensiez qu'à vous.

Il s'est accroupi si bas qu'Isaac ne pouvait éviter son regard. La lueur vacillante de la lampe projetait des ombres démoniaques sur les cicatrices de son visage et de son cou.

— Mais pas cette fois. Cette fois, tu ne pourras pas échapper au feu.

CHAPITRE
QUATRE-VINGT-HUIT

Le bureau bourdonnait d'une énergie frénétique. Stephanie se tenait au milieu de toute cette agitation, supervisant, observant et pensant à Elias. À son sourire. Au fait qu'il avait été si proche de l'enquête depuis le début. Comment il avait été juste sous son nez, et qu'elle ne l'avait pas vu.

Elle enfouit ses sentiments pour lui dans une boîte fermée à clé et se força à se concentrer. À cet instant précis, elle était une inspectrice, et une vie était en jeu.

— Du nouveau de la maison d'Elias ? demanda-t-elle d'un ton sec.

— Négatif, lança Giles de l'autre côté de la pièce, son portable collé à l'oreille. L'agent sur place signale que sa voiture n'est plus là. Aucune trace de lui.

— Et son téléphone ?

— Mort, répondit Devon. Éteint ou détruit.

Stephanie serra la mâchoire en arpentant la salle de crise. — Et Isaac ?

Olivia sortit de derrière son écran. — On l'a localisé à l'adresse de sa sœur Sarah, à Portsmouth. La police du Hampshire est allée sur place, mais ils disent aussi qu'il n'y a personne à la maison. Il y a une voiture dans l'allée, mais aucun signe de qui que ce soit à l'intérieur Par contre, la porte d'entrée semble avoir été endommagée d'une manière ou d'une autre. Ils ont parlé à quelques voisins, qui ont dit avoir entendu une lutte plus tôt dans l'après-midi, avant qu'une voiture ne démarre en trombe. Ça pourrait être eux…

Un silence de plomb s'abattit sur la pièce.

— Lancez une recherche sur la voiture d'Elias avec les LAPI et la vidéosurveillance, dit Stephanie. Trouvez où il va et où il est allé. Et lancez un avis de recherche sur son immatriculation immédiatement. Si quelqu'un la voit, il faut qu'on l'interpelle et qu'on l'arrête.

Fiona tapait furieusement sur son clavier, assumant cette responsabilité. Un instant plus tard, sa chaise crissa sur le sol tandis qu'elle la reculait brusquement. — On a une touche, dit-elle. Il y a environ dix minutes. Sur l'A3, en direction du Surrey. Mais c'est tout. Rien d'autre.

Stephanie se figea. Le Surrey. Pourquoi le Surrey ? Pourquoi revenir ici alors que chaque route aurait pu être une échappatoire ?

— L'église ! s'écria soudain Olivia.

Toutes les têtes se tournèrent brusquement vers elle.

— St Mary's à Shalford ! poursuivit Olivia, à bout de souffle. Celle dont le projet a été suspendu après que Nigel Hadlow a reçu ces messages.

— Oui ! s'exclama Devon. C'est exact. Il claqua des doigts à plusieurs reprises, comme pour essayer de saisir un souvenir. J'ai examiné les finances de l'entreprise de Hadlow, et devinez qui était le commissaire aux comptes pour leurs derniers documents déposés au Registre du Commerce et des Sociétés ? Kenny. C'est ça. Et devinez quelle entreprise de construction a reçu de l'argent de Hadlow ? C'est ça. Celle de Carlos. Ils travaillaient tous ensemble là-dessus, se renvoyant l'ascenseur. La seule personne qui n'était pas affiliée au projet de l'église était Darren Fairhurst, mais à ce stade, si Elias est vraiment Toby Ashworth, ça n'avait plus d'importance.

La révélation fit monter l'adrénaline en Stephanie. L'église. L'incendie. Une dernière chance d'obtenir justice pour ceux qui l'avaient laissé pour mort avant que le bâtiment ne soit démoli. — C'est là qu'il l'emmène, dit-elle. C'est là qu'ils sont.

Ses mots claquèrent comme un coup de fouet, galvanisant l'équipe.

— Giles, envoyez des unités d'intervention sur place. Devon, coordonnez-vous avec les agents locaux ; nous aurons besoin de barrer des routes, de dévier la circulation. Olivia, trouvez les plans de l'église. Je veux que chaque point d'entrée soit cartographié avant notre arrivée. Et il nous faut les pompiers sur les lieux aussi vite que possible.

L'équipe se dispersa, portée par son urgence.

Stephanie posa les mains sur le bureau, la photo d'Elias Thorne et d'Isaac Grove lui faisant face. Et c'est alors qu'une idée lui vint. La signification de la présence des deux garçons sur la photographie. Jusqu'à présent, le schéma avait voulu que le garçon sur la photo soit le prochain à mourir.

Elle ne pensait pas qu'Elias changerait ça.

Ce qui signifiait qu'il allait mettre un terme à son périple de justice et de péché cette nuit-là.

Qu'il allait les tuer tous les deux.

CHAPITRE
QUATRE-VINGT-NEUF

Pendant quelques instants, aucun d'eux n'avait rien dit. Le seul son qui résonnait dans l'église était la respiration lourde, saccadée et paniquée d'Isaac. Bientôt, il a commencé à se sentir pris de vertiges, l'adrénaline de la situation le submergeant.

Il allait mourir. C'était la fin. Il ne pouvait rien y faire.

Il allait mourir.

Tout ça à cause d'une erreur commise quarante ans plus tôt. Une blague. Un épisode de son passé qu'il regrettait profondément et qui le hantait depuis.

Un cauchemar récurrent qui venait de se matérialiser, de refaire surface après tout ce temps.

Ça aurait dû être une blague. Une petite chamaillerie. Un bizutage amical. À l'origine, l'idée venait de Nigel : enfermer Toby dans le placard, puis allumer le feu devant la porte. Mais ils n'avaient pas vraiment l'intention de verrouiller la porte. Ils n'allaient pas vraiment l'abandonner là ; ils comptaient utiliser le poids de leurs corps pour coincer la porte jusqu'à la dernière minute. Mais le feu s'était propagé plus vite, plus fort et avec plus d'éclat qu'aucun d'eux ne l'avait prévu, et le temps qu'ils sortent de là en courant, il avait déjà consumé la porte du placard, laissant Toby brûler à l'intérieur. Les garçons avaient eu de la chance de s'en sortir vivants. Ils avaient tous supposé que Toby avait péri dans l'incendie. Et à cet instant, alors qu'ils se tenaient devant la maison, reprenant leur souffle, ils s'étaient tous fait la promesse, avaient juré de garder le secret, de ne jamais dire la vérité, de ne jamais raconter à personne ce qui s'était passé cette nuit-là, pas même à la police.

Et ils s'y étaient tenus.

Ils avaient continué leur vie, grandi, fait carrière, fondé des familles, le tout avec le fardeau de leur secret pesant sur leurs épaules. Bien sûr, il était devenu de plus en plus facile d'oublier, de passer à autre chose, mais lui n'avait jamais vraiment oublié. Les cris de Toby avaient résonné dans ses pensées, dans ses rêves, resurgissant parfois comme des hurlements de loup dans la nuit.

Et maintenant, l'homme était là. Un fantôme revenu d'entre les morts.

Et maintenant, l'heure était venue d'entendre à nouveau des cris. Les siens, cette fois.

Elias s'est déplacé avec le calme et la précision d'un homme en plein contrôle. D'un homme qui avait planifié tout ça dans sa tête pendant quarante ans, dans ses moindres détails. D'un homme serein face à sa décision, en paix avec ce qui allait se produire.

Il s'est déplacé avec le calme et la précision d'un homme qui avait déjà fait ça quatre fois.

Les pas d'Elias ont résonné sur les dalles de pierre alors qu'il commençait à tirer des bancs de la pénombre. Le vieux bois a gémi, les pieds raclant la pierre comme des ongles sur une ardoise, tandis qu'il les disposait en un large cercle autour de la chaise d'Isaac, les orientant comme pour créer un public. Puis il a empilé par-dessus des objets en bois plus petits : des porte-cantiques, des agenouilloirs, et le paravent brisé d'un confessionnal traîné depuis un coin de la pièce.

La respiration d'Isaac est devenue laborieuse, courte et superficielle, des douleurs aiguës lui traversant la poitrine à chaque inspiration.

— Toby… s'il te plaît. Tu n'es pas obligé de faire ça…

L'homme balafré ne s'est pas arrêté. Il a seulement fait une pause pour lever les yeux, le regard brillant de plaisir, puis a saisi le bidon. L'odeur âcre de l'essence s'est répandue instantanément, suffocante. Elias a incliné le bidon sans hésiter, et le liquide s'est déversé à gros bouillons sur les planches, assombrissant le bois, s'imbibant dans les fibres. Les vapeurs ont empli la gorge d'Isaac, lui donnant le vertige. Le reste de l'essence a giclé sur la pierre, s'écoulant en minces filets sur le sol en direction des chaussures d'Isaac. Elias l'a jeté de côté, le fracas métallique résonnant comme une cloche d'église.

Isaac tremblait violemment sur sa chaise, les cordes s'enfonçant plus profondément dans ses poignets. — S'il te plaît, Toby. Je te jure, on n'a jamais voulu que ça-

— Ne vous y trompez pas : on ne se moque pas de Dieu, a dit Elias, la voix basse et posée, chaque mot s'amplifiant en écho dans l'espace. Il a sorti une boîte d'allumettes de sa poche, la faisant tourner lentement dans sa main, comme pour en soupeser le poids.

Les yeux d'Isaac se sont écarquillés, son corps entier tremblant tandis qu'Elias l'ouvrait d'un coup de pouce.

— Ce qu'un homme aura semé, il le moissonnera aussi.

Elias s'est accroupi devant lui, assez près pour qu'Isaac puisse voir les profondes vallées et crêtes des tissus brûlés sur son visage. Elias l'a étudié avec un calme troublant, puis a fait glisser une seule allumette hors de la boîte.

— Pendant quarante ans, tu as vécu libre. Quarante ans de vie, de rires, de bonheur. Le salaire du péché, c'est la mort.

Il a craqué l'allumette.

La lueur a jailli, peignant son visage d'une lumière orangée. Des ombres ont bondi sur les murs de l'église, tels des démons invoqués par la flamme. Elias l'a tenue immobile, son expression indéchiffrable tandis que la lumière dansait dans ses yeux.

Isaac a gémi, se débattant contre les cordes, secouant la tête violemment. — Non, Toby, non ! S'il te plaît-

— À moi la vengeance, à moi la rétribution, dit le Seigneur. Les yeux d'Elias se sont fixés sur lui, sans ciller, subjugués par la petite flamme qui tremblait entre ses doigts.

La minuscule flamme a vacillé. Elias l'a inclinée plus près du bois imbibé d'essence.

Le hurlement d'Isaac a déchiré l'église, mais la voix d'Elias l'a transpercé, calme, assurée, résolue.

— Ce soir, Isaac, Il m'a choisi pour être Sa main. Et ce soir, tu paieras pour tes péchés.

Elias a abaissé la flamme.

CHAPITRE
QUATRE-VINGT-DIX

Stephanie s'est agrippée à la poignée de la portière alors que la voiture négociait le dernier virage et s'arrêtait brusquement devant l'église. Dans l'obscurité, de la fumée s'échappait des fenêtres brisées, d'épaisses volutes noires qui s'enroulaient dans le ciel du soir.

Au moment où elle a ouvert sa portière, la chaleur l'a accueillie comme une étreinte. Une fumée âcre lui a griffé la gorge, la forçant à tousser, mais elle a remonté le col de son pull sur sa bouche.

Pendant un instant, elle s'est figée, immobile, à la dévisager.

Son père et son briquet lui sont apparus. Suivis de la sensation de brûlure sur son bras et de l'odeur de cheveux roussis.

Puis cette vision a été remplacée par l'image de sa maison d'enfance en flammes, sa sœur et sa mère coincées à l'intérieur, griffant les fenêtres.

L'odeur, le goût, la chaleur.

Elle a cligné des yeux avec force, chassant cette image, et a fixé son attention sur la tâche qui l'attendait.

Des agents en uniforme attendaient près des grilles du cimetière de l'église, la lueur orangée se reflétant sur les bandes réfléchissantes de leurs vestes. Aucun d'eux n'osait entrer, le feu était trop violent. Un cri d'homme a déchiré le silence, un cri brut et sauvage, suivi d'un bruit sourd d'effondrement provenant de l'intérieur du bâtiment.

Les poils des bras de Stephanie se sont hérissés tandis qu'elle se précipitait vers les agents. — Qu'est-ce qui se passe ? a-t-elle aboyé. — Où sont les pompiers ? Pourquoi personne n'est là-dedans ?

Fiona a contourné l'avant d'une voiture et l'a rejointe, le téléphone collé à l'oreille. — Ils sont retardés, madame, a-t-elle dit. — Deux de leurs engins ont eu une collision en route. Les renforts les plus proches sont à au moins cinq minutes.

Cinq minutes ? Ils n'avaient pas cinq secondes.

Un autre cri a éclaté de l'intérieur, plus aigu cette fois, rauque et désespéré.

Le pouls de Stephanie cognait alors qu'elle contemplait le bâtiment, les yeux suivant la fumée qui montait de plus en plus haut dans le ciel.

Elle a pensé au rêve, à l'incendie dans sa maison d'enfance, à la fois où elle s'était précipitée à l'intérieur et avait sauvé sa sœur.

Elle a pensé à la marche sur le feu qu'elle avait accomplie sous la supervision d'Elias. À sa prise de conscience ensuite : tout était dans sa tête. Sa peur, sa paranoïa, son angoisse. Tout était dans sa tête.

Il y avait deux personnes là-dedans, et elles allaient mourir si personne ne faisait rien.

Si elle pouvait marcher sur le feu, elle pouvait les sauver.

Si elle pouvait entrer dans un bâtiment en feu dans son rêve, elle pouvait les sauver.

Alors, sans rien dire, sans plus y réfléchir, elle s'est dirigée vers St Mary's, se rappelant que tout était dans sa tête.

Stephanie a remonté encore plus haut son col roulé pour se couvrir la bouche et le nez, en se baissant pour forcer le passage à travers les portes en éclats. Instantanément, le monde l'a engloutie tout entière. La chaleur a touché sa peau, la pressant de tous côtés, l'étouffant, lui picotant les bras, le cuir chevelu. La fumée était plus épaisse à l'intérieur, une tempête noire qui lui ravageait et écorchait les poumons à chaque inspiration. Ses yeux pleuraient à chaudes larmes, déformant les formes qui l'entouraient.

Elle s'est forcée à se baisser, s'accroupissant, rampant à travers l'église. L'air était empli du bruit des poutres qui pliaient et craquaient. Et puis elle l'a entendu, si proche qu'il lui a transpercé la poitrine.

Isaac.

Des gémissements brisés, rauques. Elle a avancé vers le son, clignant des yeux à travers la brume jusqu'à ce que la silhouette d'une chaise devienne nette. Il était attaché, sa tête ballottant, les bras et le torse liés à la chaise. Ses yeux se sont exorbités quand il l'a vue.

— À l'aide ! Sa voix s'est brisée en une quinte de toux, son corps secoué de spasmes tandis que les flammes crépitaient et mordaient le tas de bancs autour de lui.

— Ne bouge pas ! a-t-elle haleté, trouvant un passage entre les bancs pour le rejoindre. Ses doigts ont gratté les nœuds qui liaient ses poignets et son torse, mais la corde avait été tendue à l'extrême, presque fusionnée. Ses ongles se sont pliés et cassés, mais c'était inutile. Elle a juré, crié, s'est étouffée en tirant plus fort, y mettant tout son poids. La chaleur était insupportable maintenant, lui cuisant le dos, lui piquant le visage et les bras. Chaque respiration était un combat, chaque déglutition comme du verre. Elle entendait le feu grimper, consumant rapidement tout sur son passage.

Le temps manquait.

— S'il te plaît, tu dois m'aider ! a supplié Isaac.

Stephanie a calé son genou contre la chaise, a sorti un canif de sa poche et a commencé à couper. Ses muscles hurlaient tandis que les fibres cédaient enfin, brin par brin, jusqu'à ce que soudain le nœud lâche. Les mains d'Isaac sont tombées, libérées, mais elle n'a pas attendu. Elle a fait de même avec les liens autour de son torse et l'a libéré dans un cri rauque. Puis elle a passé ses bras sous ses aisselles et l'a traîné pour le mettre debout, la chaise s'écrasant en arrière dans les flammes. Ses jambes ont fléchi, supportant à peine son poids.

— Avance ! a-t-elle crié, sans savoir si c'était à lui ou à elle-même. — Sinon on va mourir tous les deux ici !

Isaac n'a pas eu besoin qu'on le lui répète. Ensemble, ils ont chancelé à travers l'épaisse fumée, chaque seconde s'étirant comme une éternité. St Mary's a de nouveau gémi au-dessus d'eux, comme si sa sainte patronne criait de douleur.

Une détonation assourdissante a éclaté quand une partie du toit s'est brisée et est tombée quelque part derrière eux, ravivant les flammes, les rendant plus brillantes, plus affamées.

Stephanie a baissé la tête, les yeux la piquant, traînant Isaac à travers la brume dans la vague direction de la porte par laquelle elle était entrée.

Encore un pas. Un de plus. N'arrête pas. Ne t'avise pas d'arrêter.

Si tu peux marcher dans le feu, tu peux en ressortir.

L'air pur de la nuit l'a frappée comme une bénédiction alors qu'elle sortait en titubant de la fumée, un bras passé sous l'aisselle d'Isaac Grove. Il était d'un poids mort et encombrant, ses jambes cédant sous lui à chaque pas traînant.

— Continue d'avancer... a-t-elle suffoqué. — Encore quelques pas. Allez...

Ils se sont effondrés à quelques mètres de l'entrée, l'herbe humide sous ses paumes offrant un certain répit à sa peau enflammée et brûlée. Derrière eux, l'église était un brasier, baignant les alentours d'une faible lueur orangée qui vacillait sur les vitres des voitures. Quelque part au fond, les flammes rugissaient et crépitaient, le son aussi terrifiant qu'hypnotique.

Isaac vomissait presque sur le sol, toussant à s'en arracher les poumons sur l'herbe. Son visage était luisant de sueur et de suie, ses yeux larmoyants, ses cheveux collés à son front. Elle a posé une main sur son épaule pour le stabiliser.

— Isaac. Sa voix était rauque, pressante. — Où est Elias ? Où est Toby ? Où est-ce qu'il est allé ?

Il a secoué faiblement la tête, le blanc de ses yeux brillant dans la lueur du feu. — Je ne sais pas, a-t-il haleté, à peine audible par-dessus le rugissement de l'incendie et les cris de ses collègues qui les entouraient rapidement. — Je te jure, je ne sais pas. Il... il est parti dès que tu es entrée.

Avant que Stephanie ait pu répondre, l'équipe est arrivée, l'éloignant ainsi qu'Isaac du feu. Ils lui parlaient, lui demandaient si elle allait bien, mais elle ne les entendait pas. Son esprit était préoccupé par Elias. Par la façon dont il avait échappé à un incendie dans son enfance, et comment il s'apprêtait à recommencer.

Mais elle s'est alors souvenue de la photo. De la façon dont ils étaient tous les deux censés mourir dans les flammes. Elle ne croyait pas qu'il allumerait l'allumette pour simplement s'en aller. Ce n'était pas comme ça qu'il voulait que les choses se terminent.

Stephanie s'est dégagée de l'emprise de ses collègues, puis s'est tournée vers le feu.

La chaleur l'a frappée en plein visage, cuisante, implacable. Elle a protégé ses yeux avec une manche sale et a avancé en titubant, ignorant les cris derrière elle. Des cendres et des débris pleuvaient, brûlant des trous dans le tissu de ses vêtements.

— Steph ! Arrête ! a crié Giles en essayant de la rattraper. Sa main a agrippé sa veste mais elle s'est arrachée, les yeux rivés sur l'incendie.

— Il est toujours là-dedans ! a-t-elle croassé en montrant les flammes, sa voix plus animale qu'humaine. — Elias est toujours à l'intérieur.

Une autre explosion a retenti des profondeurs, le toit gémissant sous le poids du feu. L'équipe a juré derrière elle, mais aucun n'était assez courageux – ou stupide – pour la suivre.

Stephanie a néanmoins continué d'avancer. Son corps lui hurlait d'arrêter, mais elle a forcé ses jambes à bouger. Alors qu'elle franchissait le seuil, une soudaine bourrasque de chaleur et de fumée l'a fait tomber à genoux. Elle a remonté le col de son pull sur sa bouche et son nez, forçant une dernière inspiration dans ses poumons qui protestaient, et a chancelé plus profondément à l'intérieur.

L'église était un enfer. Des bancs noircis et renversés dans des vagues d'étincelles. La fumée tourbillonnait au-dessus de sa tête en épaisses spirales suffocantes, consumant tout, privant l'espace de toute lumière. Ses yeux pleuraient. Chaque bouffée d'air lui brûlait la gorge plus que la précédente.

Et puis elle l'a entendu.

Un cri.

Elias.

Il venait du fond de la nef, déformé par le craquement et le rugissement du bois en feu. Le cri brut, guttural d'un homme englouti par l'élément même qu'il avait utilisé comme arme.

Stephanie a titubé vers le son, luttant pour garder l'équilibre. Ses jambes semblaient lourdes, et son corps était prêt à s'effondrer. Mais elle ne pouvait pas s'arrêter. Pas maintenant.

La chaleur de l'incendie la pressait comme des mains essayant de s'emparer d'elle. Elle ne le voyait pas, ne voyait rien. Elle a toussé et s'est pliée en deux, des points noirs dansant devant ses yeux. Ses genoux ont fléchi, la fumée la frappant à la poitrine comme un mur. Elle s'est griffé la gorge, a essayé de forcer son corps à prendre de l'air, mais rien n'est venu.

Un autre cri a résonné à ses oreilles. Plus long, plus profond. Elias, en train de brûler vif.

Elle a de nouveau essayé d'avancer. Mais son corps l'a trahie. Elle ne voyait plus. Elle ne respirait plus. Son propre cri n'a été qu'un souffle, avalé par le feu.

Et puis elle l'a senti. Des mains l'agrippant par-derrière. Des mains fortes, gantées. Elle s'est débattue au début, pensant qu'Elias l'avait en quelque sorte atteinte et allait faire d'elle sa dernière victime. Mais elle a alors aperçu le reflet d'une visière, la forme d'un casque, et a finalement cédé le contrôle. Le pompier a jeté son corps sur son épaule et l'a sortie de là sans effort.

Alors qu'ils franchissaient la sortie, l'air de la nuit s'est engouffré dans ses poumons, et elle s'est de nouveau effondrée sur l'herbe et la terre humide, toussant jusqu'à ce que tout son corps soit secoué de tremblements.

Autour d'elle, les pompiers criaient des ordres, leurs voix noyées par l'effondrement de l'église. Le toit a poussé un gémissement monstrueux, puis a cédé, projetant des étincelles dans le ciel comme un feu d'artifice.

Stephanie a cligné des yeux, larmoyants, essayant de regarder à nouveau à l'intérieur. Les cris d'Elias avaient cessé. Il ne restait que le feu.

Puis, alors qu'elle continuait de lutter pour reprendre son souffle, elle a fermé les yeux et s'est évanouie, s'effondrant sur la couverture froide et humide de l'herbe.

CHAPITRE
QUATRE-VINGT-ONZE

La première chose qu'elle a remarquée en ouvrant les yeux et en entrevoyant à travers le voile sombre de sa vision, c'est que sa gorge lui donnait l'impression d'avoir avalé des charbons ardents suivis d'une poignée de lames de rasoir.

Puis, après avoir cligné des yeux plusieurs fois, le visage de Kimberley est finalement apparu, net, à côté d'elle.

— Qu'est-ce que tu fais là ? a demandé Stephanie, la voix basse.

Kimberley a eu un petit hoquet de surprise. Elle a attrapé la main de Stephanie et l'a serrée dans la sienne, très fort. — Je pourrais te retourner la question, a-t-elle sifflé. Mais à quoi tu jouais ? À quoi tu pensais ? Tu as foncé dans un immeuble en flammes, Steph.

Stephanie a ouvert la bouche pour répondre, mais Kimberley ne l'a pas laissée faire.

— J'ai déjà perdu un bébé. Je ne peux pas perdre ma sœur aussi.

Le coup l'a frappée de plein fouet. Brutalement. Et soudain, elle a pris conscience de son geste. Elle avait cru être dans un rêve. Qu'elle pouvait simplement se réveiller, réapparaître, et que tout irait bien, tout serait parfait, normal. Mais la réalité avait été tout autre. Elle avait mis sa vie en danger.

Elle a serré la main de sa sœur et lui a offert le sourire le plus chaleureux possible. — Je suis désolée, je…

C'est tout ce qu'elle a pu dire avant d'être prise d'une quinte de toux. Des poignards semblaient lui exploser dans les poumons et la gorge tandis qu'elle suffoquait.

— Les médecins ont dit que tu avais de la chance d'être en vie, avec la quantité de fumée que tu as inhalée, a expliqué Kimberley. Et ils ont ajouté que tu avais encore plus de chance de ne pas avoir de brûlures plus graves.

C'est à ce moment-là que Stephanie a baissé les yeux sur ses bras et a remarqué les bandages pour la première fois. Elle ne sentait aucune douleur, juste une étrange sensation d'inconfort, comme une démangeaison impossible à gratter.

— Je crois que Maman veillait sur toi, a poursuivi Kimberley. Ils ont dit que le pire, c'étaient des brûlures au second degré sur les doigts et les paumes. Tu as bien failli y laisser tes empreintes digitales.

— Une carrière dans le crime m'attend… a croassé Stephanie en plaisantant, avant de suffoquer dans une nouvelle quinte de toux.

— Arrête de parler. S'il te plaît. Tu ne vas faire qu'empirer les choses.

Stephanie a obéi, et pendant un instant, elles sont restées assises en silence. Stephanie avait tant de choses à dire, tant de choses pour lesquelles s'excuser. Elle voulait prendre sa sœur dans ses bras, la serrer fort et ne plus jamais la lâcher.

— Je t'aime, a-t-elle fini par dire.

— Je sais, a répondu Kim. Moi aussi, je t'aime. Et… et… Elle a inspiré profondément. — Jordan voulait venir, a-t-elle continué. Mais il a pensé que ce n'était pas une bonne idée, alors il est resté à la maison.

Kimberley s'est penchée et a soulevé un petit bouquet de fleurs. Blanches. Jolies.

— C'est lui qui te les a offertes.

Stephanie a eu un sourire en coin. — Elles sont magnifiques. Dis-lui que je le remercie.

— Tu veux dire que tu ne veux pas que je les jette à la poubelle ?

Stephanie a secoué la tête. — J'ai compris qu'il n'était pas si terrible. Je suppose que je pourrais apprendre à le connaître un peu plus. Tant qu'il arrête de débarquer chez moi…

Les yeux de Kimberley se sont écarquillés. — Sérieux ?

Un faible hochement de tête.

— On pourra aller prendre un café un de ces jours, peut-être déjeuner, a répondu Stephanie. Tous ensemble.

Avant que Kimberley ait pu répondre, on a frappé à la porte, et l'euphorie a disparu du visage de Kimberley. La porte s'est ouverte et l'inspecteur principal Clive McGowan est entré, sa présence remplissant la pièce de sa manière calme et imperturbable.

— Toutes mes excuses pour le dérangement, a-t-il dit en refermant la porte derrière lui. Je venais voir si vous étiez réveillée.

— Tout juste, a plaisanté Stephanie. Mais une petite sieste ne serait pas de refus.

Kimberley s'est levée de sa chaise et s'est dirigée vers la sortie. — Je vais vous laisser discuter un peu.

Stephanie était sur le point de protester, mais sa sœur a rapidement quitté la pièce, laissant planer un silence gênant.

— Pourquoi j'ai l'impression que je vais me faire sermonner ?

Clive a eu un petit rire. — Pas encore. Une fois que vous serez complètement remise. Ou peut-être avant.

— J'ai hâte de voir ça. Elle s'est redressée sur le lit, la respiration sifflante, ses poumons peinant à trouver de l'air.

— Il faut vous ménager, a dit Clive doucement. Vous avez de la chance d'être en vie.

— On me l'a déjà dit.

— Tout le monde s'inquiète pour vous. Surtout Olivia. Ils seront donc heureux de savoir que vous êtes bien réveillée et que vous respirez… à peu près.

Stephanie n'a rien dit. Elle avait déjà trop parlé, et la douleur dans sa poitrine et sa gorge devenait trop vive.

— Je me suis dit que j'allais passer pour vous mettre au courant, pour vous rassurer un peu.

Elle a soutenu son regard.

— L'incendie à St Mary's a été éteint, a-t-il dit. Cette fois, les pompiers ont retrouvé le corps d'Elias. Il n'a pas survécu.

Stephanie n'a rien dit, ne laissant transparaître aucune émotion sur son visage.

— Ils n'ont trouvé ni autres boîtes, ni photos ou inscriptions, a-t-il poursuivi. Ce qui me porte à croire que c'est terminé. Vous l'avez trouvé.

— Et Isaac ?

— Lui aussi est en vie. Il est en vie et il respire. Tout juste. Ses brûlures et son niveau d'inhalation de fumée étaient bien plus graves que les vôtres, mais il va s'en sortir. Grâce à vous, Steph. Vous lui avez sauvé la vie.

— J'aurais pu en sauver un autre.

Clive s'est approché, en secouant la tête. — Quand ils ont trouvé le corps d'Elias, ils ont découvert qu'il s'était enfermé dans une petite pièce et qu'il avait avalé la clé. Il n'allait jamais en sortir vivant. Il s'en est assuré. Il n'y avait rien de plus que vous auriez pu faire.

DU MÊME AUTEUR

Série DI Stephanie Broadbent – Thrillers des collines du Surrey :

Tome 1 : Le Tueur Vaudou

Elle est revenue pour prendre un nouveau départ. Au lieu de ça, elle a réveillé les ténèbres qu'elle pensait avoir enterrées. Avant même d'avoir pu s'installer, une étudiante est retrouvée morte dans sa résidence universitaire après une soirée. Ce qui paraît d'abord être une affaire vite réglée prend une tournure plus sombre lorsqu'une poupée vaudou est découverte près du corps. Stephanie est contrainte d'affronter les fantômes de son passé, tout en se lançant dans une course contre la montre pour arrêter un tueur dont le prochain coup se dessine déjà dans le fil et le tissu.

Lisez Le Tueur Vaudou sur Kindle et via l'Abonnement Kindle

Tome 2 : Le Croque-Mitaine

Il y a trente ans, les habitants de Guildford étaient hantés par une silhouette qui se glissait dans les chambres d'enfants pour les regarder dormir. Avant de partir, elle laissait derrière elle un unique ballon de baudruche. Et puis, elle a disparu. Les visites ont cessé. Aujourd'hui, ça recommence.

Lisez Le Croque-Mitaine sur Kindle et via l'Abonnement Kindle

Tome 3 : L'Homme en Feu

Lorsque les restes calcinés d'un corps sont retrouvés dans les pittoresques collines du Surrey, le traumatisme du passé de l'inspectrice Stephanie Broadbent est ravivé. Quand un autre corps apparaît, Stephanie découvre un lien qui menace de mettre le feu au monde… et à d'autres corps.

Lisez L'Homme en Feu sur Kindle et via l'Abonnement Kindle

DU MÊME AUTEUR

La série d'enquêtes criminelles du DS Tomek Bowen :

LIVRE 1 : LA JUSTICE DE LA MORT

Southend-on-Sea, Essex : Le Détective Sergent Tomek Bowen – déterminé, tenace et hanté par la mort de son frère – est appelé sur l'une des scènes de crime les plus choquantes qu'il ait jamais vues. Un homme a été rituellement assassiné et abandonné dans un jardin ouvrier près de l'aéroport local. Les premières investigations indiquent que cet homme avait un passé. Un passé qui lui a valu de nombreux ennemis.

Télécharger La Justice de la Mort

LIVRE 2 : L'ÉTREINTE DE LA MORT

Annabelle Lake pensait reconnaître la Ford Fiesta qui attendait devant son école, ainsi que son conducteur. Elle se trompait. Son corps est retrouvé quelque temps plus tard, suspendu à une balançoire dans une aire de jeux locale sur l'île de Canvey.

Télécharger L'Étreinte de la Mort

LIVRE 3 : LE TOUCHER DE LA MORT

Lorsque le brouillard se dissipe un matin de décembre dans l'Essex, le corps d'une adolescente est découvert gisant face contre terre dans un champ. L'affaire atterrit rapidement sur le bureau du DS Tomek Bowen qui, tout en essayant de jongler avec sa nouvelle vie de parent célibataire d'une fille de treize ans, doit déterrer l'enchaînement mortel des événements et faire éclater la vérité au grand jour.

Télécharger Le Toucher de la Mort

LIVRE 4 : LE BAISER DE LA MORT

Le passé n'oublie jamais... La mort d'un sans-abri passe presque inaperçue à Southend-on-Sea — jusqu'à ce que l'autopsie l'identifie comme Herbert Tucker, un député controversé avec un historique de création d'ennemis. Retrouvé entre les cabines de plage de Thorpe Bay, sa mort soigneusement mise en scène soulève plus de questions que de réponses.

Télécharger Le Baiser de la Mort

LIVRE 5 : LE GOÛT DE LA MORT

Par un matin venteux et glacial, Morgana Usyk, propriétaire de l'un des repaires préférés du DS Tomek Bowen, le Café Morgana, visite Mulberry Harbour à un peu plus d'un kilomètre en mer. Peu de temps après, son corps est retrouvé dans les bas-fonds, flottant à côté du port. Les premiers rapports et les témoins oculaires affirment avoir vu le tueur s'enfuir des lieux. Mais lorsque la tempête Alisha arrive, emportant toutes les preuves, Bowen et son équipe se retrouvent bloqués.

Télécharger Le Goût de la Mort

LIVRE 6 : L'ANGE DE LA MORT

Lorsque l'hôtesse de l'air Angelica Whitaker est portée disparue après une soirée dans l'une des boîtes de nuit les plus populaires de Southend, l'affaire est confiée au DS Tomek Bowen pour la première fois de sa carrière. Dès le début de l'enquête, les soupçons se portent sur l'homme avec qui elle a dansé au club, mais lorsque son corps est retrouvé plus tard dans une église, posé comme un ange, ces mêmes soupçons commencent à s'orienter vers un tueur calculateur, composé et sadique.

Télécharger L'Ange de la Mort

LIVRE 7 : LE SAUVEUR DE LA MORT

Au cœur d'une tempête, un animateur radio local est sauvagement assassiné dans son manoir de l'Essex. Lorsque les nuages et la pluie se dissipent le lendemain matin, le DS Tomek Bowen et son équipe découvrent une scène de crime qui rappelle quelque chose tout droit sorti des livres d'histoire. Les preuves suggèrent qu'il s'agit d'un meurtre aléatoire. Mais tandis que Tomek démêle les différentes couches de la vie de la victime, il réalise que l'animateur cache bien plus que ce qu'il laisse paraître.

Télécharger Le Sauveur de la Mort

LIVRE 8 : LE SOUFFLE DE LA MORT

L'île de Mersea. Plus de 1 000 hectares de terres agricoles, de marais et plusieurs parcs de caravanes. Habituellement, elle abrite 7 000 personnes. Mais pour le week-end férié du mois d'août, elle accueille deux résidents supplémentaires : le DS Tomek Bowen et sa fille, Kasia, cherchant à profiter au maximum de la fin des vacances scolaires, de la fin de l'été, et de la fin du congé prolongé de Tomek.

Télécharger Le Souffle de la Mort

LIVRE 9 : LA MARQUE DE LA MORT

Le DS Tomek Bowen revient d'une courte suspension qui a failli faire
dérailler sa carrière, et il veut reprendre le travail sans perdre de temps.
Mais un appel téléphonique inattendu en provenance de la prison ébranle
sa concentration — et menace de l'entraîner dans un réseau de mensonges
et de trahisons.

Télécharger La Marque de la Mort

LAISSER UN AVIS

Et voilà. Fin.

Eh bien, je dis " nous "… je veux dire vous. Merci.

Merci d'être arrivé jusqu'ici et de m'avoir accompagné pendant que j'imaginais ces histoires folles et étranges, puis que je les traduisais sur papier (ou plutôt, en fichiers numériques).

Amazon regorge de millions de livres (littéralement, et je n'utilise pas ce terme à la légère), et il est donc souvent difficile de trouver sa prochaine lecture. On veut juste savoir quel livre se plonger. Mais parfois, on n'a pas le temps de tous les éplucher, alors que faire ?

Consultez les critiques, bien sûr.

On les utilise dans tous les aspects de notre vie.

Au restaurant. Au cinéma. Sur notre prochain téléviseur. Sur nos écouteurs. Presque tout est régi par les pensées des autres.

C'est fou, non ?

Mais que se passe-t-il quand on tombe sur un livre sans critique ? On risque de le fuir. Difficile de se fier à un livre.

Votre temps est précieux. Votre temps est précieux. Vous ne voulez pas perdre votre temps avec des histoires décevantes. Personne ne le souhaite. Et je ne vous le souhaite pas. Parfois, j'ai peur que la même chose arrive à cette histoire.

Mais il existe une solution.

Une critique est très utile. Et elle me donne la confiance nécessaire pour continuer à alimenter les pensées les plus folles qui me trottent dans la tête. Si vous avez un moment de libre, j'apprécierais vraiment que vous laissiez un commentaire. Il n'est pas nécessaire qu'il soit long ; juste quelques mots sur ce que vous avez pensé du livre.

Merci.

Votre aimable auteur,

Jack Probyn